Luisa Henke

# Flammenkind

Papierfresserchens MTM-Verlag

# Inhalt

# Prolog

Die Schwingen des Falken, weit ausgebreitet auf den Winden, tragen ihn über die dunklen Wälder. Seine scharfen Augen sehen viele Dinge, auch jene, die vielleicht verborgen bleiben sollten. Doch wer will ihn hindern, sie zu sehen? Wer kann ihn daran hindern? Niemand, so denkt er.

Das Schauspiel, das sich ihm bietet, ist unheimlich und doch faszinierend. So gleitet er über die Lichtung mit dem Wind unter seinen Schwingen. Sie liegt in der Nähe von Meralyn, der Stadt der Elfen.

Der Falke weiß, dass die Dinge, die sich dort abspielen, nichts mit ihm zu tun haben. Sicherlich sind sie auch vollkommen unwichtig, wie es die Angelegenheiten der Flügellosen oftmals sind. Dennoch bleibt er. Die Neugier veranlasst ihn zu warten, denn solch ein Anblick bietet sich ihm nicht allzu häufig. Er wird wohl Fearflatha darüber berichten müssen. Fearflatha interessieren oft solch unwichtige Dinge.

Der Falke lässt sich in den Zweigen eines Baums nieder und beobachtet das Geschehen.

Trotz seines sicheren Aussichtsplatzes verspürt er eine Spur von Furcht.

Er sieht Schatten.

Schattenkrieger.

Seltsame Wesen, nicht mehr als Schemen, doch bewaffnet. Ihre Umrisse wirken verschwommen, so als seien sie nur Schreckgespenster, die bei der kleinsten Berührung zerplatzen. Dennoch weiß der Falke tief in seinem Inneren, dass dem nicht so ist. Diese Schatten haben keine Konsistenz und doch können sie töten.

Angeführt werden sie von einer verhüllten Gestalt. Sie ist groß und schlank und wirkt viel realer und greifbarer als ihre Krieger. Gleichzeitig umhüllt sie eine Aura von Macht, sodass sie weitaus gefährlicher als ihre Schatten wirkt. Sie muss die Schemen gerufen haben.

Kein Laut ist zu hören, keine Stimmen, kein Klirren von Metall, nichts. Der Falke spürt die Kälte, die diese unheimlichen Krieger ausströmen. Dann steigt plötzlich Nebel empor und verbirgt die Lichtung vor seinen Blicken.

Der Falke schwingt sich in den Himmel. Dieser Nebel ist nicht natürlichen Ursprungs. Er wird sich nicht auflösen, bevor alles vorbei ist, dennoch wagt der Falke nicht, näher heranzufliegen. Er fürchtet sich vor der Macht der verhüllten Gestalt.

Es gibt ohnehin Wichtigeres zu erledigen. Vielleicht sollte er Fearflatha benachrichtigen. Doch zuvor will er endlich etwas Sinnvolles tun und jagen.

# Flammen

Die Flammen schlugen hoch, zeichneten sich hellen Schlangen gleich gegen den dunklen Nachthimmel ab. „Viel zu hoch“, dachte Flayne. Sie liebte die Wärme des Feuers, doch über diesen Flammenberg wagte sie nicht, zu springen. Noch spürte sie die Hitze nicht, sie fürchtete auch nicht, den Flammen nahe zu sein, doch hinüberzuspringen war etwas anderes. Wenn sie nicht weit genug sprang und fiel, würde sie nicht wieder aufstehen. Sie brauchte sich nur in ihrem langen Rock zu verfangen und zu stolpern, dann würde für die Dorfbewohner das Fest enden, für Flayne aber das Leben. Wenn sie fiel, würde sie verbrennen. Zwar hatte sie sich nie zuvor auch nur die Finger verbrannt, aber sie hatte schon oft die Brandblasen auf den Händen der anderen Dorfbewohner gesehen und diese über die Gefahren des Feuers sprechen hören.

„Spring!“, riefen die anderen. „Feigling, los spring! Wir sind auch gesprungen!“

Flayne verfluchte sie insgeheim. Sie wollte nicht als Feigling dastehen, doch was nutzte es ihr, zu springen? Die anderen hassten sie und würden sie immer hassen. Das würde sich auch durch den Beweis ihres Mutes nicht ändern. Sie hassten Flayne, weil sie anders war. Anders und stolz darauf. Dieser Hass störte Flayne kaum noch, manchmal bemerkte sie ihn nicht einmal. Sie mied die anderen Dorfbewohner, arbeitete auf dem Hof ihres Ziehvaters und verbrachte ihre freie Zeit im Wald, dort, wo sie wirklich zu Hause war.

Sie hatte niemandem etwas getan, niemandem geschadet, doch diese Menschen konnten nicht akzeptieren, dass jemand anders war als sie selbst.

Ein jeder, der Flayne ansah, erblickte ein einfaches Bauernmädchen, auf siebzehn Jahre geschätzt, mit feuerroten Haaren, grünen Augen und länglichen, spitzen Ohren, über die die anderen Dorfbewohner so oft spotteten. In ihrem dritten Lebensjahr war Flayne in dieses kleine Dorf namens Dreen gekommen. Seitdem waren trotz ihrer scheinbaren Jugend fast dreißig Jahre vergangen. Auch darüber spotteten die anderen, aber vielleicht lag in ihrem Spott auch eine Spur von Furcht. Flayne wusste, dass sie kein Mensch war. Sie gehörte nicht in dieses Dorf. Eines Tages würde sie gehen und sich auf die Suche machen. Auf die Suche nach ihrer Herkunft oder zumindest nach einem Ort, dessen Bewohner jemanden wie sie akzeptierten. Flayne wusste, dass es solche Leute gab. Fol, ihr Ziehvater, war einer von ihnen, ebenso wie sein Sohn Sliwan. Dieser war allerdings vor einiger Zeit in das unbekannte Land aufgebrochen, einem Ort, von dem bisher noch niemand zurückgekehrt war. Gerade jetzt konnte sie Fol nicht einfach allein zurücklassen. Doch was geschah, wenn Sliwan dort einfach verschwand wie all die anderen Abenteurer? Flayne vertrieb diese Gedanken und wandte sich wieder den knisternden Flammen zu. Wenn die anderen es geschafft hatten, über das Feuer zu springen, dann würde es auch ihr gelingen. Ihr war es egal, ob man sie ihres Äußeren wegen verspottete, denn in gewisser Weise war sie beinahe stolz auf diesen Spott, doch als Feigling ließ sie sich nicht beschimpfen. Sie rannte los, direkt auf die Flammen zu, dabei spürte sie keine Hitze, nur eine sanfte, wohlige Wärme.

Wovor hatte sie sich gefürchtet?

Doch dann stieß Flaynes Fuß gegen einen Stein, den sie, vom Feuerschein geblendet, in der Dunkelheit übersehen hatte. Sie stolperte. Flayne versuchte, ihr Gleichgewicht wiederzuerlangen, doch sie fiel direkt auf die Flammen zu. Sie sah alles mit einer unnatürlichen Klarheit, als hätte sich ein Nebel vor ihren Augen gelichtet: Die Flammen, die auf sie zuschossen, schlugen ihr entgegen, um sie zu umhüllen. Sie würde sterben. Die Flammen würden sie verschlingen. Sie würde niemals Gelegenheit haben, von hier fortzugehen, sie würde niemals erfahren, wer sie wirklich war, und nie Antworten auf all ihre Fragen erhalten. Doch in diesem Moment war ihr das egal. Nichts zählte mehr, nichts existierte mehr außer den Flammen.

Flayne landete inmitten des tosenden Feuersturms. Sie spürte keine schrecklichen Schmerzen oder sengende Hitze, wie sie erwartet hatte. Nur ein angenehmes, warmes Gefühl, als läge sie in einer kalten Winternacht in einem warmen, gemütlichen Bett mit dicken Decken.

„Dann bin ich also tot“, folgerte sie. Es war gar nicht einmal unangenehm und sie hatte keinerlei Schmerzen gespürt. Sie blieb liegen, um noch einen Moment lang die wunderbare Wärme zu genießen.

Plötzlich spürte sie, wie jemand mit unangenehm kalten Händen ihre Knöchel umfasste und daran zog. Dann lag sie plötzlich direkt vor dem Feuer auf dem Boden. Sie fröstelte in der kalten Abendluft und in ihrem Kopf drehte sich alles, nachdem man sie auf so unangenehme Weise hinaus in die Kälte gezwungen hatte.

Einen Moment lang wusste sie nicht, wo sie sich befand und was geschehen war, dann hörte sie die Stimmen der Dorfbewohner: „Sie lebt noch!“

„Unmöglich in den Flammen!“

„Und doch lebt sie noch!“ Die erste Stimme wurde leiser. „Unverletzt!“

„Was?“

„Ja, ich sag's dir. Nicht die kleinste Brandblase!“

Schritte näherten sich. Flayne spürte, wie jemand versuchte, sie in einen Umhang zu wickeln. Zögernd stand sie auf. Einige erschrockene Rufe wurden laut.

Doch sie hörte auch das Flüstern. Ein unheimliches, beinahe bedrohliches Flüstern. Flayne war nicht so dumm, es zu missdeuten.

„Was ist passiert?“, fragte sie noch immer ein wenig verwirrt.

Fol trat näher. „Du bist in das Feuer gefallen und ... und ...“ Er stockte. „Unverletzt!“, brachte er schließlich flüsternd hervor. Flayne sah sein erleichtertes Lächeln und erst jetzt wurde ihr wirklich klar, was geschehen war und welchen Schrecken sie den anderen bereitet hatte. Als sie die Dorfbewohner anblickte, bemerkte sie, dass nicht alle so froh über ihre Unversehrtheit waren wie Fol, der schon vor langer Zeit ihre Fremdartigkeit akzeptiert hatte.

Flayne wurde vom Feuer fortgeführt. Sie fröstelte in der kühlen Nachtluft. Erst jetzt bemerkte sie, dass sie unter dem Umhang nackt war. „Wo ist meine Kleidung?“

„Verbrannt.“

Sie griff nach ihren Haaren. Sie waren unversehrt!

Plötzlich verstand sie die Blicke der anderen. Sie wusste, dass es nicht lange dauern würde, bis sich der Schrecken der Dorfbewohner in Angst verwandeln würde. Angst, aus der Hass geboren wurde. Hass auf Flayne!

Sie musste so schnell wie möglich fort von hier.

Aber wie? Entfernt hörte sie wieder das bedrohliche Flüstern und diesmal verstand sie die leisen Worte. „Hexe!“

„Sie wird Ungemach über uns bringen.“

„Sie wird sich an uns rächen wollen.“

„Wir müssen es verhindern!“

„Doch wie?“

„Hexe!“

Flayne spürte, wie man sie in die Richtung von Fols Haus führte. Einen Moment lang ließ sie es geschehen.

Sie wusste, wie sie am schnellsten den Waldrand erreichen konnte. „Hexe!“, ertönte das Flüstern abermals.

Der Wind schlug ihr ins Gesicht, als sie plötzlich herumwirbelte und auf den Waldrand zulief. Die Dorfbewohner waren von ihrer plötzlichen Flucht viel zu überrascht, um ihr zu folgen. Möglicherweise hielt aber auch die Furcht sie zurück. Hätte Flayne zurückgeblickt, wäre ihr das Lächeln aufgefallen, das sich auf den Zügen ihres Ziehvaters abzeichnete.

Sie lief zu einem kleinen See tief im Wald, den nur sie allein kannte. Dort kletterte sie auf eine große Buche, verkroch sich schutzsuchend in deren Zweigen und dachte nach.

Was sollte sie nun tun?

Sie besaß nichts als einen Umhang und hatte kein Dach über dem Kopf. Letzteres störte sie kaum, denn sie konnte mühelos im Wald leben. Fol hatte sie vieles über die Wildnis gelehrt und auch die Bäume würden ihr helfen.

Mit Bäumen reden zu können, war eine weitere Fähigkeit, die Flayne von den Dorfbewohnern unterschied. Doch in Dreen wusste niemand davon.

Trotz alledem war es sicherlich klüger Vorräte mitzunehmen und auch die kühle Luft ihrer Heimat Landuna war etwas, wovor Flayne sich schützen musste. Es war April und daher an vielen Tagen noch sehr kalt, außerdem konnte sie sich in keinem der umliegenden Dörfer sehen lassen, wenn sie nur mit einem Umhang bekleidet war. Sie benötigte auf jeden Fall warme Kleidung, vielleicht auch eine Waffe. Obwohl sie sich im Wald mühelos verbergen konnte, fühlte sie sich doch sicherer, wenn sie in der Lage war, sich zu verteidigen. Außerdem konnte sie sich nicht ewig verstecken.

Eines zumindest stand für Flayne fest: Sie würde ihr Heimatdorf für lange Zeit verlassen müssen. Vielleicht würde sie eines Tages zurückkommen und Fol besuchen. Er hatte sie immer behandelt wie sein eigenes Kind.

Vielleicht würde sie aber auch nie zurückkehren. Sie bedauerte, Fol allein zurücklassen zu müssen, dennoch hatte der Klang dieser Worte etwas Verheißungsvolles. Nie, nie, nie, nie wieder.

Doch wohin sollte sie gehen? Vielleicht sollte sie sich auf die Suche nach ihren leiblichen Eltern machen. Sie erinnerte sich, wie die anderen darüber gespottet hatten, dass sie wie eine Elfe aussah. In den Augen der Dorfbewohner schien dies eine Beleidigung zu sein, doch Flayne fühlte sich geschmeichelt.

Gleichzeitig herrschte in Dreen allerdings die Meinung vor, es gäbe keine Elfen mehr, denn niemand hatte bisher einen von ihnen gesehen. Fol dagegen erzählte, er sei einst gemeinsam mit einem Elfen gereist. Demnach musste es sie doch geben!

Möglicherweise wussten die Elfen, wer Flaynes Eltern waren. Vielleicht sollte sie sich auf die Suche nach ihnen machen. Wenn es sie noch gab. Vielleicht waren sie einfach verschwunden, wie schon so viele Völker vor ihnen verschwunden waren, ohne eine Spur zu hinterlassen, außer verblassenden Erinnerungen im Gedächtnis eines alten Mannes.

Flayne beschloss, sich später Gedanken über das Ziel ihrer Reise zu machen. Vorerst gab es noch einige Vorbereitungen zu treffen. Solange Dreens Bewohner noch ängstlich und verwirrt waren, konnte Flayne unbemerkt ins Dorf gelangen.

Sie schlich sich zum Haus ihres Ziehvaters und suchte dort nach Kleidung. Zum Reisen waren Kleider unpraktisch, so schlüpfte sie in Fols Ersatzhose und sein Feiertagshemd und zog sich seinen alten Kapuzenmantel über. Die Kleidungsstücke waren ein wenig zu weit, doch glücklicherweise war Flayne beinahe genauso groß wie Fol, sodass sie weder Ärmel noch Hosenbeine umschlagen musste.

Sie war bereit zu gehen, doch sie konnte noch nicht fort, nicht ohne ein Wort des Abschieds. Fol saß wahrscheinlich mit den anderen Dorfbewohnern im Haus des Bürgermeisters, dessen Amt zwar nur dem Namen nach bestand, der aber dennoch Leiter der seltenen Bürgerversammlungen war. Es war sicherlich nicht schwer, ungesehen zum Versammlungsplatz zu gelangen. Vermutlich hatte sich das gesamte Dorf dort eingefunden, sodass ihr auf dem Weg niemand begegnen würde. Flayne schlich durch die menschenleeren Gassen des Dorfes zum Haus des Bürgermeisters. Es lag in der Nähe des Dorfplatzes und unterschied sich stark von den umliegenden Gehöften. Es bestand aus mehreren Zimmern und war nicht wie die umliegenden Hütten aus Holz, sondern aus Stein erbaut, sodass Dreens Bewohner dort bei Sturm Schutz suchen konnten. Flayne war nie dorthin gegangen. Sie hätte die Blicke der anderen nicht ertragen können. Aber wozu auch? Gab es etwas Schöneres, als bei Sturm dem Wispern der Bäume zu lauschen, die alte Geschichten erzählten? Gab es etwas Schöneres, als in der Krone eines Baums zu sitzen und zu spüren, wie der Ast unter einem schwankte? Obwohl die anderen Dorfbewohner Schutz vor dem Sturm suchten, wusste Flayne, dass sie nicht fallen konnte. Die Bäume gewährten ihr Schutz. „Vielleicht ist Fliegen noch schöner“, dachte sie. „Oben am Himmel zu kreisen, den Wind im Gesicht zu spüren und dem Falken am Firmament Gesellschaft zu leisten.“ Hoch am Himmel, so glaubte Flayne, könnte sie hinter den Horizont blicken und herausfinden, was sich dort verbarg. Doch das war nur ein Traum.

Wie Flayne erwartete hatte, waren fast alle Dorfbewohner im Haus des Bürgermeisters versammelt. Einen Moment bemitleidete sie den bequemen Bürgermeister. Es würde heute lange dauern, bis er zu Bett gehen und Schlaf finden konnte, schließlich musste er warten, bis sich auch der letzte Besucher verabschiedet hatte.

Einen Moment lang spielte Flayne mit dem Gedanken, einfach hineinzugehen, aber sie verwarf ihn sofort wieder. Es war zu gefährlich, sich sehen zu lassen. Zwar konnte sie bei Gefahr schnell in den Wald fliehen, doch ihre letzte Chance, allein mit Fol zu sprechen, wäre damit vertan.

Sie umrundete das Haus. Obwohl es das größte des ganzen Dorfes war, lagen alle Zimmer auf Höhe des Erdbodens oder gar darunter. Es war die einzige Möglichkeit, die Räume während des Winters einigermaßen warm zu halten, denn trotz der Feuer froren die Dorfbewohner in der kalten Jahreszeit oft. Landuna war kein warmes Land.

Außerhalb der alten Paläste in den reichen Städten des Ostens gab es keine Glasfenster und aufgrund der Enge waren die hölzernen Fensterläden weit geöffnet. Trotzdem fiel es Flayne schwer, die Worte der Dorfbewohner zu verstehen, da alle durcheinanderredeten. Doch die Satzfetzen, die an ihr Ohr drangen, bestätigten nur ihren Wunsch Dreen zu verlassen.

Fol saß neben dem dicklichen Bürgermeister, der den Kopf in die Hände gestützt hatte und langsam zu verzweifeln schien. Ob aufgrund der verpassten Bettruhe oder wegen der pausenlos auf ihn einprasselnden Stimmen, vermochte Flayne nicht zu sagen. Die meisten Dorfbewohner wandten dem Fenster den Rücken zu. Ihre Aufmerksamkeit galt dem Bürgermeister in der offensichtlich enttäuschten Hoffnung, er würde ihnen zuhören. Flayne warf noch einen Blick in die Runde, um sich zu versichern, dass niemand sie sah, und erhob sich vorsichtig, um ihren Ziehvater auf sich aufmerksam zu machen. Als sie sicher war, dass er sie bemerkt hatte, deutete Flayne nach Westen, in die Richtung, in der Fols Hütte lag. Er nickte kaum merklich, woraufhin Flayne sich auf den Rückweg zu jenem Ort machte, der so viele Jahre ihr Zuhause gewesen war.

In der Hütte angekommen, machte sie sich vielleicht zum letzten Mal daran, genug Proviant für eine längere Reise in einen alten, verschlissenen Rucksack zu packen. Dann wartete sie auf Fol. Es dauerte nicht lange, bis sich die Tür öffnete und ihr Ziehvater eintrat.

„Du hast schon gepackt? Du willst fort." Es war eher eine Feststellung als eine Frage.

Flayne nickte. „Hast du daran gezweifelt?"

„Nein", entgegnete Fol ruhig. Nach einem Moment des Zögerns fügte er hinzu: „Wenn du unbemerkt von hier verschwinden willst, musst du jetzt gehen. Es wird bald hell."

Flayne nickte abermals. Sie wusste, wie schwer Fol der Abschied fiel, auch wenn er seine Gefühle nicht zeigte. Vor zwanzig Jahren hatte Fol seine Frau und fast alle Kinder verloren. Nur Flayne und ihr Ziehbruder Sliwan waren ihm geblieben und Fol wusste nicht, ob er seinen Sohn jemals wiedersehen würde. Sliwan hatte Fols Abenteuerblut geerbt. Und nun wollte auch Flayne ihn verlassen.

„Wo willst du überhaupt hin?“, fragte Fol.

„Meine leiblichen Eltern suchen“, antwortete Flayne. „Ich muss wissen, wer ich bin.“

Fol nickte. Er wusste, dass er sie nicht zurückhalten konnte. Sie gehörte nicht hierher. „Wo willst du suchen?“

„Dreen liegt im Südwesten Landunas, also gehe ich nach Osten.“

„Warum nicht nach Norden?“

Flayne zuckte mit den Schultern. „Im Grunde ist es egal, wohin ich gehe, aber irgendwo muss ich meine Suche beginnen.“

„Ich glaube nicht, dass du nach Osten gehen solltest“, bemerkte Fol. „Geh nach Norden, in den Ilinenwald. Wir haben dich dort inmitten der Wildnis zwischen den Wurzeln einer Eiche gefunden.“

Flayne hatte auf einen derartigen Hinweis gehofft.

„Wir dachten, dass deine Eltern vielleicht aus Gledyn stammten“, fuhr Fol fort, „einem Dorf am Rande des Sumpfes, der südlich des Ilinenwaldes liegt. Wir haben eine Weile dort gelebt. Wahrscheinlich erinnerst du dich nicht mehr daran. Damals war Erlana noch bei uns.“

Seine Stimme klang ein wenig wehmütig. „Nach dem, was gerade auf dem Dorfplatz geschehen ist, halte ich es für ziemlich unwahrscheinlich, dass du aus Gledyn stammst. Trotzdem solltest du dich dort einmal erkundigen. Wenn du keinen Hinweis auf deine Herkunft findest, kannst du immer noch in den Wald gehen. Wenn du in Gledyn bist, frag nach meiner Schwester, Falaine. Ich glaube, sie kann dir weiterhelfen. Sie kennt die Wege durch den Sumpf und wird dich sicherlich bei sich aufnehmen.“

Flayne nickte, während Fol zu einer großen, verzierten Truhe hinüberging und ihren schweren Deckel hochstemmte. Als kleines Kind hatte Flayne immer gerne darin gewühlt. Es lagen viele seltsame Dinge in der Truhe, Dinge, die Fol von seinen Reisen mitgebracht hatte. Früher war er ein Abenteurer gewesen. Er zog durch ganz Landuna, erst alleine, dann gemeinsam mit Erlana, seiner Frau. Flayne hatte den Geschichten seiner Reise gelauscht. Bis heute wusste sie nicht, ob diese Geschichten wirklich wahr waren. Doch durch Fols Schilderungen des Landes kannte Flayne sich in Landuna aus, als hätte sie selbst schon unzählige Reisen unternommen. Wie gern hätte sie ihren Ziehvater gebeten, sie zu begleiten, doch sie wusste, dass er mit seinen sechzig Jahren zu alt dafür war. Seine Abenteuer waren vorbei.

Fol hatte seine Suche beendet und hielt nun etwas in den Händen. Voller Stolz übergab er es seiner Tochter.

Es war ein Schwert. Der Griff hatte die Form eines Falken, dessen Augen winzige Edelsteine bildeten. Flayne zog es aus der Scheide. Auf der Klinge waren feine Linien eingraviert. Runen, Schriftzeichen einer fremden Sprache.

„Dein altes Schwert!", staunte sie. „Das willst du mir geben?"

„Du hast kein eigenes." Fol zuckte mit den Schultern. „Und du brauchst es mehr als ich. Ich werde weiterhin den Hof bewirtschaften, mich fragen, was du tust, für deine Sicherheit beten und hoffen, dass du zurückkommst. Es hat seit Jahren keine Überfälle gegeben und ich werde wohl kaum auf Abenteuersuche gehen oder weite Reisen unternehmen."

Flayne hörte den traurigen Unterton in Fols Stimme. Sie wusste, dass er sein Schwert am liebsten selbst in die Hand genommen und mit ihr gemeinsam losgezogen wäre. Als Kind hatte Flayne immer davon geträumt, mit ihm durch Landuna zu reisen und Abenteuer zu erleben, vor allem, nachdem er ihr beigebracht hatte, mit einem Schwert umzugehen. Doch Fol hatte ein ruhiges Leben gewählt, um seine Kinder zu schützen. Jetzt würde Flayne ihre Suche allein bestreiten müssen.

Sie umarmte Fol wortlos, schulterte ihren Rucksack und wandte sich zum Gehen.

An der Tür drehte sie sich noch einmal zu ihm um. „Ich werde zurückkommen", versprach sie.

„Das hoffe ich", erwiderte Fol.

„Das hoffe ich", murmelte er noch einmal, während Flayne von der Dunkelheit verschluckt wurde.

# Die Trauerweide

Für den Weg nach Gledyn würde Flayne nicht weniger als fünf Tage benötigen. Keine Straße verband dieses Dorf direkt mit Dreen. Um auf den Straßen zu bleiben, würde sie in einem Zickzackkurs reisen müssen, über die kleinen Dörfer und Städte, die die Wildnis des Südwestens unterbrachen. Doch Flayne gedachte, diese Dörfer zu meiden. Sie benötigte keine Straßen, denn auch unsichtbare Wege durch tiefe Wälder würden sie an ihr Ziel bringen.

Lautlos wie immer huschte Flayne durch den Wald. Dieser Umgebung konnte sie sich so gut anpassen, dass sie, solange sie ihre roten Haare unter einer Kapuze versteckt hielt, beinahe unsichtbar war.

Die ersten beiden Tage ihrer Reise streifte sie durch unwegsame Wildnis, durch die Bäume geschützt und verborgen. Nichts behinderte ihre sichere Durchreise, nichts stellte sich ihr in den Weg, bis sie am Abend des zweiten Tages eine Lichtung erreichte.

Eine seltsame, unheimliche Stille herrschte an diesem Ort. Nichts rührte sich. Kein Vogelgezwitscher drang an Flaynes Ohren. Nicht einmal das leise Knacken oder Rascheln war zu hören, das kleine Tiere in den Ästen der Sträucher und auf dem laubbedeckten Boden verursachten. Nichts außer dem Plätschern der kleinen Quelle, die nur zwei Schritte von Flayne entfernt an den Wurzeln einer großen Trauerweide entsprang.

Flayne spähte durch die Äste eines Strauchs am Rande der Lichtung hinaus auf die freie Fläche. Es musste einen Grund für das Schweigen der Tiere geben. Irgendetwas war im Wald, das nicht hierher gehörte.

Niemand war zu sehen, doch das überraschte Flayne nicht. Potenzielle Gefahren standen selten mitten auf einer Lichtung und ließen sich von der Sonne bescheinen.

Es wäre klug, leise die Lichtung zu umrunden und unbemerkt zu verschwinden, doch Flayne wollte wissen, was hier geschehen war. Sie wollte wissen, wo diese Stille herrührte.

Sie spürte die Gefahr und etwas in ihr drängte sie, einfach davonzulaufen, doch sie vermochte es nicht. Sie konnte nicht einfach verschwinden, wenn hier etwas Schreckliches geschehen war. Vielleicht war sie in der Lage zu helfen.

Die Neugier trieb sie an und so leise wie möglich näherte sich Flayne der Trauerweide, ließ sich neben ihr nieder und legte die Hand auf ihren Stamm.

„Was ist hier geschehen?“, fragte sie in der rauschenden Sprache der Bäume. Die Bäume wussten oftmals mehr, als sie breit waren preiszugeben.

„Es geschieht noch immer, jetzt im Moment“, war die leise geflüsterte Antwort.

„Was?“, fragte Flayne noch einmal. Sie musste vorsichtig sein, wenn der Verursacher dieser tiefen Stille noch immer hier war.

„An diesem Ort wirkt eine seltsame, schädliche Kraft“, antwortete der Baum. Seine Stimme klang schwach, als wäre ihm das Sprechen eine Qual.

„Aber was ist hier geschehen?“, verlangte Flayne zu wissen. „Warum ist es so still?“

„Schreckliches! Sie sucht dich. Sie wird alles tun, um dich zu finden. Du musst zu deinem Vater. Nur er kann dich vor ihr schützen.“

Die Worte der Trauerweide klangen gepresst, so als versuche jemand, sie am Sprechen zu hindern.

„Wie kann ich meinen Vater finden, wenn ich doch noch nicht einmal weiß, wer er ist?“, drängte Flayne.

„Geh nach Norden.“ Die nächsten Worte presste die Trauerweide mit letzter Kraft hervor. „Sie ist hier! Du musst fliehen, schnell!“ Ihre Stimme erstarb.

„Wer ist sie?“, fragte Flayne. Doch der Baum antwortete nicht mehr.

Ein leises Geräusch ließ Flayne aufblicken. Vor ihr auf der offenen Lichtung stand eine schlanke, in einen Kapuzenumhang gehüllte Gestalt. Flayne hatte sie nicht kommen hören. Sie konnte nicht erkennen, wer oder was sich unter dem Umhang verbarg, doch sie spürte die unheimliche Kraft, die von dieser Gestalt ausging. Eine Kraft, die Flayne die Kehle zuschnürte und sie frösteln ließ. Sie verfluchte ihre eigene Dummheit. „So lerne ich dich also endlich kennen.“ An der Stimme erkannte Flayne, dass sie einer Frau gegenüberstand. Die Verhüllte sprach mit einem singenden, melodischen Akzent, den Flayne noch nie zuvor gehört hatte, obwohl viele Fremde auf dem Weg zum Südhafen Dreen durchquerten. „Die Tochter meines größten Feindes, des Mörders meiner Schwester.“

Flayne hatte zwar gewusst, dass diese Stille eine Gefahr barg, doch nun wurde ihr klar, dass diese verhüllte Frau auf sie gewartet hatte. Doch woher wusste sie, dass Flayne hier sein würde? Und was hatten diese seltsamen Worte zu bedeuten?

Flayne wusste, dass sie dieser Fremden nichts entgegenzusetzen hatte. Sie musste fliehen. Sie wollte sich umdrehen und davonlaufen, doch sie konnte es nicht.

Eine unsichtbare Kraft hielt sie zurück. Entsetzt erkannte sie, dass es jene Kraft war, die von der Verhüllten ausging.

Flaynes Hand zuckte zum Schwertgriff, wurde aber aufgehalten. Fols Schwert hätte ihr auch nicht viel genutzt, da sie sich kaum zu bewegen vermochte.

„Sieh mal an!“ Die Verhüllte lachte. „Die Kleine versucht, sich mit dem Schwert zu verteidigen. Du hast wohl zu lange unter Menschen gelebt“, flötete sie. „Papi wäre sehr enttäuscht. Vielleicht wäre es besser, er würde es gar nicht erst erfahren.“ Ihre Stimme klang samtweich.

Flayne bekam keine Luft mehr, glaubte zu ersticken. Nicht ein Atemzug gelangte in ihre Lungen. So sehr sie auch nach Luft rang, schien sich ihr Brustkorb doch nur noch mehr zusammenzuziehen.

„Lauf!“, raunte die Trauerweide. Nun, da sich die Verhüllte auf Flayne konzentrierte, schien der Baum sich langsam zu erholen.

Flayne wünschte, sie könnte der Anweisung der Weide folgen, doch es war ihr unmöglich, auch nur einen Finger zu rühren, geschweige denn fortzulaufen. Sie konnte der Trauerweide nicht einmal antworten, denn auch ihre Stimme versagte ihr den Gehorsam.

Die Weide schien sich langsam zur Seite zu beugen. Flayne fragte sich, ob sie es wirklich tat oder ob dies nur eine Illusion war, hervorgerufen durch Sauerstoffmangel oder eine Nebenwirkung der Magie, die sie umgab. Die Zauberin zumindest schien nichts zu bemerken. Vielleicht bildete Flayne es sich wirklich nur ein, vielleicht war die Verhüllte aber auch zu sehr mit ihrer Zauberei beschäftigt, um es zu bemerken. Dann schlangen sich die langen Äste der Trauerweide um die Taille der Fremden, die jetzt, da sie es registrierte, sofort begann, ihre Magie gegen den Baum zu wenden.

Flayne sank keuchend auf die Knie. Süße Luft drang in ihre Lungen, doch schon nach wenigen Sekunden erinnerte sie sich an den Ratschlag der Trauerweide. Zwar gelang es ihr aufzustehen, doch weglaufen konnte sie nicht, da der Zauber sie noch immer festhielt.

„Du kannst es!", raunte der Baum. „Besinne dich auf deine Fähigkeiten."

Flayne konnte sich nicht vorstellen, von welchen Fähigkeiten die Weide sprach, doch sie versuchte noch angestrengter, sich zu befreien. Sie erinnerte sich, dass der Baum sein Leben für sie aufs Spiel setzte. Sie wollte nicht, dass er es umsonst tat. Sie wusste nicht, was mit der Trauerweide geschehen würde, wenn es Flayne gelang zu fliehen. Warum nahm die Weide das Risiko auf sich, ihr zu helfen?

Im Moment waren all diese Fragen jedoch unwichtig. Das Einzige, was zählte, war zu entkommen und das Opfer der Weide nicht umsonst sein zu lassen. Mit Sicherheit würde dem Baum etwas geschehen, ganz gleich, ob Flayne blieb oder floh, schließlich hatte er sich der fremden Magierin in den Weg gestellt.

Einen winzigen Moment lang konzentrierte die Verhüllte ihre ganze Macht allein auf die Trauerweide. Ohne es zu wissen, hatte Flayne auf diesen Moment gewartet, denn für diese kurzen Sekunden löste sich der magische Bann von ihr. Sie wirbelte herum und rannte los. So schnell nur irgend möglich überwand sie die wenigen Schritte bis zum Waldrand. Im Wald konnte ihr niemand schaden, dort war sie sicher.

Auch als die Lichtung schon weit hinter ihr lag, lief sie weiter, immer weiter und weiter, bis sie vor Erschöpfung beinahe zusammenbrach.

Mit letzter Kraft kletterte sie in die Krone einer alten Eiche, deren Äste sich schützend um sie legten, sie einhüllten wie das Nest einen Jungvogel, und schlief ein.

# Drelyn

In der folgenden Nacht wurde Flayne von schrecklichen Albträumen geplagt. Sie träumte von der Lichtung und der Trauerweide. Immer wieder hörte sie das Plätschern der Quelle und die unerträgliche Stille des Waldes. Und sie hörte die Worte des Baumes: „Nur dein Vater kann dich beschützen! Geh nach Norden.“ Sie hörte, wie die Verhüllte sie „Tochter meines größten Feindes, des Mörders meiner Schwester“ nannte. Als Flayne schweißgebadet erwachte, wurde ihr klar, dass sie ihren Vater unbedingt finden musste, so schnell nur irgend möglich. Er war der Feind dieser verhüllten Frau und, laut der Trauerweide, der Einzige, der in der Lage war, Flayne zu beschützen. Aber warum wollte die fremde Magierin sie töten? Aus Rache an Flaynes Vater, für den angeblichen Mord an ihrer Schwester? Flayne kannte ihren Vater nicht, ebenso wenig wie er sie. Was nützte es dieser Frau also, Flayne zu töten? Wie sollte ihr Vater denn um sie trauern, wenn er sie nicht einmal kannte, geschweige denn von ihrem Tod wusste? Auf diese Weise würde die Verhüllte ihre Rache nicht erhalten. Doch warum hatte sie Flayne dann angegriffen?

Flayne wusste, dass sie jetzt noch keine Antwort auf diese Fragen erhalten würde. Momentan konnte sie nur vor der fremden Zauberin fliehen und versuchen, ihren Vater zu finden. Solange sie sich im dichten Wald befand, war sie sicher. Flayne nahm sich vor, offene Lichtungen von nun an zu meiden und genauer auf ihre Umgebung zu achten. Müde schulterte sie ihren Rucksack und machte sich auf den Weg weiter nach Norden, ohne die Hoffnung ihre Eltern jemals zu finden. Wie sollte sie sie erkennen, wenn sie ihnen begegnete? Schließlich gab es keinen Hinweis darauf, wer sie waren. Flayne konnte noch nicht einmal sicher sein, ob die Trauerweide sich nicht geirrt hatte, und ihre Eltern in einem anderen Teil Landunas lebten. Was sagte es schon aus, dass Fol sie im Ilinenwald gefunden hatte? Das war viele Jahre her. Vielleicht waren ihre Eltern längst von dort fortgegangen. Dennoch war der Weg nach Norden die einzige

Hoffnung, die sie hatte. Wenn die Trauerweide ihre Eltern kannte, so mussten auch die anderen Bäume von ihnen wissen.

Flayne legte ihre Hand auf den Stamm der Eiche, in deren Zweigen sie geschlafen hatte. „Kannst du mir sagen, wer meine Eltern sind?“, fragte sie.

„Du musst deinen Weg alleine finden“, entgegnete der Baum nur.

Flayne runzelte die Stirn. „Ist das alles?“, rief sie laut. Aber die Eiche antwortete nicht mehr.

„So ein Mist“, knurrte Flayne und trat gegen einen Stein auf dem Waldboden, was ihr jedoch auch nicht weiterhalf.

Ein leichter Nieselregen begann vom Himmel zu fallen und der Wald war noch immer so dicht, dass jeder andere ihn nur mithilfe einer Machete oder eines Schwertes hätte durchqueren können, doch Flayne fand überall einen Weg. Es gab immer eine Lücke zwischen den verflochtenen Ästen der Brombeeren oder den dichten Zweigen zweier eng stehender Nadelbäume. Dafür störte sie der sanfte und eigentlich gar nicht einmal so kalte Nieselregen. So sehr sie das Feuer mochte, so sehr hasste sie kaltes Wasser. Ihre Kleidung sog sich mit Wasser voll, denn trotz des dichten Blätterdachs gelang es den kleinen Tropfen immer wieder, bis zu Flayne vorzudringen. So war es schon immer gewesen. Während andere lachend durch den Regen liefen, zog Flayne sich zurück. Sie fror eher als die anderen Bewohner Dreens und hatte eine angeborene Abneigung gegen Wasser. Dies war das Einzige, was sie an einem Leben in der Wildnis hindern mochte. Flayne konnte nur hoffen, dass der Regen gegen Mittag aufhören und die Sonne die Wolken durchbrechen würde, um das regennasse Land ein wenig zu wärmen.

Plötzlich vernahm Flayne ein leises Knacken. Ihre Hand berührte den Stamm einer nahe stehenden Buche. Sie lehnte sich an ihn, wurde eins mit dem Baum. Niemand würde sie bemerken. Im Wald war sie beinahe unsichtbar und, solange sie diesen Schutz nicht aufgab, völlig sicher.

Das Knacken wiederholte sich, wurde lauter und steigerte sich bald darauf zu einem lauten Krachen. Irgendjemand bahnte sich gewaltsam einen Weg durch das Dickicht. Schon nach kurzer Zeit konnte Flayne deutlich die Schläge hören, mit denen Äste und Zweige durchschnitten und Dornen zur Seite gezwungen wurden. Die Geräusche erfüllten sie mit Wut. Sie konnte es nicht ertragen, wenn sich jemand auf so grobe Art einen Weg durch den Wald bahnte und dabei die Bäume verletzte. Doch Flayne hielt sich zurück, da ein solcher Lärm sicherlich nicht von einem einzelnen Lebewesen verursacht wurde. In diesem Teil des Landes war jeder Reisende, der es wagte, sich auf solch auffällige Weise einen Weg durch den Wald zu bahnen, bewaffnet, und Flayne war sich nicht sicher, ob sie in der Lage sein würde, die Fremden aus dem Wald zu vertreiben.

Flayne fragte die Bäume nach den Eindringlingen, doch bevor diese antworten konnten, sah sie bereits eine Horde Goblins durch das Dickicht stapfen. Es waren muskulöse Kreaturen mit grüner Haut und eingedrückt wirkenden Gesichtern.

Aber was taten sie hier?

Goblins kamen nur selten in diese Gegend und das zu Recht, denn es gab hier nur arme Dörfer – nichts, was sich für Wesen zu erkämpfen lohnte, die größtenteils von Raubüberfällen auf Reisende oder schlecht befestigte Städte lebten. Für Räuber herrschten schlechte Zeiten, ob durch die Armut vieler Menschen oder durch den besseren Schutz der Städte, wusste Flayne nicht zu sagen, schließlich lebte sie in einem abgelegenen Dorf und hörte nur selten Neuigkeiten aus anderen Teilen Landunas. Die wenigen Reisenden, die auf dem Weg zum Südhafen in Dreen einkehrten, waren entweder ebenso arm wie die Dorfbewohner oder sie reisten in gut geschützten Gruppen.

Flayne war von Natur aus neugierig. Sie wollte wissen, wohin diese Ungeheuer unterwegs waren und was sie im Westen des Landes suchten. Die meisten waren einst nach Osten gegangen, voller Hoffnung auf große Beute in den dort gelegenen, reichen Städten. Als Flayne den Pfad der Zerstörung sah, den diese Eindringlinge hinterließen, sehnte sie sich danach, sie aus dem Wald zu vertreiben, doch es waren einfach zu viele. Trotzdem trieb ihre Neugier sie dazu, den Goblins unbemerkt zu folgen.

Auf diese Weise gelangten sie zu einer kleinen Lichtung, die, zur Überraschung Flaynes und zur Freude der Goblins, nicht leer war. Flayne blinzelte. Das Sonnenlicht, das auf die Lichtung fiel, blendete einen Moment lang ihre an die Dämmerung des Waldes gewöhnten Augen. Ein junger Mann, vermutlich auf der Reise zum Südhafen, stand neben einer kalten, sorgfältig abgedeckten Feuerstelle. Ein Schwert steckte griffbereit in seinem Gürtel und in der Hand hielt er Pfeil und Bogen. Anscheinend hatte auch er die Goblins schon von Weitem gehört, was bei dem Lärm, den sie verursachten, kein Wunder war.

Die Goblins blieben einen Moment lang stehen. Flayne dagegen näherte sich der Lichtung und kletterte auf eine nahe gelegene Erle, um einen besseren Überblick zu erhalten.

Die Goblins wechselten einige Worte in ihrer seltsamen Sprache und schienen zu beraten, wie sie den Mann auf der Lichtung am besten angreifen konnten. Fol hatte Flayne viele Sprachen gelehrt und so verstand sie einen Teil des Gesprächs, obwohl es ihr Mühe bereitete, seinen Sinn zu erschließen. Offenbar war einer der Goblins – er hatte eine besonders große Knollennase – auf die Idee gekommen, den Fremden von hinten anzugreifen. Der Goblin schien noch nicht bemerkt zu haben, dass der junge Mann bereits auf sie wartete. Seine Kumpane schienen ein wenig klüger zu sein und brachten den Großnasigen mit einem unsanften Schlag zum Schweigen.

Während die Goblins sich stritten, hatte Flayne genug Zeit, den Fremden auf der Lichtung einer genaueren Betrachtung zu unterziehen.

Er war groß und schlank. Haar, hellbraun wie das Holz der Eichenstämme, umfloss seine Schultern.

Flayne erinnerte sich an Fols Geschichten.

Ein Elf?

Sie blickte genauer hin. Seine Ohren waren spitz und leicht in sich gedreht, ähnlich Flaynes eigenen. Sofern sie es auf diese Entfernung erkennen konnte, lag ein leichtes Stirnrunzeln auf seinen fein geschnittenen Gesichtszügen. Ja, er musste ein Elf sein!

Flayne wurde in ihrer Betrachtung unterbrochen, denn die Goblins schienen sich endlich geeinigt zu haben und betraten nun die Waldlichtung, auf der der Fremde noch immer geduldig wartete.

Der Elf hätte schon längst die Lichtung verlassen und im tiefen Unterholz des Waldes Schutz suchen können, schließlich musste er sich allein gegen eine nicht unbeträchtliche Zahl an Gegnern verteidigen. Doch wenn er wirkliche ein Elf war, war er vermutlich einfach zu stolz dazu. Kein Angehöriger seines Volkes würde jemals vor einer Gruppe Goblins fliehen, ganz gleich wie groß sie war.

Der Elf hob seinen Bogen und der erste Pfeil verließ die Sehne, flog auf den vordersten Goblin zu, bohrte sich tief in seine Brust und ließ ihn zu Boden sacken. Die anderen Goblins zögerten einen Moment, doch es war bereits zu spät. Ein weiterer Pfeil war wie durch Zauberhand auf der Sehne des Elfen erschienen und flog auf sie zu. Noch bevor der Pfeil sein Ziel erreichte, sandte der Elf den dritten auf die Reise.

Die Goblins erkannten, dass der direkte Angriff auf den Reisenden die einzige Möglichkeit war, dem tödlichen Pfeilhagel zu entgehen. Noch zwei weitere starben durch den Bogen des Elfen, dann war dieser gezwungen, sein Schwert zu ziehen. Die Klinge blitzte silbrig im Sonnenlicht, als der Elf sich unter dem Schlag des ersten Angreifers hinweg duckte und ihn mit einer blitzschnellen Bewegung zu Boden gehen ließ. Seine Klinge färbte sich violett vom Blut des Goblins.

Es wäre dem Elfen ein Leichtes gewesen, hätte er die Goblins einzeln töten können, doch die Ungeheuer schienen – abgesehen von dem Knollennasigen – nicht so dumm zu sein, wie in den Geschichten immer behauptet wurde. Zumindest verstanden sie sich gut genug auf ihr Handwerk, um gemeinsam anzugreifen.

Die Schläge ihrer Äxte, Keulen und Schwerter waren plump, doch wuchtig geführt. Die Bewegungen des jungen Mannes dagegen schienen das genaue Gegenteil der ihren. Er bewegte sich so schnell, dass Flaynes Augen kaum folgen konnten. Dies überzeugte Flayne letztendlich von seiner elfischen Herkunft, Menschen waren auch nach jahrelangem Training nicht so wendig und geschickt.

Die Goblins hatten sich bereits auf eine leichte Beute gefreut, schließlich waren sie in der Überzahl. Der Reisende hatte zwar ein gutes Schwert und dazu noch einen Langbogen samt Köcher und Pfeilen, schien aber ein wenig erschöpft zu sein. Doch an diesem Tag lernten die Goblins, dass man für einen Überfall oftmals einen hohen Preis zu zahlen hat. Einer nach dem anderen wurde von der schmalen Elfenklinge verletzt oder getötet und der Boden der Lichtung war schon bald mit violettem Blut durchtränkt. Dennoch bemerkte Flayne, dass die Hiebe des Elfen kraftloser wurden.

Trotz seiner Erschöpfung hätte der Elf jenen Kampf vielleicht gewonnen, wenn nicht weitere Goblins aus dem Wald aufgetaucht wären. Flayne war so gefesselt von dem Schauspiel auf der Lichtung, dass sie das Auftauchen weiterer Gegner zuerst nicht einmal bemerkte. Zwar waren es nur wenige, doch sie mischten sich nach kurzem Zögern ebenfalls in den Kampf ein, sodass der Elf gezwungen war, in Sekundenschnelle herumzuwirbeln, da nun von allen Seiten Waffen auf ihn zielten.

Von ihrem Versteck aus sah Flayne, wie der Elf sich mit einem großen Hieb Platz verschaffte und in dem so entstandenen freien Moment sein Schwert von der rechten in die linke Hand wechselte, was die darauf folgenden Hiebe zwar nicht mehr ganz so elegant erscheinen ließ, der Geschwindigkeit seines Schwerttanzes dagegen keinen Abbruch tat.

Trotz seiner Anmut waren seine Bewegungen schwerfälliger und kraftloser geworden. Erst jetzt bemerkte Flayne, dass seine Tunika am rechten Oberarm blutdurchtränkt war und sie wusste, dass er auf Dauer nicht gegen die ganze Goblinhorde bestehen konnte.

Flayne zuckte zusammen, als ein Axthieb den Elfen nur knapp verfehlte. Sie musste ihm helfen!

Ohne noch lange zu zögern, ließ sie sich zu Boden fallen. Sie landete geschickt auf den Füßen und zog ihr Schwert. Bis auf den leisen, hellen Ton, den die Klinge verursachte, als sie aus der Scheide glitt, geschah dies vollkommen lautlos und kein Goblin bemerkte sie.

Der Elf warf Flayne einen kurzen Blick zu und Überraschung zeichnete sich auf seinen fein geschnittenen Zügen ab. Dann richtete sich seine ganze Aufmerksamkeit wieder auf die Angreifer.

Flayne näherte sich einem Goblin von hinten. Sie beruhigte ihr Gewissen mit dem Gedanken, dass sie in einem unehrenhaften Kampf nicht verpflichtet war, fair zu kämpfen, und schlug mit aller Kraft zu. Der Goblin brach zusammen. Flayne konnte nicht sagen, ob ihr Hieb ihn getötet oder nur verletzt hatte, denn sie brachte es nicht über sich, genauer hinzusehen, um es in Erfahrung zu bringen. Flayne kämpfte weiter, duckte sich, wich aus, parierte einige Schläge und schlug zurück. Sie versuchte, nicht darüber nachzudenken, was sie tat. Es war ihr zuwider. Sie wollte nicht töten, und doch musste sie es.

So oft nur irgend möglich zielte Flayne auf die Arme und Beine ihrer Gegner und versuchte, mit der flachen Seite ihrer Klinge zuzuschlagen und sie auf diese Weise niederzuschlagen oder zu verwunden, anstatt sie zu töten, obwohl sie vermutete, dass es keinen allzu großen Unterschied machen würde. In Geschichten hieß es immer, Goblins töteten ihre verletzten Kumpane oder ließen die Verletzten allein zum Sterben zurück, da sie andernfalls eine Belastung für die Gruppe darstellten. Aber das waren nur Geschichten. Wer garantierte ihr, dass sie wahr waren?

Flayne hatte noch nie einen wirklichen Kampf bestehen müssen. In den Übungskämpfen mit Fol konnte sie immer sicher sein, dass ihr Ziehvater sie niemals verletzen würde. Doch nun ging es auch um ihr Leben. Sollte sie einen Schlag falsch kalkulieren oder einmal nicht schnell genug ausweichen, würde sie verletzt oder getötet werden. Ein Hieb verfehlte nur knapp ihren Bauch, sie schlug zu, traf auf Widerstand, doch ihr blieb keine Zeit, um zu sehen, ob sie einen Goblin verwundet hatte, denn sie hörte das Heranzischen einer weiteren Klinge. Sie duckte sich und der auf ihren Hinterkopf gezielte Hieb verfehlte sie und traf stattdessen einen anderen Goblin. Einen Moment lang starrte der Angreifer Flayne überrascht an, was auch ihn das Leben kostete.

Keiner der Angreifer hatte mit einem zweiten Gegner gerechnet und nicht lange, nachdem Flayne in den Kampf eingegriffen hatte, wandten sich die überlebenden Goblins zur Flucht und beendeten auf diese Weise den sinnlosen Kampf. Weder Flayne noch der Elf setzen ihnen nach, obwohl es ein Leichtes gewesen wäre, die Ungeheuer zu verfolgen. Eine Zeit lang hörten sie die Goblins noch entfernt durch das dichte Unterholz des Waldes brechen, doch schon bald herrschte wieder Stille. Nur unterbrochen vom leisen Zwitschern der Vögel, so als hätte sich auf dieser Lichtung niemals ein Kampf abgespielt.

Flayne bemühte sich, die Leichen nicht anzusehen, als sie zu dem Elfen ging, dennoch fiel ihr Blick mehr als einmal auf einen zerschnittenen, von violettem Blut bedeckten Körper. Übelkeit wallte in ihr auf und sie wandte schnell den Blick ab. Der Elf lehnte an einer großen Ulme und schien völlig erschöpft zu sein. Flayne erkannte sofort, dass etwas mit ihm nicht in Ordnung war, und ihr Blick fiel abermals auf seinen blutdurchtränkten Ärmel.

„Ihr seid verletzt!", rief sie aus.

„Nicht schlimm", murmelte der Elf. Trotz der offensichtlichen Schwäche klang seine Stimme klar wie plätscherndes Wasser. Er sprach in einem seltsamen, singenden Tonfall, sodass seine Worte eher wie Musik, denn gesprochene Laute klangen. Unter dem langen Haar blitzten Augen von einem katzenhaften, stechenden Grün. So sehr Flayne sich auch bemühte, gelang es ihr nicht, in diesen Augen zu lesen.

Der Elf richtete sich vorsichtig auf, wollte sich einen Schritt von der Ulme entfernen, taumelte dann aber. Er versuchte sich mit der rechten Hand am Baum abzustützen, doch der Arm gab unter seinem Gewicht nach. Schnell nahm er den linken Arm zu Hilfe und dank seiner Wendigkeit gelang es ihm, sich auf den Beinen zu halten.

„Zeigt mir Euren Arm", verlangte Flayne.

„Es ist nichts", murmelte der Elf, doch er war zu erschöpft, um sich zu wehren, als sie nach seinem Arm griff und vorsichtig den Ärmel hochschob. Ein unterdrückter Schmerzenslaut entfuhr ihm. An seinem Oberarm entdeckte Flayne einen tiefen Schnitt, der Preis, den der Elf für seinen Stolz zahlen musste.

Flayne wusste aus Fols Geschichten, dass die Wunden eines Elfen sehr schnell heilten und die Bäume hatten sie einiges über Verletzungen und deren Behandlung gelehrt, sodass es ihr sicherlich möglich sein würde, die Wunde zu versorgen und eine Entzündung zu verhindern.

Flayne schüttete etwas Wasser aus ihrer Feldflasche auf den Arm des Elfen und sah sich nach einem sauberen Tuch um, mit dem sie seine Wunde reinigen konnte. Die von der langen Reise verdreckte Kleidung des Elfen konnte sie nicht verwenden, sie würde die Wunde nur noch stärker verschmutzen.

Auch Flaynes eigene Sachen waren nicht gerade sauber, doch sie besaß nichts Besseres und so riss sie resignierend einen Streifen vom Ärmel ihres einzigen Hemdes. Sie benetzte den Stoffstreifen mit ein wenig Wasser aus ihrer Flasche und begann vorsichtig die Wunde zu säubern. Der Elf hatte die Gegenwehr aufgegeben und ließ die Behandlung über sich ergehen. Während Flayne seine Wunde reinigte, verzog er zwar einige Male das Gesicht, ließ aber keinen Ton verlauten. Flayne wusste, dass sie nicht allzu geschickt zu Werke ging, schließlich hatte sie keine Übung im Versorgen von Wunden, doch sie gab sich Mühe. Als sie fertig war, legte sie die Blätter der nahe wachsenden, gelben Garernblumen auf den noch immer stark blutenden Schnitt und verband ihn mit einem weiteren Streifen ihres Hemdes, den sie sicherlich bald schmerzlich vermissen würde.

Während die Sonne tiefer sank, gelang es Flayne, den verletzten Elfen ein Stück von der Lichtung fortzubringen. Sie wollte nicht an einem von Leichen übersäten Ort übernachten.

Nachdem sie etwas gegessen hatten – wobei der Elf sich entschieden geweigert hatte, irgendetwas von Flayne anzunehmen, obwohl seine eigenen Vorräte überaus spärlich waren – schlief er sofort ein. Flayne wusste, dass sie sich um seine Verletzungen keine allzu großen Sorgen zu machen brauchte und auch die Goblins würden wohl nicht mehr zurückkehren, dennoch flößte der Gedanke an Schlaf ihr Angst ein. Sie wusste, dass ihre Träume wahrscheinlich mit toten Körpern und violettem Blut gefüllt sein würden.

Es machte ihr nichts aus, die Nacht hindurch zu wachen. Sie konnte lange Zeit ohne Schlaf auskommen. Als sie noch in Dreen gewohnt hatte, hatte sie in den kalten Wintermonaten versucht herauszufinden, wie lange sie wach bleiben konnte, doch nach drei Wochen ohne Schlaf hatte sie, obwohl noch immer nicht müde, aufgegeben und war zu Bett gegangen. Daraufhin hatte sie eine ganze Woche geschlafen, und wenn Fol sie nicht geweckt hätte, vielleicht noch länger.

Viele Gedanken gingen Flayne durch den Kopf. Sie erinnerte sich an die Trauerweide auf der Lichtung mit der kleinen Quelle und fragte sich, was mit ihr geschehen war und wie es ihr gehen mochte. Sie erinnerte sich an ihre Worte und an die verhüllte Magierin. Warum wollte sie Flayne unbedingt töten? Und wer war ihr Vater, der sie laut der Weide als Einziger beschützen konnte? Wie sollte Flayne ihn finden?

Auf keine dieser Fragen fand sie eine Antwort, doch sie wusste, wo sie nach ihnen suchen konnte. Im Norden, im Ilinenwald.

Wenn ihre Fragen irgendwo beantwortete werden konnten, dann dort. Der Wald war ihre einzige, schwache Hoffnung.

Lange saß sie da und starrte in die Dunkelheit, als ihre Gedanken zu dem seltsamen Reisenden wanderten, über dessen Schlaf sie wachte. Wer war dieser Elf? Woher kam er? Und was tat er hier? Jeder wusste, dass in der namenlosen Wildnis, die die Städte und Dörfer im Südwesten Landunas umgab, keine Elfen mehr lebten. Selbst ihre Reisen in diesen Teil des Landes waren so selten, dass die Bewohner dieser Gegend nicht einmal mehr an ihre Existenz glaubten. Was suchte der Elf? Im Süden gab es nichts, was eine Reise lohnte, abgesehen von Gefahren, Gefahren für diejenigen, die nicht wussten, wie sie sich verbergen konnten oder die zu stolz dazu waren.

Die Region südwestlich der Stadt Galda bestand beinahe nur aus unwegsamer Wildnis, unterbrochen von einigen wenigen Dörfern und Städten, die planlos und verstreut in der Eintönigkeit des Waldes lagen wie Bauklötze, die ein Kind in einem Wutanfall zu Boden geworfen hatte. Einst mochte es hier anders gewesen sein. Vielleicht war der Südwesten ein blühender Landstrich gewesen, doch nun gab es hier nur noch wenige größere Städte und auch der Südhafen wurde kaum von den Bewohnern der anderen Teile Landunas benutzt.

Einzig und allein die Stadt Galda mit ihrer großen Bibliothek empfing noch Reisende und erhielt sich einen Teil des Wohlstands alter Zeiten. Die Menschen des Westens hatten gelernt zu überleben, doch für Fremde lauerte in dieser Gegend oftmals der Tod.

Flayne wusste, dass ihre Fragen höchstwahrscheinlich nie beantwortet werden würden. Der Elf war zu verschlossen, um ihr seine Geschichte zu erzählen. Er war ja nicht einmal bereit, Hilfe in der Not anzunehmen, obwohl er vermutlich für jemand anderes das Gleiche getan hätte. Plötzlich lächelte Flayne. Zumindest einer Sache konnte sie sich nun sicher sein. Elfen gab es wirklich.

Es hatte die ganze Nacht hindurch geregnet und Flayne fror erbärmlich, dennoch hatte sie nicht gewagt ein Feuer zu entfachen, um keine ungebetenen Besucher anzulocken.

Der Regen plätscherte auf das Blätterdach der Bäume, durchdrang es und durchnässte Flayne ebenso wie den Waldboden und den schlafenden Elfen.

Als der Himmel sich ein wenig heller färbte, wusste Flayne trotz der dichten Regenwolken, dass die Sonne aufgegangen war. Sie betrachtete die edlen Gesichtszüge des Elfen und das Regenwasser, das in feinen Rinnsalen seine Wangen hinab lief. Einige nasse Haarsträhnen lagen auf seinem Gesicht und bedeckten die geschlossenen Augenlider. Im Schlaf schien es, als sei der strenge Ehrenkodex seines Volkes von ihm gewichen und sein leichtes Lächeln ließ den Ernst und die Wehmut verblassen, die am Tag auf seinen Zügen lagen.

Flayne lächelte und wandte sich dann, auf der Suche nach etwas Essbarem, ihrem Rucksack zu.

Von der zunehmenden Helligkeit erwachte auch der Elf. Der Schlaf hatte ihm gutgetan, er sah beinahe gesund aus. Vorsichtig stand er auf. Es gelang ihm problemlos. Er blickte hinauf zum Himmel und ließ sich lächelnd den Regen ins Gesicht prasseln, dann wünschte er Flayne einen guten Morgen. Anscheinend hatte er sich, zumindest für den Moment, mit ihrer Anwesenheit abgefunden. Doch dann runzelte er die Stirn.

„Ihr habt doch nicht die ganze Nacht hier gewacht?“, fragte er.

Sein durchdringender Blick machte es Flayne unmöglich zu lügen und so nickte sie.

„Warum?“

„Ich musste nachdenken.“

Er sah sie noch einmal durchdringend an, schwieg aber. Einen Moment lang konnte Flayne in seinem Blick lesen. Sie hatte ihn vor einer Horde Goblins gerettet und damit seinen Stolz verletzt. Er hasste es, in jemandes Schuld zu stehen. Dann wurden seine Augen wieder unlesbar wie die einer Katze, dennoch hatte Flayne in ihnen noch einen kurzen Blick auf etwas anderes erhascht. Anerkennung.

Nachdem auch der Elf etwas gegessen hatte – natürlich ohne etwas von Flayne anzunehmen – begann diese vorsichtig den Verband abzuwickeln. Dieses Mal protestierte er nicht, doch er entzog ihr schnell seinen Arm und kümmerte sich selbst um den Verband.

Flayne war überrascht, als sie die Wunde sah. Der Schnitt blutete nicht mehr und es hatte sich bereits Schorf gebildet.

„Danke.“ Die Stimme des Elfen klang noch genauso klar wie am Vortag, doch viel kräftiger.

„Gern geschehen", entgegnete Flayne nur.

Sie wartete, ob er noch irgendetwas sagen würde, doch der Reisende schwieg wieder. Es gab so viele Fragen, die sie ihm stellen wollte, all die Fragen, die in ihr lauerten. Doch sie hielt sich zurück, denn sie wusste, dass er sie ohnehin nicht beantworten würde.

Nach einiger Zeit des Schweigens lächelte der Elf. „Entschuldigt", bat er. „Ich habe durch all diese Kämpfe und meine erfolglose Suche in solch einem einsamen Land meine Höflichkeit vergessen. Ich möchte Euch noch einmal für Eure Hilfe danken und, wenn Ihr erlaubt, mich vorstellen. Mein Name ist Drelyn. Ich stamme aus Meralyn."

„Gern geschehen", erklärte Flayne noch einmal und nannte ihm ihren Namen.

Auch Drelyns Weg führte ihn in nördlicher Richtung durch die westliche Wildnis, daher reiste er, zumindest für den Moment, gemeinsam mit Flayne weiter, wortlos wie zuvor, doch in einem freundlichen Schweigen.

Zu ihrer Überraschung bemerkte Flayne, dass der Elf sich auf ebenso lautlose Weise durch den Wald bewegte wie sie selbst, wobei seine Bewegungen von weitaus mehr Übung und Geschick zeugten als die ihren.

Am späten Nachmittag hörte es auf zu regnen. Flayne genoss die Stille, die nur von leisem Vogelgezwitscher und dem gelegentlichen Tropfen unterbrochen wurde, mit dem die Blätter der Bäume sich ihrer Wasserlast entledigten.

Als sie gegen Abend rasteten, gelang es ihr, ein Feuer zu entfachten. Zwar war auf dem Waldboden nur nasses Holz zu finden, doch Flayne war ein Kind des Feuers und es bereitete ihr keine Mühe, mithilfe eines Feuersteins die Zweige zu entzünden. Trotz der warmen Flammen fror Flayne. Sie zog ihren nassen Mantel fester um die Schultern, doch auch er wärmte sie nicht, denn der feuchte Stoff klebte auf ihrer Haut und verstärkte nur ihr Frösteln.

Drelyn stand auf und legte ihr seinen bereits leicht zerschlissenen Umhang um die Schultern. Auch er war nass, doch wenn Flayne ihn über ihren eigenen Mantel legte, schützte er sie zumindest vor dem schneidenden Wind. Als sie ihm widersprechen und den Umhang zurückgeben wollte, behauptete Drelyn, er fröre nicht, und erklärte, dass er schließlich in ihrer Schuld stünde. Er schien die Wahrheit zu sagen, denn Flayne hatte den Eindruck, dass der Elf sich im regennassen Wald vollkommen wohlfühlte.

„Wohin bist du unterwegs?“, frage er sie nach einer langen Zeit des Schweigens.

„Nach Norden“, antwortete Flayne, während sie das tanzende Spiel der Flammen betrachtete.

„Was willst du dort?“

„Jemanden suchen.“

Drelyn bemerkte, dass sie nicht darüber sprechen wollte und fragte nicht weiter.

„Was ist mit dir?“, fragte Flayne nach einer Pause. „Wohin willst du gehen?“

„Auch nach Norden.“ Er schenkte ihr ein schwaches Lächeln. „Jemanden suchen. Doch zuvor führt mein Weg mich nach Galda.“

„Warum?“

„Es gibt dort eine große Bibliothek. Ich bin auf der Suche nach einem bestimmten Buch. Die Bibliothek ist zwar nicht für jeden zugänglich, aber ich werde schon einen Weg hinein finden.“

„Eine große Bibliothek!“, schoss es Flayne durch den Kopf. Vielleicht konnte sie in den Büchern dort etwas über ihre Herkunft erfahren. Sie blickte auf. „Ich könnte dich begleiten. Ich kenne den Weg und kann dich dorthin führen.“

„Ich bin es gewohnt, allein zu reisen.“ Der Elf starrte in die Flammen und blickte dann zu Flayne hinüber. „Aber vielleicht ist es an der Zeit, alte Gewohnheiten abzulegen.“

# Galda

Als sie Galda durch das Stadttor betraten, herrschte dort wie immer ein reges Treiben. Flayne, die dank Fols Erzählungen jeden Ort im Westen finden konnte, aber noch nie selbst in einer so großen Stadt gewesen war, starrte alles neugierig und mit leisem Unbehagen an.

So viele Leute hasteten durch die Straßen und sie alle hatten ein Ziel. Dennoch gingen sie aneinander vorbei. Flayne war es gewohnt, dass man sich grüßte und kannte. Doch hier sprachen sich die Leute nicht einfach auf der Straße an. Nur einige wenige Bekannte bekamen ein flüchtig gegrummeltes „Tag“ zu hören. Zeit für ein kleines Schwätzchen hatte kaum jemand. Keiner grüßte fröhlich im Vorbeigehen und niemand fragte, wie es den Kindern ging. Die einzigen Worte, die gegenüber anderen verwendete wurden, waren Schimpfreden über versehentlich bespritzte Umhänge oder Ähnliches.

Galda war, obwohl sie weit im Westen lag, die größte Stadt Landunas. Viele der hier lebenden Menschen waren reich, dennoch schienen sie nicht allzu glücklich zu sein.

Drelyn schüttelte den Kopf. „Ich verstehe die Menschen nicht. Sie haben es immer eilig, nie haben sie Zeit, nie gönnen sie sich Rast. Ihre kurze Lebenszeit verbringen sie damit, vergänglichen Dingen hinterherzulaufen und sie wieder zu verlieren.“

„Nicht alle Menschen“, entgegnete Flayne, doch hinsichtlich der Bewohner Galdas konnte sie die Wahrheit seiner Worte nicht leugnen.

Flayne fühlte sich unwohl in den Straßen dieser Stadt. Viele neugierige Blicke trafen sie. Sie wollte nicht gesehen, nicht angestarrt werden, es erinnerte sie zu sehr an die Tage in Dreen, die sie ein für alle Mal hinter sich glaubte. Sie zog sich die Kapuze von Fols Mantel tief in die Stirn, um ihre spitzen Ohren zu verbergen und sich vor den oftmals nicht besonders freundlichen Blicken zu schützen. Sie sehnte sich zurück in den Wald, dorthin, wo sie immer unsichtbar war. Zu ihrer Erleichterung stellte sie fest, dass die Bewohner Galdas sie jetzt, da sie ihre Kapuze trug, kaum mehr anstarrten. Es kamen viele Menschen hierher, die ihre Identität verbergen wollten, daher weckten solche Besucher, im Gegensatz zu Elfen und anderem spitzohrigen Volk, keine Neugier mehr. Elfen wurden auch in Galda selten gesehen und auch hier glaubte kaum noch jemand an ihre Existenz.

Drelyn, der dies ebenfalls bemerkt hatte, nickte ihr zu und zog ebenfalls die Kapuze seines Umhangs in die Stirn.

Die Blicke, die sie jetzt noch trafen, fielen größtenteils sehr missbilligend aus und wurden nicht selten von einem misstrauischen Stirnrunzeln begleitet. Die Bewohner Galdas waren, obwohl sie das Wort „waschen“ nicht zu kennen schienen, oftmals in kostbare Roben und Kleider gehüllt und wirkten auf Flayne sehr herausgeputzt. Drelyn und Flayne sahen nach ihrer Reise zwischen den reich gekleideten Bürgern dieser Stadt äußerst schäbig aus.

Flayne war sich nicht sicher, ob sie in ihrer abgerissenen Reisekleidung Zugang zur Bibliothek erhalten würden.

Als sie ihre Zweifel aussprach, nickte Drelyn. „Wahrscheinlich hast du recht, aber einen Versuch ist es wert. Sonst müssen wir eben einen anderen Weg hinein finden.“

Die Häuser der Stadt standen dicht nebeneinander, ihre Dächer wirkten wie Straßen und Plätze, die hoch in der Luft erbaut worden waren. An einer Hauswand erblickte Flayne ein Plakat, auf dem die Behörden der Stadt eine große Belohnung für lebend gefangene Gestaltwandler versprachen. Sie wusste, dass ähnliche Flugblätter in jeder größeren Stadt angeschlagen wurden. Jedes mit einer anderen, fadenscheinigen Erklärung. Den wahren Grund für die Jagd auf diese Wesen schien niemand zu kennen.

Nachdem Drelyn sich bei einem Händler nach der Bibliothek erkundigt hatte, erfuhr er, dass sie sich erst im Rathaus eine schriftliche Erlaubnis zum Betreten des Gebäudes besorgen mussten. Eine halbe Stunde später standen Flayne und Drelyn vor einem palastähnlichen Bau. Der Elf bat Flayne draußen zu warten, was sie liebend gern tat. Diese ganze Stadt war ihr unheimlich. Das einzig Vertraute war der Himmel, der sich grau und wolkenbedeckt über Galda wölbte. Plötzlich konnte sie den Gedanken, den Himmel nicht mehr zu sehen und damit den einzigen Anhaltspunkt in diesem Chaos zu verlieren, nicht ertragen.

Es dauerte lange, bis Drelyn wieder aus dem Gebäude kam. Er schüttelte den Kopf. „War nicht anders zu erwarten", erklärte er ruhig, doch seine dunkelgrünen Augen sprühten vor unterdrückter Wut. „Nun, es wäre mir lieber gewesen, wir hätten die Bibliothek mit offizieller Erlaubnis betreten, aber es gibt noch andere Wege, um hineinzugelangen."

Der Elf berichtete, was im Rathaus geschehen war. Nachdem er sein Anliegen vorgetragen hatte, hieß ihn ein herausgeputzter, aber unfreundlicher Diener zu warten. Es dauerte lange, bis er in das Büro eines beleibten Beamten geführt wurde, welcher ihm den Eintritt in die Bibliothek verweigerte, da Drelyn keinen der in Galda üblichen Ausweise besaß. Natürlich konnte er versuchen, solch einen Ausweis zu bekommen, doch das würde mehrere Monate in Anspruch nehmen. Vermutlich ließen sie nur Leute in die Bibliothek, die reich genug waren, diese mit hohen Spenden zu unterstützen. „Wozu haben diese Leute eine Bibliothek, wenn sie kaum jemandem zugänglich ist?", wunderte er sich.

Flayne zuckte die Achseln. „Vielleicht wollen sie mit der Bibliothek nur angeben und freuen sich darüber, dass so viele Leute anfragen und sie alle wieder wegschicken können", vermutete sie und rang dem Elfen damit ein Lächeln ab.

Sie schlenderten noch einige Zeit durch die Gassen der Stadt, beobachteten das rege Treiben und die rufenden Händler. Dabei gelangten sie auch in Gegenden Galdas, die sie schnellstmöglich wieder verließen. Die Menschen, die hier in den schmalen Hauseingängen zu sehen waren, machten den Eindruck, als verdienten sie ihren Lebensunterhalt als Meuchelmörder oder bezahlte Schläger, was wahrscheinlich nicht allzu weit von der Wirklichkeit entfernt lag. Düstere Gestalten huschten durch die Gassen und die einzigen Menschen, die sich nicht in den Schatten verbargen, sondern sich deutlich zu erkennen gaben, waren die knapp bekleideten Huren. Ihr Gewerbe schien allerdings nicht allzu viel einzubringen, so ausgemergelt und abgerissen, wie sie aussahen. Flayne und Drelyn wichen einem Betrunkenen aus, der seinen Weg durch die Gassen taumelnd, grölend und mit einer halb vollen Flasche in der Hand suchte. Kurz darauf sank er an einer Hauswand herab, nicht mehr in der Lage, seinen Weg fortzusetzen. Er blieb dort solange, bis der Bewohner des Hauses herauskam, dem Betrunkenen die Flasche aus der Hand riss und ihn fortjagte. Der Betrunkene floh unsicheren Schrittes, und der Hausbewohner lehrte glücklich den Rest der erbeuteten Flasche.

Als es zu dämmern begann, brachen sie auf. Die Bibliothek lag im südlichen Teil der Stadt, einem reichen Viertel. Die Häuser in ihrer Nähe sahen aus wie Paläste. Trotzdem war die Bibliothek von Galda das größte Gebäude in der Umgebung. Sie hob sich riesenhaft gegen den bereits dunkel gewordenen Nachthimmel ab und verdeckte die Sterne.

Drelyn bedeutete Flayne in der Nähe einer hell erleuchteten Villa zu warten und schlich lautlos auf den Eingang der Bibliothek zu. Wie ein Schatten verschwand er in der Dunkelheit. Flayne hatte ihn bereits aus den Augen verloren, als er die Wand des nächststehenden Gebäudes erreichte.

Sie blickte hinauf zu der Villa, die ihr nur spärlichen Schutz bot. Ein Balkon, begrenzt durch mehrere verzierte Säulen, die ein breites Geländer stützen, wölbte sich in Richtung Straße aus der Hauswand. Irrte sie sich oder sah sie dort oben die Schatten zweier Personen? Flayne schüttelte den Kopf, nein, sicherlich war es ein Trugbild, das ihre überreizten Nerven ihr vorgaukelten. Dennoch fühlte sie sich schutzlos. Im feinsten Viertel dieser Stadt stand sie mitten auf der Straße und konnte von jedem, der einen Blick aus dem Fenster warf, gesehen werden. Flayne ließ ihren Blick über den parkähnlichen Garten und zu der dahinter liegenden Bibliothek wandern. Sie lauschte. Kein Geräusch war zu hören, so sehr sie ihre Ohren auch anstrengte. Sie hoffte, dass Drelyn bald wieder zurückkehrte.

Doch der Elf blieb verschwunden. Zwar wusste Flayne, dass Elfen es meisterhaft verstanden, sich lautlos und ungesehen zu bewegen, doch langsam wurde sie ungeduldig und nervös. Sie begann, sich Sorgen zu machen. Was, wenn man Drelyn entdeckt hatte? Was würde mit ihm geschehen? Oder war er bereits hineingegangen, ohne sie zu holen? Flayne vermutete ohnehin, dass der Elf den Einbruch in die Bibliothek am liebsten alleine durchführen würde.

Doch dann schüttelte sie den Kopf über sich selbst. Das würde er nicht tun. Obwohl sie Drelyn noch nicht lange kannte, war sie sicher, dass er sein Wort nicht brechen würde. Seine Ehrvorstellungen würden das nicht zulassen. Vielleicht steckte er in Schwierigkeiten und benötigte Hilfe. Vielleicht wäre es besser, ihm zu folgen. Doch während sie ihn suchte, konnte Drelyn zurückkommen und sie könnten sich verfehlen. Was also sollte sie tun? Unschlüssig blickte sie sich um, als der Elf plötzlich wieder vor ihr stand.

Flayne blinzelte. So lautlos und unauffällig hätte sie sich nicht bewegen können.

„Vor der Tür stehen Wachen", erklärte Drelyn. „Dennoch ist es nicht sonderlich schwer, hineinzugelangen. Den Haupteingang können wir natürlich nicht benutzen. Es gibt große, rechteckige Fenster, nicht zu hoch über dem Erdboden gelegen. Im Notfall können wir durch sie hindurch fliehen, das würde allerdings die Wachen alarmieren und unsere Suche beenden. Es wäre klüger, sich bei Gefahr irgendwo in der Bibliothek zu verbergen. Ich glaube jedoch nicht, dass wir Probleme bekommen werden. Die Wachen stehen nur vor dem großen Haupttor. An der Seite des Gebäudes befindet sich noch eine kleine, unbewachte Seitentür, vermutlich für den Bibliothekar. Sie ist wahrscheinlich verschlossen, doch ich denke, wir sollten es dort versuchen."

Flayne folgte dem Elfen zur Bibliothek. Es war alles genau so, wie er es beschrieben hatte. Die kleine Seitentür war so gut in die Wand eingefügt, dass Flayne sie ohne Drelyns Hilfe nicht einmal bemerkt hätte. Seinen scharfen Elfenaugen entging wirklich nichts.

Drelyn drückte leicht gegen die Tür und zu ihrer beider Überraschung schwang sie sofort auf. Weshalb war sie nicht verschlossen?

Flayne warf dem Elfen einen verwunderten Blick zu. Dieser runzelte die Stirn und starrte die Tür an. War der Bibliothekar etwa noch hier? Oder hatte jemand vergessen, sie zu verschließen? Bei der strengen Bewachung der Bibliothek konnte Flayne sich das eigentlich nicht vorstellen.

Drelyn untersuchte die Tür etwas näher, dann lächelte er. „Es scheint als seien die ganzen Wachmaßnahmen berechtigt. Diese Tür war verschlossen, aber sie ist aufgebrochen worden. Anscheinend war schon jemand vor uns hier."

„War hier oder ist es immer noch“, entgegnete Flayne trocken.

Der Elf nickte. „Wir sollten vorsichtig sein.“

Sorgsam auf jedes Geräusch und jede Bewegung achtend, traten sie durch die kleine Tür. Dahinter lag ein langer, schmaler Flur mit einer unglaublich hohen, mit Stuckarbeiten verzierten Decke, der sich in beide Richtungen ins Unendliche hinzuziehen schien. Flayne hatte das Gefühl in einem Tunnel zu stehen. In diesem Flur gab es keine Fenster und doch war er erleuchtet. Das grünliche Licht schien von winzigen Wesen zu stammen, die Wände und Decke des Flures schmückten und Flayne an Glühwürmchen erinnerten. Unzählige Türen zweigten von diesem Flur ab, doch Drelyn wandte sich, ohne zu zögern, nach links. Er schien sein Ziel genau zu kennen. Erst jetzt bemerkte Flayne, dass der Flur an beiden Seiten in einem großen Spiegel endete, der ihn weitaus länger erscheinen ließ, als er wirklich war. Immer wieder wurden die Spiegelbilder zurückgeworfen und Flayne blickte in Tausende, hintereinander aufgereihte Spiegelbilder ihrer selbst.

Drelyn blieb vor einer Tür stehen, die sich nicht von den anderen zu unterscheiden schien. Sie besaß kein Schloss, stattdessen ragte ein kunstvoller Messingknauf aus ihr heraus. Flayne ergriff ihn und zog daran. Widerstandslos schwang die Tür auf.

Sie fuhr erschrocken zusammen, als sie sich plötzlich einem Fremden gegenübersah.

# Diebe

Ein junger Mann mit wirrem schwarzem Haar und dunklen Augen stand vor ihr. Er schien über diese Begegnung ebenso erschrocken wie Flayne, was ihn allerdings nicht daran hinderte, einen langen Dolch zu zücken.

Bevor Flayne in irgendeiner Weise darauf reagieren oder es überhaupt wirklich registrieren konnte, berührte ein schlankes Elfenschwert die Kehle des Dunkelhaarigen. Dieser zuckte erschrocken zusammen.

„An deiner Stelle würde ich das nicht tun", erklang Drelyns ruhige Stimme hinter ihm. Es war Flayne ein Rätsel, wie er so schnell dorthin gekommen war. Er musste darauf vorbereitet gewesen sein und sie schalt sich insgeheim für ihre Unvorsichtigkeit. Sie hatte schließlich ebenso wie der Elf gewusst, dass noch jemand hier war.

„Oh", murmelte der Fremde und steckte den Dolch zurück in seinen Gürtel.

Drelyns Schwert dagegen verharrte noch immer an derselben Stelle.

„Wer bist du?", fragte der Elf misstrauisch.

„Halian ist mein Name. Du kannst jetzt übrigens dein Schwert von meiner Kehle nehmen." Der Akzent des Mannes klang seltsam fremd, und doch hatte er etwas Vertrautes, Freundliches an sich.

„Halian, so", stellte Drelyn in leicht spöttischem Tonfall fest. „Und was tust du hier, wenn ich mir diese Frage erlauben darf?"

„Oh, ich sehe mir nur ein wenig die Bücher an", entgegnete der Dieb nicht weniger spöttisch. „Ihr müsst wissen, am Tage, wenn es hier so voll ist, lässt es sich nicht gut lesen."

Erst jetzt fand Flayne Gelegenheit, den Raum genauer zu betrachten. Die Tür, durch die sie hereingekommen waren, war derart perfekt in die Wand eingefügt, dass sie im geschlossenen Zustand nicht mehr zu erkennen war. Nur ein winziger, völlig unauffälliger Riss im Putz der Wand kennzeichnete sie. Flayne fragte sich, wie viele solche Türen es in der Bibliothek gab.

Sie standen in einer riesigen Halle, deren Decke beinahe noch höher war als die des Flures. Der ganze Raum war mit Bücherregalen gefüllt. Flayne starrte sie mit aufgerissenem Mund an. Allein der Gedanke, dass sich so viele Bücher an einem einzigen Ort befanden, schien unmöglich. Bücher waren selten und wertvoll, da sie in mühevoller Arbeit Seite für Seite sorgfältig geschrieben und abgeschrieben werden mussten.

Auch dieser Raum war von den kleinen Glühwesen bevölkert. Allerdings konzentrierten sie sich hier auf nur einen Punkt der Halle. Sie schwebten über Halians Kopf, wobei sie sich weit genug von den Fenstern entfernt hielten, um keinen Lichtschimmer nach außen dringen zu lassen.

Vorsichtig entfernte der Dieb sich ein Stück von Drelyns Schwertklinge.

Er lächelte Flayne freundlich an. „Sie gefallen dir wohl, wie?"

Sie nickte nur und warf ihm einen nicht besonders freundlichen Blick zu. Zwar war sie wirklich fasziniert von den kleinen Leuchtwesen und der Art, wie sie an Halian hingen, aber sie konnte nicht vergessen, dass er sie beinahe angegriffen hätte.

Flayne blickte zu Drelyn hinüber. Nun, da er ihr Leben gerettet hatte, wie sie zuvor das seine, stand er nicht mehr in ihrer Schuld.

Inzwischen hatte der Dieb durch vorsichtiges Zurückweichen genug Abstand zu der Schwertklinge gewonnen, um sich umdrehen zu können. Er musterte Drelyn prüfend. „Ach, ein Elf! Das hätte ich mir denken können. Nur Elfen sind so schnell." Er blickte Flayne prüfend an. „Und wer bist du?"

Flayne zuckte nur mit den Achseln und der Dieb ließ es darauf bewenden. In Galda wurden solche Fragen nicht gestellt. Wenn doch, gab man sich mit der Antwort zufrieden, die man erhielt. Die meisten Leute, die Halian kannte, hatten keine besonders erfreuliche Vergangenheit und Dinge, die einmal geschehen waren, gingen niemanden etwas an, sofern der Betroffene nicht selbst darauf zu sprechen kam.

„Was tut ihr hier?", fragte er.

„Oh, wir suchen nur etwas", wich Flayne seiner Frage aus.

Ein Teil der grünen Glühwesen war zu ihr herüber geflogen und umkreiste sie.

„Sie mögen dich. Das ist seltsam. Normalerweise fassen sie zu einem Fremden nicht so schnell Vertrauen“, erklärte Halian. Er rieb sich verlegen den Hinterkopf. „Das mit dem Dolch vorhin war nicht böse gemeint. Ich dachte, du wärst eine der Wachen.“ Er deutete auf die Leuchtfliegen. „Wenn ihr wünscht, leihe ich sie euch für eure Suche.“ Mit einer weit ausholenden Geste schloss er den ganzen Raum ein. „Was immer ihr hier suchen wollt. Natürlich nur, wenn sie bei euch bleiben wollen. Ich werde sie zu nichts zwingen, sie sind freie Wesen. Sie gehören nicht in die Villa irgendeiner Dame, um bei Festen die Halle zu erleuchten. Der Händler, dem ich sie stahl, wird sich sicherlich nicht über den Verlust seiner wertvollen Ware gefreut haben, aber was sind ein paar Goldstücke gegenüber der Freiheit?“ Er lächelte versonnen. „Sie sind frei zu gehen, wohin sie wollen, dennoch bleiben sie bei mir.“ Halian wandte sich wieder Flayne zu. „Ich hätte dich nicht erstochen, wirklich nicht. Dein Freund dort nimmt das viel zu ernst.“

Flayne nickte, doch verziehen hatte sie ihm nicht.

Drelyn dagegen versuchte nicht einmal zu verbergen, dass er dem jungen Dieb misstraute. In seinem Blick lag eine offenkundige Drohung. Flayne fasste seinen Arm und zog ihn auf die Buchreihen zu, während ihnen ein Teil der Leuchtfliegen folgte. Der Elf ließ sich von ihr mitziehen, allerdings nicht ohne Halian noch einen Blick zuzuwerfen, der ihn beinahe aufzuspießen schien. „Er wird uns verraten“, murmelte er.

„Unsinn“, widersprach Flayne. „Wie soll er denn erklären, was er in der Bibliothek getan hat?“ Sie verzog das Gesicht, als wolle sie einen schlecht gelaunten Wachhauptmann oder Beamten nachahmen, und rief leise mit tiefer Stimme: „Was? Sie sind in die Bibliothek eingebrochen? Sofort hinrichten lassen! Und was hast du dort getan?“ Ihre Tonlage hob sich ein wenig und sie ahmte Halians seltsamen Akzent nach: „Oh, ich wollte nur ein paar Bücher stehlen.“ Wieder etwas tiefer: „Was! Ebenfalls hinrichten.“

Drelyn lachte leise.

„Sag mal, weißt du, wie die Bücher geordnet sind?“, fragte Flayne den Elfen, sich wieder auf den Grund ihrer Anwesenheit besinnend.

Als dieser den Kopf schüttelte, wurde sein Lächeln von einem ernsten Blick fortgewischt. „Mir wurde genau gesagt, wo ich finden kann, was ich suche. Doch abgesehen davon kenne ich mich hier nicht aus.“ Er entzog ihr seinen Arm und verschwand zwischen den Buchreihen.

Flayne seufzte und machte sich auf die Suche nach einem Buch, das ihr auf ihrer Reise von Nutzen sein könnte. Durch die großen rechteckigen Fenster fiel der silberne Schein des Mondlichts in die Halle. Es reichte Drelyn, um mit seinen nachtsichtigen Augen zu finden, was er suchte. Flayne hatte Halians Leuchtfliegen um sich. Zwar konnte auch sie recht gut im Dunkeln sehen, doch mithilfe der Glühwesen war das Lesen weitaus einfacher.

Sie ging die Bücherregale entlang. Wo sollte sie nur suchen? Es gab hier so viele Bücher, woher sollte sie wissen, welche einen Hinweis auf ihre Herkunft enthielten?

Flayne beschloss, den Dieb um Hilfe zu bitten. Er war sicherlich nicht hier, um irgendwelche Bücher zu stehlen, sondern suchte wahrscheinlich nach ganz bestimmten Exemplaren. Er musste also auch wissen, wie sie geordnet waren.

„Weiß Halian, wie diese Bücher geordnet sind?“, fragte Flayne die kleinen Glühwesen. Sie wusste nicht, ob die Leuchtfliegen sie verstehen konnten, doch einen Versuch war es wert.

Zu ihrer Überraschung hörte sie eine der Leuchtfliegen wirklich antworten: „Bestimmt. Jemand hat ihm einen Auftrag gegeben. Wir waren nicht dabei, doch der Fremde, der die Bücher haben wollte, hat Halian sicherlich erklärt, wie er sie finden kann.“ Erst jetzt bemerkte Flayne, dass sie sich unabsichtlich einer völlig fremden Sprache bedient hatte. Es war genauso wie bei ihren Gesprächen mit den Bäumen.

„Komm, wir bringen dich zu ihm.“ Die kleinen Lichter wirbelten vor Flaynes Gesicht durcheinander und leiteten sie zwischen den Buchreihen hindurch.

„Kann Halian auch mit euch sprechen?“, fragte Flayne neugierig.

„Nicht so wie du! Wir können verstehen, was er in seiner Sprache sagt, doch wir können ihm nicht antworten.“

Sie bogen um ein Bücherregal und Flayne wäre beinahe mit Drelyn zusammengestoßen.

„Was ist los?“, fragte der Elf, ein Buch in der Hand haltend. „Wolltest du nicht etwas suchen?“

Bevor Flayne antworten konnte, hörten sie Halian fluchen. „Komm zurück!“, rief er. Dem folgte eine weitere Schimpftirade.

„Verdammt, mit seinem Gebrüll wird er noch die Wachen auf uns aufmerksam machen“, knurrte Drelyn.

Sie folgten den Leuchtfliegen, die sie zu dem Dieb führten. Dieser stand nun auf der anderen Seite des Raumes in der Nähe der doppelten Flügeltür, die den Haupteingang der Bibliothek verschloss.

„Was ist los?“, wollten sie von Halian wissen.

Er deutete mit einer unwirschen Geste zu einem der Fenster hinüber. Eine kleine Leuchtfliege geisterte dort umher.

„Sie hört nicht“, schimpfte Halian. „Der Lichtschein wird uns verraten!“

„Komm zurück!“, riefen Flayne und Drelyn beinahe gleichzeitig in der Sprache der Leuchtfliegen. „Dein Licht verrät uns!“

Der kleine leuchtende Punkt schwebte langsam auf sie zu. „Ach so. Entschuldigung. Ich wunderte mich schon, weshalb er so schrie. Ich habe die Sprache der Menschen noch nicht gelernt und konnte ihn nicht verstehen“, erklärte die Leuchtfliege.

„Sie ist noch sehr jung“, fügte eine andere hinzu.

„Wie habt ihr das gemacht?“, fragte Halian erstaunt, ohne eine Antwort zu erhalten.

Flayne und Drelyn blickten einander überrascht an, dann mussten sie beide lachen.

„Wo hast du das gelernt?“, fragte der Elf.

Mit einem Blick zu Halian zuckte Flayne die Achseln. „Später“, murmelte sie.

Halian setzte dazu an, seine Frage zu wiederholen, wurde aber von Drelyn unterbrochen. „Still! Horcht!“

Halian schwieg und Flayne lauschte.

„Stimmen“, murmelte sie.

„Sie kommen näher“, fügte Drelyn hinzu.

„Könnt ihr verstehen, was sie sagen?“, fragte Halian, dessen Ohren nicht das leiseste Geräusch wahrgenommen hatten.

Drelyn schüttelte den Kopf. „Sie sind zu weit entfernt.“

„Es sind sicherlich die Wachen“, vermutete Flayne. „Das Licht hat uns verraten.“

„Schnell, hinter die Regale!“, befahl Halian.

Flayne konnte sich nicht vorstellen, was das nützen sollte. Die Wachen würden sicher den ganzen Raum durchsuchen, doch sie tat, was der Dieb sagte. Es konnte nicht schaden, wenn sie ihre Gegner überraschten. Drelyn allerdings blieb, wo er war.

„Was soll das nutzen?“, fragte er.

„Vertrau mir und geh!“, entgegnete Halian nachdrücklich.

„Dir vertrauen?“ Der Elf schüttelte ungläubig den Kopf.

„Bitte, sie sind gleich da. Versteck dich!“, Halian blickte Drelyn durchdringend an.

Drelyn warf dem Dieb einen Blick zu, der ihm schreckliche Dinge versprach, sollte dies eine Falle sein, doch dann gesellte er sich zu Flayne. Zu ihrer Überraschung blieb Halian direkt vor den breiten Flügeltüren stehen.

„Was soll das denn?“, fragte Flayne ihren Begleiter.

Der Elf antwortete nicht. Stattdessen nahm er seinen Bogen von der Schulter und legte einen Pfeil auf die Sehne.

Einige Leuchtfliegen schwebten über Halians Kopf und ihr grünes Leuchten zeichnete seltsame Muster auf sein Gesicht. Es schien Flayne, als würden die Umrisse seines Körpers verschwimmen und sich verändern, sicherlich ein Trugbild, durch das unheimliche Licht geworfen. Flayne runzelte die Stirn und sah noch einmal genauer hin. Das Bild war nicht mehr verschwommen. Vor der Tür stand aber auch nicht mehr der dunkelhaarige Halian, sondern ein älterer Mann, klein von Gestalt, mit gebeugtem Rücken und schütterem grauem Haar!

Die Stimmen waren jetzt so laut, dass Flayne die einzelnen Worte verstehen konnte. „Bei jedem kleinen Schimmer musst du nachsehen!“, hörte sie eine Männerstimme nörgeln. „Das ist völlig unnötig. Zeitverschwendung!“

„Ach“, fauchte eine zweite Stimme, „und was, wenn nun wirklich jemand hier ist?“

Die Antwort war ein ungläubiges Schnauben.

Das waren zweifellos die Wächter, die am Haupteingang des Gebäudes gestanden hatten. „Natürlich, so etwas musste ja passieren“, dachte Flayne sarkastisch. „Das Glück scheint ja wirklich auf unserer Seite zu stehen und uns nie zu verlassen.“

Während Flayne und Drelyn das Gespräch der beiden Wächter belauschten, nahm Halian, oder besser gesagt der grauhaarige Alte, ein Buch zur Hand und fing in aller Seelenruhe an, darin zu blättern.

Was hatte er vor? Flayne tauschte einen verständnislosen Blick mit dem Elfen. Dann lockerte sie ihr Schwert in der Scheide, um es notfalls sofort ziehen zu können.

Die Tür öffnete sich und die beiden Wächter traten ein. Sie sahen Halian und blieben abrupt stehen.

„Ach, Ihr seid es Herr Calon!", rief einer von ihnen erschrocken und beinahe ängstlich aus. „Verzeiht uns die Störung. Wir sahen den Lichtschimmer und dachten, jemand versuche, etwas zu stehlen."

Der Alte warf ihnen einen unfreundlichen Blick zu. „Nicht einmal des Nachts kann ich in Ruhe lesen!", schimpfte er. „Die Wachen behelligen sogar den Bibliothekar! Schämt ihr euch nicht? Das wird nicht ungestraft bleiben!"

„Aber Herr Calon wir ...", versuchte eine der Wachen zu widersprechen.

„Schert euch hinaus!", brüllte der cholerische Alte.

Die Wachleute sahen ein, dass es besser war, diesem Befehl zu gehorchen, und verließen die Halle. Sobald ihre Schritte verklungen waren, brach Calon in schallendes Gelächter aus.

„Idioten!", murmelte er. Dann fügte er laut hinzu: „Ihr könnt herauskommen."

Zögernd traten Flayne und Drelyn hinter dem Regal hervor. Auch wenn Halian ihnen damit geholfen hatte, führte das gerade Geschehene doch nur dazu, ihr Misstrauen noch weiter zu schüren. Woher kannte Halian diesen seltsamen Alten und wie war es dem Dieb möglich, Calons Gestalt anzunehmen? Der Bibliothekar lachte über ihre verwirrten Blicke. Dann verschwammen seinen Umrisse abermals und vor ihnen stand wieder ein dunkelhaariger, junger Mann mit einem breiten Lächeln im Gesicht und einem verschmitzten Funkeln in den Augen.

„Wie hast du das gemacht?", verlangte Flayne zu wissen.

„Nun, meine Dame, musst du unbedingt alles wissen?", fragte Halian spöttisch zurück.

Flaynes Blick und der gespannte Bogen in Drelyns Hand waren Antwort genug.

Halian zuckte mit den Schultern. „Ich bin Gestaltwandler."

Flayne runzelte die Stirn und der Dieb seufzte. „Ich kann jede Gestalt annehmen, die ich will, und habe euch beide damit übrigens gerettet."

Flayne setzte zu einer Erwiderung an, aber Halian unterbrach sie. „Ich dachte, ihr wolltet hier etwas suchen, anstatt mich auszufragen. Ich persönlich ziehe es vor, bald von hier zu verschwinden."

Drelyn warf ihm einen misstrauischen Blick zu, aber Flayne sah ein, dass er recht hatte. Je länger sie hierblieben, desto größer war das Risiko, entdeckt zu werden. Als sie sich umwandte, ertönte Halians Stimme in ihrem Rücken: „Ich würde euch allerdings bitten, in Galda nichts von meinen Fähigkeiten verlauten zu lassen. Ich muss schließlich an meinen Ruf denken."

Flayne erinnerte sich an die Anschläge, die sie an der Wand des Rathauses gesehen hatte. Galdas Bürgermeister zahlte gut für einen lebend gefangenen Gestaltwandler.

# Flucht

Gerade als sie sich wieder den Büchern zuwandten, drang ein leises Geräusch an Flaynes Ohren.

Stimmen!

Schon wieder! Sie bedeutete den anderen zu schweigen und lauschte. Auf die fragenden Blicke ihrer Gefährten hin deutete sie zur Tür. Halian runzelte die Stirn. „Ich höre nichts", flüsterte er.

„Sei still!", fauchte Drelyn.

Der Dieb gehorchte.

Es waren Stimmen, da war sich Flayne sicher.

Doch von wem stammten sie? Die Wachen hatte Halian erfolgreich verscheucht und jeder, der versuchte die Bibliothek zu betreten, würde von ihnen aufgehalten werden. Oder hatte etwa noch ein anderer Dieb diese Nacht für seinen Einbruch gewählt?

„Jemand kommt hierher", bestätigte Drelyn flüsternd Flaynes Vermutung.

„Wer?", fragte Halian, der noch immer nichts hören konnte.

Der Elf hob die Schultern und lauschte wieder, dann runzelte er die Stirn und blickte Flayne an. „Ich glaube, es sind die Wachen", murmelte er.

„Schon wieder?", fauchte Flayne. „Können sie uns nicht einmal in Ruhe lassen?"

Als sie sah, wie Drelyn die Augenbrauen hochzog, gewann sie ihre Fassung schnell wieder. Der Elf wandte sich an Halian. „Anscheinend hat deine Verwandlung sie nicht wirklich überzeugt."

Der Dieb verzog nur das Gesicht. „Wir sollten verschwinden. Ich bin nicht sicher, ob ich sie noch einmal täuschen kann", erklärte er. „Sie werden sicherlich einen Grund haben, noch einmal hierher zu kommen." Die anderen nickten nur.

„Zur Hintertür ist es zu weit", flüsterte der Dieb, „aber ich kenne einen anderen Weg, der uns hier herausbringen könnte. Folgt mir."

Drelyn zögerte einen Moment. „Schnell, beeilt euch!", drängte Halian.

„Er hat uns schon einmal geholfen“, flüsterte Flayne dem Elfen zu. „Er ist hier genauso gefangen wie wir. Uns auszuliefern würde ihm ebenso schaden wie uns.“ Drelyn nickte und eingehüllt in eine grüne Wolke aus Leuchtfliegen folgten sie Halian lautlos, als dieser eine der großen Flügeltüren einen Spalt weit öffnete und hindurchschlüpfte.

Hinter der Tür befand sich ein weiterer hoher Gang, der sich in vielen Windungen durch das Gebäude zu schlängeln schien. Diese Windungen bewahrten sie davor, von den ihnen Entgegenkommenden entdeckt zu werden. Flayne war jetzt sicher, dass Drelyn recht hatte und die Stimmen wirklich den Wachen gehörten, es war jedoch noch jemand bei ihnen. Sie hatte keine Zeit, weiter zu lauschen, und folgte ihren Gefährten.

Halian öffnete eine unscheinbare Tür zu ihrer Linken, winkte die anderen hindurch und schloss sie hinter seinem Rücken.

„Wo sind wir hier?“, fragte Flayne.

„Das kann ich nicht genau sagen“, erklärte der Dieb. „Ich sehe mich eigentlich immer in einem Gebäude um, bevor ich es besuche, doch hier hatte ich leider keine Gelegenheit dazu. Ich kann mich nur an die Anweisungen meines Auftraggebers halten. Er sagte mir, dass ich, sollte ich fliehen müssen, diesen Weg zu nehmen hätte.“ Als Flayne dies mit einer hochgezogenen Augenbraue quittierte, setzte er hinzu: „Ich glaube nicht, dass er mich angelogen hat, schließlich liegt es in seinem Interesse, dass ich hier wieder heil herauskomme. Natürlich mit dem gesuchten Buch.“ Er starrte betrübt auf seine leeren Hände, dann lächelte er wieder. „Ich bin noch nie erwischt oder auch nur gesehen worden. Ich bin der beste Dieb der ganzen Stadt, wenn ich das einmal so ausdrücken darf.“

Ohne noch weitere Zeit zu verlieren, rannte Halian die Treppen hinauf. Flayne und Drelyn konnten ihm nur kopfschüttelnd folgen.

Während Flayne die Stufen hinauf sprang, hörte sie entfernte Stimmen. „Aber Ihr seid doch gerade hier gewesen!“

„Papperlapapp, was soll das? Wollt ihr Idioten mich veralbern? Wie kann ich vorhin in der Bibliothek gewesen sein, wenn ich doch gerade erst angekommen bin?“

„Calon“, formten Flaynes Lippen tonlos. Drelyn lächelte amüsiert und nickte nur. Calon schien wirklich genauso cholerisch zu sein, wie Halian ihn dargestellt hatte. Beinahe verspürte Flayne so etwas wie Mitleid mit den armen Wachposten, aber die Tatsache, dass sie Flaynes Suche unterbrochen hatten, ließ dieses Gefühl schnell wieder verschwinden. Wären die Wachen nicht dem grünen Licht der Leuchtfliegen gefolgt, wären sie nicht Halians Schwindel zum Opfer gefallen und müssten sich jetzt nicht über Calons plötzliches Auftauchen wundern.

Außerdem konnte Flayne kein Mitleid für jemanden aufbringen, der den galdischen Beamten zu Diensten war und vor Männern wie Calon katzbuckelte.

Die Treppe wurde immer schmaler. Hin und wieder wurden die gleichmäßigen Reihen der Stufen von Absätzen unterbrochen, von denen wiederum Flure mit vielen Türen abzweigten. Von außen schien die Bibliothek gar nicht so groß zu sein. Flayne erinnerte sich an all die Türen, die von dem unteren Gang abzweigten. Lagen hinter all diesen Türen ebenfalls solch riesige Marmortreppen, von denen vielleicht noch mehr Gänge mit noch mehr Treppen und Räumen abzweigten? Diese Bibliothek schien ein riesiges Labyrinth zu sein. Und all die Gänge sahen gleich aus. Es war sicherlich nicht schwer, sich hier zu verirren. Bestand dieses Gebäude nur aus Treppen, die sich bis in die Unendlichkeit fortsetzten? Oder lagen hinter den Türen weitere Räume, große Hallen gefüllt mit Büchern?

Halian führte sie immer höher die Treppen hinauf, ohne einen der abzweigenden Flure zu beachten. Flayne wünschte, sie könnte diese Bibliothek einmal ganz in Ruhe durchsuchen und vielleicht einige ihrer Geheimnisse aufdecken. Dabei fragte sie sich, wie alt das Gebäude sein mochte. Es schien nicht zu dieser Stadt und ihren Bewohnern zu passen und trotz seiner Größe wirkte es im Villenviertel Galdas fehl am Platz.

Von Absatz zu Absatz wurde die Treppe schmaler. Aus dem Marmor wurde grob behauener Fels, aus dem Fels Holz. Am Ende kletterten sie eine grob gezimmerte Leiter hinauf, die letztendlich zu einer Luke führte. Halian musste all seine Kraft aufwenden, um sie zu öffnen. Die kühle Nachtluft wehte in Flaynes Gesicht. Sie zwängte sich durch die Luke und fand sich auf dem Dach der Bibliothek wieder. Halian schloss die Luke hinter ihnen, sodass niemand bemerkte, auf welchem Wege sie entkommen waren. Vielleicht würde überhaupt niemand von ihrer Anwesenheit Notiz nehmen. Die Wachposten hatten lediglich ein grünes Leuchten und Halian in Calons Gestalt gesehen. Sicherlich glaubten sie, einer Art Spuk begegnet zu sein. Niemand konnte behaupten, einen Fremden in der Bibliothek gesehen zu haben. Halian tröstete sich mit diesem Gedanken, denn andernfalls wäre sein Ruf als Meisterdieb in Gefahr.

Über der Bibliothek schwebten schon einige Leuchtfliegen. Es waren diejenigen, die den Gang und damit ihren eigentlichen Rückweg beleuchten sollten. Als sie gehört hatten, wie die Wachposten die Bibliothek betraten, mussten sie durch schmale Risse in den Wänden der Bibliothek nach draußen gelangt sein, um hier oben auf Halian zu warten.

„Wie kommen wir hier herunter?“, fragte Flayne.

„Hmm, eine gute Frage“, bemerkte Halian. „Es lohnt sich sicherlich, darüber nachzudenken. Ich war hier noch nie.“

Drelyn verschränkte die Arme vor der Brust. „Wirklich bemerkenswert für jemanden mit deinem angeblichen Ruf“, spottete er.

„Ich komme überall wieder heraus“, entgegnete der Dieb. „Es geht nur darum, den richtigen Weg zu finden.“ Er trat vorsichtig an den Rand des Daches heran und spähte zum Nachbargebäude hinüber. „Könnt ihr gut springen?“, fragte er.

Flayne zuckte die Achseln und trat neben ihn. „Da rüber?“, erkundigte sie sich.

„Müssen wir wohl“, entgegnete Halian. „Zumindest ist das Dach dort flach. Auf ein Spitzdach wäre solch ein Sprung unmöglich. Es geht allerdings ziemlich tief hinunter.“ Er deutete auf den Spalt zwischen den beiden Gebäuden.

„Uns bleibt nichts anderes übrig“, erklang Drelyns klare Stimme neben Flayne. Der Elf war, lautlos wie immer, neben sie getreten. „Oder wollt ihr lieber zurückgehen und dem freundlichen Bibliothekar einen guten Tag wünschen?“

„Wohl eher eine gute Nacht“, murmelte Halian. „Und er wird uns einen schrecklichen Tod wünschen. Wenn es um die Bibliothek geht, kennt der keinen Spaß. Stiehl Gold vom dreifachen Wert eines Buches, sofern du so viel auftreiben kannst, und du verlierst eine Hand, vielleicht auch beide, stiehl ein Buch und du verlierst den Kopf.“

„Also los“, meinte Flayne an Halian gewandt. „Du hast uns hier heraufgeführt, du darfst auch als Erster springen.“

Halian grummelte, doch er wusste, dass Eile geboten war. Wenn von Weitem irgendein Nachtschwärmer seltsame Gestalten und grünes Licht auf dem Dach der Bibliothek sah, würde man seinen Worten sicherlich keinen Glauben schenken. Doch wenn man bedachte, was die Wachposten in derselben Nacht gesehen hatten, würde man der Sache vielleicht doch nachgehen, und Halian zog es vor, keine Spuren zu hinterlassen, vor allem jetzt, da er versagt hatte. Sollte sich seine beutelose Flucht aus der Bibliothek herumsprechen, wäre sein Ruf ruiniert. Deshalb widersprach er nicht, sondern sprang. Er landete gekonnt am Rand des gegenüberliegenden Daches.

Flayne schlucke. „Knapp“, murmelte sie. „Das war ziemlich knapp.“

„Das sieht von hier nur so aus“, widersprach der Elf. „Es ist ganz leicht.“ Flayne warf ihm einen zweifelnden Blick zu.

„Pass auf, ich zeig’s dir“, meinte Drelyn. Ohne Anlauf zu nehmen, sprang er mit einem völlig mühelos erscheinenden Satz hinüber. Flayne schluckte abermals. Elfen waren nun einmal in der Lage, weiter zu springen als Menschen. Aber ihr blieb wohl keine andere Wahl.

Sie nahm Anlauf und sprang, fühlte keinen Boden mehr unter den Füßen, nur noch Luft. Der Wind wehte ihr ins Gesicht, blies die langen roten Strähnen nach hinten. Sie fragte sich, wovor sie eigentlich Angst gehabt hatte. Sie fühlte die wunderbare Freiheit, einen Moment schwerelos in der Luft zu hängen. Schon immer hatte sie den Wind geliebt, doch von allen Seiten nur von Luft umgeben zu sein, erfüllte sie mit einer tiefen Freude.

Die unsanfte Landung brachte sie wieder zu sich. Schnell rollte sie sich über die Schulter ab, wie sie es einst von Fol gelernt hatte. Als sie sich umblickte, bemerkte sie, dass Drelyn hinter ihr stand. Sie war weiter als selbst der Elf gesprungen! Flayne lächelte ihm zu, wissend, dass er es auch in der Dunkelheit sehen konnte. Zwar waren Menschen nicht in der Lage, so weit zu springen wie ein Elf. Aber vielleicht war Flayne gar kein Mensch.

# Kälte

Im Licht der Leuchtfliegen überquerten sie das Dach. Neben dem Gebäude, das ein Gasthaus zu sein schien, befand sich ein kleiner, niedriger Stall für die Pferde der dort absteigenden Reisenden. Zum Glück war er direkt an die Wand des Gasthauses gebaut, sodass sie keine weiteren Häuserschluchten überqueren mussten.

Drelyn ließ sich auf die Knie nieder. Seine Hände umklammerten den Rand des Daches, dann schwang er sich mit einer mühelos scheinenden Bewegung hinunter, sodass er an der Wand des Gebäudes hing. Er konnte das Dach des Stalles unter sich nicht sehen, doch er wusste, dass der Abstand zwischen seine Füßen und dem Dach nicht allzu weit sein konnte. So gab er seinen Halt auf und fiel das letzte Stück hinunter bis zu der Fläche aus grob gezimmerten Brettern, die den Stall bedeckten. Es war ein Sprung ins Ungewisse und der Elf kannte die Risiken, die damit verbunden waren, dennoch gelang es ihm, lautlos und unverletzt wie eine Katze auf den Füßen zu landen.

Flayne biss die Zähne zusammen und folgte dem Elfen auf dieselbe Weise. Auch sie landete geräuschlos, bezahlte dafür aber mit einem umgeknickten Fußknöchel und weiteren blauen Flecken.

Halian stellte sich weitaus geschickter an als Flayne, schließlich war er nächtliche Reisen über die Dächer Galdas gewohnt. Die Leuchtfliegen umschwirrten seinen Kopf wie ein Heiligenschein, als er sich von der Wand fallen ließ, beinah ebenso geschmeidig, wie Drelyn es vor ihm getan hatte. Unglücklicherweise besaß der Dieb jedoch nicht das geringe Gewicht des Elfen. Als er auf das Dach des Stalls prallte, welches gebaut wurde, um die darin stehenden Tiere vor Regen zu schützen, nicht aber, um Dieben zur Flucht zu verhelfen, brachen die morschen Bretter unter ihm ein und rissen dabei unter lautem Getöse auch Flayne und Drelyn mit sich.

Sie landeten, von zersplitterten Brettern begleitet, zwischen den Pferden auf dem Boden, doch abermals hatten sie Glück im Unglück und niemand wurde ernsthaft verletzt. Während Flayne sich aus dem Bretterhaufen kämpfte, bemerkte sie erschrocken die Nägel, die überall im Holz steckten. Es glich einem Wunder, dass sie sie verfehlt hatten.

Flayne hörte Drelyns Fluchen zwischen dem Wiehern der Pferde. Sie wusste, dass es nicht lange dauern würde, bis die Besucher des Gasthauses, insbesondere die Besitzer der Pferde, nach draußen kämen, um den Grund des Krawalls in Erfahrung zu bringen.

Drelyn tauchte neben ihr auf. „Wir müssen so schnell wie möglich von hier verschwinden!“, flüsterte er. „Wir treffen uns an unserem alten Lagerplatz.“ Er verschwand, bevor Flayne auch nur ein Wort entgegnen konnte.

Sie wollte den Stall gerade verlassen, als Halian, sich einen Weg durch Holzsplitter und zerbrochene Bretter bahnend, auf sie zu kam. Gemeinsam verließen sie den Stall, oder das, was davon übrig war. Flayne sah, wie die Tür des Gasthauses aufgestoßen wurde und mehrere Männer und Frauen herausliefen. Eine der Frauen, offenbar die Wirtin, schimpfte mit dem feisten Mann, der in einer bierbekleckerten Schürze neben ihr stand. „Ich habe dir hundert Mal gesagt, dass das Holz zu morsch ist. Verdammter Regen!“

„Das Dach ist nicht von alleine eingestürzt“, widersprach jemand. „Nicht so plötzlich, irgendetwas muss darauf geprallt sein.“

„Wahrscheinlich ein paar betrunkene Vagabunden, die sich einen Spaß daraus machen, die Besitztümer rechtschaffener Leute zu zerstören“, heulte der Wirt.

Halian zog Flayne in den Schatten der Hauswand, wo man sie vom beleuchteten Eingangsbereich des Gasthauses nicht sehen konnte. Die Leuchtfliegen versteckten sich ohne Aufforderung unter seinem Umhang, damit ihr Licht sie nicht verriet.

Einige Männer stapften auf den Stall zu. Die anderen machten sich daran, die verwirrten Pferde einzufangen. In all dem Durcheinander fasste Halian Flayne bei der Hand und zog sie fort. Zwar erhaschte die Wirtin einen Blick auf die beiden, doch hielt sie sie für ein Liebespaar, das sich in der Nähe zu einem Stelldichein getroffen hatte. Niemand hielt Flayne und Halian auf, als sie flohen.

Sobald sie außer Hörweite waren, lachte Halian. „So was ist mir noch nie passiert.“

„Mir auch nicht“, entgegnete Flayne, während sie über einen

Kratzer an ihrer Wange rieb. „Aber ich lege auch keinen Wert auf solche Erfahrungen."

„Du kannst nicht bestreiten, dass es lustig gewesen ist!" Halian grinste breit.

Flayne zog die Augenbrauen hoch. „Lustig?"

„Ja, hast du ihre Gesichter gesehen?", fragte Halian.

Flayne musste wider Willen grinsen.

„Na also." Halian lächelte sie an.

„Aber wir sind schuld, dass der arme Wirt kein Stalldach mehr hat."

„Arm?" Halian schnaubte und das Lächeln verschwand von seinem Gesicht. „Niemand in dieser Gegend ist arm. Er hätte seinen Stall schon hundert Mal reparieren lassen können und hat es nicht getan. Die Leute hier scheffeln Geld, wie die Bauern das Heu. Und sie könnten es an ihre Tiere verfüttern, ohne dabei Schaden zu nehmen. Dem Fettwanst schadet es nicht, wenn er sich für ein paar seiner gehorteten Münzen ein neues Stalldach bauen lässt." Die Stimme des Diebs klang bitter. „Solche Menschen haben nur solange Mitleid mit anderen, bis dieses Mitleid sie auch nur ihre kleinste Kupfermünze kosten könnte."

„Seid ihr Diebe da anders?"

„Darauf kannst du Gift nehmen", knurrte Halian. Er ballte die Hände zu Fäusten. Dann wechselte er von einem Moment zum anderen das Thema. „Ihr reist zusammen, du und der Elf, oder?", fragte er, ohne Flayne anzublicken.

„Ich denke schon", entgegnete Flayne, die die Antwort auf seine Frage im Grunde selbst nicht kannte.

„Wohin?" Er sah sie noch immer nicht an.

„Nach Norden."

„Warte hier, ja?", rief Halian. „Ich bin gleich wieder da, ich muss nur etwas holen." Er rannte davon, bevor Flayne irgendetwas erwidern konnte.

Schon nach kurzer Zeit kehrte Halian zurück. Er trug einen Rucksack auf dem Rücken, einen Bogen in der Hand und einen Köcher mit Pfeilen neben seinem Dolch im Gürtel. Flayne zog eine Augenbraue hoch, doch Halian grinste nur zur Antwort.

„Komm, beeil dich", flüsterte Flayne, ohne ein Wort über sein

Reisegepäck zu verlieren. Sie durchquerten die Stadt in Richtung Südwesten. Flayne war froh, als sie den Wald erreichten. Hier war sie zu Hause.

Drelyn verbarg sich in den Schatten der Nacht. Er zog die Kapuze tief in die Stirn und beobachtete, wie Flayne und Halian in den dunklen Gassen Galdas verschwanden. Ein paar Leuchtfliegen schwebten ziellos in der Nähe des Stalls. Anscheinend hatten sie nicht gesehen, wohin Halian gegangen war, und suchten nun nach ihm. Drelyn rief sie leise in ihrer eigenen Sprache zu sich. Er wartete im Schatten und sah den Besuchern des Gasthauses dabei zu, wie sie vergeblich versuchten, ihre Pferde einzufangen. Zwar standen die Tiere alle dicht zusammengedrängt neben dem Stall, doch sobald sich ihnen jemand näherte, scheuten sie und traten aus, sodass sich bald niemand mehr in ihre Nähe wagte.

Der Elf lächelte und schlich im Schutz der Dunkelheit näher an die kleine Gruppe vor dem Gasthaus heran. Die Leuchtfliegen verbargen sich unter seinem Umhang. Als er ganz nahe bei ihnen stand, verließ er den Schatten und trat ins Mondlicht hinaus. Die Leuchtfliegen kamen unter seinem Umhang hervor und umhüllten ihn, sodass es aussah, als trüge er einen Mantel aus grünem Licht. Er hatte seine Kapuze so drapiert, dass sie sein Gesicht vollständig bedeckte und nur der Schimmer seiner stechend grünen Augen im Licht der Fliegen zu sehen war. Sein grüner Umhang schien im Dunkel der Nacht schwarz, als er sich den Pferden näherte, die nicht im Geringsten vor ihm zurückwichen oder gar scheuten. Einem Tier nach dem anderen stricht der Elf beruhigend über die Nüstern. Als er die Versuche der Menschen, ihre Pferde zu beruhigen, beobachtet hatte, hatte er erkannt, welches Pferd zu welchem Reiter gehörte. So legte er nun jeweils einem der Tiere die Hand auf den Rücken und führte sie auf diese Weise zu ihren Besitzern zurück. Vor Furcht zitternd nahmen diese ihre Pferde in Empfang, während ein Raunen durch die kleine Gruppe ging. „Ein Geist!“, flüsterten sie.

Drelyn lächelte verhalten. Wenn die Beamten, die ihm den Eintritt in die Bibliothek verweigert und ihm damit viele Unannehmlichkeiten bereitet hatten, erfahren wollten, wer dort eingebrochen war, würden sie über viele seltsame Hinweise stolpern. Der Bibliothekar schien an zwei Orten gleichzeitig gewesen zu sein, über der

Bibliothek hatte sich ein grünes Licht gezeigt und das Dach eines in der Nähe stehenden Stalles war, scheinbar grundlos, eingestürzt. Dann tauchte ein Geist vor den Besuchern des Gasthauses auf, beruhigte die Pferde, die sonst niemand anzurühren vermochte, und brachte sie ihren Reitern zurück.

Als der Elf das Halfter des letzten Pferdes in die zitternden Hände seines Besitzers gelegt hatte, verbeugte er sich mit einer schwungvollen Bewegung. Ein Windstoß bauschte seinen Umhang auf und das Licht der Leuchtfliegen spiegelte sich in seinen grünen Augen. Drelyn lächelte in sich hinein, und während die Leuchtfliegen wieder unter seinem Umhang Schutz suchten, verbarg er sich mit einer so schnellen Bewegung im Schatten, dass es den verwirrten und ängstlichen Menschen schien, als sei er einfach verschwunden.

Flayne fand den Lagerplatz ohne Mühe. Drelyn war noch nicht hier und so ließen sie und Halian sich im Gras nieder und lehnten sich an den Stamm einer alten Buche.

Sie starrten in die Dunkelheit hinaus, bis Flayne einen zweifelnden Blick auf Halians Ausrüstung warf. „Du willst uns also begleiten", stellte sie fest.

Der Dieb nickte.

„Warum?"

„Nun", erklärte Halian freimütig, „ich bin neugierig. Das ist doch eine Gelegenheit, mehr von Landuna zu sehen und dabei nicht allein reisen zu müssen." Sein leichter Tonfall wandelte sich schlagartig. „Ich will nicht in dieser verfluchten Stadt bleiben, in der jeder seinen Erfolg ausschließlich auf den Niederlagen eines anderen aufbauen kann."

„Du scheinst deine Heimat ziemlich zu hassen", erwiderte Flayne leise.

„Das ist nicht meine Heimat. Nur die Stadt, in der ich aufgewachsen bin. Heimat ist ein Ort, an dem man sich zu Hause fühlen kann. Solch einen Ort habe ich noch nicht gefunden."

„Auch wenn du als bester Dieb der Stadt giltst?"

„Ich will mich nicht mehr verstecken müssen. Und was sind schon ein paar Goldstücke gegenüber der Freiheit?"

Sie schwiegen einen Moment, dann fragte Halian mit einem verschmitzten Lächeln: „Ähm, ich hätte da auch noch eine Frage, wenn du gestattest. Ich meine, wenn wir zusammen reisen, muss ich das eigentlich wissen …"

„Was?" Flayne runzelte die Stirn.

„Naja …" Halian zögerte.

Flayne lachte. „Nun frag schon."

Halians Lächeln wurde breiter. „Wie heißt du?"

Sie hatte völlig vergessen, dass sie zwar Halians Namen kannte, sie sich dagegen noch gar nicht vorgestellt hatte ebenso wenig wie Drelyn. Gleichzeitig musste sie über sein gespieltes Zögern lachen.

„Ich bin Flayne und der Elf heißt Drelyn."

„Und woher kennt ihr euch?", erkundigte sich Halian.

Flayne lächelte. „Wir sind uns zufällig begegnet."

„Zufällig?" Halian zog eine Augenbraue hoch.

„Naja, wir hatten eine Auseinandersetzung mit ein paar Goblins", erklärte Flayne.

„Und wer hat gewonnen?", fragte Halian neugierig.

Flayne verdrehte die Augen. „Ich sitze hier, oder?"

Halian lachte.

Drelyn spürte die Kälte. Er war nicht allein.

Gerade hatte er das Gasthaus verlassen und war auf dem Weg zu seinem gestrigen Lagerplatz, noch immer leicht über die Gesichter des Wirts und seiner Gäste lächelnd. Doch plötzlich spürte er die Kälte.

Er wusste, dass er verfolgt wurde. Irgendetwas war hier, irgendjemand folgte ihm, noch nicht lange, dafür aber hartnäckig.

Drelyn ging schneller, doch die Kälte folgte ihm. Er blieb stehen, doch wurde sie nicht stärker.

Er zog den Umhang fester um sich, aber die Kälte ließ sich nicht vertreiben. Er spürte sie nicht mit seinem Körper, vielmehr schien sie seine Seele frieren zu lassen.

Drelyn wusste, dass er nicht entkommen konnte. Wer auch immer diese Kälte erzeugte, ließ sich nicht abschütteln. Es lag allerdings nicht in der Natur des Elfen aufzugeben. So huschte er durch die Gassen, unsichtbar für jeden menschlichen Beobachter. Niemand vermochte einem Elfen zu folgen, wenn dieser es nicht wollte. Sein Verfolger blieb ihm jedoch dicht auf den Fersen. Flayne stand auf und spähte durch die Bäume nach Nordosten, in Richtung der Stadt. Drelyn hätte schon längst zurück sein müssen. Wo blieb er nur? Sie setzte sich wieder. Es hatte keinen Sinn, in die Bäume zu starren. Drelyn kam allein zurecht. Er war sicherlich irgendwie aufgehalten worden. Sie fröstelte.

„Was ist los?“, fragte Halian.

„Drelyn hätte schon längst zurück sein müssen“, murmelte Flayne.

Halian nickte, entgegnete aber: „Der kann auf sich aufpassen. Vielleicht will er nachsehen, was um die Bibliothek herum vorgeht. Sicherlich hat jemand mitbekommen, dass wir dort gewesen sind. Mach dir keine Sorgen. Du hast doch selbst gesehen, wie gut er mit dem Schwert umgehen kann. Ihm wird nichts passiert sein.“

Flayne nickte, obwohl ihre Zweifel nicht zerstreut waren und sie Halians Worten keinen Glauben schenken konnte.

Der Elf steuerte auf den Wald zu. Er hoffte, in dieser ihm vertrauten Umgebung entkommen zu können.

Bald stellte er fest, dass der Unbekannte ihm wirklich nur folgte. Die Kälte wurde weder stärker noch schwächer, ganz gleich, ob er rannte oder stehen blieb. Sein Verfolger wahrte also immer den gleichen Abstand zu ihm. Offenbar wollte er, dass Drelyn ihn führte. Doch wohin?

Vielleicht zu Flayne? Was wusste er schon über ihre Vergangenheit? Oder zu diesem seltsamen, gestaltwandelnden Halian. Wer wusste, wen der schon alles bestohlen hatte. Vielleicht wollte sich jemand für einen gestohlenen Gegenstand rächen. Wenn dem so war, befand sich der Dieb in großen Schwierigkeiten. Es war nicht klug, sich mit einem Wesen anzulegen, das nicht einmal ein Elf abzuschütteln vermochte.

Der Elf seufzte und lief weiter auf den Wald zu, allerdings nicht zu ihrem vereinbarten Treffpunkt, sondern zu einer weiter nördlich gelegen Quelle, die er von einer früheren Reise nach Galda kannte. Dort ließ er sich nieder, lauschte dem Plätschern des Wassers und wartete. Wartete, ob sein unsichtbarer Verfolger sich zeigen würde.

Die Nacht war bereits weit fortgeschritten und nicht nur die Anstrengungen des Einbruchs, sondern auch Halians Verwandlung forderten ihren Tribut, sodass der Dieb bald mit dem Rücken an einen Baum gelehnt einschlief und zu schnarchen begann. Flayne hingegen konnte keinen Schlaf finden. Sie hörte die Vögel erwachen und beobachtete, wie sich der Himmel langsam heller zu färben begann und die ersten orange-roten Strahlen sich einen Weg durch die Bäume bahnten. Die Sonne verlieh dem Wald einen rötlichen Schimmer.

Wo blieb Drelyn nur? Solange konnte er nicht aufgehalten worden sein.

Halian streckte sich. „Im Sitzen eingeschlafen", grummelte er. „Ungemütlich!"

Flayne lachte leise, doch dann wich das Lächeln wieder der Besorgnis. Warum war Drelyn noch nicht zurück?

„Ist dein Elfenfreund noch immer nicht aufgetaucht?", fragte Halian gähnend.

„Nein. Ich kann mir nicht vorstellen, wo er solange bleibt. Irgendetwas muss passiert sein!"

„Und was machen wir jetzt?", fragte Halian, nachdem er sich ausgiebig gereckt hatte.

„Ich weiß es nicht. Ich wollte eigentlich mit Drelyn zusammen weiterreisen, doch er ist immer noch nicht da. Ich kann ihn nicht einmal suchen, da ich nicht weiß, was er vorhatte. Vielleicht ist ihm etwas geschehen und wir können ihm nicht helfen."

„Vielleicht will er auch gar nicht mit dir zusammen weiterreisen, und während du dir Sorgen machst, ist er bereits fröhlich unterwegs, wohin auch immer."

„Das glaube ich nicht. Er hätte sich zumindest verabschiedet", erklärte Flayne.

„Und wenn er einem Abschied aus dem Weg gehen wollte? Wenn er nicht wollte, dass du fragst, wohin er geht?" Halian rieb sich über das Gesicht, um die Müdigkeit zu vertreiben.

Flayne schüttelte den Kopf. „Das glaube ich nicht. Wenn ich ihn etwas fragen würde, worauf er nicht antworten wollte, würde er es einfach nicht tun. Aber er würde sich nicht heimlich davon stehlen wie ein Dieb ..."

„Hey, keine Beleidigungen bitte!", unterbrach Halian entrüstet.

„... außerdem bat er mich, hier zu warten", fuhr Flayne fort, ohne auf seinen Einwand zu achten.

„Wie lange kennt ihr euch eigentlich?", fragte Halian neugierig.

Flayne runzelte die Stirn. „Ähm, seit zwei Tagen“, entgegnete sie.

Halian schnürte sein Bündel auf. „Du musst selbst wissen, was du tust.“ Er reichte ihr Brot und Käse. „Mir würde es natürlich besser gefallen, wenn wir uns auf den Weg machen würden. Wir sind immer noch in der Nähe Galdas und außerdem ist es nicht besonders unterhaltsam, hier herumzusitzen und zu warten.“ Er gähnte. „Du solltest dich nicht allzu sehr um den Elfen sorgen, ich habe am eigenen Leib erfahren müssen, wie gut seine Schwertkünste sind.“

„Es gibt viele Gefahren gegen die eine Waffe aus Metall wertlos ist“, flüsterte Flayne, so leise, dass Halian sie nicht verstehen konnte.

Drelyn blinzelte. Die Sonne schien ihm direkt ins Gesicht. Er musste eingeschlafen sein! Erschrocken fuhr er hoch und streckte seine schmerzenden Muskeln. Im Sitzen einzuschlafen. Das war ihm noch nie passiert!

Erst jetzt bemerkte er, dass die Kälte der vergangenen Nacht verschwunden war.

Sein Verdacht hatte sich also bewahrheitet, der Fremde war ihm wirklich nur gefolgt, damit Drelyn ihn irgendwohin führte. Als er erkannt hatte, dass der Elf an dieser Stelle allein rastete, hatte er aufgegeben.

Aber im Moment blieb Drelyn keine Zeit, weiter darüber nachzudenken. Er fragte sich, ob Flayne noch immer auf ihn wartete oder bereits alleine weitergereist war. Der Elf stand auf und machte sich auf dem Weg zurück zu ihrem Treffpunkt.

Noch während Flayne und Halian frühstückten betrat Drelyn die kleine Lichtung.

„Endlich!“, rief Flayne. „Wo bist du gewesen?“ Die Leuchtfliegen, deren Schimmer im hellen Sonnenlicht kaum noch zu sehen war, flogen auf den Elfen zu und umkreisten ihn zur Begrüßung. Dann kehrten sie zu Halian zurück, begleitet von jenen, die sich unter Drelyns Umhang versteckt hatten.

„Wir müssen so schnell wie möglich aufbrechen!“, rief der Elf Flayne zu. „Essen kannst du unterwegs.“

Er wusste, die Kälte konnte wiederkommen. Vielleicht war sein Verfolger noch in der Nähe.

„Warum?“, fragte Flayne.

„Ich erkläre es dir unterwegs, bitte beeil dich!“ Drelyn blickte Halian mit gerunzelter Stirn an. „Willst du etwa mitkommen?“

Der Dieb nickte.

Drelyn warf ihm einen prüfenden Blick zu und befand, dass jetzt keine Zeit blieb, sich mit ihm zu streiten.

Ohne weitere Fragen zu stellen, schnürten sie ihre Bündel und machten sich, diesmal zu dritt, auf den Weg. Während Halian kauend und alles andere als leise neben ihm durch den Wald stapfte, erzählte Drelyn von seinen Erlebnissen in der vergangenen Nacht.

Als er von den verblüfften Gesichtern des Wirts und seiner Gäste berichtete, lachte Halian, doch als er von der seltsamen Verfolgungsjagd durch die Stadt hörte, wurde er wieder ernst. „Irhe“, murmelte er.

„Wie bitte?“

„Das war ein Irhe. Sie sind kleine Wesen, die niemanden angreifen oder auf ähnliche Weise schaden können. Wenn sie dir folgen, bemerkst du sie beinahe sofort, eben durch diese Kälte, doch du kannst sie nicht abschütteln, und sie sind viel zu klein und wendig, als dass du sie fangen oder töten könntest.“

Drelyn runzelte die Stirn. „Woher weißt du das?“

„Glaubst du, nur weil ich kein Elf bin und noch keine hundert Jahre auf dem Buckel habe, weiß ich überhaupt nichts?“, fragte Halian ruhig. „Mein Auftraggeber, der mich in die Bibliothek schickte, hat einen Irhe in seinen Diensten.“

„Du sagtest, man kann sie nicht fangen“, stellte Drelyn fest.

Halian blinzelte. „Ihr Elfen lebt geistig nicht ganz auf dieser Welt, was? Er bezahlt ihn natürlich.“

„Und jetzt ist der Irhe auf der Suche nach dir?“, vermutete Drelyn. „Warum?“

„Nun ja“, Halian zögerte. „Mein Auftraggeber hat mir eine kleine Anzahlung gegeben und nun will er sichergehen, dass ich den Auftrag auch ausführe.“

„Was du nicht tun wirst“, entgegnete der Elf nüchtern, aber mit einem verärgerten Blitzen in den Augen. „Und wahrscheinlich ist dieser Auftraggeber nicht besonders erfreut, dass du einfach verschwindest.“ Halian setzte eine Unschuldsmine auf. Drelyn seufzte nur.

# Träume

Immer tiefer drangen sie in den dichten Wald ein. Halian hatte sichtlich Mühe, mit seinen geschickten Reisegefährten Schritt zu halten, und blieb schon bald ein Stück zurück. Er war erschöpft und hatte nach der Anstrengung des Gestaltwandelns zu wenig geschlafen, doch an Schlafmangel war er aus vielen Tagen der Flucht durch Galdas Straßen gewöhnt. Er hoffte, das eines Tages hinter sich lassen zu können. Wahrscheinlich waren dies nur die Träume eines Diebs, der eines Tages wieder nach Galda zurückkehren musste. Trügerische Hoffnung, die sich so schnell zerschlug wie Glas auf einem Stein. Aber vielleicht würde es ihm wirklich gelingen, seine Vergangenheit hinter sich zu lassen.

„Du kannst also mit Leuchtfliegen sprechen“, wandte Drelyn sich an Flayne. „Wo hast du das gelernt?“

„Ich weiß es nicht“, entgegnete Flayne wahrheitsgemäß. „Ich kann es einfach.“

„Nur Waldelfen sind in der Lage, die Leuchtfliegen zu verstehen.“ Drelyns Blick wurde durchdringend. „Wer bist du?“

Flayne antwortete nicht. Drelyn seufzte. „Hör zu, ich will wissen, mit wem ich zusammen reise. Ich weiß, dass Halian ein Dieb aus Galda und außerdem ein Gestaltwandler ist. Ihr wisst, dass ich ein Elf aus Meralyn bin. Aber ich weiß nicht, wer du bist.“

Diesmal war es an Flayne, zu seufzen. Sie warf einen Blick zurück zu Halian. Der Dieb gähnte und war zu weit von ihnen entfernt, um ihre Worte verstehen zu können.

Also begann Flayne, mit etwas unsicherer Stimme zu erzählen. Sie wusste, dass sie dem Elfen vertrauen konnte, und vielleicht war er sogar in der Lage, ihr zu helfen.

„Diese Magierin wollte dich also töten, weil dein Vater ihr größter Feind ist“, murmelte Drelyn, als Flayne ihre Erzählung beendet hatte. „Entweder will sie ihn durch deinen Tod verletzen und sich damit an ihm rächen oder ihre Gründe haben weitaus mehr mit dir selbst zu tun als mit deinem Vater. Nach dem, was du mir erzählt hast, scheint er dich nicht einmal zu kennen. Vielleicht fürchtet sie dich."

„Ich habe ihre Macht am eigenen Leib zu spüren bekommen. Weshalb sollte sie mich fürchten?", fragte Flayne.

„Denk an die Flammen", entgegnete der Elf. „Du hast besondere Fähigkeiten. Vielleicht will sie dich aus dem Weg räumen, bevor du die Kraft hast, ihr gefährlich zu werden!"

„Aber was soll ich jetzt tun? Früher oder später wird sie mich finden." Flaynes Stimme klang resigniert.

„Ich kann dir auch nichts anderes raten, als dich auf die Suche nach deinem Vater zu machen. Wenn diese Magierin ihn als ihren größten Feind bezeichnet, ist er vielleicht in der Lage, dich zu schützen."

Eine Zeit lang herrschte Schweigen. Die Stille des Waldes wurde nur von entferntem Vogelgezwitscher und dem Knacken der Zweige unter Halians Füßen unterbrochen. Die Luft roch noch leicht nach dem gestrigen Regen und Flayne atmete in tiefen Zügen ein.

„Gibt es denn überhaupt keinen Hinweis, wer deine Eltern sein könnten?", fragte Drelyn leise.

Flayne schüttelte den Kopf. „Ich weiß nur, dass ich nach Norden gehen muss, zum Ilinenwald. Fol, mein Ziehvater, glaubt, jemand aus Gledyn könnte mich dort ausgesetzt haben."

„Das glaube ich nicht." Drelyn lächelte leicht. „Der Ilinenwald", murmelte er und fügte lauter hinzu: „Du kannst mit Bäumen und Tieren, zumindest Leuchtfliegen, sprechen und bewegst dich im Wald, als wärest du selbst ein Teil von ihm." Er blickte sie prüfend an. „Grüne Augen, spitze Ohren, du könntest eine Waldelfe sein."

Flayne starrte ihn mit offenem Mund an. „Waldelfe? Ich?" Sie blinzelte. „Leben nicht alle Elfen im Wald?"

Drelyn schüttelte den Kopf. „Es gibt Waldelfen, Meerelfen und ...", er zögerte, „Dunkelelfen. Meerelfen und Waldelfen sind sich sehr ähnlich. Allerdings besitzen wir verschiedene Fähigkeiten. Während Meerelfen sich nach dem Wasser, insbesondere dem Meer sehnen, lieben die Waldelfen die Wildnis und können nicht lange außerhalb des Waldes leben. Sie würden verwelken wie Pflanzen, denen das Wasser entzogen wird. Alle Elfen lieben jedoch die Sterne."

Flayne blickte ihn an. „Dann bist du ein Waldelf", stellte sie fest.

Drelyn nickte. „Eine meiner Großmütter war allerdings eine Meerelfe."

„Wer sind die Dunkelelfen?", fragte Flayne.

Drelyns Lächeln verschwand. „Dunkelelfen", begann er langsam, „sind Elfen mit dunklen Absichten. Jeder Elf kann dazu werden, aber es ist schwer, sie von anderen Elfen zu unterscheiden. Wenn ein Elf wirklich großes Unrecht begangen hat, färben sich seine Augen schwarz. Doch viele Elfen besitzen magische Kräfte und können ihre Augen verschleiern. Du bemerkst nicht, dass sie schwarz sind, doch wenn dich später jemand danach fragt, könntest du ihm nicht sagen, welche Farbe die Augen des Elfen gehabt haben. Wenn sie sich verändern, verlieren die Dunkelelfen ihre frühere Verbundenheit mit dem Wald oder dem Meer, stattdessen ist es ihnen aber möglich, zu lügen. Wald- und Meerelfen können unwahre Worte nicht wissentlich aussprechen." Wieder schwiegen sie.

„Sollte ich wirklich eine Waldelfe sein, wie lässt sich dann meine Verbundenheit mit dem Feuer erklären?", fragte Flayne.

Drelyn nickte. „Deine Haare sind feuerrot. Ich habe noch nie eine Elfe mit roten Haaren gesehen. Vielleicht bist du nur zur Hälfte elfischen Bluts. Halbelfen sind zwar selten, aber ich habe von ihnen gehört." Flayne nickte.

„Und gerade das müssen wir herausfinden." Drelyn lächelte sein seltsames Lächeln. „Deshalb bist du schließlich unterwegs."

Bevor Flayne etwas erwidern konnte, tauchte Halian neben ihnen auf. Es war ihm endlich gelungen, zu ihnen aufzuschließen, da sie, ohne es zu bemerken, während ihres Gesprächs langsamer gegangen waren. „Ich habe da noch eine Frage", erklärte er gespielt verlegen. Flayne, die dies bereits von ihm kannte, musste lächeln, als er fragte: „Wo wollen wir eigentlich hin?"

„Wir?", fragte Drelyn.

„Nach Norden", antwortete Flayne, ohne den Einwand des Elfen zu beachten.

„Warum?", fragte Halian.

Sie lächelte. „Du willst doch ein Abenteuer erleben. Zu jedem Abenteuer gehört ein Geheimnis", neckte sie ihn. „Nicht, dass du dich langweilst."

Halian lachte. „Wir werden sehen. Jedes Geheimnis wird eines Tages gelüftet."

„Dann kümmere dich doch mal um unser Mittagessen, großer Geheimnislüfter", bat Flayne, als sie sich für eine kurze Rast niederließen.

„Wir haben kaum noch Vorräte", stellte Halian fest, während er ihre Rucksäcke durchsuchte.

Drelyn nickte. „Beim Einsturz des Stalldachs muss einiges verloren gegangen sein."

„Wir lassen Halian hungern", lachte Flayne, bevor sie sich auf die Suche nach einer Quelle machte, um zumindest ihre Wasservorräte wieder aufzufüllen.

Halian protestierte. „Warum gerade ich?"

„Wer hat denn das Dach zum Einsturz gebracht?"

Flayne hörten ein seltsames Summen über ihrem Kopf. Es dauerte einen Moment, bis sie erkannte, dass es das Lachen der Leuchtfliegen war.

Nachdem sie die Bäume um Rat gefragt hatte, fand Flayne tatsächlich eine Quelle. Sie füllte die Wasserschläuche auf und kehrte zum Lager zurück. Drelyn saß mit dem Rücken an einen Baum gelehnt da und wartete auf sie.

„Wo ist Halian?", fragte Flayne, als sie sich neben dem Elfen niederließ. „Er wollte sich doch um das Essen kümmern."

Drelyn sah sie mit gerunzelter Stirn an. „Ich dachte, er hätte dich begleitet."

Flayne verdrehte die Augen. Halian mochte in der Lage sein, auf sich selbst achtzugeben, doch er war in Galda aufgewachsen und kannte die Gefahren der Wildnis nicht. So gut er sich auch in den schmalen Gassen der Stadt zurechtfand, so leicht konnte er sich im Wald verirren.

Als der Dieb nach einiger Zeit des Wartens noch immer nicht zurückgekehrt war, stand Flayne auf. „Ich suche ihn. Wahrscheinlich hat er sich verirrt."

„Wahrscheinlich", entgegnete Drelyn. „Ich begleite dich. Nach allem, was ich über Halian weiß, steckt er sicherlich bis über beide Ohren in Schwierigkeiten."

Flayne legte eine Hand auf den Stamm einer alten Eiche.

„Kannst du mir sagen, wohin Halian gegangen ist?“, erkundigte sie sich.

„Nordwestlich von hier liegt eine kleine Lichtung. Dort wirst du ihn finden.“

Flayne blickte fragend zu Drelyn hinüber, doch dieser zuckte nur mit den Schultern. „Lass uns gehen“, meinte er.

Sie fanden die Lichtung beinahe mühelos. Sie lag in der Nähe einer halb zugewachsenen Straße, die aus nordöstlicher Richtung das Land durchzog und nur noch von den wenigen Reisenden aus Landunas Osten benutzt wurde.

Als Flayne und Drelyn die kleine Lichtung erreichten und dort zwischen den Bäumen verborgen stehen blieben, entdeckten sie Halian, aber er war nicht allein. Zwei Pferde waren an einen Baum gebunden, ein prächtig aufgezäumtes Reittier und augenscheinlich ein Packpferd. Ihr Besitzer, ein dicker Mann mittleren Alters, lag schlafend im Gras, den Kopf auf ein Bündel gelegt. Seine Kleidung war prächtig, wie die eines reichen Händlers oder eines Adligen. Die vielen Satteltaschen und Bündel ließen auf große Besitztümer schließen.

Halian saß in aller Seelenruhe neben dem dicken Mann im Gras und durchsuchte dessen Gepäck, während die Leuchtfliegen ihn umschwirrten, als wollten sie ihm Licht spenden, obwohl es heller Tag war. Neben dem Dieb lagen Brot und Käse zusammen mit den Resten eines Bratens. Als er seine Gefährten, die inzwischen etwas näher getreten waren, bemerkte, grinste er und winkte sie zu sich herüber, dann wandte er sich wieder den Taschen des gut gekleideten Fremden zu. Flayne verdrehte die Augen und trat lautlos neben Halian. „Was soll das?“, fragte sie.

„Nicht so laut, wir wollen das Dickerchen doch nicht aufwecken“, flüsterte Halian, während er einen Geldbeutel aus einer Satteltasche zog und den Inhalt inspizierte. „Du siehst doch, was ich tue. Ich kümmere mich um unser Mittagessen.“

„Du sollst es aber nicht stehlen“, beschwerte sich Flayne. „Wir sind keine Diebe!“

„Ich schon“, entgegnete Halian. „Sei bitte leise. Sieh dir doch mal an, was der alles dabeihat. Meinst du der Verlust von ein bisschen Käse und ein, zwei Münzen wird ihm schaden?“

„Nein, aber …“

„Ich könnte ihm auch seine Pferde und seinen ganzen Besitz samt der Kleidung stehlen, so fest, wie der schläft. Doch abgesehen davon, dass ich das nicht brauche, würde ich ihn damit wahrscheinlich zum Tode verurteilen. Ich frage mich wirklich, wieso der überhaupt noch lebt. Er ist bis auf den kleinen Dolch da unbewaffnet.“ Halian deutete auf das verzierte Heft eines Schmuckdolches, der kaum Nutzen in einem Kampf jedweder Art haben würde. „Der Dicke hat wirklich Glück, dass ich der Einzige bin, der ihn bestiehlt.“

„Aber du kannst doch nicht einfach fremde Leute ausrauben!“, beharrte Flayne.

„Ich raube nicht, ich stehle und doch, wie du siehst, kann ich das. Es wird ihn nicht umbringen. Er wird es wahrscheinlich nicht einmal merken, nur sein Pferd wird sich freuen, wenn es nicht so viel zu tragen hat“, erklärte Halian leise, während er den Geldbeutel, den er zuvor in der Hand gehalten hatte, in seinem Rucksack verstaute. Er sah Flaynes gerunzelte Stirn und öffnete das Bündel, welches er in Händen hielt, etwas weiter. „Sieh her! Meinst du, es fällt ihm auf, wenn so ein kleines Säckchen fehlt?“

Flayne warf einen Blick in das Bündel. Vor ihrem Blick offenbarten sich noch viele weitere kleine Beutel, allesamt gut gefüllt. Halian öffnete einen, um Flayne zu beweisen, dass sie auch wirklich Münzen enthielten.

„Sein Pferd wird den Unterschied nicht einmal merken“, flüsterte Flayne mit hochgezogener Augenbraue. „Komm jetzt, bevor er aufwacht.“

„Sofort“, entgegnete Halian in aller Ruhe, während er einen zweiten Beutel an sich nahm. „Für einen guten Zweck.“ Er klopfte sich auf den Bauch.

„Was ist denn jetzt noch?“, fragte Flayne ungeduldig.

Halian lächelte sie strahlend an. „Ich rette ihm das Leben.“

Er lachte leise, als er Flaynes skeptischen Blick sah, und beugte sich zum Gürtel des dicken Mannes hinunter. In aller Ruhe zog der Dieb den Dolch aus der Scheide seines Besitzers und stach ihn durch den Ärmel seiner luxuriösen Robe in den Boden.

„Das wird ihn zumindest darauf aufmerksam machen, dass es

sich nicht überall so sicher schlafen lässt wie in der eigenen Villa. Vielleicht wird er seine Reise von nun an ein wenig vorsichtiger fortsetzen." Halian stand auf. „Schlaf schön, Dickerchen", winkte er dem Schlafenden zu, „und träum süß." Dann folgte er Flayne zurück in den Wald, wo Drelyn, der Halians Diebstahl bei Weitem weniger gelassen aufnahm, auf sie wartete.

Als der Elf Halian Vorhaltungen über seinen Diebstahl machte, lächelte dieser ihn strahlend an. „Erinnere dich an das Buch, das du aus der Bibliothek mitgenommen hast", flüsterte er ihm zu. „War das etwa nicht gestohlen?"

„Es dient einem höheren Zweck."

„Höher als seine Freunde vorm Verhungern zu retten?", fragte Halian.

„Es ist nur geli…" Drelyn brach ab, da er die Worte nicht aussprechen konnte. „Ich bringe es irgendwann zurück", grummelte er stattdessen.

Halian lachte nur.

# Schrecken in der Nacht

Je weiter sie nach Norden gelangten, desto geheimnisvoller und schweigsamer wurden die Bäume. Sie erzählten Flayne und Drelyn keine wispernden Geschichten mehr und nur noch wenige Vögel zwitscherten in ihren Zweigen. Das Unterholz wurde undurchdringlich und selbst das Rauschen des Windes in den Kronen der Bäume klang auf seltsame Weise bedrückend.

Halian schaute einige Male nervös über die Schulter zurück. Die Stille bereitete ihm Unbehagen. Flayne dagegen fühlte sich noch immer völlig sicher und geborgen. Die Bäume sprachen nicht mehr viel mit ihr oder Drelyn, doch sie schienen sie auch nicht völlig abzuweisen. Es war still, doch war diese Stille nicht so tief wie in Anwesenheit einer Gefahr. Flayne spürte noch immer die Vertrautheit der Wildnis, die ihr schon immer im Blut gelegen hatte.

Sie schenkte Halian ein aufmunterndes Lächeln.

Gegen Abend erreichten sie einen hohen Felsen, der wie das Wurfgeschoss eines Riesen mitten im Wald lag. Unter einem seiner vielen Vorsprünge suchten sie Schutz vor dem aufkommenden Wind und Flayne entfachte ein kleines Feuer.

Nachdem sie sich niedergelassen hatten, holte Halian ein Bündel unter seinem Umhang hervor. „Das hätte ich fast vergessen." Er reichte es Flayne. „Hier, für dich."

Flayne wickelte das Bündel auseinander. Es enthielt eine weite, aus dunkelblauem Samt gefertigte Tunika. „Ich hätte sie dir sofort gegeben, aber ich habe befürchtet, dass du sie nicht annehmen würdest. Jetzt kann ich sie dem Dickerchen nicht mehr zurückbringen." Flayne seufzte. Aber mit einem Gedanken an ihre fehlenden Ärmel zog sie die Tunika über. Sie war natürlich viel zu weit, aber es gelang Flayne, sie mit einer weißen Seidenschärpe, die Halian ihr reichte, zusammenzubinden.

Ihr Abendessen bestand aus den Resten des Bratens, den Halian dem dicken, schlafenden Mann gestohlen hatte. Nachdem sie zu Abend gegessen hatten, machten sie es sich im Schutz des Felsens bequem und Halian begann leise zu schnarchen. Flayne runzelte die Stirn und auch Drelyn warf dem Dieb einen wenig freundlichen Blick zu. Doch sie weckten ihn nicht. Halian benötigte als Einziger ihrer kleinen Gemeinschaft wirklich viel Schlaf. Weder Drelyn noch Flayne sehnten sich danach. Es lag ihnen im Blut, in sternenklaren Nächten zu wachen, um Mond und Sterne zu betrachten, anstatt solche Momente mit Schlaf zu vergeuden.

Flayne lehne sich zurück und beobachtete den aufgehenden, vollen Mond, wie sie es auch zu Hause schon oft getan hatte.

Der Himmel war völlig klar, keine Wolke verdeckte die Sterne, die sich strahlend gegen den dunklen Himmel abhoben.

Flayne deutete hinauf. „Siehst du das Sternbild dort?“, fragte sie. Drelyn nickte. Flüsternd fuhr sie fort. „Fol nannte es den Träumer. Siehst du, wie er den Arm nach dem Abendstern ausstreckt? Fol erzählte, er sei einst ein Junge gewesen, der sich immer nach den Sternen gesehnt habe.“ Flayne lächelte leicht. „Er stand jede Nacht auf einer Klippe und starrte hinauf zu den Sternen. Am Tag träumte er von ihnen. Er schlief nicht mehr, vergaß zu essen und zu trinken. Eines Tages, ich weiß nicht, ob es eine freiwillige Tat oder ein Unfall war, stürzte er von den Klippen. Man fand seine Leiche im Meer treibend. Ich glaube Fol hat mir die Geschichte erzählt, damit ich aufhöre, von den Sternen zu träumen. Er wollte nicht, dass ich jede Nacht stundenlang am Fenster stehe und hinaus starre, anstatt zu schlafen. Es hat nie funktioniert. Ich hatte zu starke Sehnsucht nach den Sternen. Als ich älter wurde und Fol lernte, meine nächtlichen Ausflüge zu akzeptieren, erzählte er mir das Ende der Geschichte: Der Träumer wurde selbst zu einem Sternbild und so wurde sein sehnlichster Wunsch erfüllt.“

Drelyn lächelte versonnen. „Eine schöne Geschichte. Bei meinem Volk gibt es auch eine Legende über diese Sterne ...“ Er unterbrach sich und sprang auf.

„Was ist?“, fragte Flayne. „Was hörst du?“

Drelyn stand mit gerunzelter Stirn da und lauschte. „Ich höre nichts als das Rauschen des Windes, aber ich habe ein seltsames Gefühl. Irgendetwas Unheilvolles ist in der Nähe.“

Flayne schloss die Augen und konzentrierte sich auf den Wald. Sie spürte etwas Dunkles. Eine seltsame, unbestimmte Ahnung, die sich nicht beschreiben ließ. Eine verborgene Gefahr. Selbst die Leuchtfliegen schienen es zu spüren. Flayne bemerkte, dass sie unter Halians Umhang Schutz gesucht hatten.

Drelyn spähte mit seinen nachtsichtigen Augen angestrengt zum Waldrand hinüber. „Es ist nichts zu sehen." Er setzte sich wieder, legte aber Bogen und Köcher griffbereit neben sich, sodass es ihn kaum eine Sekunde kosten würde, einen Pfeil auf die Sehne zu legen und zu schießen. Flaynes Hand schloss sich um das Heft ihrer Klinge, ohne sie jedoch aus der Scheide zu ziehen.

Sie warf einen fragenden Blick zu Halian hinüber, doch Drelyn schüttelte den Kopf. „Wir sollten ihn noch nicht wecken. Vielleicht besteht gar keine Gefahr und wir täuschen uns. Es ist besser, wir warten ab, um zu sehen, ob etwas geschieht."

Flayne nickte, doch sie war nicht überzeugt.

„Warum will Halian uns überhaupt begleiten?", fragte Drelyn, um sie abzulenken, während er selbst noch immer auf jedes Geräusch lauschte und seine Augen den Waldrand auf der Suche nach irgendeiner Bewegung abtasteten.

„Er sagte, er könne das Leben in Galda nicht mehr ertragen. Stattdessen will er umherreisen und Abenteuer erleben."

Drelyn nickte. „Das kann ich verstehen. Das Leben in dieser Stadt ist gewiss nicht schön, obwohl es vielleicht angenehm sein mag."

Sie lauschten wieder, doch abgesehen von Halians Schnarchen lastete Stille über dem Wald. Dennoch wuchs die dunkle Ahnung, die sich langsam in ihre Herzen schlich.

Flayne warf einen Blick nach oben in die Wipfel der schweigenden Bäume, doch als sie nach der verborgenen Gefahr fragte, erhielt sie nur eine nebelhafte Antwort.

„Etwas Dunkles nähert sich", raunte eine Tanne. Es war die einzige Antwort, die Flayne zu hören bekam.

„Es ist sinnlos", erklärte Drelyn. „Die Bäume hier sind schweigsam und es gibt Gefahren in diesem Wald, denen sie nicht abweisend gegenüberstehen. Sie werden uns nicht helfen."

Flayne hatte gewusst, dass der Wald Geheimnisse barg, doch ihr war nie der Gedanke gekommen, das dichte Unterholz könne etwas Gefährliches vor ihr verbergen.

Sie beschloss, Halian nun doch zu wecken. Als sie ihn an der Schulter berührte, schreckte er sofort hellwach hoch und spähte, ohne einen Laut von sich zu geben, umher. Er war in Galda aufgewachsen und hatte oft genug fliehen müssen, um zu spüren, dass etwas nicht stimmte. Flüsternd erklärte Flayne ihm mit wenigen Worten die Situation.

Halian nahm seinen Bogen zur Hand und legte einen Pfeil auf die Sehne.

Am Waldrand schien sich etwas zu bewegen. Flayne machte die anderen darauf aufmerksam, doch mehr als einen Schatten konnten sie nicht erkennen.

Langsam schlich er näher.

„Ich kann nichts sehen!“, flüsterte Halian.

„Gar nichts?“, fragte Flayne.

„Nein, es ist zu dunkel.“

Sie runzelte die Stirn. „Gib mir deinen Bogen.“

Halian war davon überhaupt nicht begeistert. „Dann habe ich nur noch meinen Dolch!“

„Was nutzt dir ein Bogen, wenn du nicht siehst, wohin du schießt? Außerdem kannst du dich mit dem Dolch sehr gut verteidigen“, erklärte Flayne.

„Könnt ihr jetzt endlich mal still sein?“, zischte Drelyn ihnen zu.

Grummelnd reichte Halian Flayne Bogen und Köcher. An Drelyn gewandt murmelte er: „Du kannst mir ja dein Schwert geben, wenn ich mich nicht um meinen Bogen streiten darf.“

Er war äußerst überrascht, als Drelyn sein Schwert mit einer eleganten Bewegung durch die Luft wirbelte, es an der Klinge fasste und ihm mit dem Heft voran reichte.

„Ich muss zugeben, dass ich noch nie mit einem Schwert gekämpft habe“, gestand der Dieb peinlich berührt. „Behalte du es lieber, es wird dir mehr nutzen.“

Drelyn musste trotz der Gefahr lächeln und steckte sein Schwert zurück in die Scheide.

Währenddessen hatte Flayne das fremde Wesen am Waldrand nicht aus den Augen gelassen. Es schlich näher, nur ein Schatten zwischen den anderen Schatten des nächtlichen Waldes, kaum zu sehen und nicht zu hören. Trotzdem spürte Flayne die Gefahr, die von ihm ausging. Seine Bewegungen waren langsam, aber nicht zögernd, lauernd schien es auf den richtigen Augenblick zu warten. Die schattenhafte Gestalt schlich näher, mit fließenden Bewegungen, in langsamer Unaufhaltsamkeit.

Flayne wandte sich wieder ihren Gefährten zu. „Es kommt näher!“, flüsterte sie.

Drelyn nickte, während Halian mit zusammengekniffenen Augen in die Dunkelheit starrte. Flayne beschlich eine unbestimmte Angst, als sie ihre Aufmerksamkeit auf den Schatten richtete. Irgendetwas an ihm war anders. Er war nicht wie die anderen Raubtiere des Waldes, die sich des Nachts an ihre Beute heranschlichen. Sie spürte, dass etwas Düsteres ihn umgab und schützte.

Kein anderes so gut genährtes Raubtier würde es wagen drei Wanderer anzugreifen.

Der Elf legte einen Pfeil auf die Sehne, zögerte aber noch. Sollte er wirklich schießen? Bisher hatte das Wesen nicht versucht, sie anzugreifen.

Der Schatten näherte sich ihnen weiterhin. Drelyn zog die Sehne mit dem Pfeil bis zum Ohr durch, eine unmissverständliche Warnung. Auch Flayne spannte den Bogen.

Das Wesen machte einen weiteren Schritt auf sie zu. Es war jetzt so nahe, dass Flayne jedes seiner vier langen Beine erkennen konnte. Aus dem Schatten war ein Lebewesen geworden, ein Lebewesen mit Beinen, einem Kopf und allen Körperteilen, die ein Raubtier ausmachten. Sie runzelte die Stirn. „Ist das ein Wolf?“, fragte sie verwirrt. Sie konnte sich nicht vorstellen, dass ein einzelner Wolf drei Reisende angriff. Außerdem schien das Wesen ihr für einen Wolf einfach zu groß zu sein.

Drelyns Augen verengten sich. „Das ist kein normaler Wolf“, flüsterte er, ohne die Konzentration zu verlieren.

„Ein Werwolf, meinst du?“, mischte sich Halian ein und Flayne drehte sich überrascht zu ihm um. Halian warf ihr einen verteidigenden Blick zu. „Ich stehle Bücher nicht nur, ich lese sie auch.“

„Ein Werwolf, ja“, knurrte Drelyn. Flayne spürte, wie sich ihr Inneres zu einem Knoten zusammenzog.

Nun geschah alles beinahe zu schnell, als dass das bloße Auge hätte folgen können, und doch sah Flayne jede Einzelheit mit einer unheimlichen Klarheit. Drelyn ließ die Bogensehne los. Soweit Flayne erkennen konnte, traf der Pfeil das Raubtier mitten in die Brust. Das dunkle Wesen schien es gar nicht zu bemerken. Es machte einen weiteren anmutigen Schritt auf sie zu. Auch Flayne schoss, und obwohl sie nicht allzu häufig mit dem Bogen trainiert hatte, traf sie den linken Hinterlauf des Tieres. Im selben Moment, in dem Drelyn einen zweiten Pfeil von der Sehne schickte, sprang es los. Der Pfeil traf, dann wurde Flaynes Blickfeld von einem großen, tiefschwarzen Schatten ausgefüllt.

Drelyn hatte keine Zeit mehr, einen weiteren Pfeil abzufeuern, denn nun ging das dunkle Wesen doch zum Gegenangriff über und stürzte sich auf ihn.

Der Elf sprang mit unmenschlicher Schnelligkeit zur Seite, sodass das dunkle Wesen unsanft auf dem Boden aufkam, doch es kam mit einer geschmeidigen Bewegung sofort wieder auf die Beine.

Der Elf kam auf die Füße, warf Bogen und Köcher zur Seite und zog sein Schwert. Auch Halians Waffen kehrten durch einen Wurf Flaynes zu ihm zurück, während sie bereits nach ihrem Schwert griff. Der Wolf schnappte nach Drelyn, doch Flaynes Schwert, welches sich durch das dichte Fell seiner Flanke in sein Fleisch gebohrt hatte, ließ ihn herumwirbeln. Die Bewegung riss Flayne die Waffe aus der Hand, sodass sie dem Ungeheuer nun unbewaffnet gegenüberstand. Eine Pranke schlug nach ihr und sie sprang.

Der Werwolf zeigte seine Lefzen. Es schien Flayne, als grinse er sie spöttisch an. Sie warf sich zur Seite, um seinem Biss zu entgehen. Die Fänge des Wolfes verfehlten sie, doch seine Krallen trafen ihren Bauch und zerfetzten die neue Tunika. Flayne erwartete einen stechenden Schmerz, dort, wo die Pranke des Wolfes ihre Haut aufgerissen hatte, doch sie spürte nichts außer einem dumpfen Pochen in ihrem Rücken, auf den sie nach ihrem hastigen Sprung gefallen war. Flayne blickte an sich herab und erwartete, eine Verletzung oder zumindest eine Krallenspur auf ihrer Bauchdecke zu sehen, doch da war nichts dergleichen. Stattdessen bemerkte sie, dass ihr Bauch, ja beinahe ihr ganzer Körper, plötzlich von roten Schuppen bedeckt war!

Halian hatte seinen Bogen aufgefangen und einen Pfeil auf die Sehne gelegt. Er war bei Weitem nicht so schnell wie Drelyn, doch nun, da das Mondlicht die nächtliche Szene erhellte, traf er die Flanke des Wolfes mit einem perfekt gezielten Schuss. Das Ungeheuer wirbelte abermals herum und Flayne, die ihre Chance sah, streckte den Arm aus und fasste das Heft ihres Schwertes. Durch die schnelle Bewegung des Wolfes wurde es diesem aus der Seite gerissen, doch er schien es nicht einmal zu bemerken.

Halians nächster Pfeil traf die Kehrseite des Werwolfes. Wie zu erwarten, stürzte dieser sich auf den Dieb. Halian stach mit seinem Dolch zu, aber auch das schien den Werwolf nicht im Geringsten zu stören.

In diesem Moment begann eine vage Idee in Halians Gedanken, Gestalt anzunehmen und zu wachsen. Er sprang zur Seite und brachte sich so schnell wie möglich aus der Reichweite des Wolfes. „Lenkt ihn für einen Moment ab!", rief er seinen Gefährten zu. Diesen fiel es nicht leicht, seinen Anweisungen zu folgen, denn der Werwolf interessierte sich nun brennend für dieses seltsame zweibeinige Wesen, das ihn mit kleinen Stacheln bewarf. Er wollte es aus dem Weg haben. Es störte ihn. Flaynes und Drelyns Ablenkungsversuche hatten erst Erfolg, als der Elf seinen Bogen wieder zur Hand nahm und nun seinerseits den Werwolf beschoss. Währenddessen verschwammen Halians Umrisse. Bald darauf war der junge Mann verschwunden. Statt seiner stand dort nun ein zweiter Wolf, beinahe ebenso groß wie der Angreifer.

Das dunkle Wesen erschrak, als er seine Aufmerksamkeit wieder auf Halian richtete. Ein Wolf, so groß wie er selbst und unverletzt. Auch wenn ihn seine Wunden nicht sonderlich störten, schränkten sie doch seine Bewegungen ein. Aber er würde sich seine Beute nicht streitig machen lassen. Er trat einen Schritt auf die Zweibeiner zu. Doch der fremde Wolf sprang dazwischen. Das dunkle Wesen machte einen Schritt rückwärts. Lohnte es sich, um so kleine Beute zu streiten? Er musterte seinen Gegner. Sicherlich gab es im Wald noch andere Dinge, die zu jagen es sich lohnte und doch ... Auch andere Beute stillte seinen Hunger, aber nur die Jagd nach Zweibeinern bereitete ihm wirkliche Freude. Knurrend stürzte sich der Werwolf auf Halian. Dieser wich gewandt aus, doch er war mit dem Wolfskörper kaum vertraut. Es war gewöhnungsbedürftig, auf vier Beinen zu stehen und Maul und Pranken als Waffen einzusetzen. Es war schwer, sich dem Werwolf entgegenzustellen, doch er musste es tun. Nur so konnte er seine Freunde schützen. In Galda besaß Freundschaft keinen Wert oder sie verlor ihn, sobald sie dem Profit im Weg stand. Diese erst seit Kurzem währende Freundschaft war anders und Halian war bereit, für seine Freunde zu kämpfen, auch gegen einen Werwolf. Er sprang auf seinen Gegner zu und seine Pranke traf die Schnauze des Werwolfes, wie seine Faust das Kinn eines Gegners getroffen hätte, wenn dies eine Straßenschlägerei gewesen wäre. Knurrend trat der Wolf zurück, aber das gefährliche Glitzern in seinen Augen war eine Warnung für Halian. Der Gestaltwandler wich dem plötzlich zuschnappenden Kiefer des Werwolfes aus, er stolperte jedoch über das ungewohnte zweite Beinpaar und strauchelte. Die Zähne des Wolfes bohrten sich seine Schulter. Halian knurrte. Er hatte zu lange auf den Straßen Galdas überlebt, um sich jetzt von einem – wenn auch ziemlich großen – Hund besiegen zu lassen.

Instinktiv trat Halian mit seinen kräftigen Läufen nach dem Wolf. Es funktionierte. Die Kraft seiner vier Beine warf seinen Gegner zur Seite. Es war ihm vor langer Zeit nicht gelungen, seine Schwester zu retten, doch jetzt besaß er genügend Kraft, um seine Freunde zu schützen. Ein wildes Glitzern trat in seine Augen und er sprang auf die Beine. Ohne zu zögern, stürzte er auf den dunklen Wolf zu, schnappte nach dessen Kehle. Erschrocken zuckte er zusammen, als ein Pfeil direkt neben seiner Schnauze vorbeizischte und das Auge seines Gegners traf. Doch er vertraute auf Drelyns Schießkünste und war überzeugt, dass die Pfeile des Elfen nur den Werwolf und nicht ihn selbst treffen würden.

Sobald der Werwolf seine Aufmerksamkeit dem Gestaltwandler zuwandte, hatte Drelyn sich auf die Suche nach Halians Köcher gemacht, denn seine eigenen Pfeile waren verbraucht. Zu viele hatte er aufgrund seiner Erschöpfung in den Leichen der getöteten Goblins zurückgelassen. Weder er selbst noch Flayne wagten es, sich den beiden Kämpfenden zu nähern, daher waren seine Pfeile die einzige Möglichkeit, Halian zu helfen. Als Drelyn endlich den Köcher gefunden hatte, waren die beiden Wölfe bereits tief in ihren Kampf verstrickt, doch für Drelyns Schießkünste stellte dies kein Hindernis dar. Der Elf konnte mühelos unterscheiden, welcher der beiden Wölfe Gestaltwandler und welcher der wirkliche Werwolf war. Innerhalb eines Lidschlags hatte er einen Pfeil auf die Sehne gelegt, gezielt und das Geschoss auf seine Flugbahn gesandt. Er brauchte nur einen kurzen Blick über den Pfeilschaft auf sein Ziel zu werfen, dann ließ er Sehne und Pfeil los, ohne weiter darüber nachzudenken.

Drelyns Schuss traf den Werwolf. Ebenso der nächste Pfeil, der wie durch Zauberei plötzlich in Drelyns Hand lag. Flayne, die neben dem Elfen stand und nicht allzu häufig einen Bogen in Händen gehalten hatte, konnte nur verwundert die Augen aufreißen.

Der Werwolf versuchte, über Halian hinweg zuspringen, um zu dem Elfen zu gelangen und dessen Pfeilattacke zu beenden, doch der Gestaltwandler versperrte ihm den Weg.

Einen Moment zögerte der Wolf. Er erkannte, dass er hier keine leichte Beute finden würde. Wut erfüllte ihn. Er hatte durch die kleinen Stacheln des Zweibeiners ein Auge verloren. Er wollte diesen Verlust rächen, einen anderen dafür bluten sehen. Aber seine Gegner waren zu stark. Es fiel dem dunklen Wesen schwer, sich dies einzugestehen, denn er spürte den Hunger an seiner Seele nagen. Obwohl er sich nach Rache sehnte, befürchtete er, auch sein anderes Auge zu verlieren. Zwar würden diese Verluste sich bald regenerieren, doch solange seine Augen brauchten, um sich zu erneuern, würde er nicht jagen können und müsste so die einzige Leidenschaft seines kalten, dunklen Daseins entbehren.

Nach kurzem Zögern und einem weiteren drohenden Knurren drehte er sich um und floh. Vielleicht fand er ja den dritten Winzling, der verschwunden war, allein im Wald.

Er schwor sich jedoch, den fremden Wolf zu töten, sollte dieser es wagen, noch einmal durch sein Revier zu streifen und ihm seine Beute streitig zu machen. Egal zu welchem Preis.

Halian verwandelte sich zurück in den dunkelhaarigen jungen Mann und atmete erleichtert auf. Einen Moment konnte er nur dastehen, froh noch am Leben zu sein, dann blickte er sich suchend um. Wo war sein Dolch? Eine Erinnerung flutete in seine Gedanken. Er hatte gesehen, dass der Dolch im Bauch des Ungeheuers steckte. Er ließ sich zu Boden sinken und barg das Gesicht in den Armen. Währenddessen kamen die Leuchtfliegen hinter dem Felsen hervor, hinter dem sie sich vor der Dunkelheit des Wolfs versteckt hatten. Obwohl sie nicht von ihnen verletzt werden konnten, fürchteten sie diese dunklen Wesen mehr als alles andere.

„Halian, was ist los?“, fragte Flayne besorgt. „Bist du verletzt?“

Er schüttelte den Kopf und stand entschlossen auf. „Nein, aber mein Dolch ist weg.“

„Da bin ich anderer Meinung.“ Drelyn hielt Halians vermissten Dolch in Händen und reichte ihn nun seinem Besitzer.

Mit einem erleichterten Lächeln nahm der Gestaltwandler den Dolch an sich.

„Und Halian“, fügte der Elf hinzu, obwohl ihm diese Worte nicht ganz leicht zu fallen schienen. „Danke.“

„Danke wofür?“

„Du hast uns gerettet!“ Flayne schenkte ihm ein breites Lächeln.

Halian grinste. „Ebenfalls danke. Ihr habt mich gerade davon abgehalten, dem Werwolf hinterher zu laufen, um meinen Dolch wiederzuholen.“

„Ist er dir so wichtig, dass du dein Leben für ihn riskiert hättest?“

Der Dieb nickte. „Er ist das Letzte, was mir von meiner Mutter geblieben ist.“

„Lebt sie nicht mehr?“

Halian schüttelte den Kopf.

„Und dein Vater?“

Er zuckte die Achseln. „Habe ich nie gekannt.“

Als sie zu ihrem Lager zurückkehrten und sich im Schutze des Felsens niederließen, bemerkte Flayne Halians zerfetzte Tunika. Stirnrunzelnd betrachtete sie sie näher und stellte fest, dass der Stoff an der Schulter mit Blut getränkt war. Als sie sie näher untersuchte, entdeckte sie dort zu ihrem Entsetzen eine Bisswunde.

„Er hat dich gebissen!“, entfuhr es ihr.

Drelyn hob den Kopf. „Denkst du an die alten Legenden?“

Flayne nickte. „Keine Angst, er wird sich nicht in einen Werwolf verwandeln, es sei denn, er stirbt vor dem nächsten Neumond. Dann würde er als Werwolf hierher zurückkehren und niemals Ruhe finden.“ Der Elf musterte Halian ernst. „Du solltest aufpassen, was du in den nächsten zwei Wochen tust. Wenn du stirbst, ist das, was dir blüht, weitaus schlimmer als der Tod.“ Halian starrte ihn mit vor Entsetzen aufgerissenen Augen an. Mit dem letzten Wasser aus ihrer Flasche und einem Stück der Schärpe, die Halian für sie gestohlen hatte, wusch Flayne die Wunde aus und verband sie.

Halian war wie erstarrt. Als Werwolf Menschen jagen zu müssen … Er wagte es nicht, diesen Gedanken zu Ende zu denken und schauderte.

# Drelyns Geschichte

Halian konnte sich kaum noch auf den Beinen halten. Seine Verwandlungen kosteten ihn jedes Mal eine Menge Kraft und auch Drelyn war vom Kampf erschöpft, sodass sie bald darauf einschliefen. Flayne war zu beunruhigt, um schlafen zu können. Sie wachte lieber über den Schlaf ihrer Freunde. Vielleicht war der Werwolf noch in der Nähe. Sie erinnerte sich, dass die Bäume sie nicht vor dem Wolf gewarnt hatten. Zum ersten Mal in ihrem Leben saß sie im Wald und fühlte sich beunruhigt und bedroht. Sie erinnerte sich an Geschichten über die dunklen Wälder im Norden. Wie oft hatte sie diese Legenden belächelt. Nun kamen sie ihr gar nicht mehr so lächerlich vor.

Und noch etwas anderes beunruhigte Flayne. Sie hatte deutlich gesehen, wie sich rote Schuppen auf ihrer Haut gebildet hatten, als die Krallen des Wolfes ihren Bauch gestreift hatten. Flayne betrachtete den Riss in ihrer Tunika. Die Haut darunter wies keine Verletzungen auf, aber es waren auch keine Schuppen mehr zu sehen. Flaynes Gefährten schienen nichts bemerkt zu haben. Aber Flayne war sicher, dass sie da gewesen waren. Sie hatte noch nie etwas Vergleichbares gesehen, weder an sich selbst noch an anderen Lebewesen. Waren diese Schuppen ein Teil von Flaynes Vergangenheit, so wie die Flammen, ihr Verständnis vieler Sprachen und die Verbundenheit mit der Wildnis ein Teil von ihr waren?

„Wer bin ich?“, fragte sie die Nacht, doch weder die Sterne am Himmel noch die Dunkelheit des Waldes antworteten ihr.

Bereits kurz nach Sonnenaufgang erwachte Drelyn und gesellte sich zu Flayne. Sie versuchten, Halian zu wecken, doch nachdem dieser sich umgesehen und festgestellt hatte, dass keine Gefahr drohte, drehte er sich um und schlief weiter, seine Gefährten völlig ignorierend.

Flayne und Drelyn ließen ihn schlafen und wendeten sich dem gestohlenen Brot zu.

„Wenn du nicht aufstehst, bleibt nichts zu essen mehr für dich übrig", warnte Flayne den Gestaltwandler. Die Drohung wirkte und bald darauf wischte Halian sich den Schlaf aus den Augen.

„Es ist ja noch genug Essen da!", fauchte Halian. Der Blick, den er Flayne zuwarf, hätte glühende Lava mit einer Eisschicht überziehen können.

Drelyn verdrehte die Augen. „Wir müssen weiter oder möchtest du noch eine Nacht in diesem Wald verbringen? Wenn wir uns beeilen, erreichen wir Gledyn heute Abend."

Halian war völlig erschöpft und hatte eindeutig zu wenig geschlafen. Während sie weiterreisten, trottete er gähnend neben seinen Gefährten her.

„Dieses Gestaltwandeln", fragte ihn Flayne, „hast du das irgendwo gelernt?"

Der Dieb schüttelte den Kopf und gähnte abermals. „Das ist angeboren. Hin und wieder kommt es vor, dass jemand diese Fähigkeit besitzt, genauso wie ein anderer besonders gut singen kann. Meine Schwester konnte es auch." Er zuckte mit den Schultern. „Es ist aber ziemlich anstrengend, sodass ich mich nicht oft hintereinander verwandeln kann."

„Und wieso setzen die Menschen in Galda eine Belohnung auf euch aus?", fragte Flayne.

Halian schüttelte den Kopf. „Sie fürchten uns", entgegnete er leise.

Flayne senkte den Kopf, als sie den traurigen Unterton in Halians Stimme vernahm. Sie hätte sich gern erkundigt, was seiner Familie zugestoßen war, doch sie wollte keine alten Wunden aufreißen. Also schwiegen sie wieder, während die Leuchtfliegen um Halians Kopf herumschwirrten, als wollten sie den Dieb trösten.

„Zumindest weißt du, wer deine Mutter war", murmelte Flayne nach einer Weile. „Ich kenne meine Eltern nicht und eine Magierin versucht, mich zu töten, weil sie mit meinem Vater, dem ich nie begegnet bin, verfeindet ist." Als Flayne Halians verwirrten Blick sah, lächelte sie und erzählte auch ihm ihre Geschichte.

Auch als der Morgennebel sich lichtete, wurde es nicht wärmer. Flayne zog ihren Umhang enger um sich. Sie hatte gehofft, dass die Mittagssonne etwas Wärme spenden würde, doch der Himmel war bewölkt und die Luft kalt. Zu kalt für den April. Sie ging schneller und hoffte, sich durch die Bewegung etwas aufwärmen zu können.

Um sich abzulenken, wandte sie sich an Drelyn. „Warum willst du zum Ilinenwald?“, fragte sie ihn.

„Ich lebe dort“, entgegnete der Elf. Er sah zu Halian hinüber, um sicherzugehen, dass dieser außer Hörweite war, dann blickte er Flayne lange und prüfend aus seinen stechend grünen Augen an. Schließlich begann er, zu erzählen. „Ich habe fast mein ganzes Leben in meiner Heimat Meralyn verbracht. Sie liegt im Ilinenwald, wie ihr ihn nennt. Wunderschön ist es dort. Wir leben in den Bäumen, direkt an einem See und fahren oft hinaus, auch bei Nacht, wenn sich die Sterne im Wasser spiegeln. Manchmal machen wir uns auf zum Meer. Dort leben unsere Brüder, die Meerelfen, deren ganze Sehnsucht dem Meer und nicht der Wildnis gilt.“ Er seufzte. „Es war ein schönes, glückliches Leben. Doch eines Tages verschwanden meine Eltern. Niemand wusste, was mit ihnen geschehen war. Ich beschloss, mich auf die Suche nach ihnen zu machen, doch ich konnte meine kleine Schwester Ealyn nicht allein zurücklassen. Was würde mit ihr geschehen, wenn ich nicht zurückkäme? Wer würde sich um sie kümmern und sie trösten, während ich auf einer fruchtlosen Suche durch die Lande irrte?

Eines Tages besuchte mich meine Cousine Viviana. Sie sagte, sie wisse, was mit meinen Eltern geschehen sei. Sie sagte, sie seien tot!“ Seine Augen, sonst hellgrün wie junge Blätter im Frühling, verdunkelten sich zur Farbe von Tannennadeln im düsteren Winterwald und einen Moment lang wollte ihm seine Stimme nicht gehorchen. Dann hatte Drelyn sich wieder unter Kontrolle. Als er fortfuhr, klang seine Stimme hart und kalt wie Stahl und seine Augen spien silbrige Funken der Wut und des Hasses. „Sie sagte, es sei der Drache gewesen, der nicht allzu weit von Meralyn entfernt im Wald lebt.“

„Woher wusste sie das?“, fragte Flayne.

„Darüber wollte sie nicht sprechen“, erklärte der Elf. „Doch sie besitzt magische Kräfte und weiß viele Dinge, die anderen verborgen bleiben.“ Langsam wurde er ein wenig ruhiger, doch das sonst so strahlende Licht war aus seinen Augen verschwunden. Mit vollkommen ruhiger Stimme fuhr er fort: „Ich schwor, den Drachen zu töten und meine Eltern zu rächen!“

„WAS?"

Drelyn räusperte sich. „Also machte ich ..."

Flayne unterbrach ihn. „Du willst einen Drachen töten? Einen echten Drachen? Bist du wahnsinnig? So gut du auch mit dem Schwert umgehen kannst, so kannst du damit doch keinen Drachen töten!"

„Nicht so laut." Der Elf blickte zu Halian hinüber. Dieser war etwas zurückgefallen und trottete gähnend hinter ihnen her. Drelyn traute dem Dieb, obwohl dieser ihm das Leben gerettet hatte, noch immer nicht völlig (schließlich war er ein Dieb) und wollte ihn das Ziel seiner Reise nicht unbedingt wissen lassen.

Flayne ignorierte Drelyns Einwurf. „Ein Flammenstoß und von dir bleibt nichts mehr übrig, nicht einmal ein Häuflein Asche!"

„Ich weiß, es ist nicht einfach ...", begann Drelyn abermals und wieder wurde er von Flayne unterbrochen. „Nicht einfach?" Sie schüttelte den Kopf. „Es ist nicht nur nicht einfach, sondern vollkommen unmöglich!"

„Schwierig!", gab Drelyn zu.

„Unmöglich!"

Der Elf seufzte resigniert. „Na gut, beinahe unmöglich."

„Völlig unmöglich! Er wird dich töten! Und es wird ihm nicht einmal Mühe bereiten. Dann bist du tot und deine Schwester ist ganz alleine … und was hast du dann davon?"

Seit Flaynes Stimme laut geworden war, hatte Halian jedes Wort mitgehört. Es kostete ihn seine ganze, gut trainierte Selbstbeherrschung und sein gesamtes Schauspieltalent, um blinzelnd und gähnend weiterzutrotten, anstatt sich einzumischen.

Er wusste, dass er Flayne nicht helfen konnte, ebenso wie er wusste, dass sie in ihrem Bemühen scheitern würde.

„Drache?", fragte er laut. Und zwang sich zu einem fröhlichen Tonfall. „Habe ich eben Drache gehört? Besteht für mich die Chance auf eine gute Geschichte?"

Flayne schüttelte den Kopf. Ihre Augen blitzten und ihre Wangen hatten sich gerötet. „Die Geschichte ist gerade zu Ende. Ich habe mich nur über die Dummheit einer beteiligten Person geärgert."

„Die Wahrheit", dachte Halian. „Nicht die ganze, aber die Wahrheit. Sie ist eine geschickte Lügnerin." Er seufzte leise.

# Falaine

Der Sonne war es am Nachmittag gelungen, die dichte Wolkenschicht zu durchbrechen und den Wald in ein flammendes Rot zu tauchen. Als sie bereits westlich von Landuna im Meer versank, erreichten die drei Reisenden Gledyn. Eine alte Frau humpelte mit einem reisiggefüllten Korb auf dem Rücken durch die Straßen. Flayne fragte sie nach Falaine. Die Frau musterte Flayne und ihre Gefährten mit einem neugierigen und ablehnenden Blick. Auf ihrem faltigen Gesicht zeigte sich jedoch keine Spur von Überraschung.

Stattdessen lächelte sie ein wenig gezwungen und antwortete: „Falaine? Die lebt in einem kleinen Haus nahe des Sumpfes." Aus dem Tonfall der Alten war deutlich herauszuhören, dass sie jeden, der sein Haus so dicht an den Sumpf baute, für ebenso gefährlich wie die schlammigen Tiefen hielt. „Gebt Acht, wenn Ihr dorthin geht. Im Sumpf spukt es und viele, die dorthin gingen, kehrten nie mehr zurück. Die Wenigen, die jemals zurückgekommen sind, waren nicht mehr sie selbst." Flayne nickte und bedankte sich. Dann durchquerte sie Gledyn in Begleitung ihrer Freunde. Obwohl Flayne sich kaum noch an dieses Dorf erinnern konnte, fühlte sie sich hier heimisch. Dies war der Ort, an dem sie ihre frühe Kindheit verbracht hatte.

Dann wanderten ihre Gedanken zu Fol. Sie fragte sich, wie es ihm jetzt gehen mochte und ob er sie vermisste.

Einst hatte auch er hier gelebt. Er war hier geboren und aufgewachsen. Allerdings hatte er die meiste Zeit seines Lebens auf Reisen durch Landuna verbracht. Warum war er nach Dreen gezogen, anstatt hier zu bleiben?

Würde Flayne jemals in ihr Heimatdorf zurückkehren? Natürlich vermisste sie ihren Ziehvater ebenso wie ihren Bruder Sliwan, aber der Gedanke, Dreen noch einmal betreten zu müssen, erfüllte sie mit Unbehagen. Obwohl sie das Dorf erst vor wenigen Tagen verlassen hatte, schien es ihr, als lägen ihre Tage in Dreen lange Zeit, vielleicht ein ganzes Leben zurück.

Flayne wusste nicht, ob es ihr überhaupt jemals wieder möglich sein würde, in einem Dorf zu leben. Die wenigen Tage, die sie im Wald verbracht hatte, zeigten nur allzu gut, dass ihre wahre Heimat die Wildnis war. Als sie den Nordrand des Dorfs erreichten und ihnen bereits der Duft von feuchtem Torf in die Nase stieg, entdeckte Flayne eine einsame kleine Hütte, die etwas abseits der anderen am Rande des nebeldurchzogenen Sumpfs lag. Halian trottete gähnend hinter ihr her, doch Drelyns Gesicht blieb wachsam, Misstrauen stand in seinen Augen.

„Was soll das?", fragte er Flayne. „Wo willst du hin?"

„Ich weiß, wo wir die Nacht verbringen können", antwortete Flayne. „Die Schwester meines Ziehvaters lebt hier. Vielleicht nimmt sie uns auf."

Drelyn behagte die Vorstellung anderer Leute Obdach zu erbitten gar nicht. „Was meinst du mit vielleicht?", hakte er nach.

„Ich habe sie lange nicht mehr gesehen", entgegnete Flayne.

„Wie lange?" Drelyns Augen verengten sich zu Schlitzen.

Flayne zuckte die Achseln. „Ein paar Jahre. Ich erinnere mich kaum noch an sie."

„Und woher weißt du, ob sie dich überhaupt erkennt? Wenn es so lange her ist, musst du dich seitdem doch sehr verändert haben." Drelyn blickte zurück zum Waldrand. Sie konnten ebenso gut draußen nächtigen. Ein Elf war nicht auf die Hilfe anderer angewiesen. Flayne lächelte, seine Gedanken erratend. „Wir werden sehen. Einen Versuch ist es sicherlich wert."

Falaines Haus war wie jedes andere in Gledyn einfach und doch stabil gebaut, so als befürchteten seine Bewohner, die Winterstürme könnten ihre Heimstatt mit sich forttragen.

Doch in den Augen der Bewohner Gledyns hatte es nichts mit ihren eigenen Häusern gemein, denn es lag am Rand des Sumpfs. Niemand außer Fols Schwester wagte es, sein Haus so dicht an den Sumpf und damit in die Nähe der ihn bewohnenden Geister zu bauen. Das Misstrauen, das sie dafür erntete, war deutlich zu spüren. Flayne klopfte. Sie war nervös und voller Zweifel, verbarg diese jedoch gut. Würde Falaine sich an sie erinnern?

Sie versuchte sich das Gesicht ihrer Tante vorzustellen. Schemenhaft tauchte aus ihrer Erinnerung eine dunkelhaarige Frau auf. Fols jüngere Schwester hatte ihr immer Respekt eingeflößt. Sie war sehr geheimnisvoll und Flayne hatte sich manchmal vor ihr gefürchtet. Es gelang ihr jedoch nicht, sich eines wirklich klaren Bildes ihrer Tante zu entsinnen.

Die Tür wurde geöffnet. Im Rahmen stand eine Frau in den mittleren Jahren, die Flayne aus nachtdunklen Augen musterte.

„Flayne?", fragte die Frau erstaunt. Trotz ihres Alters zeigte sich in ihrem rabenschwarzen Haar nicht eine graue Strähne.

Die Angesprochene nickte, überrascht, dass Falaine sie erkannt hatte.

„Wer ist das?", fragte Falaine mit einem Blick auf Flaynes Begleiter.

„Der Elf Drelyn aus dem Norden und Halian aus Galda", stellte Flayne ihre Freunde vor. Fols Schwester gab sich mit dieser Erklärung zufrieden und bat sie herein.

Als sie den Wohnraum betraten, bemerkte Flayne, dass ihre Tante Besuch hatte: einen Mann, mit Haaren ebenso dunkel wie Falaines und silbernen Augen, dessen Alter zu schätzen Flayne unmöglich war.

Falaine lächelte ihn an. „Meine Nichte Flayne", erklärte sie, „und ihre Freunde Halian und Drelyn." Über den Namen des Mannes mit den silbernen Augen verlor sie kein Wort.

Er nickte ihnen grüßend zu und sie erwiderten die Geste.

Falaine brachte etwas zu essen und erkundigte sich, was ihre Nichte nach Gledyn geführt hatte. „Geht es meinem Bruder nicht gut?", fragte sie besorgt. „Oder hat euch Nachricht von Sliwan erreicht?"

Flayne beruhigte sie. „Mit Fol ist alles in Ordnung." Sie fragte sich, woher Falaine etwas von Sliwans Reise wusste. „Wir sind auf dem Weg nach Norden zum Ilinenwald."

Falaine konnte an den Augen ihrer Nichte ablesen, dass diese in Gegenwart des Fremden nicht darüber sprechen wollte, und akzeptierte ihr Schweigen.

„Wenn ihr zum Ilinenwald wollt", erklärte sie, „müsst ihr den Sumpf durchqueren. Es sei denn, ihr wollt einen langen Fußmarsch auf euch nehmen und ihn umrunden, wie Ihr", sie blickte Drelyn an, „es bereits getan habt."

„Woher wisst Ihr das?“, fragte der Elf überrascht.

„Niemand durchquert diesen Sumpf ohne mein Wissen“, erklärte Falaine. „In den letzten 40 Jahren hat kein Elf ihn betreten.“

Drelyn gab sich mit dieser Erklärung zufrieden, doch sein Misstrauen wuchs.

„Gemeinsam wird es uns gelingen“, meinte Flayne.

Ihre Tante nickte. „Eine gute Einstellung, vielleicht wird sie euch helfen. Doch seid vorsichtig, es gibt dort Gefahren, denen ihr nicht gewachsen seid. Es ist besser, ihnen aus dem Weg zu gehen.“

„Wir gehen Gefahren immer aus dem Weg, sofern das möglich ist, ohne unser Ziel aus den Augen zu verlieren“, entgegnete Drelyn.

Falaine lächelte. „Ich wollte euch nur warnen.“

„Sag uns, was für Gefahren das sind“, bat Flayne. „Wenn wir das wissen, können wir sie besser meiden.“

„Am gefährlichsten sind die Irrlichter“, erklärte Falaine. „Sie leuchten in allen Farben im Nebel über dem Moor. Wenn ihr sie anschaut, nehmen sie euren Willen in Besitz und zwingen euch, ihnen zu folgen, direkt in den Sumpf. Dort würdet ihr versinken und nie wieder gesehen werden. Andere würden euch jetzt sagen, ihr solltet ihnen nicht folgen, doch dieser Rat ist vollkommen nutzlos. Ihr dürft sie nicht einmal ansehen. Sonst seid ihr verloren!“ Sie blickte die drei Freunde der Reihe nach an. „Und wenn ihr euch nachts schlafen legt, tut dies niemals auf hellbraunem Boden, so sicher es euch auch erscheinen mag.“

Noch lange Zeit saßen sie beisammen. Flayne berichtete ihrer Tante von Dreen, dem Dorf, in dem Fol noch immer lebte, und Falaine erzählte von der Vergangenheit, von der Zeit, in der sie und Fol Kinder gewesen waren.

Als es draußen beinahe völlig dunkel geworden und die Kerzen, die Falaine auf den Tisch gestellt hatte schon fast herunter gebrannt waren, erhob sich der silberäugige Mann. „Ich sollte gehen.“ Flayne bemerkte, dass es die ersten Worte waren, die er an diesem Abend sprach. Seine Stimme war nur ein Flüstern, nicht lauter als ein Windhauch, dennoch waren seine Worte mühelos zu verstehen.

Falaine nickte nur. Die silbernen Augen des Mannes blitzten auf und eine dichte Nebelschwade hüllte ihn ein. Als der Nebel sich verzog, ließ er nichts als einen leeren Stuhl zurück.

„Ein Albe!", flüsterte Drelyn.

Falaine nickte stumm.

„Albe?", fragte Halian, doch niemand antwortete ihm.

Falaines Haus war nicht allzu groß, deshalb schliefen Halian und Drelyn in einem kleinen Gästezimmer, während Falaine Flayne in ihrem eigenen Zimmer unterbrachte. Als Flayne mit ihrer Tante in der kleinen Kammer beisammensaß, gab Falaine ihrer Nichte eine dunkelgrüne Tunika, da die von Halian gestohlen Samttunika am Bauch zerrissen war. Jetzt da sie alleine waren, erzählte Flayne ihre Geschichte.

„Ich erinnere mich noch", murmelte Falaine verträumt, als sie geendet hatte. „Fol und Erlana gehörten einfach zusammen. Als Erlana hochschwanger war, kam sie mit Fol aus dem Norden hierher. Ich weiß nicht, wo sie vorher gelebt hatten, sie sind viel gereist. Ich wundere mich, dass Erlana es in ihrem Zustand gewagt hat, den Sumpf zu durchqueren, aber sie war genauso abenteuerlustig wie Fol. Als sie hierher kamen, trug Erlana ein Neugeborenes bei sich. Das warst du. Sie hatten dich im Wald gefunden. Es war nicht einfach, dich zu ernähren, bis Erlana ihr Kind geboren hatte und euch beide stillen konnte. Ich wusste, dass ein Kind, das im Wald gefunden wird und so seltsam aussieht wie du, nicht sein ganzes Leben in einem menschlichen Dorf verbringen kann."

„Fol meinte, ich könnte aus Gledyn stammen."

Falaine schüttelte den Kopf. „Nein, wenn jemand ein Kind im Ilinenwald aussetzen wollte, müsste er den Sumpf durchqueren oder umrunden. Der Weg außen herum ist zu beschwerlich, und ohne mein Wissen betritt niemand den Sumpf. Außerdem hätte irgendjemand bemerken müssen, dass ein Neugeborenes verschwunden war. Jeder im Dorf hätte davon gewusst. Hier geschieht so wenig, dass über alles getratscht werden muss, um die Langeweile zu vertreiben."

Flayne nickte. „Du solltest abwarten, was im Ilinenwald geschieht." Mit diesen Worten legte Falaine sich schlafen.

„Ich habe keine Zeit abzuwarten", dachte Flayne, während sie zur Decke hinaufstarrte, doch ihre Tante hatte recht, sie konnte nichts anderes tun. Eine leise Furcht beschlich sie, und doch wusste Flayne, dass sie zumindest für diese eine Nacht in Sicherheit war.

# Geister des Sumpfes

Der Pfad, der durch den Sumpf führte, war sehr schmal und beinahe ebenso morastig wie der Boden abseits des Weges. Bei jedem Schritt sanken ihre Füße schmatzend im Schlamm ein. Nebel wallte über dem feuchten Boden, filterte das Sonnenlicht und ließ die Pfützen voll brackigen Wassers geisterhaft schimmern. In den Nebelschwaden schienen sich Gestalten zu bewegen, wallend und noch ungreifbarer als Schatten. Flayne betrachtete die Nebelwände mit Unbehagen. Sie fragte sich, wie irgendjemand an diesem Ort leben konnte. Sie wusste nicht, weshalb, aber der Sumpf erfüllte sie mit Furcht. Eine Furcht, die nichts mit dem tückischen Schlamm unter ihren Füßen oder den Geistern im Nebel zu tun hatte. Eine Furcht vor dem Sumpf selbst, vor seinem Nebel und seiner Kälte.

Ihre Gefährten schienen diese Angst nicht zu teilen. Obwohl Halian sich oft unbehaglich umsah, schien er doch eher Angst vor seinen Bewohnern als vor dem Sumpf selbst zu haben, und Drelyn fühlte sich hier ohnehin wie zu Hause.

„Ist es noch weit bis zum Ende des Sumpfes?“, fragte Flayne ihre Gefährten in der Hoffnung, Kälte und Nebel bald hinter sich zu lassen.

„Ich weiß es nicht“, entgegnete Drelyn. „Auf meiner Wanderung nach Süden habe ich einen anderen Weg genommen. Doch sehr weit kann es nicht mehr sein. Sag, was willst du tun, wenn wir den Ilinenwald erreicht haben?“

Flayne seufzte. „Ich werde irgendwie versuchen, einen Hinweis auf meine Herkunft zu finden. Aber ich weiß nicht einmal, wo ich anfangen soll.“

„Komm mit nach Meralyn“, schlug Drelyn vor. „Vielleicht hilft es dir weiter. Bedenke deine Fähigkeit mit Bäumen zu sprechen. Solltest du wirklich elfischer Herkunft sein, könnte ein Besuch in Meralyn dir weiterhelfen. Das wäre zumindest ein Anfang. Und auch vor der verhüllten Magierin müsstest du sicher sein. Sie wird es nicht wagen, irgendjemanden in Meralyn anzugreifen.“

Flayne nickte. „Ich komme mit."

Halian lächelte. „Also auf nach Meralyn."

Flayne zog die Kapuze von Fols Mantel über den Kopf. Sie fror erbärmlich. Der Nebel legte sich auf ihre Haut und Kleidung und durchnässte sie völlig. Obwohl eine drückende Windstille herrschte, war es eisig kalt und sie zitterte am ganzen Leib.

Unsichtbare Augen blickten sie an, während sie, schutzlos im Nebel, dem sumpfigen Pfad folgten. Flayne wandte sich zu ihren Begleitern um. Halian schien beunruhigt und Drelyn nickte ihr fast unmerklich zu.

Vorsichtig stapfte Flayne durch den Morast des kleinen Pfades auf ihn zu und auch Halian kam näher.

„Irgendetwas ist hier", flüsterte Flayne dem Elfen zu.

„Es droht uns keine Gefahr", versuchte Drelyn sie zu beruhigen.

„Das hast du vor zwei Tagen auch gesagt, daraufhin haben wir Gesellschaft von einem Werwolf bekommen", stellte Flayne trocken fest.

„Ich spüre keine Gefahr. Vorgestern hatte ich eine dunkle Vorahnung", erklärte Drelyn.

„Weißt du, wer oder was das sein könnte?", erkundigte sich nun Halian.

Drelyn nickte.

„Wer?"

Der Elf antwortete nicht. Flayne bedeutete Halian, nicht weiter zu fragen. Sie wusste, dass sie im Moment nicht mehr von ihm erfahren würden.

Als der Boden immer sumpfiger wurde, bestand Halian darauf, als Erster zu gehen. „Wenn ich nicht einsinke", erklärte er, „werdet ihr es auch nicht. Wenn ihr nicht einsinkt, kann ich es trotzdem noch." Er grinste. „Es ist schließlich bekannt, das Elfen leichter sind als Menschen."

Drelyn runzelte, wie so oft, die Stirn und Flayne zog die Augenbrauen hoch, doch sie widersprachen nicht. Der Nebel verdichtete sich. Wie ein weißer Vorhang lag er über dem Sumpf und verbarg die Welt vor ihren Blicken.

Drelyn sah sich um. „Es ist mehr als ein Beobachter hier", murmelte er, so leise, dass Flayne Mühe hatte, seine Worte zu verstehen.

„Jetzt sind wir in Gefahr." Mitten im Nebel, weit entfernt und doch gut sichtbar, blitzten rote Lichter auf. Einige tanzten umher, wirbelten umeinander, während andere an einer Stelle fast unbeweglich in der Luft schwebten. Aufblitzend veränderten sie immer wieder ihre Farbe.

Die Leuchtfliegen verbargen sich unter Halians Umhang, doch er bemerkte es nicht.

Flayne konnte die Lichter nur anstarren. Eines nach dem anderen verwandelte sich in eine schwebende Flamme und wieder zurück in einen hellen Lichtpunkt.

Worte schossen Flayne durch den Kopf. Worte, die sie nicht verstand, als hätte sie plötzlich ihre eigene Sprache verlernt. Sie wusste, dass diese wirren Worte wichtig waren. Sie wusste, dass sie auf diese Worte hören sollte, und doch verstand sie sie nicht. Sie betrachtete nur das faszinierende Spiel der Flammen. Feuer hatte sie schon immer gefangen genommen und diese schwebenden Flammen waren wirklich wunderschön. Flayne wollte sie berühren. Ihre Hände um die Flammen schließen, sie beschützen und für immer für sich selbst beanspruchen. Feuer konnte sie nicht verletztzen. So eine Flamme zu fangen und mit sich zu nehmen wäre wundervoll. Flayne erinnerte sich an die Feuerträume ihrer Kindheit. So eine Flamme in Händen zu halten, ohne dass sie erlosch, hatte sie sich schon seit Langem gewünscht. Sie musste nur dorthin gehen und die Flamme holen, sie in ihren Händen bergen. Sie musste dorthin, solch eine Chance würde sie nie wieder erhalten.

Doch da war noch etwas anderes. Diese leise Stimme, die solch unverständliche Worte sprach. Flayne bot ihren ganzen Willen auf, konzentrierte sich auf jedes einzelne Wort. Dann erkannte sie plötzlich Falaines Stimme. „Die Einzigen, denen ihr vielleicht aus dem Weg gehen könnt, sind die Irrlichter. Sie leuchten in allen Farben im Nebel über dem Moor …"

„Irrlichter!", dachte Flayne. „Das sind Irrlichter!" Was hatte Falaine noch gesagt? Die Worte tauchten in ihrem Gedächtnis auf: „Wenn ihr sie anschaut, nehmen sie euren Willen in Besitz und zwingen euch, ihnen zu folgen, mitten hinein ins Moor. Dort würdet ihr versinken und nie wieder auftauchen. Andere würden euch jetzt sagen, ihr solltet ihnen nicht folgen, doch dieser Rat ist nutzlos. Ihr dürft sie nicht einmal ansehen. Sonst seid ihr verloren!"

„Ich darf ihnen nicht folgen!", dachte Flayne. „Ich darf sie nicht ansehen."

Und doch konnte sie ihren Blick nicht von den tanzenden Flammen wenden.

Irgendetwas wollte sie in den Sumpf hinaus ziehen. Sie machte einen Schritt vorwärts, blieb dann aber stehen.

Sie durfte nicht gehen, nicht in den Sumpf!

Sie wollte diese Flammen in Händen halten …

Wenn sie den Irrlichtern folgte, würde der Morast an Flaynes Füßen ziehen, der Nebel würde sie verwirren, sodass sie den Weg zurück nicht fand und sie würde versinken, für immer im Schlamm gefangen!

Nein, das durfte nicht geschehen.

… ihnen folgen, sie fangen, sie mit sich nehmen …

Sie wollte nicht ertrinken, nicht für immer in diesem ekelhaften, nassen, nebligen Sumpf gefangen sein. Sie hasste Wasser!

Flayne bot ihren ganzen Willen auf und schloss die Augen. Etwas versuchte, sie daran zu hindern, doch es gelang ihr.

Sie ging einen Schritt zurück und öffnete die Augen wieder, bemüht keines der Irrlichter anzusehen. Noch immer brannte in ihr die Sehnsucht nach einer dieser kleinen Flammen, danach, sie in Händen zu halten. Doch sie kämpfte dagegen an. Sie fürchtete den kalten Tod im Sumpf und wusste, dass sie keines der Irrlichter je erreichen konnte, bevor sie versank.

Drelyn stand ein kleines Stück entfernt, seine Umrisse waren im Nebel gerade noch zu erkennen.

Vorsichtig, um nicht einzusinken, ging sie zu ihm hinüber. Als sie bei ihm angelangt war, erkannte sie, dass er mit sich rang. Er war schon einige Schritte in den Sumpf hineingegangen und starrte die Irrlichter mit weit geöffneten Augen an. Doch Flayne konnte sehen, wie er dagegen ankämpfte. Einen Moment fragte sie sich, ob der Elf ebensolche Sehnsucht nach den kleinen Flammen verspürte wie sie selbst, obwohl er doch kein Kind des Feuers war.

Sie legte eine Hand auf seine Schulter, schüttelte ihn sachte und rief seinen Namen. Verwirrt blickte er sie an. Dann lächelte er. „Danke!"

Sie sahen sich nach Halian um, immer darum bemüht, den Blick nicht auf die Irrlichter zu richten. Doch der Dieb war nirgends zu sehen! Sie riefen nach ihm, aber eine tiefe, geisterhafte Stille lag über dem Sumpf.

Wo war er nur? Flayne sah sich weiterhin suchend um, in der fadenscheinigen Hoffnung, Halian könne noch in der Nähe sein. Noch einmal rief sie seinen Namen, doch auch diesmal antwortete ihr nur die Stille des Sumpfes.

Währenddessen hatte Drelyn nur einen Blick zu Boden werfen müssen, um zu wissen, wohin der Dieb gegangen war. Er deutete auf einen Fußabdruck im Schlamm, tief, doch schon mit Wasser gefüllt und nicht ohne Weiteres zu erkennen.

Erschrocken sah Flayne den Elfen an. „Er ist den Irrlichtern gefolgt!"

Drelyn nickte.

„Wir müssen ihn zurückholen!"

Der Elf nickte abermals.

„Kannst du den Spuren folgen?"

Wieder folgte ein Nicken.

Unwillkürlich musste Flayne trotz der gefährlichen Situation lächeln.

„Dann los, wir sollten uns beeilen!"

Drelyn nickte zu vierten Male und mahnte zur Vorsicht: „Wir sollten nicht zu sehr hasten. Wir können leicht die Orientierung verlieren. Ein falscher Fußtritt und wir versinken. Dann würden die Irrlichter ihr Ziel trotz unserer Gegenwehr erreichen."

Dieses Mal nickte Flayne und sie machten sich auf den Weg, Halians Spuren folgend.

Der Nebel wallte, formte Wirbel und Gestalten. Er ließ sie Leben sehen, wo keines war, und verbarg den Sumpf vor ihren Blicken.

Je weiter sie gingen, desto tiefer sanken ihre Füße in den Schlamm. Immer wieder gelangten sie an winzige Seen, in denen sich das Wasser gesammelt hatte und Halians Spuren wurden von Schritt zu Schritt undeutlicher.

Bald verlor Flayne die Spur völlig aus den Augen, doch Drelyn ging unbeirrt weiter, den Blick zu Boden gerichtet. Flayne fragte sich, wie es ihm gelingen konnte, die Spuren zu sehen, obwohl immer mehr Schlamm und Wasser in sie hineintröpfelten.

Plötzlich vernahm sie ein Schmatzen und spürte, wie sich etwas Kaltes um ihre Beine schloss. Sie schrie auf, als sie erkannte, dass sie bereits bis zu den Oberschenkeln im Schlamm eingesunken war. Drelyn hörte ihren Schrei und wirbelte herum. Vorsichtig, doch so flink und sicher als wäre es ihm unmöglich einzusinken, watete er auf sie zu.

„Beweg dich nicht!“, rief er.

Flayne nickte. Sie wusste, dass sie durch das Verlagern ihres Gewichts nur noch schneller versinken würde, doch es war schwer, so schwer, die aufkommende Panik zu besiegen.

Der Elf blieb wenige Schritte entfernt stehen, reichte ihr dann beide Hände und umfasste Flaynes Unterarme. Sie tat dasselbe mit den seinen. Dann lehnte Drelyn sich zurück und zog mit aller Kraft. Flayne spürte, wie sie tiefer sank, und klammerte sich panisch an Drelyns Armen fest. Durch Flaynes zusätzliches Gewicht sanken auch Drelyns Füße tiefer in den Boden. Er wollte einen Schritt zurücktreten, doch dazu hätte er Flaynes Arme loslassen müssen. Also blieb er, wo er war und versuchte, nicht daran zu denken, was mit ihnen geschah, wenn er ebenfalls einsinken würde. Plötzlich ertönte ein leises Schmatzen und der Sumpf gab, wenn auch widerwillig, seine Beute frei. Flayne stolperte nach vorne während Drelyn trotz seiner elfischen Geschicklichkeit, unsanft auf dem Boden landete. Auf allen vieren krabbelte Flayne von dem tückischen Schlamm fort, bis sie festen Boden erreichte, während Drelyn sich so schnell wie möglich wieder aufrichtete. Dieses Mal reichte Flayne ihm ihre Hand und half ihm seine Füße aus dem Schlamm zu befreien.

„Sei bitte vorsichtig“, bat Drelyn, als sie endlich wieder auf festem Untergrund standen.

Flayne nickte nur, unfähig zu antworten und viel zu erschöpft, um dem Elfen auch nur zu danken. Dann folgte sie Drelyn weiter hinaus in den Sumpf.

Einige Minuten später blieb der Elf stehen. Er sah sich um, ging ein paar Schritte erst in die eine, dann in die andere Richtung. Als er zu Flayne zurückkam, schüttelte er den Kopf und erklärte resigniert: „Ich habe Halians Spur verloren.“

„Aber wie sollen wir ihn denn jetzt finden?“, fragte Flayne bestürzt. „Ihm ist bestimmt etwas passiert! Was ist, wenn er stirbt? Es ist noch nicht Neumond. Wir können doch nicht zulassen, dass er sich in einen Werwolf verwandelt."

„Wir könnten den Irrlichtern folgen", meinte Drelyn. „Aber das wäre zu gefährlich. Wir würden unter ihren Bann fallen und ich glaube nicht, dass es uns gelingt, uns rechtzeitig zu befreien, bevor wir selbst versinken."

„Glaubst du ..." Flayne stockte. „Glaubst du, Halian ist noch am Leben?"

„Wie gerne würde ich dir sagen, dass er noch lebt, aber um ehrlich zu sein, weiß ich es nicht. Aber wir werden die Suche nicht aufgeben, solange auch nur die geringste Hoffnung besteht", antwortete Drelyn.

Flayne presste die Lippen zusammen und nickte.

„Wir könnten auch einfach drauflos laufen und auf unser Glück hoffen", überlegte sie.

Der Elf schüttelte den Kopf. „Wir haben in letzter Zeit nicht besonders viel Glück gehabt und die Chancen Halian auf diese Art zu finden sind sehr gering. Außerdem würden wir uns mit großer Wahrscheinlichkeit verirren und nie wieder zurück finden. Dann wären wir alle drei verloren."

Flayne nickte traurig. „Aber was sollen wir dann tun? Ich kann es nicht ertragen, hier zu stehen und nichts zu tun, während Halian vielleicht gerade in dieser Sekunde ..." Ihre Stimme erstarb.

Sanft legte der Elf seine Arme um Flayne. Sie barg ihr Gesicht an seiner Brust. Und fühlte sich für einige wenige Momente geborgen.

Dann spürte sie, wie Drelyn sich versteifte. „Flayne!", flüsterte er. Sie sah hoch und erkannte im Nebel die Umrisse eines Menschen. Zuerst dachte sie, ihre durch Tränen verschleierten Augen würden ihr einen Streich spielen. Doch als sie die Tränen fortwischte, erkannte sie, dass sie sich nicht geirrt hatte. Jemand kam auf sie zu, eingehüllt in eine Nebelschwade.

Der Nebel verzog sich und vor ihnen stand ein Mann, schwarzhaarig, mit silbernen Augen.

„Folgt mir." Die Worte klangen wie ein Nebelhauch und der Albe unterstrich sie mit einer Geste seiner Hand. Dann ging er, ohne eine Reaktion abzuwarten, in den Sumpf hinaus. Abermals umhüllte ihn der Nebel. Es schien plötzlich, als sei sein gesamter Körper nur aus Nebel geformt.

Flayne schaute Drelyn fragend an. Dieser nickte. Er hatte einiges über das Volk der Alben gehört. Zwar wusste er nicht, ob sie dem Fremden trauen konnten, doch zumindest versuchten Alben nicht wie Irrlichter, harmlose Wanderer in den Sumpf zu locken. Drelyn hatte allerdings auch noch nie davon gehört, dass ein Albe irgendjemandem, sei er Mensch, Elf oder etwas ganz anderes, geholfen hätte.

Dieser Albe war ein Bekannter von Flaynes Tante und würde ihnen vermutlich nicht schaden wollen. Zwar misstraute Drelyn Falaine, doch selbst wenn dies eine Falle war, war es vielleicht besser, im Sumpf zu versinken, als sich zu verirren und zu erfrieren oder mit der Schuld, einen Freund im Stich gelassen zu haben, leben zu müssen.

So beeilten sie sich, den Alben einzuholen.

Der Silberäugige führte sie sicher durch den Sumpf. Der Boden unter ihren Füßen blieb fest – zumindest so fest, wie der Boden eines Sumpfes sein konnte – und schien einigermaßen sicher. Doch der Nebel verwirrte sie und sie wussten, dass sie ohne Hilfe nicht mehr zum Pfad zurückfinden würden.

Noch immer leuchteten die Irrlichter im Nebel. Es war nicht einfach, sich umzusehen, ohne die gespenstischen Flammen anzuschauen. Deshalb hielten Flayne und Drelyn den Blick unmittelbar auf den Nebelgeist vor ihnen oder auf den Boden unter ihren Füßen gerichtet.

Nachdem sie ein Stück gegangen waren, hörten sie Hilferufe, die vom Nebel weit getragen wurden.

Der Albe führte sie genau darauf zu. Die Rufe wurden lauter. Flayne sah zu Boden, sie wollte nicht auf eine morastige Stelle treten und abermals einsinken. Als sie den Blick wieder hob, war der Albe verschwunden. Dort wo er gestanden hatte, schwebte eine dichte Nebelschwade über dem Boden. Ein sanfter Windstoß, der plötzlich die stille Luft durchwehte, verteilte die Wolke in der Luft und ließ sie mit anderen Nebelschwaden verschmelzen. Langsam wurde der Nebel dichter, sodass selbst die Irrlichter nur noch sehr blass hindurchschimmerten und Flaynes abermals aufkeimender Drang, ihnen zu folgen, langsam nachließ. Drelyn zog Flayne mit sich, er hatte längst erkannt, woher die Hilferufe stammten. Sie tasteten sich vorsichtig voran, denn der Boden wurde immer sumpfiger.

Bald sanken sie so tief in den Schlamm ein, dass ein sicheres Weiterkommen unmöglich war.

„Und jetzt?", fragte der Elf mehr sich selbst als Flayne. „Was tun wir jetzt?"

Flayne ließ ihren Blick über den Schlammsee schweifen und erstarrte.

Sie berührte Drelyn an der Schulter, und als er sie fragend ansah, deutete sie aufs schlammige Wasser hinaus.

Sie hatten Halian gefunden!

Bis zur Brust im Schlamm versunken, winkte er ihnen verzweifelt zu. Doch er war zu weit entfernt, als dass sie ihn hätten erreichen können.

„Wie ist er denn da hingekommen?", fragte Drelyn leise. Flayne zuckte die Achseln. „Viel wichtiger ist jetzt die Frage, wie er da wieder herauskommt", entgegnete sie.

„Die Frage ist leicht zu beantworten", erklärte der Elf. Er nahm seinen Rucksack ab und begann darin zu kramen.

„Beeilt euch, bitte!", rief Halian.

Drelyn fand, was er gesucht hatte. Es war ein Seil. Ein äußerst dünnes Seil. Flayne bezweifelte, dass er damit eine Forelle zum Räuchern übers Feuer hängen konnte, ohne dass es riss. Wie wollte er damit den verhältnismäßig schweren Halian aus dem Morast ziehen? Sie stellte die Frage laut.

Drelyn lächelte. „Das Seil stammt aus Meralyn. Es würde auch Halians dreifaches Gewicht halten."

Flayne war alles andere als überzeugt, doch einen Versuch war es wert.

„Halian!", rief sie laut. „Das Seil!" An die Leuchtfliegen gewandt fügte sie hinzu: „Wir brauchen Licht!"

Die Leuchtfliegen, die panisch und verwirrt um Halian herumgeschwirrt waren, sammelten sich über seinem Kopf, wodurch der Gestaltwandler und der Morast, der ihn umgab, in ein gespenstisch grünes Licht getaucht wurden. Das Seil fiel mehrmals klatschend in den Schlamm, doch letztendlich landete es sicher in den Händen des Diebs. Flayne und Drelyn zogen. Aber der Schlamm war zäh. Er wollte sich sein Opfer nicht so leicht entreißen lassen. Zu selten kamen lebende Wesen her, als dass er zulassen konnte, dass jemand ihm seine sicher geglaubte Beute stahl.

Sie zogen und zogen. Dann, langsam und zögernd, gab der Schlamm nach, ließ seine Beute mit einem lauten Schlürfen frei.

Endlich erreichte Halian festeren Boden und ließ sich erschöpft fallen. Seine Gefährten setzten sich vorsichtig neben ihn.

„Danke", flüsterte der Dieb so leise, dass die anderen ihn kaum verstanden. Jedes Wort wurde vom Nebel weit getragen und er wollte nicht noch mehr schreckliche Sumpfbewohner anlocken.

„Wie bist du dahin gekommen?", wollte Drelyn wissen, wobei er mit einer Kopfbewegung auf den Schlammsee hinausdeutete.

„Ich weiß es nicht", entgegnete Halian. „Ich erinnere mich nur an diese wunderschönen Lichter. Ich wollte nichts anderes, als ihnen folgen. Jeder andere Gedanke schien aus meinem Kopf getilgt zu sein. Was dann geschah, weiß ich nicht mehr. Auf einmal stand ich da, mitten im Morast, am Versinken und wusste nicht, wie ich dorthin gekommen bin oder was überhaupt geschehen war.

Ihr könnt euch gar nicht vorstellen, wie schrecklich es ist zu versinken, zu wissen, dass man langsam ersticken muss." Halian schauderte. „Und dass man danach vielleicht zum Werwolf wird und Menschen jagen muss." Er lächelte schwach. „Gut, dass ihr mich herausgezogen habt. Aber wie habt ihr mich überhaupt gefunden?"

Sie erzählten Halian von dem Alben.

„Seltsam", kommentierte dieser nur. Er war im Moment zu erschöpft, um Spekulationen anzustellen.

„Gut, dass du das Seil dabei hattest", wandte Flayne sich an Drelyn. „Ich gebe zu, dass du recht hattest. Es hat tatsächlich gehalten."

Der Elf lächelte nur.

„Wie kommen wir jetzt zurück?", fragte Halian.

Drelyn untersuchte den Boden. „Unsere Spuren sind verwischt und unlesbar und der Nebel will mir keine Antwort geben. Der Sumpf will uns nicht gehen lassen!"

Plötzlich erschien es Flayne, als sähe sie eine Bewegung im Nebel. Sie blickte noch einmal genauer hin. Da war nichts. Seltsam.

Die Leuchtfliegen, die noch immer über Halians Kopf schwebten, umkreisten die drei Gefährten und flogen dann hinaus in den Nebel.

„Wo wollen sie hin?“, fragte Halian, schon so müde, dass es ihn kaum interessierte.

„Ich weiß es nicht“, entgegnete Flayne, dann riss sie plötzlich die Augen auf. „Sie wollen, dass wir ihnen folgen, sie kennen den Weg aus dem Sumpf hinaus!“

Noch ein letztes Mal rafften sie sich auf und folgten dem grünen Glühen der Leuchtfliegen durch den Sumpf, den Blick immer fest auf sie gerichtet, da die Irrlichter in dem nun wieder dünner werdenden Nebel ebenfalls ein grünes Leuchten von sich gaben, um sie zu verwirren.

Plötzlich blieb Halian stehen. Er blickte an sich hinunter bis auf den sumpfigen Boden, angeekelt von dem Gefühl der schlammdurchsetzten Kleidung auf seiner Haut und dem schmatzenden Geräusch seiner Stiefel im Schlamm. Er seufzte und schüttelte den Kopf. „So funktioniert das nicht.“ Er schloss die Augen.

„Halian, komm weiter!“, drängte Flayne. „Wir verlieren sonst die Leuchtfliegen aus den Augen. Oder sollen wir dich lieber tragen?“

„Sofort“, entgegnete Halian, ohne die Augen zu öffnen. „Aber dieser Schlamm ist doch wirklich zu widerlich.“

Einen Moment später war er verschwunden, statt seiner flatterte ein kleiner Vogel mit dunklem Gefieder neben Flayne und ließ sich auf ihrer Schulter nieder. Diese lachte. „Also soll ich dich doch tragen?“

Der Vogel blinzelte einmal aus seinen braunen Knopfaugen, dann breitete er seine Flügel aus und folgte den Leuchtfliegen.

Als Flayne und Drelyn den trockenen Pfad erreichten, lag Halian in seiner menschlichen Gestalt dort bereits auf dem Boden und schlief. Seine Gefährten ließen sich erschöpft neben ihm nieder. Ausgelaugt, wie sie waren, ignorierten sie die Gefahren, die der Sumpf noch für sie bereithalten mochte.

Trotzdem begann die Kälte schon bald, sich bemerkbar zu machen. Flayne zitterte am ganzen Körper. Wie schon einmal legte Drelyn seinen Umhang über ihre Schultern und erstickte Flaynes Proteste. „Ich bin Wasser und Nebel gewohnt, ich muss mich nicht vor ihnen schützen.“ Es schien wirklich, als würde die Kälte ihm nicht allzu viel ausmachen, während Flayne sich völlig elend fühlte und an nichts als die Nässe in ihrer Kleidung denken konnte.

Trotz ihrer Erschöpfung gelang es Flayne, aus dem nassen Holz, das sie mitgebracht hatten, ein Feuer zu entfachen. Sie kauerten sich dicht an die Flammen und selbst die Leuchtfliegen, die sich wieder in Halians Kleidung versteckt hatten, kamen hervor und schwebten dicht an das kleine Feuer heran. Noch bevor es ganz heruntergebrannt war, schlief Flayne tief und fest.

Nicht einmal Drelyn achtete auf die Farbe des Bodens, auf dem sie schliefen.

Ein stechender Schmerz in seiner Hand weckte Drelyn. Es war dunkel. Nur das Weiß des Nebels leuchtete durch die Nacht. Als er auf seine Hand hinunterblickte, bemerkte er, dass sie mit etwas Dunklem bedeckt war. Sofort versuchte Drelyn, sie zurückzuziehen, doch irgendetwas schien sie festzuhalten. Mit aller Kraft zerrte er an seiner Hand. Der Zug breitete sich bin in seine Schulter aus, doch seine Hand blieb, wo sie war.

Plötzlich bemerkte er, wie der Boden sich um ihn her bewegte. Er schien leichte Wellen zu schlagen, die sich langsam übereinander schoben und sich ihm somit weiter näherten.

Eine dieser Wellen schwappte über seine Hand und schob sich auf sein Handgelenk. Drelyn schrie auf, als sich der Schmerz dorthin ausbreitete. Mit weit aufgerissenen Augen starrte er auf seine Hand.

Trotz seiner Erschöpfung erwachte Halian von Drelyns Schrei. Für seine Augen war die Nacht jedoch beinahe völlig schwarz. Drelyns Umrisse konnte er nur verschwommen ausmachen.

„Was ist los?“, fragte er, noch immer leicht schläfrig, doch mit einem alarmierten Unterton in der Stimme.

„Der Boden bewegt sich.“ Die Stimme des Elfen klang gepresst.

„Was?“ Verständnislos blickte Halian zu Drelyns Umriss hinüber. „Erdbeben?“, fragte er, obwohl er selbst davon nichts gespürt hatte.

„Weck Flayne“, knurrte der Elf. „Und dann verschwindet von hier.“

Halian stand auf und schüttelte Flayne an der Schulter, dann ging zu Drelyn hinüber.

„Komm nicht näher“, fauchte dieser.

Halian runzelte die Stirn und verfluchte die Dunkelheit um ihn her. „Was ist los?“, fragte er dieses Mal vehementer.

„Geht“, knurrte Drelyn nur.

Halian seufzte. Wenn er wissen wollte, was wirklich geschah, musste er wohl selbst nachsehen, doch er zögerte, zu dem Elfen hinüberzugehen. Dessen Stimme klang beinahe so, als hätte er Angst, ein Gefühl, das er anderen niemals zeigte. Halian wünschte, er könnte im Dunkeln besser sehen. Er seufzte. Es gab einen Weg, auch wenn er dafür teuer würde bezahlen müssen. Gerade als Flayne neben ihn trat, um zu sehen, was geschehen war, verschwammen Halians Umrisse. Dort, wo er gestanden hatte, erhob sich ein Uhu in die Luft und flog zu Drelyn hinüber.

Auch Flayne konnte nicht erkennen, was geschah, und ging einige Schritte auf den Elf zu. Seine Warnungen ignorierte sie völlig. Was auch immer geschehen war, sie musste ihm helfen.

Dass der Boden direkt vor ihr Wellen warf, bemerkte sie nicht. Ihr Blick war auf Drelyn gerichtet. Doch bevor sie weitergehen konnte, traf ein Uhu im vollen Fluge ihre Schultern und ließ sie erschrocken zurücktaumeln. Erschöpft und benommen fiel der Uhu zu Boden und nahm dort wieder menschliche Gestalt an. „Nicht weiter“, keuchte er.

Flayne starrte ihn verwundert an. „Warum nicht?“

„Der Boden bewegt sich“, erklärte Halian. „Irgendwie scheint er Drelyns Hand verschlucken zu wollen.“

Flayne starrte ihn weiterhin an. „Verschlucken?“

Halian nickte nur und rieb sich die Stirn.

„Kannst du deine Hand da nicht rausziehen?“, rief Flayne dem Elfen zu.

„Der Boden wird sofort wieder fest“, kam die leise Antwort aus dem Nebel.

„Was sollen wir denn jetzt tun?“, fragte Flayne.

Halian seufzte. „Wenn wir zu ihm gehen, greift der Boden auch nach uns.“

„Irgendetwas müssen wir tun“, knurrte Flayne. Sie stützte die Hände auf den Boden, um sich hochzustemmen, und ihre Finger sanken tief in den Schlamm einer Pfütze. Vorsichtig zog sie sie wieder heraus. Der Schlamm tropfte dunkel und glücklicherweise völlig leblos an ihrer Hand herab. Plötzlich breitete sich ein Lächeln auf Flaynes Gesicht aus. Sie blickte zu Halian hinüber. „Schlamm!“

Der Gestaltwandler sah sie an, als hätte sie den Verstand verloren. „Das ist Schlamm, ja.“

„Schlamm ist weicher als Erde“, erklärte Flayne. „Dabei ist er nichts anderes als Erde. Nasse Erde.“

Verstehen breitete sich auf Halians Zügen aus. „Wasser!“

Flayne nickte und griff nach ihrem Wasserschlauch. Sie lief durch den Nebel hinüber zu der Stelle, an der Halian gegen ihre Schulter geflogen war. Als sie sich vorsichtig herantastete, bemerkte sie, dass direkt vor ihr die Farbe des Bodens von Schwarz zu einem trügerisch sicheren hellbraun wechselte. Sie hatten also auch Falaines zweite Warnung missachtet. Der Boden zu ihren Füßen kräuselte sich und warf Wellen, so als wollte er nach ihr greifen, während sie gerade außerhalb seiner Reichweite stand. Vorsichtig ließ Flayne ein wenig Wasser aus dem Schlauch auf den Boden fließen. Für einen Moment verlor dieser seine Form, bevor die Wellen wieder Gestalt annahmen. Sie würde sich beeilen müssen. „Es funktioniert“, rief sie zu Halian hinüber. „Aber ich gehe besser allein.“

Der Gestaltwandler nickte nur müde und warf ihr seinen eigenen Wasserschlauch zu.

Vorsichtig schüttete Flayne noch mehr Wasser auf den Boden, bevor sie ihren Fuß daraufsetzte. Er war weich und schlammig, doch weder griff er nach ihr, noch sank sie allzu tief ein. Schnell goss sie einen weiteren Schwall Wasser auf den Grund und trat einen weiteren Schritt vor, während sich hinter ihr der Boden bereits wieder zu wellen begann und ihr den Rückweg abschnitt.

Vorsichtig ging Flayne Schritt für Schritt voran, einige Male war sie nicht schnell genug und eine der hellbraunen Wellen griffen nach ihren Füßen. Dann war Flayne gezwungen einen Teil ihres wertvollen Wassers darauf zu verwenden, sich selbst zu befreien. Noch bevor sie Drelyn erreichte, war ihr eigener Wasservorrat bereits verbraucht und sie griff nach dem Schlauch, den Halian ihr gegeben hatte.

Als sie Drelyn erreicht hatte, schüttete sie das Wasser über seine Hand. Um den bereits fest gewordenen Schlamm zu lösen, benötigte sie weitaus mehr Wasser, als sie gedacht hatte. Als es dem

Elfen endlich gelang, seine Hand zurückzuziehen, stolperte er zurück, während Flaynes eigene Füße zu schmerzen begannen. Der Boden um sie her, begann bereits, sich zu verhärten, sie hatte viel zu lange an ein und derselben Stelle verharrt. Abermals war Flayne gezwungen Wasser über ihre eigenen Füße zu gießen. Obwohl sie versuchte, so wenig wie möglich von der kostbaren Flüssigkeit zu verwenden, schwand ihr Vorrat doch unumgänglich dahin. Immer wieder schwappten die Wellen über ihre Füße. Es schien fast, als hätten sie dem Sumpf einmal zu oft seine Beute entrissen und nun würde er alles daran setzen, um zumindest Flayne nicht noch einmal entkommen zu lassen.

Doch gerade, als sie sich abermals von dem Schlamm befreit hatte und eine weitere Welle auf sie zu brandete, ergriff Drelyn ihren Arm und zog sie zur Seite. In dem Moment, als sie festen Boden unter den Füßen spürte, seufzte sie erleichtert auf.

Die Kälte weckte Flayne trotz ihrer Müdigkeit schon früh. Sie fror erbärmlich und wollte das Feuer wieder entfachen, doch ihr gesamter Brennholzvorrat war aufgebraucht. Sie fluchte leise und Drelyn erwachte.

„Entschuldige, dass ich dich geweckt habe", bat Flayne. „Schlaf ruhig weiter, es ist noch früh."

„Ich bin nicht müde", entgegnete Drelyn. Er stand auf und trat vorsichtig zu der Stelle, an der der schwarze Boden auf den hellbraunen traf. „Wir sind anscheinend nicht gerade gut darin, Ratschläge zu beherzigen", murmelte er.

Flayne lächelte. „Nein, wirklich nicht." Sie trat neben ihn. Der braune Boden vor ihnen war nur ein heller Streifen auf dem sonst so dunklen Morast. Vorsichtig berührte sie ihn mit der Spitze ihres Schuhs, doch er schien ebenso fest und leblos wie der Rest des Pfades.

Auf der anderen Seite des hellbraunen Streifens schlief Halian noch tief und fest, erschöpft durch die Anstrengung seiner Verwandlungen.

„Danke", murmelte Drelyn, so leise, dass Flayne es kaum verstehen konnte.

Sie nickte. „Gern geschehen."

Drelyn kehrte zu seinem Rucksack zurück und förderte etwas

von den Vorräten zutage, die Falaine ihnen mitgegeben hatte. Dann zog er noch etwas anderes heraus: ein Buch.

Das Buch, welches er aus der Bibliothek mitgenommen hatte. Er reichte es Flayne. Sie schlug es auf, doch obwohl Fol sie lesen gelehrt hatte, konnte sie die Schrift nicht entziffern. Es musste in einer fremden Sprache verfasst worden sein.

„Was steht dort drin?", fragte sie den Elfen. „Ich kann es nicht lesen."

„Es beschreibt Möglichkeiten, einen Drachen zu töten." Drelyn lächelte. „Möglichkeiten den Kampf zu überleben."

„Du bist also immer noch darauf versessen, dein Leben für die Rache zu riskieren?", fragte Flayne bedrückt.

„Und du mich davon abzuhalten?", entgegnete er spöttisch und zog dabei eine Augenbraue hoch.

Einen Moment schwiegen sie, dann fragte Drelyn ernst: „Warum?"

„Wir sind Freunde, oder?", antwortete Flayne leise. „Ich will meine Freunde nicht verlieren."

„Aber du verstehst doch, dass ich es tun muss?" Die Stimme des Elfen klang fast bittend.

„Nein!" Flayne sprach leise, um Halian nicht zu wecken, aber ihre Stimme klang durchdringend. „Wenn du diesen Drachen tötest, werden deine Eltern davon auch nicht wieder lebendig. Entweder stirbst du oder, was ich allerdings bezweifele, der Drache. In jedem Fall endet es mit dem Tod!"

Drelyn schwieg und kaute gedankenverloren an seinem Frühstück. Dann stellte Flayne ihm noch eine Frage: „Hast du die ganze Reise von Ilinenwald bis nach Galda wegen dieses Buchs gemacht?"

Drelyn nickte wortlos. „Kannst du es lesen?"

Er schüttelte den Kopf, immer noch schweigend.

„Und wie willst du dann wissen, was darin steht?"

„Meine Cousine ist eine Magierin. Sie gab mir die Beschreibung dieses Buchs, sie wird es auch lesen können", entgegnete Drelyn.

Flayne schwieg. Zwar freute sie sich auf den Moment, in dem sie diesen verfluchten Sumpf verlassen konnte, doch dieser Moment brachte sie auch Drelyns Rache einen Schritt näher.

Kurz darauf weckten sie Halian, welcher unterwegs essen musste, aber als Ausgleich genug Zeit gehabt hatte, sich von seinen Verwandlungen zu erholen.

Flayne warf Drelyn einen fragenden Blick zu. „Er reist schließlich mit uns.“ Ihre Lippen formten die Worte, ohne dass ein einziger Ton zu hören war, und doch verstand Drelyn. Er zuckte mit den Schultern, nickte und seufzte dann. Er wandte sich Halian zu und erzählte ihm von seinem Vorhaben. Halian zog als Reaktion die Augenbrauen hoch.

„Einen Drachen töten …“, murmelte er vor sich hin. Er war darüber nicht allzu überrascht, schließlich hatte er gehört, wie Flayne und Drelyn darüber gestritten hatten. Vielmehr verwunderte es ihn, dass Drelyn ihm davon erzählte.

Halian konnte Drelyns Rachewunsch verstehen. Doch er hatte schon vor langer Zeit gelernt, dass Rache ihren Preis nicht wert war. Leise flüsterte er: „Ich kannte einmal ein Mädchen, das einen ähnlichen, vielleicht nicht ganz so unmöglichen Racheakt geplant hatte. Sie ist nie zurückgekehrt.“ Er seufzte tief. „Was hat die Rache ihr anderes gebracht als Leid und Tod? Was passiert, wenn der Drache dich tötet, Drelyn? Du bereitest deiner Schwester damit nur noch mehr Schmerz, weil sie nicht nur ihre Eltern, sondern auch ihren Bruder verliert.“

# Meralyn

Gegen Abend wurde der Nebel dünner und der Boden fester. Flayne wusste, dass dies ihre letzte Nacht im Sumpf sein würde, sofern sie nicht schon an diesem Abend den Waldrand erreichten.

Sie hatte recht. Als sie rasteten, war der Nebel zwar noch immer sehr dicht, doch der dunkle Boden fühlte sich beinahe trocken an und vereinzelt wuchsen bereits einige Bäume.

Halian wickelte sich in seinen Umhang und schlief sofort ein.

Flayne fühlte sich um einiges wohler. Ihr war noch immer kalt und sie war nass bis auf die Knochen, aber sie spürte den Sumpf nicht mehr so stark. Außerdem hatte sie das Gefühl von den wenigen Bäumen in ihrer Umgebung beschützt zu werden. Vielleicht war es nicht wirklich der Sumpf, vor dem sie sich gefürchtet hatte, sondern einfach die ständige Gegenwart des Wassers.

Flayne zog ihren Mantel enger um sich. Es waren nicht nur die innere Kälte und die Furcht, die sie schaudern ließen. Es war wirklich kälter geworden. Und doch fror sie nicht so sehr wie am vergangenen Tag, denn die Kälte kam aus der Luft und nicht vom Wasser, wie es zuvor der Fall gewesen war.

Drelyn wollte ihr abermals seinen Umhang geben, doch diesmal lehnte sie vehement ab. Sie erkannte, dass dem Elfen an diesem Abend selbst alles andere als warm war.

Sie waren von den Anstrengungen des Weges und dem Abenteuer der vergangenen Nacht noch erschöpft und so war es kein Wunder, dass auch Flayne und Drelyn nach wenigen Augenblicken eingeschlafen waren. Es war nicht nötig, eine Wache aufzustellen. Zwar befanden sie sich noch immer in den Ausläufern des Sumpfes, in dessen tiefen Wassern noch weitaus greifbarere Gefahren als Irrlichter lauerten, doch Drelyn besaß den Schlaf eines Elfen. Er spürte auch im Zustand der völligen Erschöpfung die Gegenwart anderer Lebewesen. Sollte sich ihnen irgendetwas Fremdes nähern, würde er erwachen. Flayne fühlte sich im Ilinenwald zu Hause. Ganz im Gegensatz zu dem Wald, in dem sie dem Werwolf begegnet waren, schienen ihnen die Bäume hier freundlich gesonnen zu sein. Sie flüsterten leise, erzählten sich Geschichten und Flayne lauschte. Der ganze Wald war von einem Raunen und Rauschen erfüllt, einem Summen, geheimnisvoll und schön. Auch einige bedrohliche Nuancen mischten sich in den Ton, doch das war nur die natürliche Wildheit des Waldes. Gegen Mittag wurde es wärmer und die Sonne drang durch den Nebel. Langsam verzogen sich die hellen Schwaden.

Flayne fühlte sich heimisch und frei. In diesen Wald, in diese Wildnis gehörte sie. Hier war sie schon einmal gewesen, das spürte sie. Hier war ihr Zuhause.

Halian bat Drelyn, ihnen von Meralyn zu erzählen. Doch der Elf antwortete nur: „Meralyn ist unbeschreiblich. Schildere mir Schönheit und doch werde ich sie nicht so vor mir sehen, wie sie wirklich ist. Erkläre mir, was Magie ist, warum Musik verzaubern kann, und versuche mir die Essenz der Geheimnisse zu beschreiben. Denn eben das ist Meralyn: das Herz der Magie, des Geheimnisvollen und der Musik."

Flayne lächelte. Meralyn musste ein wunderbarer Ort sein.

Das Erste, was Flayne von der Stadt der Elfen sah, war ein Schimmern. Als sie näher kamen, erkannte sie, dass es das silberne Band eines Flusses war. Kurz darauf standen die Gefährten an seinem Ufer. Drelyn erklärte, dass dieser Fluss Meralyns See auf dem Weg zum Meer durchfloss.

„Eylenna", flüsterte er.

„Eylenna?", fragte Halian.

„Eine alte Legende", antwortete Drelyn. „Der Fluss hier und der See Meralyns wurden nach ihr benannt."

„Erzähl!", bat der Dieb, der Geschichten liebte.

„Nun, Eylenna war eine junge Elfe, die einen Menschen liebte. Dieser Mensch, er hieß Tharrane, begegnete ihr an einem See. Es ist schon lange her, Meralyn existierte damals noch nicht und niemand lebte dort. So blieben sie ungestört. Doch eines Tages kam Tharrane nicht mehr zu ihrem Treffpunkt. Er war in seine Heimat zurückgekehrt und ließ Eylenna ohne ein Wort des Abschieds zurück. Doch Eylenna war schwanger und gebar ein Kind, einen Sohn, den sie Eylan nannte. Sie zog ihn liebevoll auf, doch sooft er sie auch darum bat, weigerte sie sich, ihm von seinem Vater zu erzählen. Deshalb zog Eylan, als er alt genug war, los, ihn zu suchen. Doch wohin er auch ging, seine Suche blieb erfolglos. Nach langer Zeit kehrte Eylan zu seiner Mutter zurück. Eylenna lebte noch immer an ihrem See. Sie ertrug es nicht, ihn zu verlassen, denn er war der einzige Ort, der sie an ihren Liebsten erinnerte.

Eines Tages kehrte Tharrane zum See zurück. Er war seinen Brüdern nach Hause gefolgt. Wäre er geblieben, hätte er ihnen den Grund dafür nennen müssen. Doch zu jener Zeit herrschte Krieg zwischen Menschen und Elfen und Tharrane wusste, dass seine Brüder Eylenna töten würden, wenn sie von ihrem Aufenthaltsort wüssten. Er wollte Eylenna erklären, dass er gezwungen gewesen war, sie ohne Abschied zu verlassen. Doch die Elfe war an diesem Tage zum Pilzesammeln in den Wald gegangen. Noch nie zuvor hatte ein Mensch den Weg zum See gefunden und Eylan misstraute dem Fremden, der plötzlich am Seeufer stand, denn noch immer herrschte kein Friede zwischen Menschen und Elfen. So antwortete er, als Tharrane nach Eylenna fragte, nur, sie sei nicht da.

Wo sie dann sei, fragte Tharrane ungehalten. Er brannte darauf, Eylenna wiederzusehen. Er wollte ihr erklären, dass er sie nicht hatte in Gefahr bringen wollen und sie nur verlassen hatte, um sie zu schützen. Doch Eylan schwieg nur.

Tharrane ahnte, dass Eylan mehr wusste, als er preisgab, und so drohte er, ihn zu töten, sollte er ihm nicht sofort Eylennas Aufenthaltsort verraten. Diese Drohung nahm der Junge ernst und griff seinen Vater an, der seine Worte zwar bereute und nicht in einen Kampf verstrickt werden wollte, seine Drohung aber auch nicht zurücknehmen konnte. So entbrannte ein Duell zwischen Vater und Sohn.

Auf seiner Wanderschaft hatte Eylan kämpfen gelernt. Er hatte viele Abenteuer erlebt und großen Gefahren trotzen müssen, sodass er Tharrane ebenbürtig war. Als Eylenna zurückkehrte, waren die beiden Gegner noch immer in ihren Kampf verstrickt und sie erkannte, was den beiden Kämpfenden verborgen blieb. Sie winkte und rief ihnen zu, dass all dies ein Irrtum sein musste, doch sie hörten sie nicht. Voller Verzweiflung rannte Eylenna auf die Gegner zu. Tharrane und sein Sohn konzentrierten sich so sehr auf ihren

Kampf, dass sie die Elfe gar nicht bemerkten. Eylenna achtete nicht auf die Gefahr. Sie dachte nur daran, diesen Kampf zu beenden. Unvorsichtig, wie sie war, erreichte sie die Duellanten. Ein Schwertstreich verfehlte Eylan und traf stattdessen seine Mutter, die scheinbar aus dem Nichts neben ihm aufgetaucht war, und so tötete Tharrane die Liebe, nach der er sich so lange zurückgesehnt hatte.

Als Eylenna starb, färbte ihr Blut den See rot, bis das Wasser des Flusses es in Richtung Meer hinfort schwemmte. Seitdem wird dieser See *Eylennas See* genannt. Auch der Fluss ist nach ihr benannt, da er Eylennas Blut zum Meer brachte."

Drelyns Gedanken waren ganz in die alte Legende vertieft. Nun, da er seine Erzählung beendet hatte, schien er langsam, wie aus einer Trance, wieder zu erwachen.

„Wie endete der Kampf zwischen Eylan und Tharrane?", fragte Halian. „Haben sie erkannt, dass sie Vater und Sohn waren?"

„Das", erklärte Drelyn, „weiß niemand."

Sie folgten dem Flusslauf bis Drelyn plötzlich stehen blieb. Weder Halian noch Flayne, die doch eng mit der Wildnis verbunden war, konnte den Grund dafür erkennen. Als Flayne ihn danach fragte, lächelte Drelyn und ließ seinen Blick über das Ufer wandern. Er rief etwas in einer fremden Sprache.

Elfisch war eine der wenigen Sprachen, die Fol seine Ziehtochter nicht hatte lehren können. Zwar war er einige Zeit gemeinsam mit einem Elfen gereist, aber nicht lange genug, um diese schwere Sprache zu erlernen. Die Worte klangen melodisch, als würde Drelyn sie eher singen als sprechen.

Irgendwo vom anderen Ufer rief jemand eine Antwort in derselben Sprache. Doch niemand war zu sehen.

Aus den Ästen des Baums, neben dem sie standen, ließ sich jemand zu Boden fallen und lachte, als er Flaynes überraschtes Gesicht sah und ihren Blick zum anderen Ufer bemerkte. Es war ein Elf, der sich mit dem Namen Endor vorstellte. Er hatte grünes Haar, in dem ein leichter brauner Schimmer lag, und seine Augen waren von beinahe derselben Farbe.

Endor wandte sich wieder auf Elfisch an Drelyn. Dieser nickte und entgegnete etwas, worauf Endor die Stirn runzelte, aber nicht widersprach. Halian spürte, wie der Waldelf ihn und Flayne prüfend musterte. Er schien ihnen nicht völlig zu trauen. Dann bückte sich Endor und zog aus dem Gestrüpp am Ufer ein Boot heraus.

Flayne blinzelte, sie wunderte sich, wie man dort ein Boot verstecken konnte. Nicht einmal sie hatte es bemerkt und sie sah sonst alles, was im Wald verborgen war. Als sie genau hinschaute, erkannte sie, dass dort am Ufer nicht einmal Platz war, um das Boot zu verstecken. Sie fragte Drelyn danach, doch der Elf lächelte nur und erklärte: „Ein Geheimnis meines Volkes." Diese Antwort war natürlich nicht das, was Flayne sich erhofft hatte, doch sie fragte nicht weiter. Wenn es sich um ein Geheimnis handelte, würde sie von Drelyn nichts erfahren.

Auf eine einladende Geste Endors hin stiegen sie in das Boot. Es erinnerte an ein Kanu, war aber geringfügig breiter und sie alle fanden Platz darin. Zu Flaynes Erstaunen nahm Endor eine lange Holzstange zur Hand, die er nur dazu benutzte, das Boot abzustoßen, wenn sie dem Ufer zu nahe kamen. Ihr Vorankommen verdankten sie allein der Strömung, und so trieben sie langsam durch den Wald den Fluss hinab.

Nach einiger Zeit wurde die Strömung stärker und sie bewegten sich schneller voran. Gleichzeitig wurde der Fluss schmaler. Sie waren einige Stunden unterwegs, bis der Fluss sich abermals verbreiterte und ihr Boot seine Fahrt wieder verlangsamte. Endor erhob sich. Mithilfe der Stange stakte er das Boot über den nun sehr langsam fließenden Fluss.

Flayne schaute ihm staunend zu.

„Hier auf dem Fluss ist Staken die einfachste Möglichkeit voranzukommen", erklärte Drelyn. „Er ist oftmals zu schmal, als dass man rudern könnte, und die Stange ist gleichzeitig sehr hilfreich, um auf der Fahrt flussabwärts Abstand vom Ufer zu halten."

Halian runzelte die Stirn, doch Flayne erkannte, dass Drelyn recht hatte. Der Fluss schien an einigen Stellen wirklich zu schmal zum Rudern zu sein und es war sicherlich anstrengender, stromaufwärts zu rudern, als das Boot zu staken.

Von Weitem sahen sie das Glitzern einer weiten Wasseroberfläche. Drelyn lächelte. „Das ist Eylennas See."

Bevor sie den See erreichten, verengte sich der Fluss abermals. Diesmal wurde er so schmal, dass Flayne sich fragte, ob er überhaupt breit genug war, um ihr Boot passieren zu lassen. Doch auch diesen Engpass überwanden sie dank Endors Geschick, und so fuhren sie auf den See hinaus, während der Elf die Stange gegen ein Paddel tauschte. Das Wasser glitzerte silbern im Licht der Sonne. Als Flayne in die Tiefe des Sees schaute, schwindelte ihr. Sie konnte nicht sehen, was unter der Wasseroberfläche lag, obwohl das Wasser vollkommen klar war. Einen Moment schien es ihr, als sähe sie im Wasser das Bild einer jungen Frau, einer Elfe, die Kleidung blutdurchtränkt. Gesichter beugten sich über sie … Doch das Bild war so schnell wieder verschwunden, dass Flayne sich nicht sicher war, ob es nicht nur ein Trugbild ihrer Fantasie gewesen war.

Dies war also Meralyn. Alles, was sich Flayne unter Drelyns geheimnisvoller Beschreibung der Elfenstadt vorgestellt hatte, verblasste gegen die Wirklichkeit. Drelyn hatte recht gehabt, Worte vermochten nicht einmal den Schatten des wahren Meralyns zu zeigen. Vor allem bei Nacht war die Stadt der Elfen wunderschön und geheimnisvoll. Sobald man glaubte, ihr Geheimnis entdeckt zu haben, stellte man fest, dass es nur Teil eines anderen, größeren Geheimnisses war.

Die Oberfläche des Sees warf leichte Wellen, während sich das Licht von Mond und Sternen darauf brach. Leiser Gesang lag in der Luft, sehnsuchtsvoller Gesang, dessen Melodie den Zuhörer über das Wasser zu tragen schien, dessen Worte für jeden anders klangen, für jeden eine andere Bedeutung hatten, obwohl alle das gleiche Lied hörten.

Es hieß, Menschen, die des Nachts auf den See hinaus fuhren, kamen völlig verändert zurück. Doch einen Beweis dafür gab es nicht, da die wenigen Menschen, die Meralyn jemals betraten, sich entschlossen, den Rest ihres Lebens dort zu verbringen, da sie sich nicht mehr von diesem Ort trennen konnten.

Doch auch am Tag schimmerte das Licht der Sonne auf der Oberfläche des Sees und durch die Blätter der Bäume hindurch. Auf dem Boden rings um den See wuchsen Pflanzen, die Flayne noch nie zuvor gesehen hatte. Die Wälder rings um den See waren tief und dunkel, doch niemand fürchtete sich vor ihnen, denn ihr Zauber umhüllte einen jeden schützend wie ein Umhang.

Flayne und ihre Begleiter waren nicht die Einzigen auf dem See.

Aus den anderen Booten winkten Elfen herüber. Einige ruderten zu ihnen und fragten Drelyn auf Elfisch nach seiner Reise. Doch dieser erklärte nur, er würde ihnen bald seine Geschichte erzählen, müsse aber zuerst zu seiner Schwester Ealyn. Danach übersetzte der Elf die Worte für Flayne und Halian.

Während Flayne noch die seltsam verzerrten Spiegelungen des grünen Lichts, welches die Leuchtfliegen auf das Wasser warfen, beobachtete, hatten sie bereits den See überquert und paddelten auf das Ufer zu. Dort lagen schon einige andere Boote unter einer großen Trauerweide, deren lange Äste über Flaynes Gesicht strichen und sie an eine andere Weide auf einer weit entfernten Lichtung erinnerten. Endor blieb mit dem Boot am See zurück. Er blickte ihnen nach und wunderte sich über Drelyns seltsame Reisegefährten. Dann wandte er sich um und machte sich auf den Weg zurück zu seinem Posten.

Drelyn führte seine Freunde durch den Wald, der die Stadt Meralyn bildete. Flayne bemerkte, dass irgendetwas in diesem Wald anders war als im restlichen Ilinenwald, anders als in allen Wäldern, die sie kannte. Doch sie konnte nicht genau sagen, was es war. Vielleicht lag es daran, dass der ganze Wald von einem seltsamen, schön und doch fremd klingenden Lied erfüllt war, oder auch einfach an seiner Lebendigkeit. Das Wispern der Bäume klang hier anders als in anderen Wäldern. Das Rauschen des Windes klang anders als an andern Orten. Der Boden fühlte sich anders unter ihren Füßen an, sogar die Luft roch anders. Auf wundervolle, doch unbeschreibliche Weise anders.

Unterwegs trafen sie einige Elfen, die Flayne und Halian neugierige Blicke zuwarfen und Drelyn freundlich zunickten. Viele von ihnen ähnelten Drelyn und Endor, ihre langen, oftmals wirren Haare hatten die Farbe von Baumstämmen oder lebendig grünen Blättern, doch es gab auch einige mit glatt fließenden, bläulich schimmernden Haaren und meerfarbenen Augen. Flayne hatte noch kein einziges Gebäude gesehen. Allerdings waren die Bäume hier größer als in anderen Teilen des Waldes. Drelyn blieb vor einer riesigen Eiche stehen und klopfte in einem seltsamen Rhythmus gegen den Stamm. Der Baum schien sich zu bewegen, ja zu drehen und ein Spalt öffnete sich in der Rinde. Flayne blinzelte. Wie war das möglich? Der Spalt vergrößerte sich, bis er eine Art Tür bildete, und Drelyn hindurch trat. Flayne folgte ihm sofort, während Halian einen Moment zögerte und dann, angetrieben von seiner Neugier und dem Wunsch, an diesem seltsamen Ort nicht allein zu bleiben, ebenfalls eintrat. Sie standen am Fuße einer Wendeltreppe, die direkt aus dem Baum herausgewachsen zu sein schien. Alles, die Wände, der Boden, die Decke, war Teil des Baums.

Drelyn lächelte, als er Flaynes Gesichtsausdruck sah. Sie schien hin und her gerissen zwischen Staunen, Verwunderung und Sorge. „Keine Angst", erklärte er. „Es schadet der Eiche nicht. Sie ist freiwillig so gewachsen, um uns ein Heim zu sein."

Sie stiegen die Stufen der Wendeltreppe hinauf und gelangten in einen großen Raum, dessen Wände und Einrichtung fast völlig aus Holz bestanden. Dort auf dem Boden, ihnen den Rücken zugewandt, saß eine Elfe mit ellenbogenlangen, hellbraunen Haaren. Drelyn lächelte und legte einen Finger auf die Lippen, trat dann lautlos einen Schritt näher. Trotzdem schien die Elfe seine Anwesenheit zu spüren, denn sie wandte sich zu ihnen um. Als sie Drelyn sah, stieß sie einen Freudenschrei aus, lief auf ihn zu und umarmte ihn stürmisch. Als sie ihn wieder losließ, begann sie, ihn auf Elfisch mit Fragen zu überhäufen.

Drelyn unterbrach sie. „Ealyn, darf ich dir meine Freunde vorstellen?"

Die Elfe schien Flayne und Halian erst jetzt zu bemerken. „Flayne aus Dreen, einem Dorf im Süden, und Halian aus Galda. Sie haben mir schon mehrmals das Leben gerettet." Aus Rücksicht auf Flayne und Halian redete er in der Gemeinsprache. „Und das", Drelyn deutete auf die Elfe, „ist meine Schwester Ealyn."

Ealyn war etwas jünger als ihr Bruder und ihre Augen waren grünblau wie das Wasser des Südmeeres. Ihre feinen Gesichtszüge ähnelten stark denen ihres Bruders. Sie setzten sich und Drelyn erzählte seiner Schwester von seiner Reise, ohne dabei Flaynes Suche zu erwähnen. Ealyn stand auf, verschwand aus dem Zimmer und kehrte dann mit einer Schale Früchte zurück. Die Früchte waren mit nichts zu vergleichen, was Flayne zuvor gegessen hatte. Sie waren süß und leicht. Nach dem Essen verspürte sie zwar keinen Hunger mehr, hatte jedoch immer noch das Gefühl, nichts gegessen zu haben. Es war ein äußerst seltsames Gefühl und Flayne war sich nicht sicher, ob es ihr gefiel.

Später führte Drelyn seine Freunde durch Meralyn. Sie hatten beschlossen, am nächsten Morgen Viviana zu besuchen, um ihr das Buch zu bringen. Flayne hatte den Versuch, Drelyn von seinen Rachegedanken abzubringen, vorerst aufgegeben. Sie konnte es nicht. Vielleicht sollte sie mit Ealyn reden. Auf seine Schwester würde er sicherlich hören. Zumindest sagte Flayne sich das. Aber im Grunde wusste sie, dass auch Ealyn ihn nicht aufzuhalten vermochte. Drelyn war schon zu weit gegangen, um jetzt aufzugeben. Er hatte sich auf den weiten Weg nach Galda gemacht nur wegen eines Buches, das ihm vielleicht helfen konnte. Außerdem hatte Ealyn es sicherlich schon versucht. Trotzdem gab Flayne die Hoffnung nicht auf. Sie mussten einen Weg finden, Drelyn aufzuhalten.

Über die Stadt der Elfen konnte Flayne nur staunen. Meralyn unterschied sich grundlegend von allen Städten, die sie kannte. Es gab keine gebauten Häuser, denn alle Gebäude waren, wie das Heim von Drelyn und seiner Schwester, aus den Bäumen gewachsen oder in ihren Ästen gebaut. Als Flayne genauer hinsah, erkannte sie, dass die meisten Elfen nicht auf dem Boden unterwegs waren, sondern über die ineinander verflochtenen Äste der Bäume spazierten. Jeder bewohnte Baum schien eine Art Balkon zu haben. Von dort kamen und gingen sie über diese hochgelegenen Straßen, bis sie einen anderen Balkon erreichten oder zum Boden hinab kletterten.

Die drei Gefährten gelangten zum See und eine Weile saßen sie einfach nur am Ufer, sahen den Booten zu und genossen die Aprilsonne. Flayne war froh, dass es bereits so warm war. Der Mai war schon nahe, und sobald er da wäre, würde sie kaum noch frieren müssen.

Als sie in die alte Eiche zurückkehrten, wurden sie von Ealyn mit einer Nachricht erwartet. Ein Elf namens Myrin hatte sie zu sich eingeladen. Anscheinend wollte auch er Drelyns Geschichte hören. Halian fragte sogleich, wer dieser Myrin war, denn aus Drelyns und Ealyns Verhalten schloss er, dass dieser Elf eine sehr bedeutende Person sein musste. „Er ist sehr alt und weise. Sein Rat wird in Meralyn oft gesucht“, erklärte Ealyn. Doch auf weitere Fragen erhielt Halian keine Antwort.

# Maraylans Wahl

Myrin wohnte, wie anscheinend alle Elfen, in einem großen Baum, einer riesigen, verkrümmten Buche. Drelyn klopfte dieses Mal ganz normal an, wie Flayne es auch bei jedem menschenbewohnten Haus getan hätte. Die Tür öffnete sich nicht von alleine, sondern sie mussten warten, bis ihnen geöffnet wurde. Im Türrahmen, wie Flayne den Spalt im Stamm des Baums in Gedanken nannte, erschien ein alter Mann. Er hatte, wie alle Elfen, spitze Ohren und seine Haare waren von einem tiefen Schwarz. Das Haar eines Waldelfen färbte sich mit dem Alter von Braun zu Grün und nahm dann einen immer dunkleren Ton an, bis es letztendlich schwarz wurde. Oftmals war es das einzig sichtbare Zeichen für das Alter eines Elfen. Myrins Gesicht jedoch war von Falten durchzogen, wettergegerbt, wie das eines alten Seemannes. Am meisten faszinierten Flayne allerdings seine Augen. Augen so alt wie der Baum, in dem er lebte, Augen, die von vielen Jahrhunderten erzählten, Augen so tief und weise wie das Meer.

Flayne wusste, dass Elfen langsam alterten. Sie konnte sich nicht vorstellen, wie viel diese alten Augen schon gesehen hatten.

Myrin bat sie herein. Sein Heim war ähnlich konstruiert wie Drelyns, doch die verkrümmten Wände gaben ihm noch seltsamere Formen. Diese verwachsene alte Buche passte perfekt zu Myrin. Die Treppe, die nach oben führte, war genauso verbogen wie der Stamm, aus dem sie gewachsen war. Einig Stufen waren so groß, dass man sich an der Wand abstützen musste, um hinaufzugelangen, andere so klein, dass nur Flaynes Zehenspitzen Platz darauf fanden. Und manche waren vollkommen schief, auf einer Seite fast doppelt so groß wie auf der anderen.

Trotzdem hatten Flayne und Drelyn keine Probleme hinauf zu gelangen, schließlich waren sie es gewohnt, auf Bäume zu klettern.

Halian dagegen fühlte sich auf der Treppe gar nicht wohl. Es war ihm kaum möglich, das Gleichgewicht zu halten. Die Treppe war schmal und besaß kein Geländer. Mehrmals musste Flayne, die direkt hinter ihm ging, den Gestaltwandler stützen, damit er nicht fiel. Als sie heil oben angelangt waren, musste Halian sich einen Moment gegen die Wand lehnen, während er tief durchatmete.

Myrin lud sie ein, sich zu setzen und bot ihnen Früchte an, ähnlich denen, die sie schon in Drelyns Heim gegessen hatten. Dazu flache Brotfladen, die zwar das Gefühl des Hungers verschwinden ließen, aber dennoch eine große Leere in Flaynes und Halians Magen hinterließen.

Nach dem Essen erzählte Drelyn Myrin von seiner Reise und nach einem Nicken Flaynes auch von ihrer Suche. Halian lauschte einige Zeit, obwohl er bereits die gesamte Geschichte kannte. Schon bald stand er jedoch auf und machte sich, einem dringenden Bedürfnis nachgebend, auf die Suche nach dem Abtritt. Unterwegs kam er an einer verschlossenen Tür vorbei. Neugierig öffnete er sie und trat in den dahinter liegenden Raum. An der Wand gegenüber der Tür stand eine Harfe. Ihre Saiten glänzten leicht in einem seltsamen Licht. Halian konnte nicht genau erkennen, woher es kam, denn der Raum besaß keine Fenster und wurde auch von keiner Kerze oder Lampe erleuchtet. Auf seltsame Weise schienen die Wände selbst das Licht auszustrahlen. Das Holz der Harfe war mit wunderschönen Schnitzereien und Bildern verziert, die Halian zu großen Teilen fremd waren und deren Bedeutung er nicht erfassen konnte. Es schien ein sehr altes Instrument zu sein, denn auch die seltsamen Schriftzeichen, die das Holz bedeckten, waren so fremdartig, dass sie einem längst vergangenen Zeitalter entstammen mussten.

Wie verzaubert ging Halian zu ihr hinüber. Langsam, als fürchte er, die Harfe könne vor ihm zurückschrecken oder gar zerbrechen, streckte er die Hand aus. Seine Finger strichen zärtlich über das alte Holz, über jeden Bogen, jede Verzierung. Die andere Hand griff langsam nach den Saiten, zupfte ganz sanft an ihnen. Dann begann er einfach zu spielen. Er wusste nicht wirklich, was er tat oder warum er es tat, doch es fühlte sich richtig an. Er spielte und vergaß alles. Er vergaß, wo er war, vergaß seine Vergangenheit, vergaß, dass es so etwas wie eine Zukunft gab. Es existierte nichts, nur dieser Augenblick. Halian hörte nicht, wie die Tür geöffnet wurde. Er hörte nur Musik, wunderschöne, klare Töne, die die Luft füllten, sich durch den Raum zu wellen schienen und alles mit ihrem Zauber gefangen nahmen. Seine Finger glitten über die Saiten, ohne dass er sie lenkte, und ließen sie in einer wunderschönen Melodie erklingen.

Halian wusste nicht, wie lange er spielte. Irgendwann hörten seine Finger auf, die Saiten zu zupfen, blieben aber auf ihnen liegen. Er wandte sich zur Tür, neben der seine Freunde und Myrin standen. Flayne und Drelyn starrten ihn verwundert an, während Myrin, nicht weniger verwundert, lächelte. „Würdet ihr mich einen Moment allein mit Halian sprechen lassen?“, fragte er Drelyn und Flayne.

Sie warfen ihm einen fragenden Blick zu, dann nickten sie und verließen den Raum.

„Ihr könnt also Harfe spielen“, stellte der alte Elf fest. Seine Stimme klang entgegen Halians Erwartungen nicht vorwurfsvoll. „Wo habt Ihr das gelernt?“

„Ich habe es nie gelernt. Eigentlich kann ich es gar nicht. Aber irgendwie …“ Halian starrte auf seine Hände.

„… habt Ihr sie gespielt“, vollendete Myrin seinen Satz. „Wieso?“

„Ich weiß es nicht“, entgegnete Halian wahrheitsgemäß. „Ich bin in dieses Zimmer gegangen, weil ich den Abtritt gesucht habe, dann sah ich die Harfe, bin zu ihr gegangen und habe gespielt. Ich weiß nicht, warum, ich weiß nicht einmal, wie.“

Myrin nickte. „Ich habe lange auf diesen Tag gewartet. Ich wusste, eines Tages würde ich denjenigen finden, für den diese Harfe bestimmt ist.“

„Für den sie bestimmt ist?“, fragte Halian. „Aber wie …?“

„Maraylan wurde mir zur Aufbewahrung gegeben. Ich sollte sie schützen, bewahren und pflegen, bis ihr wahrer Besitzer kommt, derjenige, für den sie bestimmt ist, den sie wählt. Nun, es scheint, dass er gekommen ist.“

„Maraylan.“ Halian sprach das Wort beinahe zärtlich aus. „Ist das ihr Name?“

„Das ist er“, entgegnete Myrin sanft.

„Aber wieso ich?“, fragte Halian. „Wieso nicht irgendein großartiger Harfner, jemand, der sie spielen kann?“

„Ihr könnt sie spielen!“, rief Myrin. „Ihr habt es doch selbst gehört. Vielleicht wählt sie gerade Euch, weil Ihr noch nie Harfe gespielt habt. Sie kann durch Eure Finger spielen und Ihr werdet nicht versuchen, Euch in ihr Lied einzumischen."

„Es gibt viele andere, die auch nicht Harfe spielen können. Auch Elfen, die vielleicht besser für diese Aufgabe geeignet wären."

„Nun", entgegnete Myrin. „Maraylan hat Euch gewählt und ich werde ihre Wahl nicht in Zweifel ziehen, egal wer Ihr seid. Sie ist weise und weiß, was sie tut."

„Ich bin ein Dieb und ich habe in Galda gelebt. Ich glaube kaum, dass ich der Richtige bin, um eine solche Harfe zu spielen."

„Ihr habt sie bereits gespielt", lächelte Myrin. „Maraylan hat gewählt und niemand kann etwas daran ändern, nicht einmal Ihr selbst. Ach ja", fügte er mit einem verschmitzten Lächeln hinzu, „wenn Ihr noch eine Treppe hinaufsteigt und die erste Tür auf der linken Seite öffnet, findet Ihr den Ort, den Ihr gesucht habt."

Als sie einige Zeit später aus der Tür traten und sich verabschieden wollten, reichte Myrin Halian einen in ein Tuch eingewickelten, großen Gegenstand. „Ihr hättet sie beinahe vergessen."

„Heißt das, Ihr schenkt sie mir?", fragte Halian erstaunt.

„Ich kann sie Euch nicht schenken. Sie hat niemals mir gehört, ich habe sie lediglich bis zum richtigen Zeitpunkt für die richtige Person aufbewahrt. Sie hat Euch gewählt. Möge sie Euch Glück bringen."

„Möge Euer Weg immer vom Licht beschienen sein", entgegnete Halian. Er wusste nicht, woher die Worte kamen, aber vielleicht wirkte Maraylans Zauber nicht nur auf seine Finger.

Myrin lächelte, als hätte er Halians Gedanken erraten.

# Viviana

Am nächsten Tag machten sie sich auf zu Viviana. Drelyns Cousine lebte auf einer kleinen Insel inmitten des Sees. Mit Drelyns Kanu paddelten sie hinüber.

Halian ertrug es kaum, sich von Maraylan zu trennen. Er hatte beinahe die ganze Nacht Harfe gespielt, bis seine Finger angefangen hatten zu bluten und Maraylan selbst ein Schlaflied angestimmt hatte, um Halian in tiefen Träumen versinken zu lassen. Nun musste das magische Instrument in der alten Eiche zurückbleiben.

Vivianas Insel war klein, doch wunderschön, bewachsen mit tausend verschiedenen Blumen und Gräsern. Die Gefährten zogen ihr Boot aufs grasbewachsene Ufer, an dem kleine Wellen leckten und seltsame Muster im Sand hinterließen. Sie gingen durch einen Schilfgürtel und über eine Wiese hüfthoher Gräser.

Es gab nur wenige Bäume auf der Insel und keiner von ihnen war groß genug, um einem Elfen als Heim zu dienen. Viviana lebte in einer kleinen Hütte und nicht in einem Baum wie die anderen Elfen, erklärte Drelyn. Magier lebten selten in Bäumen, da diese bei einem magischen Experiment zu leicht verletzt werden konnten.

Drelyn klopfte an die Tür, doch sie mussten einige Zeit warten, bis geöffnet wurde. Vor ihnen stand eine schlanke Frau mit leicht grünlich schimmerndem, braunem Haar. Viviana schien nicht allzu begeistert, Besuch zu bekommen, doch dann erkannte sie Drelyn, lächelte und bat sie herein. Vivianas Hütte war, wie auch die Bibliothek von Galda, im Inneren viel größer, als sie von außen zu sein schien.

Auch hier wurden sie gebeten sich zu setzen und etwas nicht allzu Sättigendes wurde ihnen zu essen angeboten. Es schien zu den Sitten der Elfen zu gehören, jedem Besucher Essen anzubieten und es immer anzunehmen, ob man hungrig war oder nicht. Flayne fiel es nicht schwer, sich dieser elfischen Sitte anzupassen. Diese seltsamen Früchte konnte man auch essen, wenn man nicht hungrig war. Abermals setzten sie sich und aßen und Drelyn erzählte von seiner

Reise, ohne Flaynes Suche dabei zu erwähnen. Geduldig lauschte Viviana Drelyns Erzählung, doch der durchdringende Blick ihrer Augen war auf Flayne gerichtet.

„Du hast also das Buch?", fragte sie Drelyn, als er zu Ende gesprochen hatte. Auch Viviana bediente sich aus Höflichkeit Flayne und Halian gegenüber der Gemeinsprache. Ihre Stimme war sanft und sie hatte denselben fremden Akzent aller Elfen. Sie rief eine schwache Erinnerung in Flayne wach. Es war etwas Wichtiges, das wusste sie, doch die Erinnerung war so verschwommen …

Drelyn reichte seiner Cousine das Buch. Sie nahm es, schlug es auf und nickte. „Das ist es. Irgendwo hier drin steht, wie der Drache zu töten ist."

„Kannst du es lesen?", fragte Drelyn.

Viviana nickte abermals. „Ich denke schon, aber es wird nicht leicht sein und einige Zeit in Anspruch nehmen. Du musst Geduld haben, Cousin." Dann wandte sich die Zauberin an Flayne. „Ich habe Euch noch gar nicht gedankt, dass Ihr Drelyns Leben gerettet habt."

„Da gibt es nichts zu danken. Er hat dasselbe auch für mich getan." Viviana verwirrte Flayne. Sie konnte sich nicht erinnern, wo sie die Stimme der Zauberin schon einmal gehört hatte. Doch vielleicht war es auch nur der fremde Akzent, der Flayne an Drelyn und Ealyn erinnerte. Auch Vivianas seltsamer Blick beunruhigte sie, doch schon bald verschwand die Magierin aus Flaynes Gedanken.

Sie kehrten zu Drelyns Eiche zurück, wo Halian sich sofort zu Maraylan setzte und zu spielen begann.

Als sie für einen Moment mit Ealyn alleine war, bat Flayne die Elfe, noch einmal mit Drelyn über sein Vorhaben zu reden, doch Ealyn schüttelte den Kopf. „Es hat keinen Sinn. Er will seine Rache und er wird sich nicht davon abbringen lassen. Wenn ein Elf einen Schwur ausspricht, erfüllt er ihn, selbst wenn es ihn alles kostet."

Flayne nickte traurig.

„Glaub mir", fuhr Ealyn fort, „ich habe bereits versucht, ihn davon abzubringen, als er noch nicht so weit gegangen war. Nicht einmal da habe ich es vermocht."

Flayne sah den Schmerz in Ealyns Augen. Beinahe hätte sie vergessen, wie schwer dies alles für Drelyns Schwester sein musste. Sie hatte erst vor ein paar Wochen ihre Eltern verloren und nun würde vielleicht auch ihr Bruder bei der Aufgabe, sie zu rächen, getötet werden.

„Es ist nicht alles verloren." Flayne spürte, dass ihre Worte der Elfe keinen Trost zu schenken vermochten. „Es ist noch immer möglich, dass Viviana einen Weg findet, den Drachen zu töten."

Ealyn runzelte die Stirn. „Ich traue ihr nicht, obwohl sie meine Cousine ist. Viviana hat sich kaum um uns gekümmert. Sie war nur mit ihrer Magie beschäftigt. Und jetzt will sie uns plötzlich helfen."

„Vielleicht fühlt sie sich jetzt für euch verantwortlich."

Ealyn schüttelte den Kopf. „Das glaube ich nicht. Nach elfischen Gesetzen sind Drelyn und ich volljährig. Sie weiß, dass wir auf uns aufpassen können."

„Na ja, einen Drachen töten zu wollen, nenne ich nicht gerade auf sich aufpassen", wandte Flayne ein.

„Sie gehört nicht zu den Leuten, die anderen, auch wenn es Verwandte sind, einfach helfen", erklärte Ealyn. „Wenn sie uns wirklich helfen wollte, hätte sie versucht, Drelyn von seiner Rache abzubringen, und ihn nicht dabei unterstützt. Sie hätte nur schweigen und ihm nichts von diesem Drachen zu erzählen brauchen. Nein, Viviana hat ihre eigenen Ziele, die irgendwie mit dem Drachen in Verbindung stehen."

# Wasser und Feuer

Obwohl Dreen nicht weit vom Südhafen entfernt lag, hatte Flayne noch nie das Meer gesehen. Drelyn war entsetzt, als er davon hörte, und beschloss ihr Landunas Nordküste zu zeigen. Halian wollte sich nicht von seiner geliebten Maraylan trennen und auch Ealyn blieb zurück. Der Tag war noch jung und so machten sich Flayne und Drelyn zu Fuß auf den Weg zu der Stelle, an der Eylennas Fluss den See verließ. Dort hatte jemand ein Boot ans Ufer gezogen, das sie ins Wasser schoben, bevor sie hineinkletterten. „Die Flussboote gehören allen“, erklärte Drelyn. „Man kann damit fahren, wohin man will, solange man sie nachher wieder zurückbringt.“

Das Boot besaß ein paar Paddel, aber auch eine Stange zum Staken. Drelyn nahm die Stange zur Hand. Da der Fluss zum Meer hin floss, hatte er nicht allzu viel zu tun und musste nur darauf achten, dass das Boot nicht gegen das Ufer stieß. Während sie langsam den Fluss hinunter trieben, wandte Drelyn sich an Flayne. „Wie ist es möglich, dass du noch nie das Meer gesehen hast? Du hast doch nahe der Küste gelebt.“

„Ich hatte weder Zeit noch Gelegenheit dazu“, erklärte sie. „Außerdem finde ich den Gedanken an so viel Wasser an einem Ort beängstigend.“

„Wenn du dich vor dem Meer fürchtest, warum kommst du dann mit?“, fragte Drelyn.

„Irgendwann muss man sich seiner Angst stellen.“ Flayne lächelte. „Außerdem habe ich schon so viele wunderbare Geschichten gehört, dass ich wissen will, was es damit auf sich hat. Es muss wunderschön sein.“

Drelyn nickte. „Das ist es“, flüsterte er. Flayne lehnte sich in dem kleinen Boot zurück und genoss die Sonne. Wenn sie sich nicht verrechnet hatte, war es bereits Mai. Doch ganz sicher war sie nicht. Aufgrund ihres langen Lebens hielten die Elfen jegliche Art der Zeitrechnung für überflüssig, sodass Flayne nicht sicher sein konnte, ob sie die Tage richtig gezählt hatte. Sie lauschte dem leisen Rauschen und geheimnisvollen Raunen des Waldes. Die Bäume wisperten sich Geschichten zu und Flayne und Drelyn lauschten.

Nach einiger Zeit hielt der Elf das Boot an und lenkte es zum Ufer. „Sind wir schon da?", fragte Flayne. Sie bedauerte ein wenig, dass die Fahrt schon zu Ende war, aber ihre Neugier siegte über das Bedauern.

„Noch nicht ganz", antwortete Drelyn. „Das letzte Stück müssen wir zu Fuß gehen. Der Fluss mündet zwar direkt ins Meer, aber wenn du es zum ersten Mal siehst, solltest du es von den Klippen aus tun." Während sie beide völlig lautlos durch den Wald huschten, meinte Drelyn mit einem Blick zur Sonne: „Wir schaffen es heute nicht mehr zurück nach Meralyn. Aber wir können wahrscheinlich bei einem Freund von mir übernachten. Er lebt hier am Meer."

Flayne nicke nur, obwohl sie nicht verstehen konnte, wie jemand sich freiwillig für längere Zeit der Bedrohung einer solch großen Menge Wasser aussetzen konnte. Der Waldboden wurde steiniger und schon bald befand sich unter ihren Füßen nur noch harter, von sprödem Moos bewachsener Fels.

Schon seit einiger Zeit hörte Flayne ein lautes Donnern. Dann hielt Drelyn sie plötzlich am Arm zurück. Direkt vor ihr schien der Boden im Nichts zu verschwinden. Hinter dem Abgrund erstreckte sich eine riesige, grau-blaue Wasserfläche, die bis zum Horizont und vielleicht noch weiter reichte. Die Wellen, von weißen Schaumkronen geziert, schlugen gegen die Klippen. Flayne starrte hinunter, erschrocken und voller Bewunderung für die Kraft dieser Wassermassen. Sie spürte eine Furcht, die sie beinahe erstarren ließ. Das Meer war unerbittlicher als der Sumpf, so verzehrend wie das Feuer und dabei ein Hort der Sehnsucht. Flayne spürte, dass es die Sehnsucht vieler Menschen, Elfen, Zwerge und Ungeheuer in sich barg, sie beschützte und nährte.

Für jeden anderen mochte das Meer gefährlich und bedrohlich sein, es mochte ihn sogar töten, aber es war niemals sein Feind.

Doch Flayne spürte eine alte Feindschaft, die sie mit dem Meer verband. Sie wusste nicht, warum, doch es schien, als wolle das Meer sie verschlingen. Der Wind, der Verbündete der See, schien sie von der Klippe treiben zu wollen, doch Flayne wusste, dass sie sicher war, solange sie hier oben blieb. „Ich werde mich auf die Suche nach Seerin machen“, sagte Drelyn leise. Auf Flaynes fragenden Blick ergänzte er: „Der Freund, von dem ich gesprochen habe, bei dem wir übernachten können. Falls ich ihn finde. Er lebt hier irgendwo, aber er zieht sehr häufig um.“

„Und wenn du ihn nicht findest?“, fragte Flayne.

Drelyn zuckte mit den Schultern. „Schlafen wir draußen, irgendwo in den Baumkronen oder versuchen vor der Dunkelheit zurückzufahren. Im Dunkeln können wir nicht weiter, denn auch auf Eylennas Fluss lauern Gefahren.“

Flayne nickte. „Ich warte hier.“

Entsetzt beobachtete sie, wie Drelyn über den Rand der Klippe kletterte und aus ihrem Blickfeld verschwand. Vorsichtig trat sie näher. Er hing dort an der Felswand, eine kleine Gestalt angesichts der Gewalt des Meeres. Falls dieser Seerin irgendwo dort unten lebte, würde sie sich weigern, bei ihm zu übernachten. Dort würde sie auf keinen Fall hinunter klettern. So nahe an die tosende Wasseroberfläche wagte sie sich nicht heran. Drelyn verschwand in einer der Höhlen in der Felswand. Flayne trat ein Stück von der Klippe zurück. Obwohl sie keine Höhenangst hatte, wollte sie um keinen Preis der Welt riskieren, herunterzufallen und in diesen tosenden Wassermassen zu verschwinden. Sie fürchtete sich nicht direkt vor dem Wasser. Doch das Meer war etwas anderes. Es war nicht nur das Element Wasser, es schien vielmehr ein lebendiges Wesen zu sein. Ein Wesen, das einfach da war, das nichts fühlte, auf niemandes Seite stand und Flayne trotzdem zu hassen schien. Vielleicht bildete sie es sich aber auch nur ein, weil sie Angst vor dem Meer und seinen tosenden Wassermassen hatte.

Flayne wandte sich nach links und ging eine Weile am Rande der Klippe entlang. Drelyn würde sie auch hier finden.

Überall erwarteten sie neue Felsformationen und an einigen spritzte das Wasser der dagegen donnernden Wellen meterhoch in die Luft. Sie ließ ihren Blick über den Horizont schweifen und wieder zu den Klippen zurückkehren. Da entdeckte sie, dass nicht weit von ihr entfernt jemand am Rand eines Felsens saß. Neugierig ging Flayne hinüber. Als sie ihm näher kam, erkannte sie, dass es ein sehr kräftig gebauter Mann war – mit Haaren rot wie ihre eigenen. Sie zögerte einen Moment, doch dann siegte ihre Neugierde und Flayne ging zu ihm und setzte sich neben ihm auf den Felsen.

Schweigend saßen sie da. Von ihrem Platz aus hatten sie einen guten Blick auf eine Klippe, an der das Wasser bei jeder Welle als riesige Fontäne hinaufspritzte.

„Wunderschön, nicht war?“, fragte der Fremde flüsternd.

„Ja“, entgegnete Flayne. „Aber auch Furcht einflößend.“

„Als wolle das Meer uns verschlingen. Es droht uns, seht Ihr.“ Er deutete auf die Fontäne.

„Und wir sitzen hier und tun so, als würde diese Drohung uns völlig kalt lassen.“

Der Rothaarige nickte. „Tut sie das denn nicht?“

Flayne schüttelte den Kopf. „Mich nicht. Ich weiß, dass ich hier oben auf der Klippe völlig sicher bin, und doch …“ Sie brach ab, ihr fehlten einfach die Worte, um es zu beschreiben.

„Es scheint, als hasse Euch das Meer, als wärt ihr Todfeinde, ohne einander jemals geschadet zu haben.“

„Genau so. Es macht mir Angst und doch verzaubert es mich. Ich könnte ewig hier sitzen und einfach nur zusehen.“

Der Rothaarige blickte Flayne prüfend an. „Wer seid Ihr?“

Flayne zögerte einen Moment, doch sie spürte, dass sie dem Fremden trauen konnte.

„Ich weiß nicht, wer ich bin“, entgegnete sie. „Mein Name ist Flayne. Meine Zieheltern haben mich einst hier im Ilinenwald gefunden und nach ein paar nicht sonderlich angenehmen Vorfällen in unserem Dorf habe ich mich auf die Suche nach meiner Herkunft gemacht, bisher aber noch keinen Hinweis gefunden.“

Der Fremde war blass geworden. „Sagt mir, standen diese Vorfälle in deinem Dorf mit Feuer in Verbindung?“

Flayne riss überrascht die Augen auf. „Ja, aber woher wisst Ihr das?“ Der Rothaarige vergrub das Gesicht in den Händen und blieb lange Zeit bewegungslos sitzen. Flayne konnte ihn nur anstarren. Wusste dieser Mann etwa, wer sie war?

Langsam hob er den Kopf. „Nun will ich dir meine Geschichte erzählen. Mein Name ist Fearflatha. Ich lebte einst verborgen im Wald so wie viele meiner Art. Wir sind Gejagte und manche von uns sind es zu Recht.“ Er lächelte leicht, als er Flaynes fragenden

Blick sah. „Ich bin ein Wandler. Ich kann zwischen zwei Gestalten wechseln, doch in meinem Inneren bin ich immer beides zugleich. Ganz gleich in welcher Gestalt, bin ich immer halb Mensch und halb …“ Er brach ab und blickte hinunter zum Meer. Ohne seinen Satz zu beenden, sprach er weiter. „Eines Tages begegnete ich einer jungen Elfe. Vayrana. Wir versuchten zu vergessen, wer wir waren, und ich glaube, es gelang uns sogar.“ Er blickte Flayne mit einem Paar leuchtend orangefarbener Augen an. Der Schmerz in ihnen war tiefer, als Flayne sich jemals hätte vorstellen können. „Für eine Weile. Niemand wusste von unserer Liebe. Die Elfen haben Angst vor mir.“ Wieder lächelte er sein trauriges Lächeln. „Vayrana hatte keine.“ Fearflatha seufzte.

„Was ist passiert?“, fragte Flayne leise.

„Vayrana wurde schwanger. Sie starb bei der Geburt des Kindes.“ Er blickte Flayne an. „Es war ein Mädchen mit roten Haaren, spitzen Ohren und grünen Augen. Doch ich konnte nicht für sie sorgen. Ich fand keine Amme, denn obwohl seine Mutter eine Elfe war, hätte niemand mein Kind gestillt. Bald darauf kam ein junges Menschenpaar in den Wald. Die Frau war schwanger. Ich spürte, dass sie gute, aufrichtige Leute waren. So legte ich mein Kind an den Stamm einer Eiche und sorgte dafür, dass sie es fanden. Ich sah, wie sie die Kleine mitnahmen, und ich wusste, dass sie in Sicherheit war.“

„Fol und Erlana“, flüsterte Flayne. Wenn Fearflatha die Wahrheit sagte, war er ihr Vater, derjenige, nach dem sie solange gesucht hatte. Und warum sollte er lügen? Er hatte dasselbe rote Haar wie Flayne, er hatte erraten, dass die Geschehnisse im Dorf mit Feuer zusammenhingen. Ein Fremder konnte nicht wissen, dass Fol und Erlana Flayne am Stamm einer Eiche gefunden hatten. Flayne konnte sich nicht erinnern, es in seiner Gegenwart erwähnt zu haben. Dieser Mann wusste Dinge, die nur ihr Vater wissen konnte.

Fearflathas unergründliche Augen, die die orange-rote Farbe von Flammen hatten, schienen sie zu durchbohren. Einen Moment lang schloss er seine Augen, schien auf etwas zu lauschen.

„Dein Freund kommt zurück. Wenn du kannst, komm zum Wasserfall, er liegt südlich von Meralyn. Die Elfen meiden ihn.“ Er lächelte leicht. „Sie fürchten mich.“

Er stand auf, ging über die Felsen auf den Waldrand zu und verschwand zwischen den Bäumen. Flayne hörte ihn durch das Unterholz stapfen. Sie saß da, starrte hinaus aufs Meer und versuchte Ordnung in ihre wirren Gedanken zu bringen.

„Sagt er die Wahrheit?“, fragte sie die Bäume aufgeregt.

„Ja“, antworteten diese. Alt und weise, wie sie waren, würden sie nicht lügen, das wusste Flayne und ihr Herz begann, unruhig zu klopfen.

Drelyn ließ sich lautlos neben ihr nieder.

„Ein seltsamer Ort, nicht wahr?“, fragte er.

Flayne nickte nur. „Hast du Seerin gefunden?“, fragte sie dann. Sie brachte es nicht über sich, ihm von ihrer Begegnung mit Fearflatha zu erzählen. Es war einfach zu verwirrend.

„Ja, er ist angeblich acht Mal umgezogen, seit ich ihn das letzte Mal gesehen habe. Das traue ich ihm allerdings auch zu.“

„Und wie lange ist das her?“

Drelyn runzelte die Stirn und zuckte die Achseln. „Zwei bis drei Monate vielleicht. Ich habe nicht mitgezählt.“ Er wollte noch etwas sagen, doch die Worte blieben ihm im Hals stecken. Ein seltsames Geräusch ertönte, ein Krachen, ein Rauschen. Ein Windstoß traf Flaynes Rücken und warf sie beinahe von der Klippe. Sie wandte sich um. Über dem Wald schwebte ein riesiger Drache. Rote, glänzende Schuppen bedeckten seinen ganzen Körper. Seine roten Lederschwingen schienen wie Flammen die Luft zu durchschneiden, als er sich majestätisch in den Himmel schwang und nach Süden davonflog.

„Der Drache“, rief Drelyn und sprang auf. Flayne hörte den Hass in seiner Stimme. „Das Ungeheuer, das meine Eltern getötet hat!“

„Gibt es hier nicht noch mehr von ihnen?“, fragte Flayne.

„Nein, nur dieses eine Untier“, entgegnete der Elf mit kalter Stimme.

Fearflatha. Flayne fröstelte plötzlich. Seine Worte gingen ihr durch den Kopf. „Wir sind Gejagte und manche von uns sind es zu Recht ... Ganz gleich in welcher Gestalt, bin ich immer halb Mensch und halb ... Obwohl seine Mutter eine Elfe war, hätte niemand mein Kind gestillt.“

War ihr Vater jener Drache? Hatte er Drelyns Eltern getötet?

Ihre Hand krallte sich um die Felskante. Drelyn atmete einmal tief durch, um sich zu beruhigen. „Komm, ich zeige dir Seerins Heim."

Flayne versuchte, ihren inneren Aufruhr vor dem Elfen zu verbergen und fragte misstrauisch: „Muss ich dafür die Klippe hinunterklettern?"

Drelyn lachte. „Nein, nicht wirklich."

„Gut", entgegnete Flayne, dann runzelte sie die Stirn. „Was meinst du mit *nicht wirklich*?"

Der Elf lächelte nur.

Einige Minuten folgten sie dem Verlauf der Klippe, doch Flayne konnte der See und dem wunderschönen Blick über die Klippen keine Aufmerksamkeit schenken. Sie war zu aufgewühlt.

Drelyn blieb plötzlich stehen. „Hier müssen wir hinunter."

Flayne sah nach unten. Die Klippe fiel beinahe senkrecht ab, aber sie war weder hoch, noch brandeten die Wellen an ihren Fuß. Nur ein paar kleine Sandkörner wehten hin und wieder gegen die Felsen. Am Fuß der Klippe lag ein Strand, auf dem die Wellen sanft ausliefen.

„Wie sollen wir da hinunterkommen?", fragte Flayne.

„Springen", entgegnete Drelyn.

„Und wie kommen wir dann wieder hinauf?", spottete sie. „Auch springen?"

„Es gibt noch einen anderen, etwas weiteren Weg", erklärte Drelyn ernst.

Flayne seufzte und sprang. Sie landete sanft im weichen Sand. Dann stand sie auf und ging den Strand hinunter bis zum Meeressaum. Kurz bevor sie das Wasser erreichte, hockte sie sich hin, wartete ab. Langsam, als fürchte sie, sich zu verbrennen, berührte sie die aufgewühlte Wasseroberfläche. Sie zog ihre Hand sofort zurück, als hätte das Wasser wirklich ihre Haut versengt. Abermals streckte sie die Hand aus, berührte das Wasser. Natürlich brannte es nicht und auch ihr Finger war unversehrt. Das Wasser hatte sie noch nie verletzt, doch noch immer spürte sie die Ablehnung des Meeres und seinen Zorn darüber, dass sie es wagte, sich den Wellen so weit zu nähern.

Drelyn wartete geduldig, runzelte aber, über ihr Tun verwundert, die Stirn. Flayne erhob sich und trat neben ihn.

„Es weist mich ab“, flüsterte sie, verwundert, dass der Elf es nicht spüren konnte.

Doch dieser schüttelte nur den Kopf. „Wieso sollte es dich abweisen?“

Flayne hob die Schultern. „Vielleicht weil ich Fearflathas Tochter bin, weil mein Vater ein Halbdrache ist“, dachte sie, sprach es jedoch nicht aus.

„Spürst du nicht, wie es mich ablehnt?“, fragte sie ihn.

Drelyn schwieg. Es lag nicht in der Natur eines Elfen, zu lügen. Denn obwohl er es sich nicht erklären konnte, wusste er, dass Flayne recht hatte.

Mit einer Geste forderte er sie auf, ihm zu folgen. Während sie den Strand entlang gingen, schnitten sie das Thema nicht wieder an, doch Flayne war sich der Feindschaft des Meeres nur umso stärker bewusst.

Drelyn blieb vor einem alten Schiffswrack stehen.

„Darin lebt er?“, fragte Flayne.

Drelyn nickte. „Schon seit über einer Woche. Der einzige Ort, an dem Seerin es noch länger ausgehalten hat, war eine unter dem Meeresspiegel gelegene Höhle, die er verlassen hat, weil sie regelmäßig überschwemmt wurde.“

Flayne musste lachen. Dieser Seerin schien wirklich seltsam zu sein.

Als sie das alte Schiffswrack hinaufkletterten, wurde Flayne etwas unbehaglich zumute, schließlich lag das Wrack zur Hälfte im Wasser. Oben angekommen rief Drelyn etwas auf Elfisch, während Flayne sich neugierig umblickte. Eine Luke öffnete sich. Heraus kletterte das faszinierendste Wesen, das Flayne jemals gesehen hatte. Seerin schien nicht viel älter als Flayne zu sein, doch sein Haar war weiß wie die Schaumkronen der Wellen, während seine Haut einen grünlichen Schimmer besaß. Wenn Flaynes Augen sie nicht trogen, befanden sich zwischen den Zehen seiner bloßen Füße und seinen Fingern Schwimmhäute und an seinem Hals waren Kiemen zu sehen. Doch was Flayne am meisten auffiel, waren seine Augen. Sie waren von einem dunklen Blau, mal mit Grün, mal mit Grau vermischt, klar wie das Wasser eines Gebirgsbachs und undurchdringlich wie das Meer.

Einen Moment standen Flayne und Seerin nur da und sahen sich an. Flayne wollte für immer so stehen bleiben, doch langsam wanderte der Blick von Seerins geheimnisvollen Augen zu Drelyn hinüber und ließ Flayne voller Wärme zurück.

„Hallo", sagte Seerin. Seine Stimme klang wie das Rauschen des Meeres, und obwohl dieser Ton Flayne vor wenigen Minuten noch Angst gemacht hatte, fand sie ihn jetzt angenehm und vertraut.

Sie riss sich zusammen, antwortete mit einem Lächeln und einem ebensolchen „Hallo".

Seerin bat seine Gäste, ihm zu folgen. Sie stiegen eine alte, wackelige Treppe ins Innere des Schiffswracks hinunter. Eine morsche Stufe zerbrach unter Flaynes Fuß und beinahe wäre sie gestürzt, hätte Seerin nicht blitzschnell nach ihrem Arm gegriffen und sie gestützt. Er ließ sie sofort wieder los, trotzdem erfüllte diese kleine Berührung Flayne mit Wärme und einem seltsamen Kribbeln.

Seerin führte sie in die ehemalige Kombüse. Er entschuldigte sich, dass er nichts zu essen da hatte. „Ich kann den Fisch leider nur am Strand braten", erklärte er. „Hier drinnen ist es zu feucht, um Feuer zu machen."

Flayne deutete auf einen Haufen alter Bretter, die einst vermutlich Teile des Schiffs gewesen und aus der Wand oder der Decke herausgebrochen waren. „Darf ich?"

„Bitte", entgegnete Seerin verwundert.

Flayne fand einen alten Kochtopf. Um die Flammen vor der sie umgebenden Feuchtigkeit zu schützen, legte sie das Holz hinein und zündete es mit einer einzigen Berührung an. Sie wusste nicht, weshalb ihr das plötzlich gelang. Sonst hatte sie immer Feuersteine zum Anzünden von Holz benötigt. Die Flammen, die aus ihren Händen hervorschossen, waren von einer hellen, beinahe weißen Farbe.

„Wie hast du das gemacht?", fragte Seerin überrascht.

„Ich weiß es nicht", antwortete Flayne mit einem Schulterzucken, als würde sie jeden Tag Feuer mit den bloßen Händen entfachen, dabei gelang es ihr nur mit Mühe, ihre eigene Überraschung zu verbergen. „Weiße Flammen", dachte sie, „Drachenfeuer."

Drelyn lachte. „Seerin, mein Freund, du bist nicht der Einzige mit seltsamen Fähigkeiten."

„Anscheinend“, entgegnete Seerin nachdenklich. Er machte sich daran, die Fische über dem Feuer zu braten, wobei er sorgsam darauf achtete, den Flammen nicht zu nahe zu kommen.

Flayne fragte sich, wer er war, was er war. Weder Mensch noch Elf, soviel stand fest. Er gehörte auch keinem anderen Volk an, das sie kannte. „Vielleicht ein Mischling wie ich“, dachte Flayne, „oder ein Wandler wie Fearflatha. Jemand, der nirgendwo hingehört.“ Aber sie traute sich nicht, ihn danach zu fragen.

Seerin schien sehr schweigsam zu sein. Um überhaupt etwas zu sagen, fragte Flayne ihn während ihrer Mahlzeit, womit er die Fische gefangen habe. Er blickte sie verständnislos an. „Natürlich mit der Hand.“

Als Flayne die Stirn runzelte, musste auch Drelyn lachen. „Seerin schwimmt den Fischen einfach hinterher.“

Flayne erinnerte sich wieder an Seerins Kiemen. „Er gehört zum Wasser, wie ich zum Feuer“, dachte sie, ohne zu wissen, weshalb dieser Gedanke sie traurig stimmte. Doch ihre Frage hatte das Eis gebrochen. Sie aßen die Fische und lachten miteinander, bis spät am Abend jeder zum Schlafen in eine der ehemaligen Kajüten des Wracks ging. Flayne fragte sich, wie Seerin es in diesem Wrack aushielt. Überall roch es nach Moder und Schimmel und bei jedem Schritt drohte der Boden unter ihren Füßen zu zerbrechen. Dennoch schien Seerin sich hier völlig wohlzufühlen. Vielleicht lag es aber auch an der Nähe des Wassers, die Flayne so beunruhigte, Seerin aber zu genießen schien.

Am nächsten Morgen aßen sie die restlichen Fische kalt und machten sich dann von Seerin begleitet auf den Weg, zurück nach Meralyn. Drelyn schien über Seerins Begleitung nicht überrascht zu sein und auch Flayne fragte trotz ihrer Neugier nicht, warum er mit ihnen kam. Sie wollte sich nicht in seine Angelegenheiten mischen.

Den Weg, den sie gekommen waren, konnten sie nicht zurückgehen. Es war unmöglich, die steile Felswand wieder hinaufzuklettern. Doch, wie Drelyn bereits gesagt hatte, gab es noch einen anderen, etwas weiteren Weg. Sie folgten dem Meeressaum bis zum Ende des Strandes. Vor ihnen ragte eine Felswand auf, beinahe noch steiler als jene, die Flayne und Drelyn am Vortag hinabgesprungen waren, jedoch ein ganzes Stück höher.

„Da hinauf?“, fragte Flayne skeptisch.

Drelyn zog eine Augenbraue hoch. „Wenn du da hinauf willst, wünsche ich dir viel Spaß.“

„Bei dir kann man ja nie wissen.“ Flayne grinste.

Der Elf tat empört, konnte sich aber ein Lächeln nicht verkneifen. „Wir klettern an der anderen Seite hoch.“

„Und wie sollen wir dorthin kommen?“

„Wir schwimmen“, erklärte Seerin, als sei es das Einfachste auf der Welt.

„Bei der Kälte?“

„Es ist Mai und die Sonne scheint!“

„Trotzdem zu kalt zum Baden. Außerdem kann ich nicht schwimmen.“

„Was?“ Seerin wirkte vollkommen entsetzt.

„Ich kann nicht schwimmen“, wiederholte Flayne.

„Meinst du das ernst?“, fragte Seerin.

„Natürlich!“ Flayne runzelte die Stirn. Was war daran so erschreckend? In Dreen konnte niemand schwimmen.

Seerin schien verwundert. „Wieso nicht?“

Flayne runzelte die Stirn. „Es hat mir niemand beigebracht.“

„Ich habe noch nie jemanden getroffen, der nicht schwimmen kann“, entgegnete Seerin verwirrt. „Aber das ist nicht so schlimm. Das Wasser ist flach genug, um waten zu können, zumindest solange du dich dicht an die Felsen hältst. Ich helfe dir.“

Obwohl das Wasser hier nicht mit voller Wucht gegen die Felsen schlug, sondern nur sanft über ihre Oberfläche strich, war Flayne sehr unbehaglich zumute. Dennoch folgte sie Seerin hinaus ins Wasser. Sie hatte das Gefühl, die Wellen würden sie verschlingen. Mehrmals rutschte einer ihrer Füße auf den nassen, glatten Steinen im Wasser zur Seite weg oder der Sand unter ihren Füßen wurde fortgeschwemmt. Obwohl das Meer ihr nicht so zu drohen schien wie am Tag zuvor, spürte sie doch seine Feindschaft. Außerdem hatte sie einfach Angst, auszurutschen, fortgeschwemmt zu werden und zu ertrinken. „Vorsicht, hier wird es tiefer“, ertönte Seerins Warnung vor ihr. Das Wasser reichte Flayne bereits bis zur Brust und schon nach wenigen Schritten bedeckte es ihre Schultern.

Als die nächste Welle heranrollte, verlor sie den Boden unter den

Füßen. Panisch griff sie auf der Suche nach Halt um sich, doch da war nichts als Wasser. Die Wellen schlugen über ihrem Kopf zusammen. Sie strampelte, versuchte wieder an die Oberfläche zu gelangen. Ihr Kopf brach durch die Wasseroberfläche und es gelang ihr nach Luft zu schnappen, doch schon nach dem ersten keuchenden Atemzug, zog das Wasser sie wieder hinab. Dies war der schrecklichste Moment in ihrem bisherigen Leben. Selbst als Flayne bei ihrem Sprung über das Feuer in Dreen gefallen und in die Flammen gestürzt war, als sie gedacht hatte, sie müsse sterben, war es nicht halb so schlimm gewesen wie das hier. Das schlammige Wasser schien vor ihren Augen dunkler zu werden und im gleichen Maße wuchs ihr Verlangen, zu atmen. Sie wusste, als Kind des Feuers hätte sie niemals ins Wasser hinauswaten sollen. Doch nun war es zu spät ...

Eine Hand griff nach ihrem Arm. Der Griff war stark, und sie wurde wieder an die Wasseroberfläche gezogen. Jemand legte ihr den Arm um die Taille. Flayne hustete und spuckte Wasser, bevor sie wieder tief einatmen konnte.

„Entschuldige“, flüsterte eine raue, dunkle Stimme direkt neben ihrem Ohr, eine Stimme, die kaum von der Meeresbrandung zu unterscheiden war. Seerins Stimme. „Die Wellen haben dich hinausgetragen, fort von den Klippen. Es war mir nicht möglich, dich schneller zu erreichen.“

Flayne nickte nur, unfähig zu antworten.

Als sie einen Blick in Richtung der Klippen warf und erkannte, wie weit die Wellen sie hinausgetragen hatten, erschrak Flayne. Wie hatte Seerin sie in so kurzer Zeit einholen können?

Sie klammerte sich an ihm fest, während er sich mit überraschend schnellen Schwimmstößen den Felsen näherte. Es dauerte nicht lange, da hatte Flayne schon wieder Boden unter den Füßen. Seerin hielt sie noch einen Moment fest, versicherte sich, dass sie nicht wieder abrutschte, und ließ sie dann los. Flayne bedauerte es beinahe.

Auf dem restlichen, nun nicht mehr besonders weiten Weg rutschte sie noch einige Male aus, doch Seerin blieb dicht neben ihr und hielt sie jedes Mal fest.

Als sie endlich die andere Seite des Felsens erreicht hatten, ließ sich Flayne in den rauen Sand sinken. Sie war wirklich froh, wieder trockenen und festen Boden unter den Füßen – oder dem Hinterteil – zu haben. Boden, der nicht einfach unter ihr weggeschwemmt wurde.

Ihre Gefährten ließen sich neben ihr nieder. „Alles in Ordnung?", fragte Drelyn. Flayne nickte. „Ich lebe noch." Sie lächelt Seerin an. „Danke. Ohne dich wäre ich wirklich ertrunken."

Er winkte ab, schien sich aber über ihren Dank zu freuen.

Drelyn blicke auf die bewegte Wasserfläche. „Ein Glück, dass du so weit hinaus geschwemmt wurdest. Hätten die Wellen dich zu einer anderen Klippe getragen, einer, an der sie sich mit ihrer vollen Kraft brechen, dann hätte auch Seerin dich nicht retten können." Er lächelte. „Auch wenn ich nicht bezweifele, dass er es versucht hätte."

Der kühle Wind, der die steile Küste Landunas umwehte, ließ Flayne frösteln. Ihre nasse Kleidung klebte auf ihrer Haut. Sie würde in der Sonne schnell trocknen, doch Flayne selbst bemerkte die wärmenden Strahlen kaum. Nur der kalte Wind und das Wasser auf ihrer Haut waren zu spüren. Auch Drelyn fröstelte leicht. Seerin schien jedoch weder die Kälte noch seine nasse Kleidung etwas auszumachen. Flayne versuchte, ihr eigenes Zittern zu ignorieren.

„Wir müssen dort hinauf." Drelyn deutete auf eine ziemlich hohe Klippe. Flayne konnte keinerlei Risse oder Felsvorsprünge entdecken.

Sie sah Drelyn wütend an. „Ich wäre beinahe ertrunken, um nicht an einer glatten Felswand hinaufklettern zu müssen. Wenn ich gewusst hätte, dass ich es hier auch muss …"

„… wärst du dem Wasser nicht einmal nahe gekommen." Der Elf lächelte. „Ich weiß."

Seerin blinzelte Flayne zu. „Wart's ab."

Flayne starrte die beiden immer noch wütend an, stand aber auf und folgte Drelyn zum Fuß der Klippe. Dort verstand sie endlich, weshalb sie hierher gekommen waren. Am Felsen wand sich eine Treppe hinauf, so geschickt aus dem Fels geschlagen, dass sie nur zu sehen war, wenn man direkt vor der Klippe stand. Die Stufen der Treppe waren allesamt gleich groß und vollkommen eben, sodass es sehr einfach sein würde, hinaufzugelangen.

„Woher stammt diese Treppe?“, fragte Flayne.

„Ich weiß es nicht“, entgegnete Seerin. „Ich bin hier noch nie jemandem begegnet.“

„Wer auch immer sie konstruiert hat, muss ein Meister seines Fachs gewesen sein“, meinte Drelyn. „Eine Treppe so in die Wand einzufügen, dass niemand sie bemerkt, ist eine große Kunst.“

Flayne nickte zustimmend. „Seht euch die Kanten an. Sie sind vom Wind und von dem Salz in der Luft abgeschliffen. Die Treppe muss schon sehr alt sein.“

Seerin blickte aufs Meer hinaus. Ein altes Volk, das vor langer Zeit verschwunden war. Eine traurige Geschichte. Eine Geschichte, die er nur allzu gut kannte.

Sie stiegen die Treppe hinauf. Als sie auf dem Weg zurück zu ihrem Boot den Wald durchquerten, begleitete Seerin sie noch immer. Mehrmals blickte er zurück, als vermisse er das Meer bereits jetzt, und Flayne fragte sich abermals, warum er mit ihnen kam.

Die drei Gefährten stiegen in das Boot, welches noch immer am Ufer lag und machten sich auf den Weg den Fluss hinauf. Seerin sprang ins Wasser, hielt sich am Rand des Bootes fest und ließ sich mitziehen. Vielleicht trieb er das Boot aber auch voran, Flayne war sich nicht ganz sicher. Der Wald um sie war wie immer, schön und geheimnisvoll, der Wind ließ die Zweige der Bäume rauschen, wie schon auf dem Hinweg, doch Flayne spürte, dass sich etwas verändert hatte. Sie wusste nicht, was anders war, und fragte sich, ob es am Wald lag oder an ihr selbst. Auch Seerin fand bei Drelyn Unterkunft. Er verschwand oft, ohne zu sagen, wohin, doch die Zeit, die er in Meralyn verbrachte, leistete er Flayne Gesellschaft. Flayne spürte, dass in Seerins Gegenwart irgendetwas anders war als in den Momenten, die sie alleine oder mit ihren anderen Freunden verbrachte. Doch sie verdrängte diese Gedanken, so gut sie es vermochte, und versuchte, sich auf den eigentlichen Zweck ihrer Reise zu konzentrieren. Sie beschloss, sich so schnell wie möglich auf die Suche nach Fearflatha zu machen. Doch wie? Drelyn würde ihr sicherlich nicht helfen. Nicht, wenn ihr Vater wirklich ein Halbdrache war. Niemand in Meralyn würde ihr helfen. Deutlich erinnerte sie sich an Fearflathas Worte: „Die Elfen kommen niemals dorthin. Sie fürchten mich.“

# Die Drachenhöhle

Der Wasserfall südlich von Meralyn. Dort könnte ihre Suche enden. Dort würde sie erfahren, wer sie wirklich war. Flayne fürchtete sich davor und doch wollte sie endlich Antworten erhalten. Es gab noch so viele unbeantwortete Fragen, noch so viele Geheimnisse, die sie lüften musste, um Frieden zu finden. Es gab zu viele Dinge, die sie nicht verstand. Die Antworten lagen so nahe.

Sie wusste nicht, wie weit es zu Fearflathas Heim war, aber es konnte nicht nahe genug liegen, um es an einem Tag zu Fuß zu erreichen. Die Elfen würden niemals zulassen, dass ein Halbdrache so nahe an ihrer Heimat lebte.

Wie sollte sie also dorthin gelangen? Sie konnte ja nicht einfach ein Boot stehlen, nicht von ihren Freunden. Und Hilfe? Woher sollte sie Hilfe bekommen? Die Elfen fürchteten Fearflatha und würden niemals in die Nähe des Wasserfalls gehen. Blieben nur noch Halian und Seerin. Halian würde ihr raten, ein Boot zu stehlen, ihr vielleicht auch dabei helfen, doch das wollte sie nicht. Seerin kannte sie erst seit wenigen Tagen. Sie wusste nicht, ob sie ihm trauen konnte und ob er ihr helfen würde. Doch er war ihre einzige Chance.

Aber auch wenn sie ihn um Hilfe bat, durfte Seerin niemals den wahren Grund für ihren Ausflug erfahren. Er musste glauben, sie wollte einfach nur den Wasserfall sehen.

Flayne nahm sich vor, mit ihm zu reden, sobald sich eine passende Gelegenheit bot.

Die Gelegenheit bot sich ihr noch am selben Abend. Als Flayne einen Moment mit Seerin alleine war, erkundigte sie sich, ob er wisse, wo sie ein Boot leihen könne.

Seerin dachte einen Moment nach. „Ich kenne hier zu wenig Leute, um das zu wissen. Die Elfen haben eigene Boote, daher verleiht niemand welche. Ist eines kaputt, fragt man einfach Freunde oder Nachbarn. Du könntest Drelyn fragen, sicherlich leiht er dir sein Boot." Seerin bemerkte Flaynes Unbehagen und lächelte. „Du kannst aber auch meins haben."

Dankbar willigte Flayne ein. „Darf ich fragen, wohin du mein Boot entführen willst?“, erkundigte sich Seerin.

„Fragen darfst du. Die Antwort erhältst du jedoch nur, wenn du mir schwörst, niemandem, schon gar nicht Drelyn, etwas davon zu sagen.“

Seerin hob feierlich die Hand. „Mari rina!“ Als er Flaynes fragenden Blick bemerkte, übersetzte er: „Ich schwöre.“

„Ich möchte mir den Wasserfall ansehen“, erklärte Flayne. Sie hoffte, dass Seerin im Gegensatz zu den Bewohnern Meralyns nicht wusste, wer in der Umgebung des Wasserfalls lebte.

Zu Flaynes Verwunderung stellte Seerin keine weiteren Fragen, obwohl es ihm seltsam erscheinen musste, dass er Drelyn gegenüber Schweigen bewahren musste. Er erwiderte nur trocken: „So einen weiten Weg willst du auf meinem Bötchen zurücklegen? Du kannst ja nicht einmal schwimmen. Das ist ziemlich gefährlich.“

„Ich weiß“, entgegnete Flayne ruhig.

„Lass mich dich begleiten“, bat Seerin. Er lächelte verschmitzt. „Du brauchst jemanden, der dich rettet, wenn du ins Wasser fällst.“

Obwohl niemand von ihrem Besuch bei Fearflatha erfahren durfte, nickte Flayne, ohne wirklich zu wissen, warum.

Unbemerkt brachen sie am nächsten Morgen zu Fuß auf, hinterließen Drelyn aber eine Nachricht, damit er sich nicht um sie sorgte. Sie umrundeten den See und gelangten zum Fluss, folgten seinem Lauf entgegen der Strömung.

Nachdem sie sich ein Stück von Meralyn entfernt hatten, kniete Seerin nieder und schob einige der Pflanzen, die den Waldboden direkt am Ufer bedeckten, beiseite. Darunter war eine Art Boot versteckt. Es war nur ein wenig größer als ein normales Kanu, gleichzeitig jedoch vollkommen flach, wodurch es wie eine Kreuzung aus einem normalen Boot und einem Floß wirkte. Gemeinsam schoben sie es ins Wasser und mit einem geschickten Sprung landete Seerin auf dem Floß. Es schwankte stark, doch er balancierte die Bewegungen des Boots geschickter aus, als jeder Elf es gekonnt hätte. Abermals fragte sich Flayne, wer er wirklich war. Dann folgte sie ihm, weitaus vorsichtiger.

Seerins Boot besaß, wie alle Boote, die den Fluss befuhren, eine Stange zum Staken, aber auch ein paar Paddel, von denen sie jeder eines zur Hand nahmen und den Fluss hinauf paddelten. Flayne blickte in das fließende Wasser und ein Schauer lief ihren Rücken hinab. Wenn sie hineinfallen würde … Nein, sie sah zu Seerin hinüber. Auf diesem Boot war sie sicher. Solange Seerin bei ihr war, brauchte sie sich vor dem Wasser nicht zu fürchten.

Hin und wieder, wenn der Fluss zu schmal zum Paddeln oder die Strömung zu stark war, mussten sie abwechselnd staken. Trotz des wirbelnden Wassers fühlte Flayne sich auf dem Boot wohl. Wieder lauschte sie den Geschichten der Bäume und erzählte sie dann Seerin weiter, im Gegenzug übersetzte dieser ihr das murmelnde Lied des Flusses.

Flayne sah Seerins fragende Blicke. Es war ihr klar, dass er nicht glaubte, dass sie nur zum Wasserfall wollte, um einen kleinen Ausflug zu machen. Nicht nachdem er ihr hatte schwören müssen, Drelyn gegenüber kein Wort verlauten zu lassen. Flayne sehnte sich danach, ihm die Wahrheit zu sagen. Sie sehnte sich nach jemandem, mit dem sie darüber reden und dem sie ihre Zweifel und Ängste mitteilen konnte. Irgendwie spürte sie, dass sie Seerin vertrauen konnte, dass er sie nicht verraten würde. Aber sie kannte ihn kaum. Sie wusste nicht, wer er war und was er wirklich vorhatte. Sie musste ihr Geheimnis für sich behalten. Was würde Seerin von ihr denken, wenn er erfuhr, dass sie Fearflathas Tochter war? Der Gedanke stimmte sie traurig.

Der Wasserfall lag recht weit von Meralyn entfernt und doch schien es Flayne, als seien seit ihrem Aufbruch nur wenige Minuten vergangen, als das Paddeln schwerer wurde und Seerin verkündete: „Wir müssen das Boot ans Ufer ziehen. Von hier an müssen wir zu Fuß weiter. Es ist zu gefährlich und zu mühsam sich dem Wasserfall noch weiter zu nähern."

So schoben sie das Floß ans Ufer und durchquerten den Wald, immer dem Flusslauf folgend.

Schon bald darauf wurde Flayne sich eines entfernten Rauschens bewusst. Sie fragte sich, wie lange es sie schon begleitete und warum es ihr nicht früher aufgefallen war. Je weiter sie gingen, desto lauter wurde dieses Rauschen, und bald darauf traten sie aus dem Wald hinaus auf eine Lichtung. Hohes, saftig grünes Gras bedeckte den Boden. Ein paar Felsen bildeten ein natürliches Becken, einen kleinen See, auf dessen Nordseite das Wasser hinausfloss. Obwohl das Wasser ruhig schien, war die Strömung in dem kleinen Becken sehr stark, was Flayne allerdings nur an den kleinen Wirbeln auf der Wasseroberfläche erkennen konnte. Das Rauschen des Wasserfalls war jetzt so laut, dass sie hätte schreien müssen, um sich verständlich zu machen.

Es war ein atemberaubender Anblick. Die Wassermassen donnerten mit solch einer Gewalt von einem hoch gelegenen Felsen in das kleine Becken herab, dass sie sicherlich jeden zermalmen würden, der in ihren Strom geriet. Dennoch war Flayne gebannt von der Schönheit dieses Schauspiels. Es schien ihr, als sei es gerade die Gefahr, die diesen Anblick so atemberaubend machte. Sie verstand, warum Fearflatha hier lebte. Dieser Ort war wunderschön. Es war eine gefährliche Schönheit und vielleicht gerade deshalb ein geeigneter Wohnort für einen Halbdrachen.

Seerin neigte sich dicht an ihr Ohr heran und rief: „Hast du etwas dagegen, wenn ich ein wenig schwimmen gehe?“ Er schien zu spüren, dass sie allein sein wollte.

Flayne schüttelte mit einem dankbaren Lächeln den Kopf und Seerin sprang nicht weit vom Wasserfall entfernt ins Wasser.

Gerne wäre Seerin in ihrer Nähe gewesen, einfach um zu sehen, was Flayne eigentlich tat. Doch er hatte sich noch nie in anderer Leute Angelegenheiten gemischt und sein Ehrgefühl verbot ihm auch jetzt, sie heimlich vom Wasser aus zu beobachten, obwohl es ihm nicht schwergefallen wäre.

Seufzend warf er noch einen Blick zurück und schwamm dann stromabwärts davon, umgeben vom Lied des Wassers. Es hatte ihn immer beruhigt und getröstet. Die Stimme seiner Mutter hatte wie das Plätschern eines Baches geklungen. Seit Langem fand er Trost darin, dass seine Familie noch immer Teil des Wassers und somit noch immer bei ihm war. Doch an diesem Tag erschien es ihm seltsamerweise nicht genug. Flayne ging einige Schritte auf den Wasserfall zu. Sie zögerte und blieb stehen. Fearflatha hatte sie gebeten, hierher zu kommen, doch wo konnte sie ihn finden? Sie schaute zu Seerin zurück, doch er war verschwunden. Als sie sich wieder dem Wasserfall zuwandte, stand dort ein großer, rothaariger Mann. Fearflatha. Flayne wusste nicht, wie es ihm gelungen war, so schnell dorthin zu kommen. Oder woher er kam. Er lächelte. „Du bist also gekommen." Obwohl das Donnern des Wasserfalls jedes andere Geräusch übertönte, verstand Flayne seine Worte mühelos. Sie nickte nur. Eine andere Antwort wäre gar nicht zu verstehen gewesen. Schweigend setzten sie sich ans Ufer des Flusses und lauschten dem Geräusch des donnernden Wassers. Flayne wollte Fearflatha so viele Fragen stellen, doch es war unmöglich, da der Wasserfall ihre Worte übertönt und ungehört verschluckt hätte.

„Ist es nicht seltsam, dass Wasser solche Anziehungskraft auf uns besitzt? Wir gehören dem Feuer an, dem Feind des Wassers, und doch kann ich tagelang hier sitzen und den Wasserfall ansehen." Fearflatha flüsterte beinahe und trotzdem konnte Flayne seine Stimme hören.

„Vielleicht ist es gerade die Gefahr, die es so anziehend macht", entgegnete Flayne. Sie konnte ihre eigenen Worte kaum verstehen und doch antwortete Fearflatha. „Vielleicht. Aber ich spüre, dass es noch einen anderen Grund gibt. Einen Grund, den ich nicht kenne und vielleicht nie erfahren werde. Doch es war schon immer so. Es liegt in unserer Natur." Wieder schwiegen sie.

Als Flayne das Schweigen nicht mehr ertragen und ihre Neugier nicht mehr bezähmen konnte, stellte sie Fearflatha die Frage, die ihr seit ihrem Treffen auf den Klippen immer wieder durch den Kopf gegangen war: „Weshalb bist du dir so sicher, dass du mein Vater bist?"

„Du ähnelst mir und Vayrana. Du fühlst dem Wasser gegenüber genauso wie ich. Du bist als kleines Kind im Ilinenwald gefunden worden ... Es gibt so viele Hinweise auf deine Herkunft. Dennoch ist es nicht nur das. Ich spüre es. Ich weiß es einfach. Das ist uns angeboren. Wenn wir die Wahrheit gefunden haben, erkennen wir sie. Das ist es, was Barden die Weisheit der Drachen nennen."

Flayne dachte einen Moment nach. Sie wusste, dass er recht hatte. Auch sie hatte schon einige Male gespürt, dass etwas richtig war, obwohl sie keinen Beweis dafür hatte. Es war mehr als ein Bauchgefühl oder Instinkt. Es war eine tiefe innere Gewissheit. Sie spürte es, wenn jemand log, selbst wenn es ihm gelang, jeden anderen zu täuschen. Fearflatha log nicht.

Lange Zeit starrte Flayne in den kleinen See. Dann blickte sie wieder Fearflatha an. „Was genau ist ein Wandler? Als Drelyn zurückkam, habe ich gesehen, wie ..." Sie brach ab, nicht wissend, wie sie ihre Frage formulieren sollte.

„Du hast mich in meiner anderen Gestalt gesehen", bestätigte Fearflatha ihre Vermutung. „Als Wandler kann ich meine äußere Gestalt wechseln, zwischen der eines Menschen und der eines Drachen. Nur wenige wissen von unserer Existenz. Die meisten glauben entweder, wir seien Drachen, oder sie glauben, wir seien Menschen. Diese Wandlungen ähneln den Fähigkeiten, die dein Freund Halian besitzt." Fearflatha lächelte, als er Flaynes überraschten Gesichtsausdruck sah. „Es geschehen nur wenige Dinge in diesem Wald ohne mein Wissen", sagte er leise. Dann fuhr er fort: „Im Gegensatz zu jenen Gestaltwandlern können wir nur zwischen zwei Gestalten wechseln, allerdings zehrt dies nicht an unseren Kräften. Während Halian aber in seinem Inneren immer Mensch bleibt, ganz gleich, welche Gestalt er annimmt, so ist das Wesen von uns Wandlern", er lächelte leicht, „Halbdrachen, in beiden Gestalten nur zur Hälfte menschlich."

„Warum hast du mich nie gesucht?", fragte Flayne leise. Ihre Stimme klang enttäuscht.

„Ich dachte, unwissender wärst du glücklicher." Fearflatha starrte auf den rauschenden Wasserfall. „Niemand hätte gern einen Halbdrachen zum Vater." Er seufzte. „Nun, da du dich selbst auf die Suche nach mir begeben hast, konnte ich dir die Wahrheit nicht länger vorenthalten."

Auch Flayne blickte zum Wasserfall hinüber. Sie versuchte, Zeit zu gewinnen, um jene Frage nicht stellen zu müssen, deren Antwort sie um jeden Preis in Erfahrung bringen musste. Endlich holte sie tief Luft und sah Fearflatha an. „Warum hast du Drelyns Eltern getötet?"

„Was?" Fearflatha starrte sie entgeistert an.

„Drelyn, der Elf, mit dem ich zum Ilinenwald gereist bin, erzählte mir, ein Drache aus dem Ilinenwald hätte seine Eltern getötet. Es gibt hier nur einen Drachen."

„Wann soll das gewesen sein?"

„Ich weiß es nicht genau. Vor ein paar Wochen oder Monaten."

„Der letzte Drachentöter ist vor über hundert Jahren hergekommen. Glaubst du etwa, weil ich ein Halbdrache bin, esse ich Elfen? Drelyn lügt. Seit Vayrana tot ist, lebe ich sehr zurückgezogen und bin kaum einem Menschen oder einem Elfen begegnet und ganz sicher habe ich keinen getötet." Fearflatha schien wirklich aufgebracht.

Flayne schüttelte den Kopf. „Elfen können nicht lügen!"

„Dann muss er sich irren."

„Alles, was er darüber weiß, beruht auf den Worten seiner Cousine. Seine Eltern verschwanden eines Tages, niemand wusste, wohin, bis sie ihm erzählte, dass du sie getötet hättest."

„Und woher wollte sie das wissen?", fragte Fearflatha wütend.

„Drelyn sagte, sie sei Magierin und hätte ihre Wege es herauszufinden", erklärte Flayne ruhig.

„Eine Magierin?" Fearflathas Augen verdunkelten sich. „Viviana?"

Flayne sah ihn erstaunt an und nickte.

„Viviana." Fearflathas flammend rote Augen sprühten vor Zorn. „Sie versucht seit Jahren, mir zu schaden."

„Du hast selbst gesagt, dass die Elfen dich fürchten", entgegnete Flayne.

„Viviana fürchtet mich nicht. Ihr Rachedurst treibt sie an. Sie macht mich für den Tod ihrer Schwester verantwortlich."

Flayne erinnerte sich an Ealyns Worte: „Viviana hat ihre eigenen Ziele, die irgendwie mit diesem Drachen in Verbindung stehen." Als Flayne aufblickte, sah sie den Schmerz in Fearflathas leuchtenden Augen.

„Und vielleicht hat sie damit sogar recht." Er vergrub das Gesicht in den Händen.

Flayne legte ihm eine Hand auf die Schulter. Leise fragte sie: „Was ist geschehen?"

„Viviana war Vayranas Schwester. Sie liebte sie über alles. Doch Vayrana starb bei deiner Geburt."

„Aber das ist doch nicht deine Schuld", entgegnete Flayne.

Fearflatha lächelte traurig. „Viviana war vor Trauer und Hass außer sich. Sie schwor, Vayrana zu rächen und mich zu töten. Obwohl sie eine Magierin ist, ist sie nicht mächtig genug, um mir wirklich zu schaden. Doch ihre Kraft wächst und wächst, vor allem ihre Fähigkeit, die Gedanken anderer zu beeinflussen und ihnen ihren Willen aufzuzwingen. Viviana würde alles tun, um mich zu töten, sie würde alles opfern. Manchmal scheint es beinahe, als habe sie vergessen, weshalb sie mich überhaupt hasst. Sie will mich um jeden Preis töten." Flayne fragte sich, weshalb Fearflatha Vivianas Seelenleben so gut kannte, gleichzeitig wusste sie aber, dass er nicht log.

„Bist du Viviana bereits begegnet?", fragte Fearflatha.

Flayne nickte. Fearflatha stand auf und bedeutete ihr, ihm zu folgen. Sie sah ihn voller Verwunderung hinter dem Wasserfall verschwinden. Flayne stand auf und näherte sich vorsichtig den donnernden Wassermassen. Erst als sie direkt neben dem Wasserfall stand, sah sie den schmalen Pfad aus rutschigen Steinen, der direkt an der Felswand entlang hinter den Wasserfall führte. Sie wurde kaum nass, als sie mit einem mulmigen Gefühl in der Magengrube hinter dem dichten Vorhang herabstürzenden Wassers über die glatten Steine balancierte. Sie gelangte in eine große Höhle. Seltsamerweise war es hier drinnen vollkommen trocken und auch das Rauschen des Wasserfalls klang gedämpft.

„Hier lebst du?", fragte Flayne.

Fearflatha nickte. „Ist dir das nicht zu nahe am Wasser?" Sie blickte sich fröstelnd um.

„Man gewöhnt sich dran. Hier drinnen bin ich vor dem Wasser sicher und niemand würde einen Drachen hinter einem Wasserfall suchen." Flayne lächelte. Damit hatte er recht.

Fearflatha zuckte mit den Schultern. „Außerdem gefällt mir die Ironie." Die Höhle war riesig. Es fiel kaum Tageslicht herein, stattdessen wurde sie von weißen Flammen erhellt, die über die ganze Höhle verteilt waren und weder Holz noch einen anderen Brennstoff zu verzehren schienen. Trotz dieses Feuers konnte Flayne das andere Ende des Raums kaum erkennen. Diese Höhle musste einfach gigantisch sein. Fearflatha war in den hinteren Teil seiner Behausung verschwunden. Nach wenigen Minuten kam er mit einem kleinen Fläschchen zurück.

# Der Drache

„Was ist das?“, fragte Flayne.

„Das ist das Elixier der Klarheit“, erklärte Fearflatha geheimnisvoll. „Es lüftet die Schleier deiner Gedanken. Die Schleier, die sich über deine Erinnerungen gelegt haben oder die dorthin gelegt wurden. Schleier, die verhindern, dass du dich an etwas erinnerst.“

Flayne runzelte die Stirn.

„Es ist nicht gefährlich, aber es könnte den Schutzwall zerstören, den du selbst zur Abwehr unangenehmer Erinnerungen aufgebaut hast. Trotzdem musst du es tun.“

„Das soll ich trinken?“, fragte Flayne.

Fearflatha nickte. „Du musst. Vielleicht hat Vivianas Zauber schon auf deine Gedanken eingewirkt.“

Achselzuckend nahm Flayne die kleine Phiole an sich und trank. Das Elixier der Klarheit schmeckte nicht anders als Wasser. Kühl rann es ihre Kehle hinab und ihr schwindelte. Es war ein wirklich seltsames Gefühl.

Langsam ebbte es ab. Sie lehnte sich gegen die Wand.

„Alles in Ordnung?“, fragte Fearflatha.

Flayne nickte. „Alles in Ordnung.“

Das Elixier der Klarheit. Wirkte es? Flayne fühlte sich nicht anders als zuvor. Sie schloss die Augen und durchsuchte ihre Gedanken. Irgendetwas Neues war da. Eine verschwommene Erinnerung. Sie hatte etwas mit einem Baum auf einer Lichtung zu tun, doch Flayne wusste nicht, was dort geschehen war.

Als sie die Augen wieder öffnete, schüttelte Fearflatha den Kopf. „Es dauert einige Zeit, bis es wirkt. Vielleicht zwei oder drei Tage. Es kommt darauf an, wie stark der Zauber ist, der auf dich einwirkt.“ Sie verließen die Höhle und traten hinaus ins helle Sonnenlicht. Flayne fragte sich, wohin Seerin verschwunden war. Doch die Frage verschwand so schnell, wie sie gekommen war, als Fearflatha lächelte und die Hand hob. Auf seiner Handfläche tanzte eine kleine Flamme. Er sah Flayne fragend an. Sie lächelte zurück und tat es ihm nach. Die Flammen waren nicht rot, wie die normalen Feuers, sondern weiß. „Drachenfeuer", flüsterte sie.

Fearflatha nickte. „Normalerweise lassen wir es allerdings nicht auf unserer Hand brennen."

Flayne schwieg. Aber Fearflatha wusste, wie neugierig sie war. Er wusste, welche Frage ihr auf der Zunge brannte. Seine Umrisse schienen zu verschwimmen und sich zu verformen. Er wurde größer. Schuppen zogen über seinen ganzen Körper und weite, ledrige Schwingen wuchsen aus seinem Rücken. Es dauerte nur einen Augenblick, dann stand vor Flayne nicht mehr der große, rothaarige Mann, den sie als ihren Vater kennengelernt hatte, sondern ein ausgewachsener Drache. Es schien Flayne, als zwinkere er ihr mit seinen großen, roten Augen zu, dann schlug er mit den riesigen Flügeln, und während der Luftzug Flayne beinahe ins Wasser warf, erhob er sich in die Luft.

Aus einem Baumwipfel am Waldrand erhob sich ein Falke und gesellte sich zu ihm. Der Drache schien ihm jedoch keine Beachtung zu schenken. Er drehte eine Schleife am Himmel und kehrte wieder zu Flayne zurück. Sanft landete er im weichen Gras, viel sanfter, als sie es bei solch einem riesigen Wesen vermutet hätte. Einen Moment später stand Fearflatha wieder in seiner menschlichen Gestalt vor ihr. Der Falke, der ihn schon auf seinem Flug begleitet hatte, landete auf seiner Schulter.

Fearflatha lächelte. „Vielleicht kannst du das auch."

„Was muss ich tun?", fragte Flayne aufgeregt.

„Du brauchst nichts als deinen Willen. Du musst dir einfach vorstellen, du würdest zu einem Drachen werden. Und du musst daran glauben, dass du es kannst."

Flayne erinnerte sich, wie ihr Schuppen gewachsen waren, als sie gegen den Werwolf gekämpft hatte. Sie schloss die Augen und konzentrierte sich. Stellte sich vor, ihr Körper würde länger und größer, riesige, rote Schuppen bedeckten ihn und Flügel sprössen aus ihrem Rücken. Sie würde ihre Lederschwingen ausbreiten und sich mit einigen mächtigen Schlägen in die Luft erheben. Eine schöne Vorstellung. Doch Flayne wusste, dass nichts geschehen würde. Sie öffnete die Augen und war noch immer dieselbe.

„Ich kann es nicht", flüsterte sie.

„Du hast nicht daran geglaubt", erklärte Fearflatha. „Wenn du nicht daran glaubst, wir es dir nie gelingen."

„Ich weiß einfach, dass ich es nicht kann", erklärte Flayne.

Ihr Vater schüttelte den Kopf. „Warum solltest du es nicht können?"

„Das weiß ich nicht, aber ich spüre, dass es unmöglich ist."

Nachdenklich runzelte der Drache die Stirn. „Vivianas Zauber", murmelte er. „Er hält dich nicht nur davon ab, die Dinge klar zu sehen, er verdreht sie auch noch." Einen Moment lang sah er Flayne entsetzt an. „Vielleicht weiß sie sogar, wer du bist!" Ihm war unwohl bei dem Gedanken, Flayne nach Meralyn zurückgehen zu lassen. „Du kannst es. Ihr Zauber verhindert, dass du deine Fähigkeiten entdeckst, und gaukelt dir vor, dass deine Verwandlung unmöglich sei. Du musst versuchen, ihn zu brechen und ihre Illusionen zu durchschauen." Flayne antwortete nicht. Sie wusste, dass es hoffnungslos war. Ein Traum, nicht mehr. Sie würde nie sie selbst sein können, sondern immer nur die Hälfte eines Ganzen sein.

Als Seerin nach einer Weile zurückkehrte, saß Flayne allein am Wasserfall. Sie machten sich auf den Weg zurück nach Meralyn. Fearflatha hatte Flayne gebeten zu bleiben, da er nicht wusste, ob Viviana in ihr Vayranas Tochter oder ihre Mörderin sah. Flayne wäre gern geblieben, doch sie wollte verhindern, dass Drelyn versuchte, Fearflatha zu töten. Sie konnte nicht einfach abwarten und zusehen, wie Viviana ihn dazu brachte, sich an solch eine tödliche, hoffnungslose Aufgabe zu wagen und zu sterben oder Fearflatha gar aufgrund eines hinterhältigen Zaubermittels zu töten, um Vivianas Rachedurst zu stillen. Flayne musste einen Weg finden, Drelyn an der Ausführung seiner Pläne zu hindern, obwohl sie im Grunde bereits wusste, dass es nicht in ihrer Macht stand. Der Elf würde ihre Einwände nicht beachten. Jetzt, da er bereits so viel für die Vollendung seiner Rache gewagt hatte, war niemand mehr in der Lage, ihn aufzuhalten. Vermutlich hätte nicht einmal Viviana ihn jetzt noch stoppen können. Trotzdem konnte Flayne nicht einfach die Hoffnung aufgeben.

„Was ist los?", unterbrach eine sanfte Stimme ihre Gedanken. Verwirrt sah Flayne auf und blickte direkt in Seerins Augen. „Du wirkst so betrübt", sagte er leise.

Flayne schüttelte den Kopf. „Ich mache mir nur Sorgen um Drelyn."

„Viviana versucht ein Mittel zu finden, um ihm zu helfen", versicherte Seerin ihr. „Ich kenne Viviana vielleicht nicht sehr gut, doch ich weiß, dass sie ihr Wort hält."

„Auch wenn sie ihr Wort hält und Drelyn dieses Mittel gibt, ist es noch immer möglich, dass es nicht wirkt oder dass Drelyns Plan trotz des Mittels nicht gelingt." Flayne bemerkte, dass sie log. Obwohl sie nur zur Hälfte Elfe war, war sie dazu in der Lage. Viviana würde das Leben ihres Cousins nicht leichtfertig aufs Spiel setzen und Flayne befürchtete, dass ihr Zaubermittel wirkte. Sie fürchtete um das Leben ihres Vaters.

„Vermutlich hast du recht." Seerin schenkte ihr ein trauriges Lächeln. „Aber wir können nichts daran ändern. Es gibt keinen Weg, Drelyn jetzt noch aufzuhalten." Er blickte auf das Wasser des Flusses und sah dann wieder Flayne an. „Wir können aber auch nicht den ganzen Tag darauf warten, dass etwas geschieht und dabei immer sorgenvoller und bedrückter werden."

„Und was sollen wir dann tun?", fragte sie.

Seerin zuckte mit den Schultern. „Ich weiß nicht. Schwimmen gehen?"

Flayne lachte leise. „Ich kann nicht schwimmen."

Seerin verdrehte die Augen. „Ich weiß." Dann lächelte er verschmitzt. „Aber ich könnte es dir beibringen."

Sie warf ihm einen zweifelnden Blick zu. „Meinst du, dass ich das lernen kann?"

„Natürlich", antwortete Seerin, „es ist wirklich einfach."

Davon war Flayne nicht überzeugt. Doch sie behielt ihre Zweifel für sich. Sie beobachtete einen der winzigen weißen Flecken, die in Seerins blaugrünen Augen tanzten. „Warum nicht", entgegnete sie dann leise, ohne darüber nachzudenken.

„Der Fluss ist zu gefährlich, wegen der Strömung", überlegte Seerin, als sie am darauffolgenden Tag am See saßen, „und das Meer ..."

„... auch zu gefährlich", warf Flayne ein. „Ich wäre einmal fast ertrunken, das reicht mir."

Seerin lachte. „Am Meer gibt es Grotten, in denen die Strömung nicht so stark ist. Aber sie sind zu weit entfernt. Wir können Drelyn nicht so lange allein lassen. Wenn ich ihm schon nicht helfen kann, wäre ich zumindest gern in der Nähe, wenn er versucht, diesen Drachen zu töten."

Flayne nickte nur zustimmend.

„Bleibt nur noch der See."

Flayne schüttelte entschieden den Kopf. „Auf keinen Fall."

„Warum nicht?" Seerin blickte sie verständnislos an.

„All die Boote!"

„Hast du Angst vor Booten?" In Seerins Stimme mischten sich Spott und Unsicherheit.

Flayne musste lachen. „Natürlich nicht. Es ist mir einfach peinlich. Es sieht bestimmt lächerlich aus, wenn ich versuche zu schwimmen."

„Du kannst gar nicht lächerlich aussehen", murmelte Seerin. Als Flayne ihn fragend ansah, wandte er den Blick ab.

Nach einer Weile fuhr er fort: „Nicht der ganze See ist von Booten befahren. In der Nähe von Vivianas Insel gibt es einige verlassene Buchten, dort sieht uns niemand."

„Na schön." Flayne lachte. „Vermutlich gibt es keinen Grund, es nicht zu versuchen."

„Du hast Angst", stellte Seerin fest. Flayne nickte nur stumm.

„Ich lasse nicht zu, dass dir etwas geschieht", versicherte ihr Seerin.

Flayne lächelte ihn an. „Ich weiß", sagte sie leise.

Als sie auf Seerins wackeligem Boot die Bucht erreichten, ging es bereits auf den Abend zu. Sie hofften, dass Drelyn nicht gerade zu dieser Zeit seine Rachepläne auszuführen versuchte. Der Elf würde sicherlich nicht auf sie warten, denn er hatte bereits mehr als einmal klar gemacht, dass er allein zum Wasserfall gehen wollte.

Als das Boot langsam an Fahrt verlor, sprang Seerin ohne ein weiteres Wort ins Wasser. Flayne klammerte sich ängstlich am Rand des Boots fest, als dieses heftig schwankte, und gegen seinen Willen musste Seerin darüber lachen. Er zog das Boot weiter in die Bucht hinein. „Das Wasser ist hier flach, du kannst da runter kommen", rief er Flayne zu. Diese blickte ängstlich auf Seerin, dem das Wasser nur noch bis zur Taille reichte, und schüttelte den Kopf.

„Wie willst du vom Boot aus schwimmen lernen?“, fragte Seerin.

„Ich habe Angst“, entgegnete Flayne. Es war eine dumme Idee gewesen, hierher zu kommen. Sie würde niemals schwimmen lernen und um ehrlich zu sein, wollte sie es auch gar nicht.

„Das Wasser ist nicht tief, dir kann nichts passieren“, versuchte Seerin sie zu überzeugen. „Du musst deine Angst überwinden.“

Ängstlich blickte sie ihn an. Dann zog sie ihre Stiefel aus, legte sie neben sich ins Boot und berührte die Wasseroberfläche mit ihren Zehenspitzen. „Es ist kalt.“

Seerin lachte. „Daran kann ich auch nichts ändern. Aber du gewöhnst dich dran.“

Flayne setzte sich an den Rand des Boots und tauchte die Beine ins Wasser. Das Gefährt drohte zu kippen, doch Seerin hielt es aufrecht. Dennoch konnte Flayne sich nicht überwinden, über den Rand hinaus ins Wasser zu rutschen. „Ich kann nicht“, flüsterte sie. Seerin hielt ihr die Hand hin. „Ich halte dich fest, wenn du untergehst.“ Flayne nahm seine Hand und rutschte entschlossen ins Wasser hinunter. Der Boden unter ihren Füßen war weich und sandig, aber das Wasser war eisig kalt. „Siehst du, so schwer war das nicht“, sagte Seerin.

Flayne lächelte ihm zu und er ließ ihre Hand los.

„Was hättest du gemacht, wenn ich auf dem Boot geblieben wäre?“, fragte sie. „Wärst du zurückgefahren?“

Seerin lachte. „Ich hätte das Boot umgedreht.“

Flayne kniff die Augen zusammen. „Wirklich?“

Er lächelte noch immer. „Vielleicht.“

„Und jetzt?“, fragte Flayne.

„Jetzt“, entgegnete Seerin, „musst du dich erst einmal an das Wasser gewöhnen. So schlimm ist es doch nicht, oder?“

Flayne lächelte. „Im Moment habe ich keine Angst, aber kalt ist es trotzdem.“

„Beweg dich ein bisschen, dann wird dir bald wärmer“, schlug Seerin vor. „Pass auf, ich zeig dir jetzt die Schwimmbewegungen und dann versuchst du, sie nachzuahmen.“

Flayne nickte ein wenig beklommen.

Seerin machte im Wasser einige Bewegungen die Flayne auf den ersten Blick sehr einfach vorkamen. Trotzdem war sie sicher, dass schwimmen nicht so leicht sein konnte. „So schwimmen die meisten, die nicht wie ich im Wasser aufgewachsen sind", erklärte Seerin. „Aber das Wichtigste bei der ganzen Sache ist, dass du dem Wasser vertraust. Es wird dich tragen."

Flayne warf ihm einen misstrauischen Blick zu. „Und wenn nicht?"

„Es wird dich tragen", versicherte Seerin ihr. Dann grinste er verschmitzt. „Wenn nicht, muss ich dich retten."

Flayne lächelte zurück, dann versuchte sie die seltsamen Schwimmbewegungen, die Seerin ihr gezeigt hatte, mit den Armen zu imitieren.

„Das sieht schon gut aus", stellte Seerin fest, „aber solange du nur die Arme bewegst, kannst du nicht schwimmen."

Flayne verzog das Gesicht. „Sobald ich die Füße vom Boden nehme, gehe ich unter."

Seerin lachte. „Nicht wenn du Schwimmbewegungen machst."

Flayne seufzte. „Na gut, ich versuch es."

Sie zog die Füße ein wenig hoch, doch sobald sie bemerkte, dass ihr Körper tiefer ins Wasser sank, setzte sie sie sofort wieder auf dem sandigen Boden auf. „Das funktioniert nicht."

Seerin blickte sie nachdenklich an. „Du musst zuerst lernen, dem Wasser zu vertrauen. Ich habe eine Idee." Noch immer lächelnd schloss er die Augen. Bewegungslos in der Bucht stehend gab er ein leises Geräusch von sich, das dem Plätschern des Wassers und dem sanften Raunen der kleinen Wellen auf dem Sand der Insel ähnelte.

Flayne wagte nicht, ihn zu stören und zu fragen, was er vorhatte, stattdessen beobachtete sie ihn. Sie bemerkte, dass Seerin friedlich und glücklich aussah. Diese Gefühle schienen immer in ihm wachgerufen zu werden, wenn er sich im Wasser befand. Seerin öffnete die Augen und lächelte sie an. „Auch wenn du dem Wasser nicht vertraust, vertraust du mir?"

Ohne zu zögern, nickte Flayne.

„Dann wird das Wasser dich tragen." Seerin trat auf Flayne zu. Diese sah ihn nur verständnislos an. Dann legte Seerin ihr plötzlich den Arm um ihre Schultern. Bevor sie reagieren konnte, hatte er sich bereits gebückt, nach ihren Beinen gegriffen und trug sie nun auf seinem Arm. „Das Wasser wird dich tragen", flüsterte er ihr zu.

„Vertrau mir." Flayne nickte nur. Sie fühlte sich ein wenig verwirrt, Seerins Nähe verunsicherte sie. Langsam setzte Seerin sie auf der Wasseroberfläche ab. Ihr Körper sank nur ein kleines Stück ein, es schien, als würde das Wasser sie umhüllen und tragen. Flayne lag auf dem Wasser des Sees und zu ihrer eigenen Überraschung spürte sie keine Angst mehr.

Seerin lächelte auf sie hinab. „Siehst du, du musst nur dem Wasser vertrauen."

Flayne lächelte zurück. „Oder dir."

# Klarheit

Viviana schien ziemlich lange zu brauchen, um das Buch aus Galda zu entziffern. Flayne wartete in einer angespannten Ruhe. Es war ein seltsames Gefühl, die Geschehnisse nicht beeinflussen zu können. Natürlich hätte sie Drelyn die Wahrheit sagen können, doch er hätte es nur als Lüge abgestritten. Er war schon zu sehr in seine Rachepläne verstrickt, als dass er ihr Gehör geschenkt hätte.

Trotz des ermüdenden Wartens verging die Zeit in Meralyn wie im Flug. Wenn Flayne nicht über Drelyns Racheplänen brütete, ging sie im Wald spazieren oder setzte sich einfach an Eylennas See, um den Booten zuzusehen. Sie lauschte Halians Harfenspiel, lachte mit Seerin und versuchte gemeinsam mit Ealyn, Drelyn aufzuheitern, was ihnen allerdings nur selten gelang.

Flayne schaffte es während der nächsten zwei Tage nicht, Fearflatha zu besuchen. Sie konnte nicht allzu lange aus Meralyn fortbleiben, da sie fürchtete, dass es Viviana gerade zu diesem Zeitpunkt gelang, die Schrift des Buchs zu entziffern, und Drelyn sich aufmachte, die Rache seiner Cousine zu vollenden.

Nicht lange nach Flaynes mehr oder weniger erfolgreichem Schwimmunterricht saß sie mit Seerin am Ufer des Sees.

Flayne versuchte, einen Stein über die Wasseroberfläche springen zu lassen, doch schon nach zwei Sprüngen versank er im Wasser. Seerin lächelte, nahm selbst einen Stein zur Hand und sandte ihn über die Oberfläche des Wassers. Seine Sprünge waren zu schnell, als dass Flayne sie hätte zählen können. Der Stein ließ ein paar grünhaarige Elfen, die mit einem Boot den See überquerten, in Gelächter ausbrechen, bevor er außer Sichtweite verschwand.

„Und das hat mit deiner Wurftechnik zu tun?“, fragte Flayne skeptisch.

Seerin lachte. „Ich mogle ein bisschen“, gab er zu und strich mit den Fingern sanft über die Wasseroberfläche. Flayne beobachtete einen weiteren Stein, der springend seinen Weg über den See nahm.

Ihre Gedanken schweiften ab. „So ein Idiot", murmelte sie leise.

Seerin blickte auf. „Wer?"

„Drelyn." Flaynes Stimme klang besorgt.

Seerin lächelte. „Ganz meine Meinung. Er kann sich nicht sicher sein, dass dieser Drache seine Eltern wirklich getötet hat."

Flayne, die geglaubt hatte, Seerin würde Drelyns Ansichten teilen, musste beinahe gegen ihren Willen lächeln. „Es ist einfacher, jemandem die Schuld zuzuschreiben, als im Ungewissen zu bleiben. Es ist einfacher zu hassen, als zu trauern. Und gerade einem Drachen die Schuld am Tod seiner Eltern zu geben, ist vermutlich die einfachste Lösung", entgegnete sie.

Seerin blickte sie überrascht an. „Du hast recht." Dann seufzte er. „Dennoch, ein Drache ist ein Drache. Wenn es Viviana wirklich gelingt, einen Weg zu finden, diesen Drachen zu töten, ohne dass Drelyn dabei zu Schaden kommt, macht sie diesen Wald damit zu einem besseren Ort und verhindert vielleicht, dass ein anderer ohne Hilfe von Magie ausziehen muss, um Rache zu üben."

„Wieso sollte jemand das tun?"

„Flayne." Seerins Blick wurde eindringlicher. „Wir reden von einem Drachen. Drachen lieben es, zu töten."

„Woher weißt du das?", fragte Flayne leise. „Bist du jemals einem von ihnen begegnet?" In ihrem Blick las Seerin eine tiefe Traurigkeit. Er konnte ihr nicht länger in die Augen sehen und blickte hinab auf das Wasser des Flusses.

Zwei Tage später streifte Flayne durch die dunkle Wildnis, die die Elfenstadt umgab. Sie zog ihre Schuhe aus und spürte den Waldboden, die kleinen Steine und Äste und das weiche Moos unter ihren Fußsohlen. Sie lehnte sich an den Stamm eines Baums und beobachtete die wenigen Sonnenstrahlen, denen es gelang, das dichte Blätterdach zu durchdringen.

Ein wirklich seltsames Gefühl überkam sie plötzlich. Ihr schwindelte und einen Moment schloss sie die Augen.

Das Gefühl verschwand so schnell, wie es gekommen war. Als Flayne die Augen wieder öffnete, blies ein Windstoß einige Zweige des undurchdringlichen Blätterdachs zur Seite und Flayne erhaschte einen Blick auf den darüber liegenden strahlendblauen Himmel.

Einen Moment lang wünschte sie sich nichts sehnlicher, als einfach davon fliegen zu können.

Das Gras unter ihren Füßen fühlte sich anders an. Und nicht nur das Gras. Plötzlich schien alles anders. Sie spürte den Wind auf ihrer Haut viel stärker als zuvor. Es war ein schönes Gefühl. Der ganze Wald schien ein wenig heller geworden zu sein oder hatten sich ihre Augen besser an das Dämmerlicht gewöhnt? Gleichzeitig schien ihre ganze Umgebung kleiner zu werden.

Sie wollte sich strecken und aufstehen, doch dann stellte sie fest, dass es nicht der Wald war, der sich verändert hatte, sondern sie selbst.

Flayne spreizte ihre großen Lederschwingen und bewegte sie spielerisch hin und her, um sich an ihr Gewicht zu gewöhnen. Dann schlug sie sie vorsichtig auf und ab. Die Kraft dieser Schläge verursachte beinahe einen kleinen Sturm und einige Bäume beschwerten sich knarrend, als der Windstoß über sie hinwegfegte.

Mühelos, als hätte sie nie etwas anderes getan, erhob sich Flayne in die Luft, dem Himmel und der Sonne entgegen. Wie auch immer sie sich das Fliegen vorgestellt hatte, es war tausendmal schöner als in ihren Träumen.

Beinahe unbewusst flog sie in Richtung Süden. Sie hörte das Rauschen des Wasserfalls kaum. Das Geräusch ihrer schlagenden Flügel übertönte es.

Aus einem Baumwipfel am Rande der Lichtung löste sich ein kleiner Schatten. Ein Falke. Es war derselbe, der schon Fearflatha auf seinem Flug begleitet hatte.

„Hast du es also doch geschafft?“ Es war nur ein hoher Schrei, doch Flayne verstand ihn, wie sie die Sprache aller Tiere verstand.

„Ja“, antwortete sie mit einem Brüllen.

Der Falke stieß einen hohen Schrei aus und stieg höher in den Himmel.

Nun endlich kannte sie die Bedeutung des Wortes Freiheit. Sie bedauerte es beinahe, als sie am Rande des Wasserfalls auf dem Boden aufsetzte und ihre Schwingen auf dem Rücken faltete, aber sie wusste jetzt, dass sie jederzeit fliegen konnte.

Ihr Vater hatte bereits auf sie gewartet. Er lächelte. „Ich wusste, dass du es schaffst, auch wenn mein Freund hier“, er deutete auf den Falken, der sich auf seiner Schulter niedergelassen hatte, „sehr an dir gezweifelt hat.“

Der Falke antwortete nicht. Fearflatha schien auch keine Antwort zu erwarten. Falken waren stolze Geschöpfe und es kränkte ihn tief, dass Fearflatha Flayne verriet, dass er sich geirrt hatte.

„Es ist seltsam“, murmelte Flayne. „Ich wusste einfach, dass ich es nicht konnte. Und doch habe ich es geschafft.“

„Vivianas Zauber. Er hat dich in die Irre geleitet und verhindert, dass du deine andere Hälfte findest. Es käme Viviana sehr ungelegen, wenn du die Macht hättest, sie zu bekämpfen, und erfährst, wer du wirklich bist“, erklärte Fearflatha.

„Das ist ihr misslungen.“ Flayne lächelte.

„Du hast ihren Zauber gebrochen. Vielleicht siehst du die Welt, einschließlich Viviana, nun klarer. Versuche dich zu erinnern. Erinnere dich an all die Dinge, an die du in den letzten Tagen nicht gedacht hast.“

Flayne schloss die Augen, wiederholte in Gedanken noch einmal ihre Reise. Eine Trauerweide kam ihr in den Sinn und sie sah die verhüllte Gestalt, die versucht hatte, sie zu töten.

Seit sie in Meralyn angekommen war, hatte sie überhaupt nicht mehr daran gedacht. Sie hatte es einfach vergessen!

Sie erinnerte sich an die Stimme der Verhüllten und an ihren seltsamen, fremden Akzent. Sie kannte diese Stimme.

Eine weitere vergessene Erinnerung drängte sich in ihre Gedanken. Sie hörte Worte, Drelyns Worte: „Dunkelelfen sind Elfen mit dunklen Absichten. Jeder Elf kann dazu werden und du merkst es ihnen nicht an. Wenn ein Elf wirklich großes Unrecht begangen hat, färben sich seine Augen schwarz. Manche Elfen können allerdings ihre Augen verschleiern. Du bemerkst gar nicht, dass sie schwarz sind, doch wenn dich später jemand fragt, kannst du nicht sagen, welche Farbe seine Augen gehabt haben.“

„Oh nein“, flüsterte Flayne, „das kann nicht wahr sein.“ Sie sah Fearflathas fragenden Blick. „Ganz am Anfang meiner Reise gelangte ich auf eine Lichtung. Es war dort einfach zu still. Ich wollte erfahren, was geschehen war, und fragt eine Trauerweide, doch dann trat eine verhüllte Frau auf die Lichtung. Sie versuchte, mich mithilfe von Magie zu töten, doch die Trauerweide half mir, zu fliehen. Diese Verhüllte bezeichnete mich als die Tochter ihres größten Feindes. Ich habe mich über ihren seltsamen Akzent gewundert. Jetzt weiß ich, dass es elfisch war und ihre Stimme war die Vivianas." Flayne schluckte. „Als ich Viviana später traf, konnte ich nicht erkennen, welche Augenfarbe sie hatte. Drelyn sagte einmal …"

„Wenn Elfen großes Unrecht begangen habe, färben sich ihre Augen schwarz und sie werden zu Dunkelelfen", beendete Fearflatha ihren Satz. „Doch die Augenfarbe lässt sich verschleiern, sodass niemand es sofort bemerkt." Er rieb mit einer Hand über sein Kinn. „Als ich Viviana das letzte Mal gesehen habe, waren ihre Augen noch grün wie die Blätter der Bäume. Ihre Verwandlung zur Dunkelelfe kann noch nicht allzu weit zurückliegen."

Fearflatha hatte einmal gesagt, Viviana würde für ihre Rache alles geben. „Meinst du, sie hat Drelyns Eltern …" Flayne konnte den Satz nicht vollenden.

„Das glaube ich nicht", entgegnete Fearflatha. „Sie müsste sich schon sehr verändert haben, um ihre eigenen Verwandten zu töten. Das würde nicht einmal sie tun. Viviana muss aus einem anderen Grund mit schwarzen Augen gezeichnet worden zu sein."

# Wasser …

Auf dem Weg zurück nach Meralyn plagte Flayne die Sorge. Was sollte sie tun?

Jetzt, da sie Vivianas schreckliches Geheimnis kannte, musste sie handeln. Sie konnte nicht warten, bis die Zauberin Verderben über Flaynes Freunde und Familie brachte. Über Fearflatha, ihren Vater, über Drelyn, den Cousin ihrer Mutter, über Seerin und Halian, ihre Freunde oder über Flayne selbst.

Doch was sollte sie tun?

Bevor sie handelte, musste sie in Ruhe nachdenken. Nachdem sie einen Teil des Weges als Drache in der Luft zurückgelegt hatte, landete sie, verwandelte sich zurück und ließ sich am Ufer des Flusses nieder. Verzweifelt verbarg sie das Gesicht in den Händen. Sie musste handeln, doch sie wusste nicht wie. Flayne fühlte sich vollkommen hilflos. Sie tauchte ihre bloßen Füße ins Wasser des Flusses. Ihre Stiefel standen noch immer auf der Waldlichtung, auf der sie sich verwandelt hatte. Doch das kümmerte sie kaum. Traurig starrte sie vor sich hin. Sie hatte sich noch nie so hilflos gefühlt, nicht einmal als sie damals auf der Waldlichtung unter Vivianas Bann gestanden hatte und völlig bewegungsunfähig gewesen war. Damals hatte nur ihr Leben auf dem Spiel gestanden, aber was jetzt geschah … Dennoch durfte sie die Hoffnung nicht aufgeben. Es musste einen Weg geben.

Flayne war so tief in Gedanken versunken, dass sie die leichte Veränderung im Plätschern des Wassers kaum bemerkte. Sie sah nicht den Umriss, der sich unter der Wasseroberfläche abzeichnete, bemerkte nicht, wie sich neben ihr etwas aus dem Wasser ans Ufer zog. Nicht einmal die Bäume warnten sie. Erst als sich eine Hand auf ihre Schulter legte, blickte Flayne auf.

Es war Seerin.

Er lächelte. „Du solltest vorsichtiger sein. Stell dir vor, es wäre ein Seeungeheuer aus dem Wasser gekrochen, um dich zu fressen. Dann wärst du jetzt tot.“

Flayne lächelte traurig. „Du hast recht … Aber ich musste nachdenken.“ Dann runzelte sie die Stirn. „Hier gibt es keine Seeungeheuer.“

„Wenn du wüsstest, was hier im Wasser alles lauert. Nur weil du bisher keines gesehen hast, heißt es nicht, dass es sie nicht gibt.“

Erschrocken zog Flayne ihre Füße zurück. Seerin lachte. „Wenn eines in der Nähe wäre, hätte ich es längst bemerkt. Ich spüre alles, was sich im Wasser befindet. So habe ich auch dich gefunden.“ Er deutete auf ihre bloßen Füße.

„Du hast mich gesucht?“, fragte Flayne und wunderte sich, warum sie so froh darüber war. Sie war hier, um allein zu sein, und dennoch störte Seerins Anwesenheit sie nicht. Ganz im Gegenteil.

Seerin antwortete ihr nicht.

Schweigend saßen sie einen Moment lang da und planschten mit den bloßen Füßen im Wasser.

„Es klingt so anders“, flüsterte Seerin.

„Was?“, fragte Flayne.

„Die Geräusche, die deine Füße im Wasser verursachen, klingen ganz anders als die Geräusche meiner Füße.“ Er lachte leise.

Flayne lauschte, doch für ihre Ohren klang das Plätschern des Wassers nicht anders als zuvor. Sie lächelte leicht und blickte Seerin an. Dieser erwiderte ihr Lächeln und berührte mit seiner kühlen Hand ihre Wange. Flayne lehnte sich ein wenig näher zu ihm hin. Obwohl er gerade aus dem Fluss geklettert war und ihm das Wasser noch aus Haar und Kleidung tropfte, schien er eine angenehme Wärme auszustrahlen. Auch Seerin neigte sich ein wenig in ihre Richtung.

Als ihre Lippen sich berührten, schien es Flayne, als würden ihre Sorgen wie viele kleine Tropfen von ihr abperlen und in das Wasser des Flusses hinabrinnen.

# … und Feuer

Sie saßen zusammen am Ufer und Seerin hatte den Arm um Flaynes Schultern gelegt. Er erzählte ihr, weshalb er allein in einem Schiffswrack lebte. „Einst lebten wir mit mehreren Familien an der Küste, ähnlich wie ich es jetzt auch tue. Ich war damals noch sehr jung und es ist mir immer verboten worden, zu weit hinauszuschwimmen, weil laut meinen Eltern schreckliche Gefahren in der offenen See lauerten. Mein Bruder sagte, er hätte dort draußen noch nie etwas Gefährliches gesehen und deshalb habe ich nie auf sie gehört.

Als ich eines Tages nach Hause zurückkehrte, war niemand mehr da. Ich wartete, glaubte meine Familie würde Freunde besuchen oder etwas Ähnliches. Als sie nicht wiederkamen, durchsuchte ich alle anderen Höhlen, doch auch sie waren leer. Sie waren alle verschwunden und ich bin als Einziger zurückgeblieben.

Ich weiß noch immer nicht, was geschehen ist. Ich spüre sie im Wasser, überall, wo ich bin. Sie sind immer noch bei mir. Doch ich sehe sie nicht. Vielleicht ist ihnen etwas geschehen, vielleicht sind sie gestorben und irgendwie ein Teil des Wassers geworden. Nur ich bin allein zurückgeblieben."

Flayne strich sanft über Seerins helles, bläulich schimmerndes Haar. Sie wollte ihn trösten, doch sie wusste nicht, wie. Dann erkannte sie, dass Seerin keinen Trost brauchte. Er hatte ihn schon längst im Wasser gefunden.

Er hatte ihr diese Geschichte anvertraut. Und sie vertraute ihm. Sie konnte Seerin nicht vorenthalten, wer oder was sie war. Er musste es erfahren. Sie konnte ihn nicht belügen.

„Ich habe nie gewusst, wer meine Eltern waren", flüsterte sie, während sie sich an seine Schulter schmiegte und er sie dicht an sich zog. „Ich habe mich auf die Suche nach ihnen gemacht …"

„Vorsicht", wisperte eine Fichte hinter ihr.

Flayne horchte auf.

„Was ist?", fragte Seerin.

„Eine Warnung der Bäume."

„Wovor?"

Flayne schüttelte den Kopf und bedeutete ihm, still zu sein. Sie hörte ein leises Knacken.

Ein unangenehmes Gefühl des Beobachtetwerdens beschlich Flayne. Doch als sie sich umsah, konnte sie niemanden entdecken.

Es knackte abermals, doch diesmal erkannte Flayne, dass das Geräusch nicht von einem zerbrochenen Ast auf dem Waldboden stammte, sondern über ihren Köpfen ertönte.

Sie blickte hinauf. Über den Baumwipfeln, die den Himmel vor ihren Blicken verbargen, schien ein riesiger Schatten zu schweben.

„Seerin", flüsterte sie und deutete nach oben.

Seerins Augen weiteten sich. „Was ist das?", fragte er.

„Arkyn", flüsterten die Bäume Flayne zu.

Flayne gab die Worte an Seerin weiter.

„Davon habe ich gehört", entgegnete dieser flüsternd. „Sie hat uns sicherlich bemerkt. Auch wenn die Arkyn keine guten Augen haben, riechen und hören sie doch sehr gut. Sie ist sicherlich auf Beutezug."

Er zog zwei Dolche aus seinem Gürtel. „Sie werden nicht viel nützen. Aber sie sind besser als nichts." Auch Flayne zog ihr Schwert.

„Arkyn sollen schwer zu bekämpfen sein", fuhr er leise fort. „Es heißt sogar, sie seien resistent gegen Feuer!"

Flayne fasste Seerin am Arm und zog ihn langsam und leise tiefer in den Wald hinein, fort von der fliegenden Bestie. Doch ihre Fähigkeit sich im Wald zu verbergen nutzte ihr gegen das gute Gehör und den Geruchssinn der Arkyn nur wenig.

Ein Zweig knackte unter Seerins Fuß. Flayne zuckte zusammen und auch in die Arkyn kam Bewegung. Vielleicht bemerkte sie erst jetzt, dass ihre Beute fliehen wollte, vielleicht glaubte sie auch einfach, die Zeit zum Angreifen sei gekommen, oder das Knacken verriet ihr, wo genau Flayne und Seerin sich befanden. Sehr unsanft bahnte sie sich einen Weg durch die Äste der Bäume und krachend gaben diese den Weg frei.

Flayne fasste den Griff ihres Schwertes fester, blickte noch einmal zu Seerin hinüber und atmete tief durch.

Das unheimliche, geflügelte Wesen stürzte sich auf sie herab. Mit weit ausgebreiteten, tiefschwarzen Schwingen, die einige kleinere Bäume mit zu Boden rissen, kam es näher. Spitze Zähne ragten aus einem erstaunlich kleinen Maul. Seine beiden Beine endeten in scharfen Krallen und sein ganzer Bauch schien von einem dicken, schwarzen Pelz bedeckt zu sein. Der Wald war für die Arkyn ein schlechter Kampfplatz, doch ihre Kraft half ihr, sich Raum zu verschaffen.

Flayne sprang zur Seite, um den scharfen Krallen der Arkyn zu entgehen. Sie schlug blindlings mit ihrem Schwert zu, traf aber nichts. Als sie sich wieder gefangen hatte, sah sie sich nach Seerin um, aber eine riesige schwarze Masse versperrte ihr die Sicht. Stattdessen blickte sie in ein paar schmale gelbe Augen, die hungrig auf sie herabstarrten. Aber da war noch etwas anderes in diesen Augen, nicht nur Hunger, sondern auch Schmerz. Flayne wunderte sich, woher dieser Schmerz stammte, und die scharfe Kante eines Flügels riss ihre Schulter auf. Sie hob ihr Schwert und schlug zu, traf den Flügel des Ungeheuers. Es schrie auf, ein sirrender, ohrenbetäubend heller Laut.

Seerin wirbelte herum. Seine Hände bewegten sich schneller, als das Auge folgen konnte. Seine Dolche brachten der Arkyn viele Wunden bei, doch sie alle waren zu klein, als dass sie das geflügelte Wesen ernstlich behindert hätten. Seerin duckte sich unter einem zuschnappenden Maul hinweg. Sein Dolch traf die Seite des Flugwesens und prallte wirkungslos ab, während der zweite einen Hieb der gefährlichen Klauen abblockte. Seerin fragte sich verzweifelt, wo Flayne war und ob es ihr gut ging.

Als er sich zur Seite rollte, um einem weiteren Hieb zu entgehen, gelangte er unter den ungeschützten Bauch seiner Gegnerin. Mit beiden Dolchen stach er zu und beide drangen tief in die Bauchdecke des Ungeheuers ein. Ein weiterer Schrei ertönte und Seerin hätte beinahe seine Waffen fallen gelassen, um sich stattdessen die Ohren zuzuhalten und diesem Schrei zu entkommen.

Gerade noch rechtzeitig fand er seine Selbstbeherrschung wieder, zog die Dolche aus dem Bauch des Ungeheuers und sprang abermals zur Seite.

Flayne fing einen Hieb der riesigen Arkynschwinge mit ihrem Schwert auf und fügte ihr dabei einen tiefen Schnitt zu. Sie hoffte, dass ihre Gegnerin, um weitere Verletzungen zu vermeiden, aufgeben und sich eine andere, leichtere Beute suchen würde. Einen Moment glaubte sie wirklich, das Ungeheuer würde genau dies tun. Doch sie irrte sich.

Die Arkyn hatte es nicht leicht. Sie befand sich genau zwischen Flayne und Seerin und musste so auf beiden Seiten kämpfen. So beschloss sie, ihre größte Stärke gegenüber diesen kleinen, flügellosen Wesen einzusetzen. Ein überraschender Schlag ihrer starken Schwingen warf Flayne und Seerin zu Boden und riss ihnen ihre Waffen aus den Händen. Die Arkyn erhob sich hoch in die Luft.

Flayne sah nach oben, versuchte zu ergründen, ob sie wirklich verschwinden wollte oder ob dies nur als Ablenkung gedacht war. Sie sah den Hunger und die Gier in den gelben Augen, die auf sie hinabstarrten. Sie konnte mit den Tieren des Waldes reden. Auch mit einer Arkyn? Einen Versuch war es wert.

„Warum greifst du uns an? Hier im Wald gibt es doch sicher größere und leichtere Beute für dich."

Die Arkyn schien verdutzt. Aber hatte sie Flaynes Worte wirklich verstanden?

„Kann nicht … gezwungen … gezwungen … zu töten." Die Worte der Arkyn klangen gepresst, wie die der Trauerweide, als Viviana versucht hatte, sie zum Schweigen zu bringen. Auch die Arkyn musste unter einem Bann stehen. Hatte Viviana sie geschickt, um Flayne zu töten? Sie wollte eine weitere Frage stellen, besann sich dann aber eines Besseren. Die Arkyn war nicht in der Lage Vivianas Bann zu brechen. Sie würde sie angreifen. Und was nutzt Flayne die Antwort auf ihre Frage, wenn sie nicht mehr am Leben war?

Flayne konzentrierte sich auf die Flügel ihrer Gegnerin, sah sie in Gedanken in Feuer aufgehen. Ein Funke blitzte an der rechten Schwinge des Wesens auf, doch er erlosch sofort. Flayne versuchte es abermals, doch auch diesmal hatte sie keinen Erfolg.

Sie erinnerte sich an Seerins Worte. Es hieß, Arkyn seien resistent gegen Feuer.

Flayne rollte herum und kam wieder auf die Füße. Ihr Schwert lag nicht weit entfernt. Schnell lief sie darauf zu und hob es auf.

Doch als sie wieder aufblickte, erkannte sie, dass die Arkyn es gar nicht auf sie abgesehen hatte. Seerin lag nicht weit entfernt von ihr auf dem Waldboden. Bei seinem Sturz musste er mit dem Kopf gegen einen Baumstamm geprallt sein, denn er rührte sich nicht.

Die Arkyn hatte den höchsten Punkt ihrer Flugbahn erreicht. Flayne sah Seerin den Kopf heben, doch er schien zu benommen, um aufstehen oder gar kämpfen zu können.

Sie würde ihn niemals rechtzeitig erreichen, um ihn vor der Arkyn zu schützen.

Es sei denn ... Flayne wusste, sie musste es tun. Ihr blieb keine Wahl. Ihre Umrisse verschwammen. Sie wuchs, ihre Haut wurde schuppig und riesige Schwingen, viel größer als die der Arkyn, sprossen aus ihrem Rücken.

Seerin sah nicht viel mehr als verschwommene Umrisse. Sein Kopf schmerzte. Etwas Schwarzes ragte über ihm auf. Er wusste, dass er verloren war, er wusste, dass er nicht entkommen konnte. Dann sah er einen andern, helleren Schatten, größer als der erste, der sich auf den dunklen stürzte. Seerin verstand nicht, woher dieser Schatten kam. Er schloss die Augen, presste die Lider mit aller Kraft aufeinander und öffnete sie wieder. Sein Blick wurde klarer.

Der dunkle Schatten war ein schwarzes, geflügeltes Wesen. Die Arkyn, er erinnerte sich wieder. Doch der andere war ein Drache, ein wirklicher Drache! Ein Drache, der ihn, Seerin, verteidigte! Doch weshalb?

Der Drache war ein wunderschönes Wesen. Seine Haut war rot wie Feuer. Und obwohl es hier im Wald dunkel war, schienen seine Schuppen zu leuchten. Doch auch er schien verletzt zu sein. Ein dünner Riss klaffte in seiner Schulter.

Seerin fragte sich, warum die Arkyn nicht bereits beim Auftauchen des Drachen geflohen war und weshalb dieser sich die Mühe machte, sie anzugreifen. Seerin stellte für den Drachen keine allzu große Beute dar und es lohnte sich für ihn nicht, einen solchen Kampf einzugehen.

Flaynes Krallen rissen eine tiefe Wunde in den Bauch der Arkyn.

„Wer hat dich geschickt?“, fragte sie.

Die Arkyn schwieg.

„Antworte mir!“, verlangte Flayne und dank ihrer neu entdeckten Fähigkeiten, lag genug Macht in ihrer Stimme, um die Arkyn gehorchen zu lassen.

„Elfen … zauberin“, keuchte sie erschöpft.

„Flieh“, befahl Flayne. „Flieh, ich lasse dich gehen.“

„Kann nicht ... muss töten.“

„Flieh!“

„Große ... Zaubermacht ... kann nicht ... gezwungen ... gezwungen zu ... töten.“

„Wen töten?“

„Drachenkind ... und ... Freunde ... nicht Elf ... kann nicht fliehen ... bis ... getötet.“

Flayne sah ein, dass es keinen Sinn hatte. Die Arkyn würde nicht aufgeben, bis sie ihren Auftrag ausgeführt hatte oder selbst tot war. Mit einem leisen Gefühl des Bedauerns bohrte Flayne ihre Krallen in die Kehle der Arkyn. Diese fiel zu Boden, riss einige kleinere Bäume mit sich und blieb reglos liegen.

Seerin stütze sich an dem Baumstamm ab, dem er seine Benommenheit zu verdanken hatte, und stand vorsichtig auf. Die Welt um ihn herum drehte sich, doch nach einigen Sekunden ließ das Schwindelgefühl nach.

Der Drache stand direkt vor ihm. Aus seinen grünen Augen sah er Seerin unverwandt an.

Erschrocken wich Seerin zurück und tastete nach seinen Dolchen. „Wer bist du?“, fragte er. „Warum hast du mich nicht getötet?“ Er sah sich um. „Wo ist Flayne?“ Hatte der Drache sie etwa ...

„Weißt du das nicht?“ An seiner Stimme erkannte Seerin, dass es ein weiblicher Drache war. Ihre Stimme kam ihm seltsam bekannt vor. Die Umrisse des Drachens verschwammen und nur einen Augenblick später stand Flayne vor ihm.

„Das kann nicht wahr sein!“, flüsterte Seerin entsetzt.

Flayne blickte ihn traurig an. „Ich habe versucht, es dir zu sagen, bevor die Arkyn kam ...“

„Das darf nicht wahr sein!“ Seerin schrie die Worte hinaus. Dann drehte er sich um und floh.

# Einen Drachen töten

Eine Zeit lang stand Flayne einfach nur da und starrte in den Wald hinein, dorthin, wo Seerin verschwunden war. Sie hätte wissen müssen, dass so etwas passieren würde. Aber sie hatte gehofft, Seerin würde verstehen. Sie hatte gehofft, dass ihre Liebe stärker war, als die alte Feindschaft zwischen Feuer und Wasser. Aber vielleicht hatte sie sich geirrt, vielleicht waren das nur die Träume eines Kindes, das Geschichten von der großen Liebe gehört hatte und sich seinen Illusionen hingab. Mit einer müden Bewegung wandte sie sich um und machte sich auf dem Weg zurück nach Meralyn. Am liebsten hätte sie sich einfach irgendwo verkrochen, doch das Wissen um Vivianas Veränderung war zu schrecklich, um es für sich zu behalten. Sie musste ihre Freunde vor der Zauberin warnen, auch wenn sie wusste, dass Drelyn ihr kein Gehör schenken würde. Es schien alles so hoffnungslos. Als sie Meralyn erreichte, winkte Halian ihr ungeduldig zu. „Beeil dich!", rief er ihr zu.

„Was ist denn los?", fragte Flayne erschöpft.

„Du scheinst ja gut gelaunt zu sein", kommentierte Halian sarkastisch. „Ich habe auf dich gewartet. Viviana hat Drelyn dieses Mittel gegeben."

„Welches Mittel?"

„Das Mittel, mit dem er den Drachen töten soll!"

„Nein!"

„Wir müssen uns beeilen, er ist schon vor einiger Zeit aufgebrochen." Halian unterbrach sich und runzelte die Stirn. „Du bis verletzt!"

„Nicht schlimm." Flayne wischte Halians Worte mit einer Handbewegung zur Seite. „Wo genau ist Drelyn hingegangen?"

„Das hat er mir nicht gesagt. Er will niemanden dabei haben."

„Dann gehen wir zum Wasserfall." Eine kleine Gestalt löste sich aus den Wolken und flog zu ihnen hinab. Fearflathas Falke.

„Er ist noch nicht am Wasserfall. Folgt mir, ich kenne einen kürzeren Weg!", rief dieser und flog voraus. Flayne zog Halian mit sich und sie folgten dem Falken zu Fuß. Obwohl sie nicht wusste, was sie tun sollte, wenn sie dort ankamen, hoffte Flayne sie würden den Wasserfall rechtzeitig erreichen.

Der Falke führte sie auf verborgenen Wegen durch das undurchdringliche Dickicht. „Wenn dieser Weg kürzer ist, warum hat Fearflatha mir nicht schon vorher davon erzählt?", fragte Flayne den Falken.

„Niemand außer mir kennt diesen Weg", erklärte dieser, „nicht einmal Fearflatha." Kurz bevor sie den Wasserfall erreichten, sah Flayne eine schlanke Gestalt mit braunem Haar vor ihnen durch den Wald huschen.

„Drelyn!", rief sie. „Warte!"

Der Elf blieb tatsächlich stehen. „Was wollt ihr?", fragte er verärgert, als sie ihn erreicht hatten. „Und wie habt ihr mich gefunden?"

„Du wolltest den Drachen töten und hast selbst gesagt, er würde am Wasserfall leben", erklärte Flayne. „Außerdem hatten wir ein wenig Hilfe." Sie strich dem Falken, der sich auf ihrer Schulter niedergelassen hatte, über das Gefieder. „Würdest du mir jetzt bitte erklären, was du vorhast?"

Drelyn schien sich ein wenig unbehaglich zu fühlen. „Was ich vorhabe? Dieses Ungeheuer töten, was sonst?"

„Warum?"

„Müssen wir schon wieder darüber diskutieren? Er hat meine Eltern getötet. Das weißt du."

„Das weiß ich nicht. Ebenso wenig wie du. Du glaubst es nur, weil Viviana es dir erzählt hat."

Drelyn blickte Flayne verständnislos an. „Natürlich."

„Was würdest du glauben, wenn ich dir erzählen würde, dass der Drache deine Eltern nicht getötet hat?", fragte Flayne.

Der Elf runzelte die Stirn. „Was soll das eigentlich?", fragte er ungeduldig.

„Du glaubst mir nicht?" Flayne funkelte ihn an.

„Viviana hat magische Kräfte ..."

Flayne unterbrach ihn. „Die habe ich auch und ich erkenne, ob jemand lügt! Du schenkst lieber einer Frau Glauben, die versucht hat, ihre eigene Nichte zu töten, als mir."

Drelyn sah sie verwundert an. „Ihre Nichte? Viviana hat keine

Nichte. Zumindest keine, von der ich weiß. Warum willst du mich unbedingt zurückhalten?"

Flayne seufzte. „Du weißt warum. Egal, was geschieht, einer von euch wird sterben, entweder du oder der Drache. Es kann nicht gut enden, wenn du jetzt nicht aufhörst. Vor dir gähnt ein Abgrund, und wenn du noch einen Schritt weiter gehst, fällst du!"

Drelyn schüttelte den Kopf. „Unsinn", murmelte er. Er schob Flayne zur Seite und lief weiter auf den Wasserfall zu.

„Wie willst du das überhaupt schaffen?", rief Flayne ihm hinterher.

Drelyn zog ein kleines Fläschchen aus seiner Tasche. „Damit", erklärte er.

„Und wo bleibt deine Ehre? Die Zaubermittel einer Dunkelelfe in einem ehrlichen Kampf zu verwenden, ist nicht besonders ehrenhaft."

Drelyn fuhr herum. „Wag es nicht noch einmal, Viviana zu beleidigen." Dann verschwand er zwischen den Bäumen.

„Das wird kein ehrenhafter Kampf", flüsterte Halian.

Auch Seerin ging zurück nach Meralyn. Er wollte wieder nach Hause, zum Meer zurückkehren und sich von ihm, wie so oft, trösten lassen, doch zuvor wollte er sich von seinen Freunden verabschieden.

Er konnte Drelyn nicht finden, erfuhr aber von Ealyn, dass ihr Bruder auf dem Weg war, seine Eltern zu rächen.

Seerin beschloss, ihn zu suchen, und wenn er ihn schon nicht aufhalten konnte, ihm vielleicht zur Hilfe zu kommen oder zumindest da zu sein. Selbst der Gedanke, dabei möglicherweise Flayne wieder zu treffen, hielt ihn nicht zurück.

„Komm mit", bat er Ealyn.

Sie schüttelte den Kopf. „Nein. Ich kann das nicht mit ansehen. Ganz gleich, wie es endet."

„Vielleicht könntest du ..."

Ealyn unterbrach ihn. „Glaubst du wirklich, er lässt sich jetzt noch aufhalten?" Ihre Stimme klang bitter.

So machte Seerin sich allein auf den Weg zum Wasserfall, wo Ealyns Worten zufolge der Drache lebte. Jetzt erkannte er auch, was Flayne dort gewollt hatte und weshalb sie ihn gebeten hatte, Drelyn nichts von ihrem Ausflug zu erzählen. Er vertrieb jeden Gedanken an sie und ging weiter. Als er den Fluss erreichte, bat er die Strömung, ihn so schnell wie möglich zum Wasserfall zu tragen.

Flayne folgte Drelyn. „Was ist das für ein Zeug?“, fragte sie Halian, der neben ihr herlief.

„Ich bin mir nicht sicher. Viviana sagte nur, dass sie es nach einem Rezept aus diesem Buch aus Galda gemacht habe. Angeblich sollen seine Dämpfe allein einen Drachen töten, aber anderen Lebewesen keinerlei Schaden zufügen.“ Halian verzog das Gesicht. „Und der Kerl regt sich auf, wenn ich etwas stehle.“

„Das können wir nicht zulassen“, rief Flayne. „Vielleicht bringt es sie beide um oder es funktioniert nicht und Drelyn wird getötet oder Fearflatha stirbt. Das ist eine Katastrophe.“ Sie rannte schneller.

„Wer ist Fearflatha?“, verlangte Halian zu wissen, während er sich fragte, wovon sie überhaupt redete.

„Der Drache.“

„Woher weißt du …?“ Halian schwieg, als er bemerkte, dass Flayne ihm gar nicht zuhörte. Er zuckte nur mit den Achseln und versuchte mit ihr Schritt zu halten.

Als sie den Rand der Lichtung erreicht hatten, blieben sie stehen. Flayne wusste, dass sie diesen Kampf verhindern musste. Wenn sie nur wüsste, wie!

Drelyn stand noch immer auf der Lichtung, wartend, ohne zu wissen, wo der Drache steckte und wie er ihn finden sollte. Flayne hoffte, es würde so bleiben, doch ihre Hoffnung wurde zerschlagen, als sich der Wasserfall wie ein Vorhang zu teilen schien. Hindurch trat Fearflatha in seiner Drachengestalt, so majestätisch und Angst einflößend, dass Drelyn für einen Moment zu erstarren schien.

„Was wollt Ihr?“, grollte die tiefe Stimme des Drachen über das Wasser.

„Rache!“, schrie Drelyn zurück. Seine Stimme ging im Donnern des Wasserfalls unter, dennoch vernahm der Drache seine Worte. „Rache für den Tod meiner Eltern.“

„Warum sucht Ihr sie bei mir?“, fragte Fearflatha.

„Das wisst Ihr ebenso gut wie ich!“, entgegnete Drelyn. Das Fläschchen verschwand wieder in seiner Tasche. Es schien, als wolle er zumindest versuchen, den Kampf auf ehrenhafte Weise und nur mit seinem Schwert bewaffnet zu bestreiten. Doch Flayne machte sich keine Illusionen. Sobald für Drelyn die Gefahr bestand, zu sterben, ohne Fearflatha getötet zu haben, würde er Vivianas Mittel benutzen.

Der Drache stand jetzt genau vor Drelyn. „Kleiner Elf, so mutig Ihr auch seid, so könnt Ihr mich doch nicht besiegen. Ihr mögt vielleicht ein guter Schwertkämpfer sein, doch ein einziger Feuerstoß reicht, um Euch in eine winzige Aschewolke zu verwandeln."

„In diesem Fall würdet Ihr keinen ehrenhaften Kampf kämpfen. In einem Duell ist jegliche Magie verboten."

„Nach Euren Regeln vielleicht. Doch den Gesetzen der Drachen zufolge ist in einem Kampf auf Leben und Tod alles erlaubt. Außerdem kann ich an einem grundlosen Kampf nichts Ehrenhaftes entdecken", erklärte Fearflatha. „Aber wenn Ihr unbedingt darauf besteht, kämpfen wir nach Euren Regeln."

Drelyn lächelte grimmig und zog sein Schwert. Die schmale Klinge machte neben dem gewaltigen Drachen einen völlig lächerlichen Eindruck.

Dann stürmte er auf Fearflatha zu.

Flayne zitterte. Sie musste etwas tun, irgendetwas! Und doch konnte sie sich nicht rühren. Eine unsichtbare Kraft schien sie zurückzuhalten. Vielleicht war es das Wissen, nichts tun zu können.

Fearflatha wich Drelyn aus, schneller, als irgendjemand seinem massigen Leib zugetraut hätte. Flayne warf Halian einen Blick zu. Die Leuchtfliegen hatten sich abermals unter seinem Umhang verborgen und der Dieb schien von dem Anblick, der sich ihm bot, gefangen zu sein. Er hatte noch nie zuvor einen Drachen gesehen und kannte diese Wesen nur aus alten Legenden. Und jetzt spielte sich direkt vor seinen Augen ein Drachenkampf ab.

Was würde er denken, wenn er erfuhr, dass der Drache, den Drelyn zu töten versuchte, Flaynes Vater war? Vermutlich das gleiche wie Seerin. Seerin. Wenn sie es ihm nur hätte erklären können. Vielleicht hätte er sie verstanden. Vielleicht. Vielleicht hätte er verstanden, dass das Ungeheuer, welches die Legenden durchspukte und vor dem sich alle fürchteten, nicht so grausam war, wie immer erzählt wurde. Sie erinnerte sich an seine Worte auf dem Floß, als er erklärt hatte, die Welt würde durch einen toten Drachen ein besserer Ort, und an das Entsetzen in seinem Blick, als sie sich verwandelt hatte. Ihr Inneres zog sich auf schmerzhafte Weise zusammen.

Hätte Drelyn ihr geglaubt? Hätte sie auf diese Art den Kampf verhindern können, wenn sie ihm die Wahrheit gesagt hätte? Nein, er würde ihr nicht glauben, nicht wenn er erfuhr, wer sie wirklich war. Drelyns Bewegungen waren die eines Elfen, so schnell, dass man sie erst sah, wenn er sie schon zu Ende geführt hatte. Doch Fearflatha schien seine Bewegungen schon vorauszusehen, noch bevor Drelyn überhaupt an sie dachte.

Drelyn duckte sich unter einem Schlag von Fearflathas Schwanz hinweg. Ihr Vater hatte viel zu hoch gezielt, erkannte Flayne. Drelyn stürmte auf den Drachen zu. Dieser wartete, den Elfen scheinbar überhaupt nicht beachtend, geduldig ab, nur um ihn in der letzten Sekunde mit einem fast sanften Stupsen seiner Schwinge beiseite zu wischen.

Flayne erkannte deutlich, dass Fearflatha nur mit Drelyn spielte. Er wich ihm spielerisch aus und schien auf etwas zu warten. Zwar führte auch er Angriffe gegen seinen Gegner, doch sie waren nicht ernst gemeint, denn Drelyn konnte sie alle abwehren oder ihnen ausweichen. Flayne wusste, dass der Elf, wenn Fearflatha ihn hätte töten wollen, bereits nicht mehr am Leben wäre.

Sie sah, wie Halian zusammenzuckte, als der Schwanz des Drachen mit einem lauten Krachen auf dem Boden aufschlug, direkt dort, wo Drelyn noch wenige Sekunden zuvor gestanden hatte. Flayne spürte plötzlich, wie schmerzhaft fest sie ihre Hände um den Ast des neben ihr stehenden Baumes gekrallt hatte.

Drelyn stürzte sich auf Fearflatha, dieser wich jedoch blitzschnell aus und hieb selbst nach ihm. Der Elf wich dem Schlag aus, doch Flayne erkannte, dass Fearflathas Hieb nur mit halber Kraft geführt war und langsamer als es dem Drachen möglich gewesen wäre. Doch wie sollte es enden? Es konnte nicht immer so weitergehen, sie würden nicht bis in alle Ewigkeit kämpfen. Entweder würde Drelyn Vivianas Gift benutzen oder Fearflatha würde dieses Spiels überdrüssig werden und es beenden. Flayne schloss einen Moment die Augen, wollte einfach nicht mehr hinsehen, wollte es ausschließen, in der Hoffnung es sei alles nur ein böser Traum.

„Was soll das denn?“, hörte sie Halian verwundert fragen und sah auf.

Drelyn und Fearflatha schienen ihren Kampf beendet zu haben.

Fearflatha stand in majestätischer Ruhe und Gelassenheit da und blinzelte den Elfen aus seinen roten Augen spöttisch an, Drelyn dagegen schien der kurze Kampf bereits erschöpft zu haben. „Vielleicht sollten wir wirklich nach Euren Regeln kämpfen“, keuchte er.

„Wie Ihr wünscht“, entgegnete Fearflatha spöttisch. Flayne wusste, wie ungeduldig ihr Vater war. Er würde aus diesem Spiel bald Ernst machen und es beenden. Plötzlich erkannte sie, dass es bereits zu Ende war.

Drelyns Hand verschwand in der Tasche seines Umhangs während Fearflatha tief Luft holte. Flayne sah beides. Sie wusste nicht, ob Fearflatha Drelyn mit seinem Feuerstoß diesmal töten würde oder nicht. Doch Vivianas Zauber würde, wenn er wirklich funktionierte, dem Leben ihres Vaters ein Ende bereiten. Sie zweifelte nicht daran, dass es wirkte. Viviana lag zu viel am Erfolg von Drelyns Mission, sie hatte alles viel zu lange vorbereitet, viel zu lange gewartet, um sich jetzt ihre Rache nehmen zu lassen. Sie würde nicht zulassen, dass Drelyn scheiterte, nur weil das magische Gift nicht wirkte.

Flayne konnte nicht einfach dasitzen und abwarten, zusehen, wie ihr Vater durch einen faulen Zauber getötet wurde. Sie sah die kleine Phiole in Drelyns Hand und für einen Moment war sie wie gelähmt.

Drelyn hob die Hand zum Wurf. Ohne zu überlegen, lief Flayne aus dem Dickicht heraus über das weiche Gras der Lichtung. Sie sah, wie die kleine Phiole die Hand des Elfen verließ, und sprang. Sie wusste nicht, woher sie die Kraft zu solch einem weiten Sprung nahm, doch er gelang ihr.

Sie fing die kleine Phiole mitten im Flug. Barg sie sicher in ihren Fingern. Fiel durch Fearflathas Feuerstoß, spürte seine angenehme Wärme und kam unsanft aber unbeschadet im weichen Gras auf. Sie rollte über ihre Schulter ab, wie sie es einst von Fol gelernt hatte und stand vorsichtig auf. Die Phiole war nicht mehr in Fearflathas Reichweite. Selbst wenn sie jetzt zerbrach, würde sie keinen Schaden anrichten. Sie wandte sich um. Alle Augen waren auf sie gerichtet. Halian schien nicht zu wissen, ob er sie entsetzt anstarren oder lachen sollte. Drelyn schien wie erstarrt und aus seinem Blick sprach eindeutig Entsetzen. In Fearflathas Augen erkannte Flayne, dass er Drelyns List durchschaut hatte, eine glühende Wut lag in ihnen, doch sie sah in ihnen auch Dankbarkeit und Stolz. Stolz auf seine Tochter. Sie bat ihn mit einem Blick, Drelyn trotz seines unehrenhaften Tricks zu verschonen.

Doch dann veränderten sich die Gesichtszüge ihres Vaters und auch er blickte Flayne voller Entsetzen an.

Die Welt begann sich zu drehen und Flayne spürte Schmerzen in ihrer linken Hand. Sie hob die Hand vor ihr Gesicht und winzige Scherben fielen zu Boden. Ein rotes Rinnsal lief über ihre Handfläche und tropfte zu Boden, dann wurden die Umrisse ihrer Hand undeutlich und verschwammen vor ihren Augen.

Flayne spürte nicht mehr, wie sie auf dem Boden aufschlug.

Kurz bevor Seerin den Wasserfall erreichte, verließ er den Fluss. Selbst für ihn war es zu gefährlich, so dicht an die herabstürzenden Wassermassen heranzuschwimmen.

Leise schlich er durch den Wald zu der Lichtung, auf der Drelyn seine Rache vollenden wollte. Er lauschte auf jedes Geräusch. Hin und wieder hörte er etwas, das gefährlich nach einem Kampf klang.

Seerin näherte sich der Lichtung von Norden, nicht von Westen, wie es Flayne, Halian und der Falke getan hatten. Daher begegnete er niemandem. Auch hier wuchs dichtes Unterholz und Seerin spähte wie Halian und Flayne auf der andern Seite durch die Zweige. Und wie sie sah er Drelyn und den Drachen auf der Lichtung kämpfen.

Er war froh, Drelyn noch am Leben zu sehen. Dem Schweiß auf dem Gesicht des Elfen nach zu schließen, dauerte der Kampf schon einige Zeit an und im Grunde hatte Drelyn gegen den Drachen nicht die geringste Chance. Und doch lebte er noch!

Seerin hörte Drelyns Worte. Hörte, wie er dem Drachen erklärte, es sei besser nach den Regeln der Drachen zu kämpfen.

Er sah, wie der Elf die Hand hob und eine schlanke, rothaarige Gestalt aus dem Dickicht am Rande der Lichtung stürzte. Er beobachtete, wie Drelyn den kleinen Gegenstand warf und Flayne ihn mitten im Flug fing, sah den Feuerstoß, der sie umhüllte, dann verebbte und sie unversehrt auf dem Boden aufkommen ließ. Dann bemerkte er das Erschrecken in den Augen des Drachen und fragte sich, was diese Phiole enthielt, doch bevor er darüber nachdenken konnte brach Flayne zusammen.

„Nein!“ Er wollte sie nie wieder sehen. Wollte sich nicht erinnern. Wollte die schöne gemeinsame Zeit vergessen, wollte vergessen, wer sie war und dass er sie liebte. Vergessen, dass es sie jemals gegeben hatte. Doch er wollte nicht, dass sie starb. Er liebte die Flayne, die einst auf sein Schiffswrack gekommen war, die Flayne, die er vor dem Ertrinken gerettet hatte, nicht den Drachen, der ihm vor Kurzem begegnet war, obwohl sie ein und dieselbe Person waren. Sie durfte nicht sterben!

Seerin vergaß den Drachen, vergaß, dass er Flayne nie wieder sehen wollte, vergaß, dass er eigentlich gar nicht hier, sondern einige Meilen entfernt, am Meer sein sollte. Er dachte nur noch daran, dass Flayne auf der Lichtung zusammengebrochen war.

Ohne weiter nachzudenken, rannte er los und sank neben ihr auf die Knie. Auch Drelyn und Halian erreichten die leblose Gestalt kurz nach einem großen rothaarigen Mann, dem sie kaum Beachtung schenkten.

Seerin fühlte ihren Puls, er war unregelmäßig und schnell, doch er war da. Sie lebte!

„Es hat sie nicht getötet“, murmelte der Rothaarige, „noch nicht …“

„Wer seid Ihr?“, fragte Drelyn.

Der Fremde wandte sich dem Elfen zu. Sorge verdunkelte seinen Blick. „Ich bin Flaynes Vater.“

Drelyn blickte ihn verwirrt an. „Aber … woher …? Wie kommt Ihr hier her?“

„Ich wohne hier. Wir haben gerade gegeneinander gekämpft. Wisst Ihr das nicht mehr?“ Die Worte sollten spöttisch klingen, doch es misslang und mit gerunzelter Stirn wandte Fearflatha sich wieder seiner Tochter zu.

Seerin verstand. „Sie ist die Tochter des Drachen.“

„Halbdrachen“, warf Fearflatha ein.

„Und dieses Mittel ...“ Seerin betastete vorsichtig die Scherben, die aus Flaynes Hand gefallen waren.

„... sollte mich töten“, vollendete der Halbdrache den Satz. „Es wirkt nur bei Wandlern, deshalb ist Flayne noch am Leben. Ihre elfische Hälfte schützt sie. Doch es wird nur wenige Tage dauern, bis Vivianas Zauber seine Wirkung voll entfalten und sie töten wird.“

„Woher wisst Ihr ...?“, begann Drelyn, doch er wurde von Halian unterbrochen. „Gibt es irgendein Gegenmittel?“, fragte der Dieb.

„Das gibt es. Östlich von hier liegt das Änoengebirge. Dort wächst eine seltene Pflanze. *Enyn, untergehende Sonne*, wird sie von den Elfen genannt.“

„Ich habe von ihr gehört“, entgegnete Drelyn. „Ihre Blütenblätter sollen bei Sonnenuntergang strahlend hell leuchten.“

Der Halbdrache nickte. „So ist es. Wird ihr Saft getrunken, kann er jeden Zauber aufheben. Gelangt er in jemandes Blut, verliert dieser seine Magie.“

„Woher wissen wir, dass wir Euch trauen können?“, fragte Drelyn misstrauisch.

„Gar nicht. Ihr könnt mir glauben oder es sein lassen.“ Fearflatha blickte den Elfen verächtlich an.

Seerin spürte, wie Flayne sich bewegte. „Ich glaube sie wacht auf!“

Flayne blinzelte. Als sie Seerin erkannte, lächelte sie, sagte aber nichts. Dafür wandte sie sich an Drelyn. „Er sagt die Wahrheit.“ Ihre Worte waren kaum mehr als ein Flüstern. Müde schloss sie die Augen.

Drelyn starrte Fearflatha ungläubig an. Er hatte Tausende Fragen. Doch er war sich nicht sicher, ob er die Antworten wirklich erfahren wollte. Dann wagte er doch, eine von ihnen zu stellen. „Woher wusstet Ihr, dass der Zauber von Viviana stammt?“

Der Drache lächelte traurig. „Außer Viviana gibt es niemanden, der mich so sehr hasst, dass er das Leben seines Cousins aufs Spiel setzen würde, um seine Rachegelüste zu befriedigen.“

„Rachegelüste? Wieso ...?“

Fearflatha seufzte. Er würde Drelyn die ganze Geschichte erzählen müssen. Der Elf hatte das Recht, alles zu erfahren. Doch was war mit den anderen? Fearflatha dachte einen Moment nach, kam dann aber zum Schluss, dass sie Flaynes Freunde waren und es nicht schaden würde, wenn sie die Wahrheit erführen. Vermutlich hatte er ohnehin keine andere Wahl. Als er geendet hatte, starrten ihn drei vor Erstaunen geweitete Augenpaare an. Fearflatha wusste, dass sie ihm nicht trauten, und auch Flayne bestätigte seinen Bericht diesmal nicht. Sie schien zu schlafen oder bewusstlos zu sein.

Er war versucht, ihnen das Elixier der Klarheit geben. Doch sie würden es nicht trinken, sondern vielmehr glauben, er versuchte, sie zu vergiften.

Es gab nur eine Möglichkeit, Flayne zu retten, und dazu war die Enyn vonnöten. Und jemand, der sie holte.

Fearflatha konnte nicht selbst gehen, so gern er es auch täte. Er durfte Flayne nicht allein zurücklassen. Viviana hatte oft genug gezeigt, dass sie Flayne ebenso tot sehen wollte wie ihren Vater. Sollte er sie allein oder in der Obhut ihrer Freunde zurücklassen, schwebte sie, wehrlos, wie sie jetzt war, in allzu großer Gefahr.

Er musste bei ihr bleiben und die Suche nach der Enyn jemand anderem überlassen, jemandem der bereit war, sich für Flayne in Gefahr zu begeben und vielleicht sogar sein Leben aufs Spiel zu setzen.

„Wir haben keine Wahl“, erklärte Seerin. „Wenn es die einzige Möglichkeit ist, Flayne zu retten, müssen wir diese Blume finden.“

„Und wenn alles ein Irrtum ist und die Enyn nicht wirkt? Oder“, Drelyn senkte die Stimme, „wenn es nur gelogen ist?“

„Was können wir anderes tun? Wir müssen es zumindest versuchen. Wir können nicht einfach hier herumsitzen und Flayne sterben lassen“, fauchte Seerin und Halian bestätigte seine Worte mit einem Nicken. Letztendlich sah auch Drelyn ein, dass sie keine andere Wahl hatten.

# Warnung der Schatten

Sie mussten sich beeilen. Der Weg zum Änoengebirge war nicht allzu weit, aber tückisch und voller Gefahren. Die größte Schwierigkeit lag darin, die Enyn zu finden. Drelyn hatte gehört, sie wüchse nur auf den höchsten Gipfeln der Berge und auch Fearflatha bestätigte dies. Bevor sie zu ihrer Reise aufbrachen, kehrten sie noch einmal nach Meralyn zurück, um sich dort mit Vorräten einzudecken und sich abermals von Ealyn zu verabschieden.

Drelyn war Fearflatha gegenüber noch immer misstrauisch. Er wusste nicht, ob er der Erzählung des Halbdrachen oder den Worten seiner Cousine glauben schenken sollte. Er war entschlossen seine Rache zu vollenden, wenn es sein musste auch ohne Zaubermittel. Er würde warten, warten bis Flayne geheilt war, und dann tun, was zu tun er geschworen hatte. Tun, was er tun musste, um seine Eltern zu rächen. Außerdem würde er Landuna zu einem weitaus sichereren Land machen, wenn er einen Drachen tötete. Aber was war mit Flayne? Wenn sie wirklich Fearflathas Tochter war, floss auch in ihren Adern Wandlerblut …

Drelyn vertrieb diesen Gedanken. Zuerst musste er sie retten. Retten vor der Vergiftung, die er selbst verschuldet hatte. Dann würde er seine Eltern rächen oder bei dem Versuch zugrunde gehen! Und danach? Ein Danach würde es vermutlich nicht geben.

Die drei Freunde betraten die alte Eiche und verstauten einige Vorräte in ihren Rucksäcken. Als Ealyn von ihrem Unterricht bei dem alten Heiler Myrin zurückkehrte, waren sie bereit aufzubrechen. Als Ealyn ihren Bruder sah, trat ein strahlendes Lächeln auf ihr Gesicht. „Du lebst? Du hast den Kampf mit diesem Ungeheuer überstanden?“ Sie umarmte ihn und in ihren Augen standen Tränen. „Ich dachte, du würdest nie wieder zurückkommen.“

Drelyn blickte sie traurig an. Wenn er von dieser Mission nicht mehr zurückkehrte oder wenn Fearflatha ihn tötete, was würde mit Ealyn geschehen? Sie wäre allein, die letzte Überlebende ihrer Familie, wenn man einmal von Viviana absah, die ihr ganzes Leben allein auf einer Insel in Eylennas See verbrachte. Zweifel überkamen Drelyn. Er erinnerte sich an das Gefühl, als er vom Tod seiner Eltern erfahren hatte, stellte sich vor, er würde von Ealyns Tod hören. Sie würde ihn ebenso betrauern wie er sie. Würde er seine Schwester nicht im Stich lassen, wenn er für die Rache an Fearflatha alles, auch sein Leben, aufgab?

Wieder vertrieb er diese Gedanken und lächelte seine Schwester an. „Der Drache ist noch nicht tot." Ihr Lächeln verschwand und wich einem Ausdruck des Schreckens. „Nein, ich ziehe nicht wieder aus, ihn zu töten", fügte Drelyn hinzu, um sie zu beruhigen. „Es ist etwas Unvorhergesehenes geschehen, aber ich kann es dir jetzt nicht erklären. Geh zu der Höhle hinter dem Wasserfall. Wenn du jemandem begegnest, sag, dass du meine Schwester bist und zu Flayne willst."

„Was ist mit Flayne?", fragte Ealyn.

„Das kann ich dir jetzt nicht erklären." Drelyn lächelte leicht. „Vertrau mir."

„Lebt dort nicht irgendwo der Drache?" Drelyn sah die Furcht in Ealyns Augen. Er nickte. „Sei vorsichtig. Pass auf, was du tust. Wenn du jemandem begegnest, egal wem, bedenke immer, dass du nicht weißt, ob du ihm wirklich trauen kannst."

Ealyn nickte resigniert. „Und wohin gehst du?"

„Ins Änoengebirge. Ich werde bald zurück sein." Er umarmte sie zu Abschied. „Wenn du Viviana siehst, sei vorsichtig, lass sie nicht erfahren, wohin wir gegangen sind."

Ealyn seufzte und nickte. Sie gab es auf, Drelyn weitere Fragen zu stellen. Sie kannte ihn gut genug, um zu wissen, dass er ihr nicht antworten würde.

Als Drelyn ging, blickte sie ihm nach, hatte aber nicht mehr die Kraft, ihn hinauszubegleiten. „Sei vorsichtig!", rief sie ihm hinterher, war sich aber nicht sicher, ob er ihre Worte noch hörte. Sie machten ohnehin keinen Unterschied. Ealyn wusste, dass Drelyn selten Rücksicht auf sein eigenes Leben nahm.

Halian und Seerin, die die Eiche bereits verlassen hatten, damit Drelyn sich in Ruhe von seiner Schwester verabschieden konnte, warteten auf ihn. Als der Elf zu ihnen trat, gab Seerin gerade mit einem resignierten Seufzen seine Bemühungen auf, Halian zu erklären, dass er die neben ihm stehende Maraylan zurücklassen musste, weil sie einfach zu schwer war und ihn nur behindern würde.

Drelyn war nicht in der Stimmung, sich mit irgendjemandem zu streiten. So warnte er Halian nur einmal, dass sie in den Bergen auch klettern mussten und erklärte ihm, dass niemand ihm seine Last abnehmen würde, sollte er die Harfe tatsächlich mitnehmen.

Halian kümmerten diese Worte wenig. Solange er Maraylan dicht an seinem Körper trug, schien sie vollkommen schwerelos zu sein.

Obwohl es erst Mai war, schien der kurz bevorstehende Sommer sich bereits bemerkbar zu machen und die Sonne brannte heiß auf sie herab. Drelyn störte es wenig. Er war, wie alle Angehörigen seines Volkes, gegen Hitze und Kälte unempfindlich. Auch Halian fühlte sich wohl. Er war die Sommer in Galda gewohnt, in denen sich die Hitze in den schmalen, dreckigen Gassen staute und ein unerträglicher Gestank die Straßen durchzog. Er genoss den Wind, der kühlend über sein Gesicht strich und der in Galda nur auf den Dächern der höchsten Häuser zu spüren war. Er atmete tief ein und wusste, dass er nie wieder als Dieb die dunklen Gassen dieser Stadt durchstreifen würde.

Ganz anders erging es Seerin. Die trockene Luft, welche seine Lungen füllte, kratzte ungewohnt in seinem Hals. Er war das immer kühle Meer und die feuchte Seeluft gewohnt. Obwohl es noch nicht so warm war wie im Juli oder August, herrschten unter Wasser doch zu keiner Jahreszeit solch hohe Temperaturen.

„Flayne würde dieses Wetter lieben", dachte er trübsinnig. Dann verbannte er sie vorerst aus seinen Gedanken, doch völlig gelang ihm dies nie. Zu stark war seine Angst um sie, zu frisch die Erinnerung an das, was geschehen war, an das, was sie war. Würde durch Flaynes Adern kein Wandlerblut fließen, könnte er sie so lieben, wie sie war. Wäre ihr Vater kein Halbdrache, wäre sie niemals vergiftet worden. Doch all diese Gedanken halfen nichts. Was geschehen war, ließ sich nicht mehr ändern. Das Einzige, was er tun konnte, war ein Gegenmittel gegen Vivianas Zauber zu finden, um Flayne zu retten und sich dann, weit entfernt von ihr, einen ruhigen Ort des Vergessens zu suchen. Zu Seerins Erleichterung führte der Weg zum Änoengebirge an der Küste entlang. Um das Gebirge zu erreichen, mussten sie nur dem Meeressaum in östlicher Richtung folgen und Seerin verbrachte einen großen Teil des Weges unter Wasser. So war er nicht nur geschützt vor der trockenen Wärme, die auf den mit spärlichem Gras bewachsenen Felsen am Rande der Klippen herrschte, sondern auch um einiges schneller als seine Gefährten, sodass er sich oftmals einfach wartend im Wasser treiben lassen konnte. Jeden anderen hätten die Wellen gegen die Klippen geschleudert, doch nicht Seerin. Die Geister seines Volkes, welche noch immer in den Wellen lebten, schützten ihn. Zu jeder anderen Zeit hätte er dies genossen, zu jeder anderen Zeit hätte das Rauschen der Wellen und das Flüstern des Meeres ihm Trost gespendet, doch in diesen Tagen drängte Flayne sich immer wieder in seine Gedanken.

Der Abend nahte. Bei Einbruch der Dunkelheit schlugen sie ihr Lager auf, da an den Klippen, besonders für Halian, die Gefahr bestand, abzustürzen, und außerdem eine tiefe Erschöpfung begann, sich in ihren Gliedern auszubreiten. Während Drelyn und Halian trockene Äste am Rand des Waldes suchten, um ein Feuer zu entfachen, was bei diesem warmen Wetter keine allzu große Schwierigkeit darstellte, sprang Seerin ins Wasser, um ein paar Fische zu fangen. Als Halian ihn dabei beobachtete, überkam ihn der schleichende Verdacht, dass sie in den nächsten Tagen von nichts anderem als Fisch leben würden.

Während des Essens sprach niemand ein Wort. Sie waren müde und jeder hing seinen eigenen Gedanken nach.

Seerin erinnerte sich, wie Flayne ein Feuer entfacht hatte, als sie ihn gemeinsam mit Drelyn in seinem Schiffswrack besucht hatte. „Weiße Flammen", dachte er. „Drachenfeuer."

Wieder versuchte er den Gedanken zu vertreiben, ohne dass es ihm gelang. Und so schlief er ein, mit Flaynes Bild vor Augen und einer tiefen Traurigkeit im Herzen.

Als Seerin am nächsten Morgen erwachte, begann es gerade zu dämmern. Seine Gefährten schliefen noch fest. Er wusste, dass er nicht wieder einschlafen konnte, und so stand er auf, sprang ins Wasser und schwamm ein Stück. Als er wieder auftauchte, begann die Sonne gerade aufzugehen und er gestattete sich, einen Moment einfach nur auf einem Felsen mitten in der Brandung zu sitzen und den Sonnenaufgang zu betrachten. Doch dann wandten sich seine Gedanken wieder dem Ziel ihrer Reise zu und er kehrte zum Lager zurück, um seine Gefährten zu wecken. Nicht einmal Halian beschwerte sich über das frühe Aufstehen.

Ihr karges Frühstück bestand, wie Halian bereits am Vortag befürchtet hatte, aus kaltem, gebratenem Fisch. Die Reste ihres Mahls verstauten sie in den Rucksäcken. Gerade als sie aufbrechen wollten, warf Drelyn einen Blick zum Horizont und runzelte die Stirn.

„Was ist das?“, flüsterte er.

Auch Halian und Seerin spähten in die Richtung, in die der Elf gedeutet hatte, doch sie konnten nichts entdecken. Drelyn hatte bei Weitem die schärfsten Augen.

„Was siehst du?“, fragte Seerin.

„Schatten am Horizont“, entgegnete der Elf leise.

„Vielleicht sind es Nebelschleier. Die gibt es hier oft, vor allem am frühen Morgen“, vermutete Seerin, der schon viele nebeldurchwirkte Sonnenaufgänge am Meer gesehen hatte.

Drelyn nickte. „Vielleicht. Doch sie bewegen sich nicht wie Nebelschwaden.“ Er spähte angestrengt in die Ferne und runzelte die Stirn. „Viel zu gleichmäßig. Aber mehr kann ich nicht erkennen, sie sind zu weit entfernt.“

Sie ließen es darauf beruhen. Drelyn sah sich zwar noch einige Male beunruhigt um, konnte aber außer weißen, verschwommenen Schlieren nichts erkennen, und so setzten sie ihren Weg ohne Unterbrechung fort.

Auch an diesem Tag war es sehr warm und die Sonne schien hell vom Himmel herab. Trotzdem verdunstete der Nebel nicht. Als Drelyn sich zur Mittagszeit noch einmal umwandte, um einen Blick zurückzuwerfen, sah er, dass der Horizont noch immer hinter weißen Schleiern verborgen lag. Unter den warmen Sonnenstrahlen hätte der Nebel sich schon längst auflösen müssen, stattdessen schien es dem Elfen beinahe, als seien die Schlieren dichter geworden.

Er machte seine Gefährten darauf aufmerksam.

Seerin runzelte die Stirn. „Meinst du den hellen Streifen dort am Horizont?“

Drelyn nickte. Wenn Seerin ihn sehen konnte, musste der Nebel ihnen näher gekommen sein. Dennoch konnte der Elf noch immer nichts als einen hellen Schatten wahrnehmen.

„Nebel müsste sich um diese Zeit längst verzogen haben." Seerin sprach aus, was Drelyn dachte. „Aber wenn es kein Nebel ist, was ist es dann?"

„Ich weiß es nicht", entgegnete der Elf, „aber ich habe kein gutes Gefühl beim Anblick dieser Schlieren."

„Wenn sie näher gekommen sind, werden sie uns irgendwann einholen", überlegte Seerin. „Spätestens dann werden wir erfahren, was das ist."

„Betet, dass es nie dazu kommt", ertönte Halians Stimme hinter ihnen. „Ein seltsamer Nebel, der nicht vor dem Sonnenlicht zurückweicht und sich stattdessen nähert, klingt nicht, als würde ich ihm gern begegnen." Zwar konnte er die Schlieren, von denen Seerin und Drelyn sprachen noch immer nicht sehen, doch ihre Worte beunruhigten ihn.

Drelyn nickte. „Wir sollten versuchen, ein wenig Abstand zu diesem Nebel zu gewinnen."

Wenige Stunden später begann Halian zu frösteln. Auch die anderen packten ihre Umhänge aus. Sie hatten diese trotz des warmen Wetters mitgenommen, da sie wussten, dass es in den Bergen sehr kalt werden würde. Doch noch hatten sie das Gebirge nicht erreicht, die schneebedeckten Gipfel am Horizont waren noch weit entfernt und die warmen Mittagsstunden waren kaum verstrichen. Keine Wolke hatte sich vor die Sonne geschoben. Dennoch froren sie. Es schien, als kröche die Kälte wie ein lebendiges Wesen immer näher und näher.

Es war später Nachmittag, als Halian sich umsah und überrascht nach Luft schnappte.

„Was ist los?", fragte Seerin.

„Ich sehe den Nebel", erklärte der Gestaltwandler.

Seerin und der Elf wechselten einen beunruhigten Blick und wandten sich um. Wenn Halian den Nebel bereits sehen konnte, musste er ihnen schon ein ganzes Stück näher gekommen sein, dabei sah es gar nicht danach aus. Die grau-weiße Wand schien noch immer an derselben Stelle zu verharren, an der Drelyn sie am frühen Morgen entdeckt hatte.

Ein seltsames Gefühl der Bedrohung ergriff von dem Elfen Besitz, gleichzeitig schien sich sein Inneres mit Leere zu füllen. Er fühlte sich einsam, doch es war nicht die angenehme, lebendige Einsamkeit, die er verspürte, wenn er allein durch die Wildnis streifte oder auf einer Klippe stand und die Stille genoss, sondern ein anderes, vollkommen trostloses Gefühl.

Am Abend schlugen sie ihr Lager wieder am Rand des Waldes auf. Zwar fürchteten sie, der Nebel könnte sie während der Nacht einholen, doch sie waren erschöpft und konnten nicht ewig weiterwandern. Die Gefahr in ihrem Rücken kam so unausweichlich näher, dass Flucht unmöglich schien. Obwohl sie gewarnt waren, wussten sie doch, dass sie so etwas Substanzloses wie Nebel nicht bekämpfen konnten.

Mitten in der Nacht erwachte Halian. Im ersten Moment dachte er, die völlige Leere in seinem Inneren habe ihn geweckt, doch als er die Augen einen Moment lang schloss, wusste er plötzlich, dass es sein untrügliches Gespür für Gefahr gewesen war. Ein Gespür, das ihm in Galda oftmals das Leben gerettet hatte. Leise richtete er sich auf und überlegte, ob er seine Gefährten wecken sollte.

Dann sah er, dass Drelyn auf der anderen Seite des Feuers bereits wach war. Der Elf legte einen Finger auf die Lippen und sein Mund formte lautlose Worte. „Etwas ist hier.“ Halian nickte. Auch Seerin erwachte. Sie alle spürten die Nähe einer drohenden Gefahr.

Halian sah nach Westen. Vor Schreck schrie er auf.

Drelyn und Seerin wirbelten herum. Innerhalb von Sekunden hatte Seerin seine beiden Dolche gezückt und Drelyn hielt seinen Bogen in der Hand, einen Pfeil auf der Sehne. Doch dann, ob nun aufgrund des Anblicks, der sich ihnen bot, oder irgendeines Zaubers, erstarrten sie, als seien ihre Körper plötzlich zu Stein geworden.

Die Nebelwand war näher gerückt, viel näher. Und nun erkannten die drei Gefährten, was sie wirklich war.

Vor ihnen zog ein Heer bleicher Schemen dahin. Schattenkrieger! Wesen, deren Seelen so dunkel waren wie ihre Körper hell. Selbst unsterblich brachten sie Tod über alle lebenden Wesen. Unverwundbar waren sie, nicht geboren, sondern von Magie geschaffen und nur durch Magie wieder zu vernichten.

Wie ein Heer Gespenster marschierten sie auf die Freunde zu. Doch sie waren keine Gespenster, die sich nur von der Angst der Sterblichen nährten, sondern Wesen, die verletzen und töten konnten.

Das Heer der Schattenkrieger kam vor ihrem Lager zum Stehen. Die hellgrauen Augen der Schemen schienen die Gefährten zu durchbohren. Dann teilte sich das Heer. Die Schattenkrieger strömten um das Lager, wie eine Flutwelle. Sie schienen weniger einzelne Wesen zu sein, als eine große Einheit, wie viele kleine Wassertropfen, die das Meer bildeten.

„Warum töten sie uns nicht?“, fragte sich Halian.

Die Schattenkrieger zogen weiter, an dem kleinen Lager vorbei. Was für eine dumme Idee, diese vielen Schatten würden sie jagen ... Und dennoch ... Töteten solche Wesen nicht jeden, der sich in ihrer Reichweite befand? In den Legenden tauchten sie nur auf, wenn sie geweckt wurden, und nahmen Rache an jenen, die ihren Schlaf störten. Warum strichen sie nun frei durch Landuna?

Die Schatten umrundeten die Schlafstelle der drei Gefährten und setzten ihren Weg auf der anderen Seite fort. Doch dann, als fast alle Schattenkrieger an ihnen vorbeigezogen waren und Halian beinahe aufgeatmet hätte, blieb einer der hellen Schemen vor ihnen stehen, sodass sie ihn trotz ihrer Starre gut im Blick hatten.

Halian hatte keine Angst zu sterben. Der Tod war ein Abenteuer und er liebte Abenteuer. Doch er würde nie wieder Maraylan spielen können und auch seine Freunde würden mit ihm sterben. Vielleicht sahen sie den Tod mit andern Augen als er. Halian hatte keine Familie mehr, doch Flayne hatte ihren Vater gerade erst gefunden, ihre gemeinsame Zeit war so kurz gewesen. Wenn sie ihr die Enyn, die Blume des Sonnenuntergangs, nicht bringen konnten, war auch sie verloren. Seit Kurzem hatte er weitaus mehr zu verlieren als nur sein Leben.

Scheinbar gedankenverloren blickte der Schatten dem Rest seines Heeres hinterher. Dann sah er die drei Gefährten mit seinen hellgrauen Augen durchdringend an. Kein Hass war darin zu lesen. Eigentlich überhaupt kein Gefühl. Nur Wildheit. Die Wildheit eines gefangenen Tieres. Der Schattenkrieger setzte zu sprechen an. Seine Stimme klang seltsam. Dunkel und weich, ganz anders, als seine Erscheinung vermuten ließ. Sie hatte einen seltsamen Beiklang, einen beinahe gequälten Unterton. Nie wieder würde er die Worte des Schattens vergessen, sie gruben sich unauslöschlich in seine Erinnerung und die seiner Freunde und erfüllten ihre Herzen mit Angst. „Halian, Drelyn, Seerin, ich bin gegen den Willen meiner Herrin hier, um euch dies zu sagen: Noch ist ihre Macht über uns nicht vollkommen. Doch schon bald wird nur der Sonnenuntergang in der Lage sein, uns zu befreien. Eure Reise ist gefährlich und euer Ziel unsicher. Auch wenn ihr erfolgreich seid, wird Schmerz am Ende eurer Reise stehen. Merkt euch meine Worte und gedenkt ihrer, wenn die Zeit gekommen ist. Reist ihr weiter, so wird nur einer von euch sein Ziel erreichen."

Das Heer der Schattenkrieger verschwand so lautlos, wie es gekommen war, hinterließ keine sichtbaren Spuren, nur Furcht, Kälte und Worte. Worte, die sie nie wieder vergessen würden. Eine Zeit lang saßen sie einfach da, noch immer gelähmt vom Zauber der Schattenkrieger.

Drelyn blinzelte, es schien, als erwache er aus einem tiefen Schlaf. „Ihre Herrin …", murmelte er.

Halian nickte. „Viviana."

# Hinter dem Wasserfall

Ealyn hatte nicht vergessen, worum ihr Bruder sie gebeten hatte. Sie misstraute ihrer Cousine, schließlich war Viviana diejenige gewesen, die Drelyn angestiftet hatte, diesen Drachen zu töten. Und dann war er zurückgekommen, körperlich unversehrt, doch voll inneren Schmerzes. Er hatte gesagt, er müsse schnell fort und hätte keine Zeit ihr alles zu erklären. Stattdessen hatte er sie ohne Begründung gebeten, selbst zu dem Drachen zu gehen. Dort hatten Drelyn und seine Freunde Flayne zurückgelassen. Sie wusste nicht, was geschehen war und warum ihr Bruder ohne eine Erklärung zum Änoengebirge gegangen war. Oder was Flayne in einer Drachenhöhle tat.

Der Gedanke, sich in die Höhle des gefürchteten Drachen begeben zu müssen, ließ Übelkeit und Angst in Ealyn aufsteigen, doch sie wusste, dass sie es tun musste. Drelyn würde sie niemals unnötig in Gefahr bringen, also musste diese Sache wirklich wichtig sein.

So nahm Ealyn sich eines der Boote und fuhr den Fluss hinauf. Als sie am Wasserfall stand und seine Gewalt und Größe bewunderte, fragte sie sich allerdings, was sie dazu bewogen hatte, hierher zu kommen. Beinahe hätte sie kehrt gemacht und wäre in die Sicherheit ihrer nun so leeren Eiche zurückgekehrt, doch dann siegte die Sorge um Flayne und ihr Wunsch, endlich zu verstehen, was geschehen war.

Langsam näherte sie sich dem kleinen Becken. „Hinter dem Wasserfall“, hatte ihr Bruder gesagt. Ealyn lenkte ihre Schritte vorsichtig in Richtung des dichten Vorhangs aus donnerndem Wasser. Als sie ihn erreicht hatte, blieb sie stehen. Hinter dem Wasserfall. Wie um alles in der Welt sollte sie hinter den Wasserfall gelangen?

Sie ging ein Stück nach rechts und nährte sich ihm nun von der Seite, auf der Suche nach einem Weg hinter die tosenden Wassermassen. Wie kam ein Drache, ein Feuerwesen auf die Idee, hinter einem Wasserfall zu wohnen? Wie konnte Drelyn immer wieder gefährliche Reisen unternehmen und sie mit tausend offenen Fragen zurücklassen? Ealyn beschloss ein ernstes Wort mir ihrem Bruder zu reden, wenn er zurückkehrte. *Wenn* er denn zurückkam! Ealyn verscheuchte diesen unliebsamen Gedanken, wie sie es schon oft getan hatte. Viel zu oft.

Die Elfe stand nun direkt an der Felswand. Sie entdeckte einige große Felsbrocken, die scheinbar zufällig im Wasser lagen. Ihre scharfen Augen erkannten, dass sie eine Art Pfad bildeten, der hinter den Wasserfall führte. So also konnte sie die Drachenhöhle erreichen! Warum hatte Drelyn ihr nicht schon zuvor von diesem Weg erzählt? Ealyn konnte sich ihre Frage selbst beantworten. Als ihr Bruder sie gebeten hatte, sich um Flayne zu kümmern, war er innerlich völlig aufgelöst gewesen. Wahrscheinlich hatte er gar nicht daran gedacht, dass sie den Weg nicht kannte. Vielleicht wusste er selbst nicht einmal davon.

Trotz des unbehaglichen Gefühls in ihrem Inneren trat sie entschlossen auf den ersten der vielen, von Moos und Wasser glitschigen Steine, die den schmalen Pfad bildeten. Sie wollte nicht hinter diesen Wasserfall, wollte nicht in die Höhle des Drachen, auch wenn Flayne dort war. Vielleicht war der Drache ebenfalls dort. Schließlich hatte Drelyn ihn nicht getötet. Doch was tat Flayne in einer bewohnten Drachenhöhle?

Ealyn ging weiter. Sie musste Antworten finden. Mit der ihrem Volk eigenen Geschicklichkeit balancierte sie über die Steine. Sie fürchtete sich nicht vor dem Wasser. Ihre Großmutter war eine Meerelfe, ein Wesen des Wassers gewesen. Was sollte es Ealyn anhaben, wenn es selbst einem Drachen Schutz gewährte?

Nach wenigen Schritten gelangte Ealyn in eine Höhle. Trotz des Wasserfalls war es hier trocken und auch das Rauschen klang nicht mehr so laut in ihren Ohren. Die Höhle wurde von weißen Flammen erleuchtet, die an den Wänden tanzten, ohne dabei Fackeln, Holz oder irgendeinen anderen Brennstoff zu verzehren. Solche Flammen hatte Ealyn noch nie zuvor gesehen. Sie wandte die Augen von dem seltsamen Schauspiel ab und ließ ihren Blick durch die Höhle schweifen. Wo Feuer brannte, musst es auch jemanden geben, der es entfacht hatte. Zwar konnte sie niemanden entdecken, doch die Höhle war zu verzweigt, als dass sie sicher sein konnte, dass sie wirklich allein war. Wieder betrachtete Ealyn die seltsamen Flammen. Was für ein Feuer war das? Als sie sich mit dem Entschluss, tiefer in die Höhle vorzudringen und nach Flayne zu suchen, wieder umwandte, war sie nicht mehr allein.

Ealyn hatte ihn weder kommen hören, noch seine Anwesenheit gespürt, doch nur wenige Schritte entfernt, stand ein kräftiger, rothaariger Mann, die Arme verschränkt und die Augenbrauen spöttisch fragend hochgezogen. Diese Geste erinnerte Ealyn an Flayne. Auch sie hatte die Augenbrauen immer auf diese Weise hochgezogen, wenn sie skeptisch oder amüsiert war. Doch wo war sie? Und wer war dieser Mann?

„Wer seid Ihr und was sucht Ihr hier?", verlangte der Rothaarige zu wissen.

„Mein Name ist Ealyn", erklärte sie vorsichtig. „Ich suche eine Freundin, die sich angeblich hier befinden soll." Wer war dieser seltsame Mann, der hier in der Drachenhöhle so plötzlich vor ihr stand und wie selbstverständlich fragte, wer sie war, ohne sich selbst vorzustellen oder sich mit einem Wort der Begrüßung aufzuhalten? Sein ganzes Benehmen drückte Selbstsicherheit aus, so als gäbe es gar keinen Drachen und als gehöre dieser Ort hier ihm allein.

„Seid Ihr zufällig eine Verwandte, Freundin oder Bekannte eines Elfen namens Drelyn?", fragte der Fremde spöttisch, obwohl er den Eindruck erweckte, als kenne er die Antwort bereits.

„Ich bin seine Schwester", antwortete Ealyn wahrheitsgemäß und mahnte sich zur Vorsicht, schließlich wusste sie nicht, wer dieser Fremde war. Einem Mann, der plötzlich in einer Drachenhöhle vor ihr stand, würde sie sicherlich nicht trauen.

„Ich wusste doch, dass dieser Elf mir nicht traut." Der Rothaarige lächelte. „Nun ja, wenn Ihr Flayne sucht, folgt mir bitte."

Ealyn gefiel der Gedanke, einem Fremden in dieser Höhle werweiß-wohin zu folgen, gar nicht, aber hatte sie eine andere Wahl? Sie konnte sich nicht erinnern, Flaynes Namen in Gegenwart des Rothaarigen genannt zu haben. Möglicherweise war er wirklich in der Lage, sie zu Flayne zu führen, und vielleicht erhielt sie dann endlich ein paar Antworten auf ihre Fragen und erfuhr, was geschehen war und wohin Drelyn mit seinen Freunden so überhastet aufgebrochen war.

„Mein Name ist übrigens Fearflatha", erklärte der Fremde. „Dies ist mein Heim." Ealyn runzelte die Stirn, als eine neue Frage in ihrem Inneren auftauchte. „Ich habe gehört, hier soll ein Drache leben", stellte sie skeptisch fest.

Fearflatha lachte, antwortete aber nicht. Erst als Ealyn ihm einen fragenden Blick zuwarf, entgegnete er: „Ihr braucht Euch keine Sorgen zu machen."

Ealyn blieb misstrauisch, stellte aber keine weiteren Fragen. Sie hielt sich diesem Fremden gegenüber lieber zurück.

Dann erreichten sie einen Winkel der Höhle, der hell von den weißen Flammen erleuchtet war. Dort lag Flayne auf einem Bett aus Moos. Ealyn sank neben ihr auf die Knie.

„Was ist geschehen?"

„Hat Euer Bruder Euch nichts erzählt?"

Ealyn verneinte, erhielt aber trotzdem keine Antwort.

Flayne blinzelte. „Ealyn?", fragte sie.

„Flayne! Was ist mit dir? Was ist geschehen? Drelyn und die anderen sind so schnell aufgebrochen, dass sie keine Zeit hatten, mir irgendetwas zu erklären."

„Seerin auch?", fragte Flayne matt.

Ealyn nickte, obwohl sie nicht sicher war, dass Flayne es sehen konnte. „Ja, Seerin auch."

Flayne lächelte schwach und warf Fearflatha, der hinter Ealyn stand, einen Blick zu. Dieser seufzt und ließ sich ebenfalls an ihrem Lager nieder.

„Ich werde Euch alles erklären. Aber ich musste vorsichtig sein", erklärte er. „Schließlich wäre es auch möglich, dass Viviana Euch geschickt hat, um herauszufinden, was geschehen ist. Aber wahrscheinlich haben ihre Spitzel ohnehin schon längst davon erfahren."

„Viviana?"

„Wartet ab, bis Ihr die ganze Geschichte kennt." Mit diesen Worten begann Fearflatha abermals zu erzählen, was geschehen war. Als er geendet hatte, warf Ealyn Flayne einen fragenden Blick zu. Diese bestätigte Fearflathas Worte mit einem schwachen Nicken.

„Viviana eine Verräterin?" Ealyn konnte es nicht glauben. „Ich habe ihr nie wirklich getraut, schon gar nicht, nachdem sie Drelyn dazu gebracht hat, unsere Eltern rächen zu wollen und damit im Grunde sein eigenes Todesurteil zu unterschreiben, aber ich hätte nie gedacht ... Eine Dunkelelfe ... Warum sollte sie etwas so Schreckliches getan haben, dass sie zu einer Dunkelelfe geworden ist?"

„Rache!", antwortete Fearflatha nur.

„Und was hat sie getan?", fragte Ealyn. Ihre Stimme zitterte ein wenig. Sie war nicht sicher, ob sie die Antwort auf ihre Frage wirklich hören wollte.

„Ich weiß es nicht", entgegnete Fearflatha wahrheitsgemäß. „Um zur Dunkelelfe zu werden, braucht es mehr als den Versuch einen Drachen zu vergiften. Was auch immer sie getan hat, es muss etwas Schreckliches gewesen sein."

„Woher könnt Ihr Euch so sicher sein?" Ealyn konnte und wollte nicht glauben, dass Viviana tatsächlich eine Dunkelelfe war.

„Könnt Ihr mir sagen, welche Farbe Vivianas Augen haben?", fragte Fearflatha nur.

Ealyn runzelte die Stirn und schüttelte den Kopf.

„Dann nennt mir einen Grund, aus dem sie ihre Augen verschleiern sollte."

Ealyn seufzte resigniert. „Vermutlich habt Ihr recht." Dennoch beschloss sie, Viviana einen Besuch abzustatten. Einen Besuch, bei dem sie herausfinden wollte, ob die Worte des Drachen der Wirklichkeit entsprachen.

# Totenlied

Die Schattenkrieger ließen nichts zurück. Nichts außer dem Gefühl der Einsamkeit. Einsamkeit, die ihr Kommen wie ein Herold ankündigte und die sie wie einen Schweif hinter sich herzogen.

Sie durchquerten das Land in Richtung Osten, in dieselbe Richtung, in der auch Drelyn, Halian und Seerin unterwegs waren. Und schon bald blieb von ihnen nichts weiter als dünne weiße Schlieren am Horizont.

Die drei Gefährten konnten in dieser Nacht keinen Schlaf mehr finden. Einige Zeit saßen sie einfach nur da und dachten nach, grübelten über den Worten des Schattenkriegers. Was sollten sie bedeuten? Vivana hätte die Schatten ausgesendet, um sie aufzuhalten, nicht aber, um ihnen eine solche Nachricht zu schicken. Die Zauberin kannte ihren Cousin und wusste, dass er, einmal angefangen, seine Taten auch zu Ende brachte, selbst wenn noch so große Gefahren auf ihn lauerten. Er würde sich durch solch eine Nachricht nicht aufhalten lassen.

Die Worte der Schattenkrieger schienen wirkliche eine ernst gemeinte Warnung gewesen zu sein. Doch warum bezeichneten sie Viviana als ihre Herrin?

Drelyn wusste, dass Flaynes Vergiftung seine Schuld war. Hätte er nicht Vivianas hinterhältigen Trick in einem ehrlichen Kampf angewandt, wäre er selbst vielleicht nicht mehr am Leben, aber Flayne würde jetzt nicht unter dieser schrecklichen Vergiftung leiden.

Eine tiefe Traurigkeit erfüllte ihn. Wenn einem seiner Gefährten in den Bergen etwas geschehen sollte, wie der Schattenkrieger prophezeit hatte, wäre auch das ganz alleine seine Schuld.

Er konnte nicht rückgängig machen, was er getan hatte. Aber er konnte zumindest versuchen, seine Taten zu sühnen. Und die Suche nach der Enyn war immerhin ein Anfang. Doch sollte Flayne sterben, würde er diese Schuld niemals tilgen können.

Als es zu dämmern begann, brachen sie auf. Warnung hin oder her, sie mussten die Enyn so schnell wie möglich finden.

Den ganzen Tag über sahen sie nicht die geringste Spur der Schattenkrieger. Selbst die Kälte ebbte ab und verschwand. Am Mittag ragten die Gipfel des Änoengebirges zum Greifen nahe vor ihnen auf und die Hoffnung, es bald zu erreichen, erfüllte sie, durchmischt mit der Angst vor dem, was dann geschehen mochte.

Am späten Nachmittag erreichten sie die ersten Ausläufer des Gebirges. Sie wanderten ein Stück nach Süden, dann rasteten sie. Am nächsten Tag würde ihre Reise sie in das Änoengebirge führen, auf dessen Gipfel sie nach der Enyn suchen mussten.

Als sie das nächste Mal erwachten, waren sie zu weit vom Meer entfernt, als dass Seerin noch Fische fangen konnte, und so waren sie gezwungen, etwas von den mitgebrachten Vorräten essen.

Die mächtigen Gipfel ragten riesig und, wie es schien, unerreichbar hoch vor ihnen auf. Sie waren schneebedeckt, obwohl es an ihrem Fuße noch immer sehr warm war. Nun war es Zeit, einen Weg dort hinauf zu finden.

Gegen Mittag wurde ihre Reise anstrengender. Die Berge, die sie erstiegen, wurden höher und auch die Steine, die ihnen im Weg lagen, waren keine kleinen Hindernisse mehr, sondern große Felsen, die Drelyn und seine Freunde mühsam überklettern mussten.

„Die Enyn wächst nur auf den höchsten Gipfeln, direkt an der Schneegrenze", erklärte der Elf seinen Freunden.

Seerin sah zu den Gipfeln hinauf. „Das ist noch ein weiter Weg", seufzte er.

Halian nickte nur, und so stiegen sie weiter die steilen Hänge und hohen Felswände hinauf, immer hoffend, dass sie nicht zu spät kamen. Fearflatha hatte ihnen nicht sagen können, wie viel Zeit blieb, um Flayne zu retten.

Am Abend ihres zweiten Tages in den Bergen waren sie schon in Regionen vorgedrungen, in denen es weitaus kühler war als unten an der Küste. Sie fürchteten die Nacht mit ihrer Kälte. Es war gefährlich bei solchen Temperaturen draußen zu nächtigen, vor allem, da ihre Umgebung nur aus Felsen bestand und sie nichts hatten, um ein Feuer zu entfachen. Niemand hatte daran gedacht, Holz mit in die Berge zu nehmen. Nun blieb ihnen keine andere Möglichkeit, als in der Kälte auf den bloßen Felsen zu übernachten.

Gerade als sie ihr Lager aufschlagen wollten, blinzelte Halian und starrte mit zusammengekniffenen Augen in die Nacht hinaus. „Seht mal!“, rief er seinen Freunden zu. Drelyn und Seerin sahen in die Richtung, in die der Gestaltwandler deutete. „Was ist das?“, fragte Halian. Drelyn runzelte die Stirn und starrte den orange-roten Lichtpunkt an, der gar nicht weit entfernt durch die Dunkelheit leuchtete. „Es sieht aus wie ein Feuer, ein Lagerfeuer.“

„Aber wer sollte hier ein Feuer entzünden?“, fragte Seerin.

„Es gibt Menschen, die in diesen unwirtlichen Bergen leben“, erklärte Drelyn, während er sich fragte, warum Halian, der doch bei Weitem nicht so weit sehen konnte wie Seerin oder gar er selbst, das Feuer als Erster entdeckt hatte. Die Erkenntnis, dass sowohl er selbst als auch Seerin viel zu tief in Gedanken versunken gewesen waren, um ihre Umgebung wahrzunehmen, kam ihm nicht.

Halian schulterte seine Harfe. „Lasst uns zu ihnen gehen. Vielleicht überlassen sie uns einen Platz an ihren Feuern.“

Die anderen nickten. Sie waren zwar nicht begeistert von der Vorstellung im Dunkeln durch die Berge zu irren, nur einem entfernten Lichtpunkt folgend, doch es war noch immer besser, als ohne Feuer in der eisigen Kälte zu nächtigen. Sie konnten nur hoffen, dass diese seltsamen Bergbewohner gastfreundliche Leute waren.

Als sie das Feuer endlich erreichten, waren sie völlig erschöpft. Der Weg durch die nur vom Licht der Leuchtfliegen spärlich durchdrungene Dunkelheit war nicht gerade einfach gewesen und Halian hatte einige blaue Flecken und Schürfwunden davongetragen, denn im Gegensatz zu seinen Gefährten besaß er keine nachtsichtigen Augen. Die Menschen am Feuer waren kleinwüchsiger als die menschlichen Bewohner anderer Landstriche, schienen sich aber sonst nicht von ihnen zu unterscheiden.

„Das sind Karridirin“, erklärte Drelyn. „Bewohner der Berge.“

„Meine Mutter war eine Karridirin“, flüsterte Halian und umklammerte den Riemen, mit dem er Maraylan an seinem Rücken festgeschnallt hatte ein wenig fester.

Sie schienen sich in einem kleinen Dorf zu befinden. Um das Lagerfeuer, das auf einer Art Dorfplatz brannte, stand ein gutes Dutzend Blockhütten, die den Platz in einem Kreis umgaben, sodass er den Mittelpunkt der Siedlung bildete. Es war ein winziges Dorf und Drelyn schätzte, dass sich nicht mehr als hundert Menschen auf dem kleinen Platz befanden.

Einer dieser Menschen, ein Mann mittleren Alters, dunkelhaarig und kräftig gebaut, bemerkte die Fremden als Erster. Er stand auf und winkte ihnen zu. Halian warf Drelyn einen Blick zu. Der Elf zuckte bloß mit den Schultern und ging auf den Fremden zu. Dieser kam ihnen ein Stück entgegen. Er sagte etwas in einer fremden Sprache, die rau, aber freundlich klang, und lächelte.

„Sprecht Ihr die Gemeinsprache?", fragte Drelyn.

Der Mann schüttelte den Kopf und hob ratlos die Hände. Halian mischte sich ein. „Er hat uns als seine Gäste willkommen geheißen", erklärte er seinen Freunden. Er wandte sich an den dunkelhaarigen Mann und entgegnete etwas in derselben Sprache. Das Lächeln des Mannes wurde breiter und er antwortete Halian.

Halian wandte sich wieder an seine Gefährten. „Er heißt Neriin und freut sich sehr über unsere Anwesenheit. Es verirren sich selten Fremde hierher. Wir kommen jedoch gerade zu einer sehr unpassenden Zeit." Er deutete auf die versammelten Menschen. „Das ist eine Beerdigung."

Halian stellte sich und seine Gefährten vor, dann lud Neriin sie mit einer Geste ein, sich ans Feuer zu setzen, was sie natürlich nicht ablehnten.

„Ein gastfreundliches Volk", bemerkte Seerin.

Die anderen nickten. Dann wandte Drelyn sich an Halian. „Weshalb sprichst du ihre Sprache? Warst du schon einmal hier?"

„Ich war noch nie soweit im Norden", erklärte der Gestaltwandler. „Aber, wie ich schon sagte, war meine Mutter eine Karridirin. Als ich ein kleines Kind war, hat sie mit mir und meiner Schwester diese Sprache gesprochen." Nachdenklich betrachtete er die Menschen um sich her. Einige beäugten die drei Freunde neugierig, aber die meisten beachteten sie gar nicht. Ihre Aufmerksamkeit war auf eine Bahre gerichtet, die nicht weit vom Feuer entfernt auf dem Boden lag. Auf dieser Bahre lag eine junge Frau, fast noch ein Kind. Sie zeigte keinerlei Anzeichen von Krankheit und trug keine sichtbaren Wunden. Neriin ließ sich neben den drei Gefährten nieder.

Wieder wandte Halian sich in dieser fremden Sprache an ihn. Dann übersetzte er die Antwort für seine Freunde.

„Dieses Mädchen, Sisa mit Namen, starb durch die Hand eines Wesens, das nur aus grauem Nebel zu bestehen schien." Er schluckte. „Ihr wisst, was das zu bedeuten hat."

Seerin nickte. „Die Schattenkrieger."

„Aber weshalb?", fragte Halian.

„Weil sie es lieben, zu töten." Drelyn legte ihm eine Hand auf die Schulter, er schien wirklich besorgt zu sein, denn normalerweise mied er jegliche Berührung. „Ist alles in Ordnung mit dir?"

Halian nickte. „Ja, ich habe mich nur erinnert ..." Die nächsten Worte flüsterte er so leise, dass sie kaum zu verstehen waren. „Als meine Mutter starb, hat niemand ein richtiges Begräbnis für sie abgehalten."

Die Dorfbewohner standen auf. Die Bahre wurde hochgehoben und einer riesigen Schlange gleich kroch der Trauerzug den Hang hinunter. Neriin bedeutete Halian und seinen Gefährten, ihm zu folgen. Bereits nach wenigen Schritten blieben sie stehen. Ein Stück außerhalb des kleinen Dorfes befand sich ein offenes Grab. Selbst Halian wusste nicht, wie es den Bergbewohnern gelungen war, ein solch tiefes Loch in den harten Steinboden zu schlagen.

Die Leiche des Mädchens wurde sanft hinuntergelassen. Eine tiefe Stimme begann zu summen und dann in der fremden Sprache der Bergbewohner zu singen.

Drelyn kannte die Musik seines Volkes, dessen Barden als die besten Landunas galten und deren Lieder einen Menschen so verzaubern konnten, dass er alles andere vergaß und sich für die Dauer des Liedes an einen magischen Ort begab. Doch dieses Lied, dieses seltsame Totenlied verzauberte selbst Drelyn. Er erlag der Stimme des fremden Sängers und der geheimnisvollen Melodie des Liedes, dessen Wortlaut er nicht einmal verstand. Halian schluckte. Tränen stiegen in seine Augen. Zwar war dies das Totenlied für ein unbekanntes Mädchen, doch in seinem Herzen sang er es für seine Mutter. Drelyn sah, wie Halians Lippen sich lautlos bewegten, als er die Worte mitsang, so leise, dass sie nur für ihn selbst hörbar waren. „Für ihn und seine Mutter", dachte Drelyn.

Lange saßen die Bewohner des kleinen Dorfes am Feuer beisammen. Sie blickten in die Flammen und sprachen nur wenig. Auch Halians Blick war unverwandt auf die Flammen gerichtet. Als er einen Moment aufblickte, bat ihn Drelyn, der zuvor nicht gewagt hatte, ihn zu stören, das Totenlied zu übersetzen. Halian dachte einen Moment nach. Als er begann, war seine Stimme nicht lauter als ein Flüstern.

*„Schlafe, schlafe den tiefen Schlaf des Vergessens.*
*Schlafe, schlafe und warte auf die Dämmerung,*
*auf das Morgengrauen.*
*Schlafe, schlafe, bis ein neuer Tag beginnt.*
*Schlafe, schlafe, bis die Nacht endet.“*

„Ein wunderschönes Lied“, murmelte Drelyn. Er wusste nicht, ob die anderen ihn verstanden, aber eigentlich waren die Worte auch mehr an ihn selbst, als an seine Gefährten gerichtet. Er erinnerte sich wieder an die Stimme des Sängers. Sie passte zu dem Lied. Und zu dieser fremden, rauen, doch auf seltsame Weise schön klingenden Sprache. Eines Tages, wenn er wieder zu Hause war und sein Leben nicht für seine Freunde, seine Rache oder aus einem anderen Grund riskieren musste, würde er diese Sprache vielleicht erlernen. Wenn er überlebte. Wenn er all dies hinter sich hatte. Drelyn wusste nicht, was geschehen sollte, wenn er mit Halian und Seerin wieder zu Flayne zurückgekehrt war. Sollte er seine Rache vollenden und dabei entweder sterben oder einen anderen töten? Oder sollte er sich auf die Suche nach der Wahrheit machen und in Erfahrung bringen, ob Fearflatha wirklich seine Eltern getötet hatte oder Vivianas Worte nur Lügen waren? Aber woher sollte er wissen, wer von ihnen wirklich die Wahrheit sprach?

Neriin kam zu ihnen herüber und sagte leise etwas zu Halian. Dieser bedeutet ihm, dass er verstanden hatte, und wandte sich seinen Gefährten zu, um ihnen Neriins Worte zu übersetzen. „Sie halten in dieser Nacht Totenwache. Neriin sagt, wir sollen uns schlafen legen.“

Drelyn nickte. Er hätte gerne mit seinen Gastgebern gewacht, wie es bei den Elfen Brauch war, doch er wusste, dass er und seine Gefährten den Schlaf benötigten. Ihre Mission war eilig und sie konnten es sich nicht leisten, eine ganze Nacht auf Schlaf zu verzichten, um Totenwache für eine Fremde zu halten. Sie würden

Flaynes Leben aufs Spiel setzen, wenn sie am nächsten Tag zu erschöpft waren, um weiterzureisen. So wickelte der Elf sich fest in seinen Umhang, legte sich dicht ans Feuer und war im Nu eingeschlafen. Seerin tat es ihm nach. Nur Halian blieb sitzen und starrte gedankenverloren in die Flammen. Schon bald versank er in Erinnerungen. Er vergrub das Gesicht in den Händen.

„Halian?“

Er blickte auf. Neriin hatte sich wieder zu ihm gesetzt. „Ihr reist mit einer Harfe im Gepäck“, stellte er fest. „Würdet Ihr für uns spielen?“

Halian erinnerte sich, wie seine Mutter ihm Geschichten erzählt hatte. Legenden ihres Volkes, in denen Barden immer sehr ehrenvoll behandelt wurden. Er lächelte und griff nach Maraylan. „Totenwache“, dachte er. Es musste ein trauriges Lied sein.

Er schloss die Augen und zupfte sanft, liebkosend die Saiten der Harfe. Das Lied klang traurig, wehmütig, doch gleichzeitig ermutigend, Kraft gebend, durchsetzt mit einer winzigen Spur Hoffnung.

Halian lächelte leicht, während seine Finger über die straff gespannten Saiten glitten. Als Maraylans Lied endete und er die Augen wieder öffnete, bemerkte er, dass alle ihn ansahen. Und auf dem einen oder anderen Gesicht konnte er so etwas wie Hoffnung erkennen. Wieder zupfte er die Saiten, wieder entlockte er ihnen hoffnungsvolle Töne.

Als er auch sein zweites Lied beendet hatte, blieb es eine lange Zeit still. Die Gedanken der Karridirin wandten sich wieder ihrer Trauer zu. Sanft strich Halian über das mit Schnitzereien verzierte Holz der Harfe. Als nicht mehr aller Aufmerksamkeit auf sie gerichtet war, fragte Neriin leise: „Wer seid Ihr?“

Neriins Frage hallte in seinen Gedanken. Wer war er? Nun, da er Galda verlassen hatte, kannte er die Antwort nicht mehr. Er war nicht mehr Galdas größter Meisterdieb. War er ein Harfner oder ein Karridirin oder würde er trotz allem immer ein Dieb bleiben?

Seine Gedanken schweiften zurück zu seiner Mutter. Alles, was er von ihr wusste, jede Erinnerung, jede Geste, jedes Wort von ihr, war wie ein Schatz in seinem Inneren verschlossen. Er wollte diese Erinnerungen mit niemandem teilen, dennoch spürte er, dass er Neriin von ihr erzählen sollte. Es schien Halian, als hätten der Schwarzhaarige und vielleicht auch die anderen Bewohner dieses Dorfes ein Recht darauf, von ihr zu hören. Das war natürlich Unsinn, doch er hoffte, dass vielleicht einer von ihnen etwas über seine Mutter wusste. Es war eine schwache, wenn nicht geradezu kindisch naive Hoffnung. Doch eine Hoffnung, die tief in seinem Herzen Wurzel geschlagen hatte und sich dort festkrallte, die nicht aufgab, solange für sie auch nur die kleinste Überlebenschance bestand.

Und so erzählte er Neriin mit leiser Stimme von seiner Mutter und seiner Schwester und ihrem gemeinsamen Leben in Galda. Erzählte von ihrem Tod und seiner Einsamkeit und von jenen, die ihm die Chance gegeben hatten, von dort zu fliehen.

Als Halian geendet hatte, schwieg Neriin eine lange Zeit. Als er aufblickte, lag ein nachdenklicher Ausdruck in seinen grauen Augen. „Sie nannte sich Karridirin, sagst du. Es gibt nur wenige außerhalb unseres Volkes, die diese Bezeichnung kennen. Möglicherweise noch die Bewohner des Meeres. Ich kenne deine Mutter nicht, aber nach allem, was du mir erzählt hast, ist es durchaus möglich, dass sie aus diesen Bergen stammte. Es gibt immer einige, die mit dem Leben im Gebirge nicht zufrieden sind und fortgehen. Vielleicht war deine Mutter eine von ihnen. Vielleicht stammte sie sogar von hier. Aber Genaueres kann ich dir nicht sagen. Wir müssten Muri fragen. Sie wohnt schon lange hier und kennt alle, die in den letzten neunzig Jahren hier geboren wurden. Wenn deine Mutter einst hier lebte, müsste Muri sich daran erinnern. Jetzt ist allerdings nicht der richtige Zeitpunkt, um sie zu fragen."

Halian nickte. „Wir werden morgen sicherlich früh aufbrechen, denn wir sind in großer Eile, aber wenn ihr es gestattet, werde ich so bald wie möglich zurückkehren", erklärte er.

Neriin stellte keine Fragen, sondern nickte nur. „Ihr seid immer willkommen." Halian lächelte dankbar und richtete seinen Blick wieder auf die Flammen. Neriin ließ ihn allein, was Halian nur recht war. Er dachte nicht nach, wie es vielleicht den Anschein hatte. Er saß nur da und starrte in die Flammen. Leere erfüllte ihn. Leere, als hätte er bei diesem Gespräch einen Teil seines inneren Schatzes verloren. Irgendwann verging auch dieses Gefühl und ein versonnenes Lächeln breitete sich auf seinem Gesicht aus. Er strich noch einmal zärtlich über seine Harfe und legte sich dann schlafen.

# Schnee und Musik

Früh am nächsten Morgen bedankten sie sich und nahmen Abschied von den Karridirin. Neriin warnte sie vor einer unbekannten Gefahr auf den höheren Gipfeln, war aber nicht in der Lage, ihnen zu sagen, was genau dort oben lauerte. Viel zu oft war bereits jemand hinaufgegangen, ohne zurückzukehren. Der Aufstieg wurde immer mühsamer und gefährlicher, doch sie gönnten sich kaum eine Rast.

Die schneebedeckten Gipfel schienen nun gar nicht mehr so weit entfernt. Halian fürchtete, dort oben in der Kälte übernachten zu müssen. Doch ihnen blieb keine Wahl. Sie würden es niemals schaffen, innerhalb eines Tages bis zu den Gipfeln hinaufzuklettern, die Enyn zu finden und wieder hierher zurückzukehren. Aus Vuori, Neriins Dorf, hatten sie ein wenig Feuerholz mitnehmen dürfen, um in den eisigen Höhen des Nachts ein Wärme spendendes Feuer zu entfachen. Aber das Holz würde sicherlich nicht lange reichen. Obwohl die gastfreundlichen Bergbewohner es ihnen gestattet hätten, wollten sie nicht zu viel von dem kostbaren Holz mitnehmen, denn Vuoris Bewohner besaßen selbst nur wenig davon. Das Änogebirge war eher spärlich bewachsen. Halian hoffte inständig, dass sie eine Höhle oder etwas Ähnliches zum Übernachten finden würden, denn von ihnen war Drelyn der Einzige, der eine Nacht unter freiem Himmel in dieser Kälte überleben konnte.

Am Abend lagerten sie knapp unterhalb der Schneegrenze. Zu Halians Erleichterung fanden sie dort wirklich eine kleine Höhle. Es war eisig kalt, dennoch entfachten sie kein Feuer. Sie wussten, dass sie das Holz noch brauchen würden. Die Leuchtfliegen spendeten ihnen jedoch ein wenig Licht.

Als Halian am nächsten Morgen aufstand und vor die Höhle trat, sah er hinauf zum Himmel und fragte sich, was die Sonne dort oben eigentlich tat. Sie war da und gab vor, zu scheinen, doch von ihrer Wärme war nichts zu spüren. Halian zog seinen Umhang fester um die Schultern. Auch in Galda hatte er gefroren. Tage- und nächtelang. Doch Galda lag nicht in den Bergen, sondern in einer sehr bewaldeten Gegend. Im Sommer hatte sich die Hitze in den engen Gassen gestaut und selbst im Winter war es weitaus wärmer gewesen als hier in den Bergen, wo der Wind scharf über die ungeschützten Berggipfel blies. Außerdem hatte Halian in Galda immer einen warmen Platz zum Schlafen gefunden. Ob es nun das Erdgeschoss eines verlassenen Hauses oder der Dachboden eines bewohnten war. Es hatte immer Holz und einen Kamin gegeben. In jedem Gasthaus, in jeder Taverne. Überall. Doch hier war es kalt. Das war nun einmal der Preis, den er für seine Freiheit zu zahlen hatte. So nahm er hin, dass sich ein unsichtbarer Schleier zwischen ihn und die Sonne zu legen schien und ihren Strahlen alle Wärme stahl.

Halian streckte sich und atmete tief durch. Das Atmen fiel ihnen von Tag zu Tag schwerer. Die Luft schien sich zu sträuben, in seine Lungen gesaugt zu werden.

Er kehrte in die Höhle zurück, um seine Gefährten zu wecken. An jedem Tag ihrer Reise, ob nun auf dem Weg von Galda nach Meralyn oder von dort hierher ins Änoengebirge, war immer er derjenige gewesen, der geweckt werden musste. Doch hier in den Bergen, kurz unterhalb der Schneegrenze schien Halian mehr Kraft und Energie zu haben als seine Gefährten.

Flayne wusste nicht mehr, wo sie war, wer sie war. Sie wusste, dass sie nicht tot war. Doch sie spürte den Tod, lauernd und wartend. Wartend auf eine Gelegenheit, die Vivianas Zauber ihm bald geben würde.

Seerin war da. Er war nicht fortgegangen. Dieser Gedanke tröstete sie in der Dunkelheit ihrer Träume. Er würde erfahren, wie es wirklich gewesen war. Vielleicht würde er verstehen …

Vielleicht gab es noch immer Hoffnung …

Drelyn seufzte, als er einen Blick auf ihre Vorräte warf. Es war nicht mehr allzu viel übrig. Sie hätten mehr Nahrung aus Meralyn oder ein paar Fische von der Küste mitnehmen sollen. Doch jetzt ließ sich das nicht mehr ändern und so brachen sie nach einem recht kargen Frühstück so schnell wie möglich auf.

Schon nach kurzer Zeit war die Sonne vollständig hinter den großen, weißen Flocken verborgen, die pausenlos vom Himmel fielen. Die Gefährten stapften durch knöcheltiefen Schnee. Besser gesagt, Halian stapfte. Seerin schien keine Probleme mit dem Schnee zu haben. Zwar versank auch er, aber er glitt hindurch, als würde der Schnee vor seinen Füßen zur Seite fließen und Drelyn lief mit der seinem Volk eigenen Leichtfüßigkeit über den Schnee. Halian wusste, dass er am nächsten Morgen wieder derjenige sein würde, der aus dem tiefen Schlaf der Erschöpfung geweckt werden musste.

Bald war der Schnee nicht mehr knöchel-, sondern knietief. Halian hoffte, dass es nicht noch mehr wurde. Er wollte nicht, dass die Harfe auf seinem Rücken nass wurde. Der Schnee würde ihr gewiss schaden. Er fror. Seine tief im Schnee versunkenen Füße waren völlig gefühllos und auch die Leuchtfliegen, die sich unter seinem Umhang verborgen hatten, konnten ihm keine Wärme schenken.

Zu Beginn des Abends erreichten sie ein Felsplateau.

„Ich glaube, wir haben den Gipfel dieses Berges erreicht“, meinte Seerin.

Drelyn beschattete die Augen mit der Hand und spähte in das Schneetreiben hinaus. Dicke Schneeflocken fielen ihm ins Gesicht und auf die Wimpern, veranlassten ihn zu blinzeln und behinderten seine Sicht. „Wir haben den Gipfel dieses Berges erreicht, aber dies ist nicht der höchste Berg. Vielleicht haben wir Glück und finden die Enyn schon hier.“

„Und wenn nicht?“, fragte Halian. Dabei beäugte er das Tuch, dass Maraylan vor dem herabfallenden Schnee schützte. Es würde seinen Zweck nicht mehr lange erfüllen. Seinen Bogen hatte Halian, ebenso wie Drelyn, bereits entspannen und die Sehne in seinem Rucksack vor dem Schnee in Sicherheit bringen müssen.

„Dann müssen wir weiter auf einen höheren Berg“, entgegnete der Elf ruhig.

Seerin unterbrach ihn. „Wie sollen wir die Enyn in diesem Schneegestöber finden?“, fragte er. „Sie wird sicher unter dem Schnee begraben sein.“

Drelyn seufzte. „Ich weiß nicht, was wir tun sollen.“

„Wir sollten uns auf die Suche nach einem Schlafplatz machen“, mischte sich Halian ein. „Heute können wir nicht mehr weiter gehen. Vielleicht ist das Wetter morgen besser und wir finden die Enyn.“

„Aber wie sollen wir sie denn erkennen?“, fragte Seerin. Eine

Spur Verzweiflung war aus seiner Stimme herauszuhören, obwohl er versuchte, sie zu verbergen. „Hat einer von euch die Blume des Sonnenuntergangs schon mal gesehen?“ Halian und Drelyn verneinten. „Wie sollen wir sie dann finden? Wir wissen doch nur, dass ihre Blätter bei Sonnenuntergang die Farbe der Sonne widerspiegeln. Hier oben scheint aber keine Sonne.“

„Du hast recht“, entgegnete Drelyn. „Solange die Wolkendecke nicht bei Sonnenuntergang aufbricht, können wir die Blume nicht finden.“

Halian lächelte. „Wie viele Blumen wachsen hier oben? Wenn wir eine Blume finden, ist es mit Sicherheit die Enyn.“

„Und wie willst du in diesem Schnee eine Blume finden?“ Seerin starrte unglücklich zu Boden. „Graben?“

„Es bleibt uns wohl nichts anderes übrig, als abzuwarten.“ Drelyn strich sich die Haare aus der Stirn und blickte sich um.

Sie wussten nicht, wo sie auf diesem Felsplateau einen geschützten Schlafplatz finden sollten.

Halian erinnerte sich, wie seine Mutter ihm oft von diesem Gebirge erzählt hatte. Er hatte so viele ihrer Geschichten vergessen. Doch nun, da er hier war, erinnerte er sich wieder an ihre Worte.

„Ich glaube, ich weiß, wo wir übernachten können“, erklärte er seinen Freunden. Ohne auf eine Antwort zu warten, lief er los. Drelyn und Seerin warfen ihm einen fragenden Blick hinterher, folgte ihm dann aber.

Schon bald hatten sie Halian eingeholt, der sich durch den Schnee kämpfte.

„Wohin willst du eigentlich?“, fragte Drelyn.

Halian schwieg, aber Drelyn erhielt dennoch Antwort auf seine Frage. Sie standen vor einer Felswand, die das Ende des Plateaus bildete. Als Drelyn hinaufblickte, erkannte er, dass sie den Gipfel des Berges doch noch nicht erreicht hatten. Das Änoengebirge war weitaus größer, als es einem entfernten Beobachter scheinen mochte. In der Felswand erblickten Drelyns scharfe Augen einen Einschnitt, der sich bei näherem Hinsehen als Höhle entpuppte.

„Woher wusstest du das?“, fragte er den Barden voller Überraschung. Nicht einmal er hatte diese Felswand durch das Schneegestöber sehen können.

„Aus den Geschichten meiner Mutter“, erklärte Halian und seine Freunde stellten keine weiteren Fragen.

In der Höhle entfachten sie ein kleines Feuer. Es spendete nur wenig Wärme und sie kauerten sich dicht um die Flammen.

„Ich habe ihre Geschichten einfach vergessen“, erklärte Halian seinen Gefährten. „Doch hier im Änoengebirge, wie ihr es nennt, erinnere ich mich wieder. Ich weiß jetzt auch, dass wir nicht auf den allerhöchsten Berg hinauf können. Dort oben ist das Atmen unmöglich. Niemand weiß, warum, doch man sagt, die Luft würde immer dünner, so als zerfasere sie. Aber auch die Enyn kann dort nicht existieren. Wir sind also nicht gezwungen, ganz so weit hinaufzugehen.“

„Trotzdem ist unser Weg noch weit und beschwerlich und unsere Chance auf Erfolg sinkt mit jedem Schritt“, murmelte Drelyn. Wenn sie scheiterten, wäre es nur seine Schuld, seine ganz allein. Hätte er die Phiole nicht geworfen …

Sanfte Töne durchdrangen seine Gedanken, zogen ihn wieder in die Wirklichkeit zurück. Halian hatte das Tuch, welches Maraylan schützte, von der Harfe genommen. Glücklicherweise war das Wasser nicht zu ihr durchgedrungen. Eigentlich hatte er nur nach ihr sehen und das Tuch zum Trocknen ausbreiten wollen, doch nun, da er sie in Händen hielt, juckten seine Finger danach, ihre Saiten zu berühren. So breitete er das Tuch nur auf dem Boden aus und nahm dann Maraylan zur Hand.

Seerin kehrte aus dem hinteren Teil der Höhle zurück. Er hatte sich davon überzeugen wollen, dass niemand hier lebte und ihnen womöglich einen überraschenden Besuch abstattete. Anscheinend war die Höhle wirklich unbewohnt. Aber wer würde auch freiwillig so hoch in diesen eisigen Bergen leben?

Halian zupfte leicht an den Saiten. Er wollte seine traurigen Freunde und auch sich selbst ein wenig aufheitern.

Zwar konnte er nur spielen, was Maraylan zu spielen bereit war, doch Halian wusste, dass er sich auf die magische Harfe verlassen konnte. Sie würde das richtige Lied finden.

Maraylans Musik erklang. Die Töne tröpfelten zuerst leise und ruhig durch die Luft, erstarkten dann aber. Das Lied schien Kraft und Wärme zu vermitteln. Die Kraft und die Wärme der Sonne.

Hoffnung. Die Hoffnung, dass doch noch alles gut werden würde. Die Hoffnung, dass es immer einen Weg gab, egal wie schwer er zu gehen war.

Leise begann Halian zu summen, dann zu singen. Er wusste nicht einmal, was er sang, denn es waren Worte einer fremden Sprache, Worte, die er noch nie zuvor gehört hatte. Warme Worte, erkannte er, wärmende, schützende Worte.

Das Lied währte lange. Es klang, als wolle Halian gar nicht mehr aufhören, zu spielen. Er schien weit fort zu sein. In einem fernen Land, in dem Sommer herrschte. Das Lied ließ die drei Freunde vergessen, dass sie hier in der eisigen Kälte auf einem einsamen Felsplateau hockten, in einer Höhle um ein kleines Feuer gedrängt.

Als Halians Lied endete, spürten sie seine Wärme noch immer. Sie saßen da und genossen dieses angenehme Gefühl, das nicht von dem kleinen Feuer ausging, sondern aus ihrem Inneren kam, erzeugt von Halians Gesang und Maraylans Musik.

Als er sich wieder ein bisschen gefasst hatte, fragte Drelyn: „Was hast du gesungen?“

„Ich weiß es nicht“, entgegnete Halian. „Die Worte kamen einfach zu mir. Ich kenne die Sprache, in der ich sang, nicht, ich war mir nicht einmal sicher, ob ich wirklich sang oder es einfach nur hörte.“

„Seltsam …“, murmelte Drelyn, wurde dann aber von Seerin unterbrochen. „Seht mal!“, rief dieser, die Augen starr auf den Höhleneingang gerichtet.

Vorsichtig legte Halian Maraylan zur Seite und trat aus der Höhle. Seine Gefährten folgten ihm. Draußen war es beinahe warm und sie froren nicht mehr so sehr, wie noch wenige Minuten zuvor, doch vielleicht lag dies nur an der Wärme, die Maraylans Lied in ihnen wachgerufen hatte. Die Felsen waren noch immer von Schnee bedeckt, aber die dicken Flocken hatten aufgehört, zu wirbeln, und die Sonne schien warm vom Himmel herab. Ein Teil des Schnees schien bereits zu tauen, denn ein schmales Wasserrinnsal hinterließ seine Spur im Schnee.

Als Halian nach Westen blickte, schien ihm die Sonne direkt in die Augen und zwang ihn, den Blick abzuwenden.

Sonnenuntergang.

Mit einem Lächeln wandte Halian sich an seine Gefährten. Er hatte recht gehabt. Sie würden die Enyn finden. Wenn nicht hier, so doch auf einem höher gelegenen Gipfel. Er genoss es, endlich wieder die Sonne auf seinem Gesicht zu spüren. Als er wieder zu seinen Freunden hinüber blickte, sah er Seerin im Schnee knien. Seine Finger strichen sanft über die Blütenblätter einer kleinen Blume, die aus dem Schnee hervorlugte. Sie leuchtete in einem hellen Orange und war von einem sanften goldenen Schimmer umgeben. Um ihn her befand sich ein Meer dieser kleinen Blumen.

„Die Enyn!", rief Halian. „Ich wusste doch, dass wir sie finden."

Seerin blickte auf und endlich lächelte auch er, ein ehrliches Lächeln, wie sie es nicht mehr gesehen hatten, seit Drelyn sich auf den Weg gemacht hatte, den Drachen zu töten.

Plötzlich verschwand das Lächeln von Halians Gesicht. „Wie sollen wir sie zum Ilinenwald bringen, bevor sie verwelkt?", fragte er.

Auch Seerins Lächeln erlosch.

„Einfrieren können wir sie nicht", murmelte Halian.

„Wir waren jetzt ungefähr eine Woche unterwegs. Sicherlich werden wir auf dem Rückweg ebenso lange brauchen", vermutete Drelyn.

„Wir müssen es einfach versuchen." Halian starrte die kleine Blume an. „Es bleibt uns keine Wahl."

Als Seerin zu seinen Gefährten hochsah, war sein Blick hoffnungslos, beinahe flehend. Doch er nickte nur stumm.

„Können wir nicht versuchen, ihre Wurzeln in ein mit Erde gefülltes Tuch zu wickeln?", fragte Halian plötzlich. „Ich habe das mal bei einer alten Kräuterfrau gesehen."

Drelyn hob eine Augenbraue. „Dazu müsstest du schon ein Stück Felsboden aus diesem Berg schlagen. Ich wünsche dir viel Erfolg", bemerkte er zynisch.

„Dann wickeln wir sie ein, sobald wir das Gebirge verlassen haben", schlug Halian vor.

„Du kannst es versuchen", stimmte Drelyn zu. „Aber dazu müsstest du erst einmal ihre Wurzeln aus dem Felsen lösen, ohne sie zu zerreißen."

Halian seufzte. „Du hast eine große Begabung dafür, die Dinge so hinzustellen, dass am Ende nicht der geringste Hoffnungsschimmer bleibt", erklärte er dem Elfen. Dieser ignorierte ihn.

„Wir werden einen Weg finden", versprach Halian Seerin, dessen Blick hoffnungslos blieb. „Schließlich hat es auch gerade jetzt aufgehört zu schneien. Es ist unser Schicksal Flayne zu retten."

Drelyn verdrehte die Augen. „Schicksal", grummelte er verächtlich.

„Warum kommt die Sonne denn gerade jetzt zum Vorschein, genau in dem Moment, in dem wir sie brauchen?", fragte Halian.

„Weil du Maraylan gespielt hast", entgegnete Drelyn ruhig. Er wandte sich um und kehrte zur Höhle zurück.

„Lass ihn", flüsterte Seerin als Halian Drelyn folgen wollte. „Es sind seine Schuldgefühle, die ihn so bitter machen. Der elfische Ehrenkodex. Er war schon immer so."

Halian seufzte und nickte. „Vermutlich." Er sah sich um. „Wir sollten ein paar Enyn pflücken. Wer weiß, wie viel Fearflatha benötigt." Als sie mit den Blumen in die Höhle zurückkehrten, kauerte Drelyn am Feuer und starrte in die ersterbenden Flammen. Halian und Seerin ließen sich neben ihm nieder und beobachteten, wie es draußen langsam wieder zu schneien begann.

„Zumindest hat es gereicht, um die Enyn zu finden", murmelte Halian vor sich hin, doch niemand antwortete ihm. Als er das bedrückte Schweigen nicht mehr ertragen konnte, wickelte er sich in seinen Umhang und rollte sich neben dem Feuer zusammen, um zu schlafen. Bald darauf war von ihm nichts mehr zu hören, außer einem leisen Schnarchen. Auch Drelyn und Seerin lehnten sich gegen die kalten Felswände, doch sie wurden zu sehr von ihren dunklen Gedanken geplagt, um schlafen zu können.

Niemand sah die hellen Schemen vor der Höhle, weiß wie der Schnee ringsum. Niemand hörte sie näher schleichen und niemand spürte ihre Anwesenheit. Sie waren nicht zu sehen, nicht zu hören, nicht zu spüren, denn dies war ihre Heimat. Die Heimat der Kälte und des Eises. Die Heimat der Erfrorenen und jener, für die das Leben seinen Wert verloren hatte. Die Heimat jener, die herkamen, um zu sterben, und den Tod doch nicht fanden. Die Heimat der Schneegeister.

# Die Wahrheit

Zu Hause in der alten Eiche begann Ealyn, Pläne zu schmieden. Sie konnte sich nicht heimlich in Vivianas Haus schleichen, schließlich wurde es durch Magie geschützt, aber ihr offen einen Besuch abzustatten, war auch keine Lösung, denn dann könnte Viviana ihre Gedanken lesen und würde erfahren, wohin Drelyn und die anderen gegangen waren. Aber welche Möglichkeiten blieben ihr noch? Sie musste wissen, ob dieser Drache wirklich die Wahrheit sagte. Auch wenn Flayne seine Worte bestätigt hatte, war sie doch krank und wusste vielleicht nicht, wovon sie sprach.

Wenn sie den Grund ihres Kommens tief in ihr Inneres verbannte, würde Viviana vielleicht gar nichts davon erfahren. Solange Ealyn nicht daran dachte, würde sie es nicht erfahren.

So machte sich Ealyn auf den Weg zu Vivianas Insel. Sie würde ihrer Cousine ein paar Fragen stellen, die vielleicht Licht ins Dunkel bringen konnten, ohne zu verraten, was Ealyn wirklich im Sinn hatte. Viviana würde von ihr nichts Wichtiges erfahren, denn wie Fearflatha bereits gesagt hatte, waren Vivianas Spitzel überall und die Zauberin wusste sicherlich längst, dass Drelyn und seine Freunde verschwunden waren.

Nachdem sie an der Hüttentür geklopft hatte, dauerte es noch geraume Zeit, bis Viviana öffnete. Diese schien wie immer nicht sonderlich begeistert darüber, Besuch zu bekommen, doch als sie Ealyn erkannte, bat sie sie freundlich herein. Ealyn versuchte in Vivianas Augen zu sehen, doch ihr Blick verschwamm, als sie versuchte, deren Farbe zu erkennen.

Es war früher Abend und so nahmen sie ein kleines Mahl aus Früchten zu sich. Nach dem Essen lehnte die Zauberin sich zurück.

„Weshalb bist du gekommen?“, fragte sie. „Ich meine, gibt es einen bestimmten Grund, weshalb du mich sprechen willst oder möchtest du mich einfach nur besuchen, weil wir uns lange nicht gesehen haben?“ Ihre Stimme klang spöttisch.

Ealyn kam selten zu Viviana, nur um sie zu besuchen. Die Zauberin war ihr schon immer ein wenig unheimlich gewesen. Viviana selbst hielt nicht viel davon, ohne besonderen Grund Zeit mit anderen zu verbringen, auch wenn es Verwandte waren. Oftmals sah sie wochen- oder monatelang niemanden außer einigen Geschäftspartnern, denen sie Zaubermittel ver- oder abkaufte.

„Nun“, begann Ealyn und zwang sich, ihre wahren Gedanken zu verbergen. Sie war ein wenig nervös und konnte nicht umhin sich zu fragen, wie viel Viviana wusste, wie viel sie vielleicht schon von ihren Gedanken gelesen hatte, obwohl gerade diese Überlegung sie an Viviana verraten konnte. „Vielleicht hast du schon gehört, dass Drelyn fort ist.“ Viviana nickte zur Bestätigung.

„Er brach so schnell auf, dass ihm keine Zeit mehr blieb, mir zu sagen, weshalb“, fuhr Ealyn vorsichtig fort, ohne zu lügen. „Du hast ihn doch auch in den Süden geschickt, um dieses Buch zu finden. Weißt du, wohin er gegangen ist?“

„Arme Ealyn.“ Viviana lächelte mitleidig. „Du weißt ja so wenig. Lässt dich so leicht narren. Wie einfach muss es für diesen Drachen gewesen sein, dich zu blenden und dir solch dummen Ideen in den Kopf zu setzen.“

Sie lächelte abermals, als sie sah, wie Ealyn erschrak.

„Ja, deine Gedanken sind leicht zu erraten. Aber ich bin dir nicht böse. Wie könnte ich? Wie solltest du gegen ein Wesen wie diesen Drachen bestehen können, der doch soviel mächtiger ist als du, mächtiger auch als ich? Ich verzeihe dir diese schrecklichen Verdächtigungen gegen mich. Es ist ja selbst dein Bruder, der doch so gut gegen Magie und Gedankenmanipulation anzukämpfen vermag, unter den Bann dieses Ungeheuers gefallen.“

„Woher weißt du …?“, setzte Ealyn zu fragen an, doch Viviana unterbrach sie.

„Kleine Cousine“, flüsterte sie. „Ich kenne diesen Drachen. Ich kenne seine Tricks und seine Machenschaften und ich bemerke es, wenn er versucht, jemanden zu beeinflussen. Du stehst schon beinahe unter seinem Bann. Du solltest wirklich vorsichtiger sein.“

„Aber, aber … was ist mit Flayne?“, stammelte Ealyn. Vivianas Zauber begann schon zu wirken und verstärkte die Zweifel, die Ealyn bereits in sich trug. Sie wusste nicht mehr, was sie denken sollte. Wusste nicht, was richtig und was falsch war.

„Arme Ealyn“, fuhr Viviana flüsternd fort. „Du bist so betrogen worden. Hat der Drache dir nicht selbst erzählt, dass Flayne seine Tochter ist? Natürlich bestätigt sie seine Worte und hält in diesem Kampf zu ihm. Sie stand schon immer auf seiner Seite und hat euch alle genarrt.“

„Drelyn hat ihr geglaubt.“

„Natürlich, du etwa nicht? Sie hat euch alle belogen, dich, Drelyn, Halian, Seerin.“

„Sie liebt Seerin, sie würde ihn nicht belügen“, wandte Ealyn ein.

„Seerin hat sich in Flayne verliebt. Wer sagt dir, dass sie diese Gefühle auch erwidert? Sie ist Drachin, Ealyn, Drachin. Sie kann Seerin zwingen, alles für sie zu tun. Es kostet sie kaum eine Anstrengung, Liebe in ihm zu wecken, und so seine Loyalität zu gewinnen. Wie oft habe ich versucht, ihren Vater zu töten. Ihren Vater, der für so viele schreckliche Mordtaten verantwortlich ist, der so viele Menschen und Elfen verflucht und bezaubert hat und der Vayrana, deine Cousine, meine Schwester, ermordete ebenso wie deine Eltern. Wie kannst du auf der Seite dieses Mörders stehen? Wie kannst du ihm und seiner verlogenen Tochter glauben?“

„Aber, aber … Drelyn. Was ist mit Drelyn? Wohin ist er gegangen?“ Ealyn war völlig verwirrt, alles um sie her schien sich zu drehen. So viele Gedanken schossen durch ihren Kopf und sie wusste nicht, was sie glauben sollte. Sollte sie ihrem Bruder und seinen Freunden glauben? Oder ihrer Cousine, die behauptete, sie seien getäuscht worden? Sowohl Drelyn als auch Viviana waren Elfen und konnten nicht lügen. Wenn Drelyn jedoch unter einem Bann stand und glaubte, was er sagte, so war es keine willentliche Lüge und er konnte sie aussprechen. Aber Viviana konnte nicht lügen. Sie musste die Wahrheit sagen.

Eine verschwommene Erinnerung tauchte in Ealyns Gedanken auf. Es ging um Vivianas Augen, doch es fiel ihr so schwer, sich zu erinnern. Der Gedanke schien sich ihr zu entziehen, immer wenn sie danach griff, huschte er weiter fort, gerade aus Ealyns Reichweite.

Viviana war Zauberin, sie musste wissen, wann jemand unter einem Bann stand. Fearflatha war ein Drache. Konnte sie den Worten eines Drachen Glauben schenken? Hatte ein Drache jemals die

Wahrheit gesprochen? Ealyn wusste, dass Drachen sehr wohl in der Lage waren, zu lügen, und von dieser Fähigkeit liebend gern Gebrauch machten. Dennoch, Flayne eine Verräterin … Das konnte sie nicht glauben.

„Drelyn wusste nicht, wer Flayne war, schließlich hat sie ihm Freundschaft vorgespielt", fuhr Viviana fort. „Er wollte den Drachen töten. Er wusste wie. Doch als er es tun wollte, trat Flayne dazwischen. Drelyn wollte sie nicht töten, und als er innehielt, gelang es dem Drachen, ihn unter seinen Bann zu zwingen. Nun ist Drelyn auf Befehl des Drachen unterwegs, um ein Mittel zu finden, mit dem Flayne mich töten soll. Er tut es nicht freiwillig, der Bann des Drachen zwingt ihn dazu, dennoch wird er vielleicht meinen Tod verschulden und niemand wird mehr da sein, um sich dem Drachen in den Weg zu stellen, sollte er wieder zu morden beginnen."

„Ist Flayne nicht krank?", murmelte Ealyn und Viviana lachte leise.

„Sie hat dir ihre Schwäche nur vorgegaukelt, damit du den Worten des Drachen glaubst."

Als sie langsam nickte, bedachte Ealyn nicht, dass sie als angehende Heilerin solch einen Versuch durchschaut hätte. „Kannst du sie nicht aufhalten?", fragte sie.

„Ich tue, was ich kann, und suche nach einem Gegenzauber. Bisher bin ich aber noch nicht fündig geworden. Ich kann Drelyn und seine Freunde nicht aufhalten. Wenn ich in die Nähe deines Bruders komme, wird er vielleicht sogar versuchen, mich zu töten! Was also soll ich deiner Meinung nach tun?" Viviana blickte Ealyn direkt an, doch diese versuchte nicht mehr, in ihren Augen zu lesen.

So viele Dinge stürmten auf Ealyn ein. Es sah so aus, als hätte Viviana wirklich recht. Der Drache hatte sie angelogen. Es tat weh zu wissen, das Flayne ihre Feindin war. Die Tochter des Ungeheuers, das ihre Eltern getötet hatte. Selbst wenn Flayne noch keine derart schreckliche Tat begangen hatte, würde das Erbe ihres Vaters sicherlich bald in ihr erwachen. Vielleicht war noch nicht alles verloren, schließlich war Flayne nur zur Hälfte Drachin, vielleicht gab es noch eine Chance, die es Flayne ermöglichte, ihr Drachenerbe zu vergessen. Viviana war als Einzige in der Lage, Fearflatha zu besiegen oder zumindest zu verhindern, dass er weitere schreckliche

Dinge tat. Und doch war die Zauberin nun in Gefahr und hatte keine Möglichkeit, diesem Angriff zu entkommen.

„Vielleicht kannst du nichts tun", rief Ealyn entschlossen aus. „Aber ich kann gehen und versuchen, Drelyn aufzuhalten!"

„Was willst du denn tun?", fragte Viviana besorgt, diesmal ohne irgendeine Spur von Magie in der Stimme, was ihre Besorgnis nur noch überzeugender wirken ließ, während sie bereits darüber nachsann, wie Ealyn ihr am besten nutzen konnte.

Sie konnte nicht zulassen, dass Drelyn dem Drachen und seiner Tochter half, anstatt den Tod seiner Cousine zu rächen.

„Flayne ist Vayranas Tochter", schoss es ihr durch den Kopf, doch die Zauberin verscheuchte den Gedanken sofort. Flayne war ebenso wie ihr Vater schuld daran, dass Vayrana, Vivianas Schwester und die einzige Freundin, die sie je gehabt hatte, nun nicht mehr bei ihr war.

Ealyn konnte allein nicht viel ausrichten, aber Drelyn würde nicht gegen sie kämpfen. Viviana wollte nicht, dass ihrer Cousine etwas geschah. Aber Drelyn würde ihr, jetzt da er die ganze Geschichte kannte, alles zutrauen. Deshalb musste sie vorsichtig sein. Vielleicht konnte sie Drelyn und seine Freunde in eine Falle locken und wieder auf ihre Seite ziehen, ob nun mit oder ohne Magie.

Zur Not musste sie eben versuchen, ihr Ziel mithilfe der Schattenkrieger zu erreichen. Wenn sie Flayne ebenfalls töten wollte, musste sie es jetzt tun, bevor das Mädchen ihre Fähigkeiten vollends entdeckte und lernte, sie einzusetzen. Nur wie?

So mächtig Viviana auch geworden war, Fearflatha war sie noch immer nicht gewachsen. Und auch die Schatten konnte sie nicht schicken. Noch nicht.

Wenn es ihr jedoch gelang, Drelyn und seine Freunde auf ihre Seite zu ziehen, konnte sie gewinnen. Flayne und ihr Vater vertrauten ihnen.

„Viviana?" Ealyns Stimme riss die Zauberin aus ihren Gedanken.

„Was ist?", fragte sie.

„Wenn du mir sagst, wohin Drelyn und die anderen gegangen sind, kann ich ihnen folgen", erklärte Ealyn entschlossen.

„Das solltest du nicht tun", wandte Viviana ein. „Es ist viel zu gefährlich! Dort, wo sie hingegangen sind, leben viele Ungeheuer und Drelyn wird es vielleicht gelingen, dich zu beeinflussen und auf die Seite des Drachen zu ziehen." Diese Befürchtung war nur allzu berechtigt. Die Gefahr, Ealyns Loyalität wieder zu verlieren, war zu groß. Wenn auch Ealyn auf Fearflathas Seite stand, gab es keine Möglichkeit mehr, Drelyn zu beeinflussen.

„Ich werde auf mich aufpassen." Ealyns blaugrüne Augen blickten Viviana entschlossen an.

Diese dachte einen Moment nach. „Nun, wenn du darauf bestehst, dann geh. Sie sind zum Änoengebirge gegangen, wie du wahrscheinlich schon weißt."

Ja, Ealyn erinnerte sich daran. Natürlich hatte sie das gewusst, doch seltsamerweise war es ihr entfallen.

„Wenn du dich immer an die Küste hältst, musst du sie früher oder später treffen. Doch zuvor will ich dir noch etwas geben." Viviana stand auf und ging zu einer Truhe in der anderen Ecke des Raumes hinüber. Sie öffnete den Deckel und brachte eine kleine Phiole zum Vorschein, ähnlich der, die sie Drelyn nur wenige Tage zuvor gegeben hatte. „Kurz bevor du sie erreichst, trink das. Es wird verhindern, dass du die Lügen, die sie dir erzählen werden, glaubst."

„Kann ich das nicht auch Drelyn geben, damit er wieder klarer sieht?" Ealyn lächelte bei dem Gedanken, doch Viviana schüttelte den Kopf.

„Nein, es hilft dir nicht, die Wahrheit zu sehen, wenn du bereits verleitet bist. Es schützt dich nur davor, verleitet zu werden, und hilft dir, an der Wahrheit festzuhalten. Ich werde nach einem Weg suchen, auf dem ich den Zauber des Drachen von ihm nehmen kann. Hör zu, es ist wichtig, dass weder Drelyn, noch einer seiner Freunde erfährt, dass du nicht mehr unter Fearflathas Bann stehst."

Ealyn nickte. „Wie kann ich dich benachrichtigen, wenn ich sie gefunden habe, und was soll ich dann tun?"

Viviana ging abermals zu ihrer Truhe und zog eine Scherbe heraus. Sie reichte sie an Ealyn weiter.

„Was ist das?", fragte diese.

„Den wahren Namen dieses Gegenstandes darf ich dir nicht verraten. Sieh ihn einfach als eine Art Zauberspiegel", erklärte Viviana. „Blick hinein."

Ealyn tat, wie ihr geheißen. Auf der polierten, undurchsichtigen

Oberfläche der Scheibe erschien Vivianas Gesicht. Die Zauberin lächelte. Ealyn sah auf. Die wirkliche Viviana zeigte den gleichen Gesichtsausdruck wie diejenige im Spiegel.

„Solltest du mich sprechen wollen, musst du nur diesen Spiegel zur Hand nehmen und meinen Namen rufen. Verwahre ihn so, dass niemand ihn bemerkt, er sich aber dennoch dicht an deinem Körper befindet. Wenn ich dich sprechen will, wirst du dort ein Kribbeln spüren."

Ealyn lächelte und nickte. Dann verabschiedete sie sich und machte sich mit dem Gefühl, das Richtige zu tun, auf den Weg, ihren Bruder zu suchen. Ohne zu ahnen, welchen Schaden sie damit anrichten konnte.

Derweil begann Viviana, nach einer Möglichkeit zu suchen, Drelyn zu beeinflussen und Fearflatha samt seiner Tochter zu töten, ohne dem Drachen selbst gegenübertreten zu müssen. Das war nicht leicht, aber es konnte ihr gelingen. Viviana fand immer einen Weg, das zu bekommen, was sie wollte.

# Schneegeister

Als sich die drei Gefährten schlafen legten, wussten sie nicht, dass sie beobachtet wurden. Niemand, nicht einmal Drelyn, dessen scharfe Elfenohren auch das kleinste Geräusch wahrnahmen und dessen Augen kaum etwas entging, bemerkte sie. Es waren die Girin, die weißen Bewohner der Berge, die um ihre Höhle schlichen und warteten. Darauf warteten, dass ihre Opfer einschliefen und sie diese Fremden vernichten konnten, die es gewagt hatten, in ihr eisiges Reich hoch in den Gipfeln der Berge einzudringen.

Wie konnten sie es wagen, hierher zu kommen, in das Reich der Girin? Wie konnten sie es wagen, in einer ihrer Höhlen zu übernachten, die Sonne zu rufen und die heiligen Feuerblumen zu rauben? Dieser Frevel musste bestraft werden!

Einer der Eindringlinge sah aus wie diese Menschen, die sich manchmal aus den tiefer gelegenen Teilen des Gebirges herauf wagten, aber selten wieder dorthin zurückkehrten. Dieser hatte gewagt, die Sonne in das dunkle Reich des Eises zu rufen. Die anderen beiden konnten die Girin nicht so leicht einordnen. Sie hatten Ähnlichkeit mit den Menschen, dennoch sahen die Girin an ihnen Züge, die sie noch bei keinem Menschen bemerkt hatten. Da war der seltsame junge Mann mit Haaren so weiß wie Schnee. Vielleicht würde der große Schamane sie sich in seinen Mantel einnähen lassen, um sich den Göttern weiter zu nähern. Dieser Weißhaarige war der Schlimmste von allen. Er hatte die heiligen Blumen gepflückt! Im Reich der Girin war dies das schlimmste aller Verbrechen. Und der dritte? Er hatte keinen solchen Frevel begangen wie die anderen, doch auch er hatte es gewagt, in ihr kaltes Reich einzudringen. Er würde eines schnellen, gnädigen Todes sterben.

Halian wusste nicht, was ihn geweckt hatte, doch er spürte die Gefahr. Seine Gefährten schliefen noch. Er berührte Drelyn an der Schulter. Der Elf fuhr hoch. Halian legt den Finger auf die Lippen. „Gefahr!“ Sein Mund formte dieses Wort, ohne dass ein Laut über seine Lippen drang. Drelyn nickte zum Zeichen, dass er verstanden hatte. Er wollte sich umdrehen und Seerin wecken, doch dazu kam er nicht mehr. Ein vollkommen weißer Pfeil steckte plötzlich in der Wand neben ihm. Soweit Drelyns nachtsichtige Augen erkennen konnten, war der Pfeil nicht aus Holz, sondern aus einem Material, das er nicht identifizieren konnte.

Plötzlich bemerkte Drelyn einen hellen Schemen vor dem Höhleneingang. Vivianas Schattenkrieger? Er spürte jedoch nur die natürliche Kälte des Schnees draußen, nicht die innere Kälte, welche von den Schatten erzeugt wurde. Ohne eine Sekunde zu zögern, griff der Elf nach seinem Bogen, legte einen Pfeil auf die Sehne und schoss auf das Wesen vor ihrer Höhle. Er sah, wie der Pfeil auf den hellen Schemen zuflog, doch als er diesen erreichte, war der helle Umriss bereits verschwunden. Der Pfeil landete im Schnee, ohne Schaden anzurichten. Drelyn wunderte sich, woher das Wesen so plötzlich gekommen und wohin es verschwunden war. Er hatte das unbestimmte Gefühl, dass es jetzt, da sie es gesehen hatten, nicht wieder auftauchen würde, doch vielleicht waren noch mehr von ihnen in der Nähe. Einen Moment war der Elf versucht, hinauszugehen, doch solange er nicht wusste, was ihn dort draußen erwartete, war es klüger in der Höhle zu warten. Stattdessen zog er den seltsamen Pfeil aus der Höhlenwand, um ihn näher zu untersuchen. Er fühlte sich kühl in seiner Hand an und bestand aus einem weißen, fast durchsichtigen Material. Das Ende war mit schneeweißen Federn besetzt. Drelyn hatte bereits Vögel dieser Farbe gesehen, dennoch fragte er sich, wie in den eisigen Höhen dieses Gebirges irgendetwas überleben konnte.

Eine lange Zeit saßen sie einfach nur da, darauf wartend, dass der Schemen abermals vor dem Höhleneingang auftauchte. Doch nichts geschah. Schon bald legte sich Halian wieder schlafen, während Drelyn mit dem Rücken an die Wand gelehnt wachte, den Bogen und einen Pfeil in der Hand. Halian hatte den Elfen gebeten, ihn nach zwei Stunden zu wecken, damit er die Wache übernehmen konnte, doch Drelyn tat nichts dergleichen. Halian konnte im Dunkeln so gut wie gar nicht sehen, geschweige denn schießen. Außerdem benötigten Elfen nur wenig Schlaf, und so war es Drelyn im Gegensatz zu seinen Gefährten möglich, die Nacht hindurch zu wachen, ohne befürchten zu müssen, am nächsten Tag zu erschöpft für die Weiterreise zu sein. Die Nacht verging ohne einen weiteren Zwischenfall, und als der Morgen heraufdämmerte, voller Sonnenschein und im Licht strahlenden Schnees, schienen die seltsamen Angreifer der Nacht beinahe irreal. Es war, als könne ihnen keine Gefahr drohen. Und wäre da nicht der weiß gefiederte Pfeil gewesen, hätten sie die Geschehnisse der Nacht für einen Traum halten können.

Der vergangenen Nacht keine weitere Bedeutung beizumessen, wäre jedoch ein Fehler gewesen, denn auch die Girin hatten gewartet. Sie hätten die Fremden schon in der Nacht leicht töten können, doch es war nicht ihre Art. Sie wollten nicht gesehen werden. Für ihre Opfer waren sie unsichtbar und jeder, der jemals einen Girin gesehen hatte, wurde bald darauf schrecklicher Folter ausgesetzt, um die Erinnerung aus seinem Gedächtnis zu tilgen, sodass auch er starb, ohne sich an seine Mörder zu erinnern. Kein Opfer der Girin hatte jemals erfahren, wer es getötet hatte. Und keines von ihnen war je entkommen. Einer der Eindringlinge hatte sie gesehen und es verstieß gegen ihre Gesetze, nun anzugreifen. Deshalb warteten sie, diesmal auf die Dämmerung und das Morgengrauen. Auf den Tag und das Licht, das die Schneegeister schützte und vor den Blicken ihrer Opfer verbarg. So stapften Halian, Seerin und Drelyn am nächsten Morgen noch sehr müde durch den Schnee. Der Elf hatte darauf bestanden, noch bei Morgengrauen aufzubrechen. Sie befürchteten, die Enyn könnten verwelken, bevor sie Flayne erreichten und zumindest Drelyn und Halian sorgten sich auch aufgrund der hellen Schemen, die in der Nacht um die Höhle geschlichen waren. Obwohl sie nicht glaubten, dass sie zurückkehren würden, erinnerten sie sich doch an die Warnung der Karridirin vor unbekannten Gefahren und fragten sich, was für Wesen noch in diesen Bergen leben mochten. Vor der Höhle hatten sie keine Spuren entdecken können. Nicht einmal Drelyns scharfe Elfenaugen hatten Hinweise auf die Anwesenheit anderer Lebewesen gefunden. Und auch Halian, dessen Mutter ihm doch so viele Geschichten über dieses Gebirge erzählt hatte, wusste nicht, was für Wesen ihnen in der Nacht begegnet waren. Während sie den Berg wieder hinabstiegen, mahnte Seerin seine Begleiter ständig zur Eile. Er hoffte Flayne zu erreichen, bevor die Enyn verwelkten. Doch er war der

Einzige, der sich dieser Hoffnung hingab. In Galda hatte Halian gelernt, sich nie an solch eine schwache Hoffnung zu klammern, denn schon zu oft war er von ihr enttäuscht worden. Auch Drelyn, den sein langes Leben schon viel gelehrt hatte, traute Seerins Worten nicht. Er war es gewohnt, die Dinge so zu sehen, wie sie waren und seine Handlungen nicht allein von seinen Wünschen beeinflussen zu lassen. Dennoch sahen auch sie keine andere Möglichkeit, als den Versuch zu wagen.

Drelyn verbannte jeden Gedanken an die Folgen eines Misserfolgs aus seinem Kopf und wandte sich lieber der vorherigen Nacht zu. Wer waren diese Wesen? Warum hatten sie angegriffen? Und weshalb waren sie so schnell wieder verschwunden?

Sie nahmen denselben Weg zurück, den sie gekommen waren. Drelyn und Seerin hätten sich sicherlich verirrt, wären sie allein gewesen, denn für sie unterschied sich in den verschneiten Bergen kein schneebedeckter Fels vom anderen, aber Halian führte sie sicher. Obwohl er sein Leben in den schmutzigen Gassen Galdas verbracht hatte und die Berge nur aus den Geschichten seiner Mutter kannte, leitete ihn sein Instinkt in der eisigen Heimat seines Volkes.

Niemand hörte sie, niemand sah sie. Die Girin waren ein Volk, von dessen Existenz nur die Toten wussten. Die Toten und drei Todgeweihte, die noch immer durch die Berge streiften.

Dort unten gingen sie, die Frevler, stiegen einfach den Berg hinunter, als hätten sie nichts getan. Hin und wieder warfen sie einen Blick nach oben. Sie fürchteten sich vor ihnen und das zu Recht.

Dennoch würde ihnen ihre Späherei nichts nützen, denn im Schnee waren die Girin unsichtbar. Weder zu sehen, noch zu hören. Nicht einmal ihre Körperwärme verriet sie, denn die Girin waren wie ihre Heimat. Ihre Körper wie auch ihre Seelen waren so weiß und kalt wie der Schnee, der hier niemals schmolz.

Drelyn spürte, dass Gefahr auf sie lauerte. Auch seine Freunde sahen sich unbehaglich um, doch nichts war zu sehen, nichts zu hören. Das Gefühl, beobachtet und belauert zu werden, blieb jedoch.

Seine scharfen Augen trogen Drelyn nie, doch diesmal wusste er, dass jemand in der Nähe war, obwohl er nichts sah als schneebedeckte Felsen und nichts hörte als die eigenen, knirschenden Schritte im Schnee. Ein Zischen drang an seine Ohren. Er blickte zu seinen Gefährten hinüber, doch sie schienen nichts bemerkt zu haben. Drelyn gab ihnen ein Zeichen. Ohne zu wissen, ob sie verstanden hatten, lauschte er weiter. Da war das Zischen wieder. Seine Freunde schienen noch immer nichts gehört zu haben, doch stattdessen hatten sie etwas gesehen und gespürt. Ein weiß gefiederter Pfeil hatte Seerins Umhang durchschlagen und sich tief in den Schnee hinter ihm gebohrt.

Ungläubig betrachtete Seerin das Loch in seinem Umhang, dann die Berghänge um sie her. Drelyn dagegen brauchte nur einen Blick auf den seltsamen, weißen Pfeil zu werfen, um zu erkennen, wer ihre Gegner waren. Was auch immer sie von ihnen wollten, aufgegeben hatten diese Wesen anscheinend noch nicht.

Der Elf warf seinen Freunden einen besorgten Blick zu. „Es sind die die gleichen Pfeile, mit denen sie in der letzten Nacht auf uns geschossen haben“, erklärte er.

Seerin nickte. „Aber warum greifen sie jetzt an? Wo sind sie?“

„Sie sind weiß wie Schnee und darum können wir sie nicht sehen“, murmelte Halian mit gerunzelter Stirn. „Die unsichtbare Gefahr vor der Neriin uns gewarnt hat. Wir können ihnen nicht entkommen.“

„Das sagst gerade du?“, fragte Drelyn, der sich langsam an Halians Optimismus gewöhnt hatte.

„Es ist die Wahrheit. In den Legenden ist die Rede von einer unsichtbaren Gefahr, der niemand entrinnen kann und die niemand je gesehen hat bis auf die Toten. Die Tatsache, dass man uns in Vuori vor diesen Wesen nicht gewarnt hat, bedeutet, dass kein Lebender sie je zu Gesicht bekam. Sie müssen also die unbekannte Gefahr sein, von der Neriin gesprochen hat.“

Seine Gefährten schwiegen, aber die Blicke, mit denen sie Halian bedachten, waren starr vor Schreck.

„Was sollen wir jetzt tun?“, fragte Seerin. „Ich möchte nicht von einem Pfeil aus dem Nichts getötet werden.“

„Wir können nur abwarten, bis sie abermals schießen, dann sehen wir wenigstens, aus welcher Richtung der Pfeil kommt“, meinte Drelyn.

„Wunderbar“, murmelte Seerin. „Und wenn sie wirklich treffen?“

Drelyn verdrehte die Augen. „Hast du eine bessere Idee? Was

willst du tun?“ Er runzelte die Stirn. „Ich wüsste zu gerne, was sie von uns wollen.“

„Vielleicht haben wir sie irgendwie verärgert“, vermutete Halian.

Drelyn setzte zu einer Erwiderung an, doch kaum, dass er Luft geholt hatte, drang ein weiteres Zischen an seine Ohren. Er sah sich um, konnte aber nichts entdecken. Erst dann registrierte er den stechenden Schmerz, der sein Bein hochzog. Er sah an sich hinunter und entdeckte den schneeweißen Pfeil, der seine rechte Wade durchbohrt hatte, beinahe unsichtbar gegen den leuchtenden Schnee. Vorsichtig und mit schmerzverzerrtem Gesicht zog er ihn heraus, während er aufmerksam auf ein weiteres Zischen lauschte.

„Sie spielen mit uns“, murmelte Halian. „Sie wollen uns Angst machen. Sonst hätten sie bereits mehr Pfeile abgeschossen oder versucht, uns mit einem Schuss in die Brust zu töten.“

„Vielleicht ist es nur ein einziger Schütze, der nicht besser zielen kann“, zischte Drelyn zwischen zusammengepressten Zähnen hervor, während er vorsichtig versuchte, sein verletztes Bein zu belasten. Zwar gelang es ihm, aber es sandte auch weitere Wellen des Schmerzes durch seine Wade den Oberschenkel hinauf, sodass er sein Gewicht sofort wieder auf sein linkes, unverletztes Bein verlagerte. Seine Freunde warfen ihm besorgte Blicke zu, doch sie fragten ihn nicht nach seinem Befinden. Sie wussten nur zu gut, wie er darauf reagieren würde.

„Wenn diese Wesen Eindringlinge immer nur allein jagen würden, hätte sicherlich jemand überlebt, gerade wenn sie wirklich so schlecht schießen würden“, entgegnete Halian gefasst.

„Wenn wir weiter hier stehen bleiben, ist es egal, ob sich dort oben ein einzelner Schütze oder ein ganzes Heer befindet“, fauchte Seerin. „Hört auf zu diskutieren, wir müssen hier weg.“

„Aber wohin?“, fragte Halian.

Drelyn runzelte die Stirn und ließ seinen Blick über die öde Schneelandschaft schweifen, die nur stellenweise durch leicht vorstehende Felsvorsprünge unterbrochen wurde. Felsvorsprünge!

Drelyn hörte ein weiteres Zischen, dann lief er los. Seine Freunde reagierten sofort und folgten ihm.

Ein Pfeil durchschlug die Luft, dort, wo Halian noch vor wenigen Sekunden gestanden hatte, und bohrte sich in den tiefen Schnee.

# Roter Schnee

Dies war die letzte Warnung. Unter den Girin war es Brauch, jedem Eindringling einen Pfeil zu widmen. Der erste Pfeil durfte niemanden treffen, der zweite musste verletzen und der dritte töten. Dies war die letzte Warnung. Die letzte Warnung für ihre Opfer, Opfer, die nicht entkommen konnten, Opfer, die im Grunde bereits tot waren.

Während er rannte, hörte Drelyn ein weiteres Zischen. Auf welchen der drei Gefährten zielte dieser Schuss? Er stutzte. Dieses Zischen klang anders, als das der vorherigen Pfeile. Er warf einen Blick über die Schulter zurück. Was er sah, erschreckte ihn.

Seine Gefährten liefen direkt hinter ihm. Sie waren schneller als er, denn obwohl er versuchte, den Schmerz zu ignorieren, drang er doch immer wieder in sein Bewusstsein und es gelang ihm kaum, sein Bein zu belasten. Er wusste, dass seine Verletzung ihn langsamer machte, obwohl seine Gefährten hinter ihm blieben, da sie nicht wussten, wohin er seine Schritte lenkte. Was Drelyn jedoch erschreckte, waren eben jene Pfeile, deren Zischen er vernommen hatte. Dort hinter Halian im Schnee steckte nicht ein Pfeil, nicht zwei, sondern mehr als ein Dutzend und es hagelten weitere Pfeile hinab, nicht nur hinter dem Barden, sondern auch neben Seerin und dem Elfen. Ein Pfeil streifte Drelyn an der Schulter, ritzte aber nur seine Haut, dann erreichte der Elf den schützenden Felsvorsprung.

Noch während seine Gefährten sich erschöpft neben ihm in den Schnee sinken ließen, erkannte Drelyn, dass sie hier nicht lange sicher waren. Im Moment bot der Felsvorsprung ihnen Deckung vor den Pfeilen ihrer Feinde, doch diese mussten sich nur ein wenig nach Süden wenden und schon saßen die drei Gefährten in ihrem Schussfeld ohne die geringste Chance auf Entkommen.

Sie mussten etwas tun. Doch was? Drelyn warf einen fragenden Blick zu seinen Gefährten. Halian zog gerade einen Pfeil aus Maraylans Hülle und untersuchte seine Harfe auf Schäden, glücklicherweise ohne diese zu finden, und Seerins Aufmerksamkeit war auf eine Wunde an seinem rechten Unterarm gerichtet. Drelyn sah mit einem Blick, dass sie nicht besonders tief war. Eigentlich sollte er sich auch um seine Verletzung kümmern, doch dazu war auch später noch Zeit. Wenn es denn ein Später gab. Ihre Lage schien aussichtslos.

Der Elf wandte sich an seine Freunde. „Diese Wesen werden durch den Schnee geschützt. Er hält sie verborgen, sodass wir es wahrscheinlich nicht einmal bemerken würden, sollten sie direkt vor uns stehen. Wie sollen wir sie dann bekämpfen? Wir müssen eine Lösung finden, und zwar bald. Sonst werden sie uns finden und töten, ohne dass wir überhaupt die Gelegenheit haben, uns dagegen zu wehren."

„Wir müssen den Rand des Felsvorsprungs blockieren", meinte Seerin.

„Und womit?", fragte Halian spöttisch. „Willst du dich dort hinstellen?"

Seerin warf einen bedeutsamen Blick auf Maraylan, woraufhin Halian ihn so böse anfunkelte, dass er nicht wagte, seinen Vorschlag laut auszusprechen.

„Was ist mit unseren Rucksäcken?", fragte Drelyn. Er wusste selbst, dass sie einer Pfeilsalve niemals standhalten würden, doch es war die einzige Möglichkeit sich zumindest notdürftig zu schützen.

Als sie die Barrikade aufgebaut hatten, runzelten auch seine Gefährten die Stirn. „Das wird nie und nimmer halten", murmelte Halian.

Der Elf nickte. „Wir müssen schnell etwas tun."

Er schüttelte den Kopf, als Seerin sich seine Wunde ansehen wollte. „Dazu ist später noch Zeit." Nachdenklich runzelte er die Stirn. „Ihr einziger Vorteil ist, dass wir sie nicht sehen können", murmelte er. „Wenn wir ihnen diesen Vorteil nehmen, haben wir vielleicht eine Chance."

„Aber wie?", fragte Halian.

„Das liegt doch auf der Hand", entgegnete Drelyn ruhig. „Nur der Schnee gibt ihnen Deckung. Sollte er verschwinden, sehen wir sie ebenso gut wie sie uns."

„Und wie willst du den Schnee verschwinden lassen? Bist du zufällig ein Magier, sodass du ein paar Worte murmeln kannst, die ihn schmelzen und vielleicht noch diese seltsamen Wesen verschwinden lassen?", fragte Halian. Er konnte nicht verstehen, wie man die letzten Minuten seines Lebens mit dem Erörtern solch unsinniger Spekulationen verschwenden konnte. Stattdessen warf er noch einen Blick an den Rucksäcken vorbei auf den weiten, klaren, eisig blauen Himmel. Wäre er in Galda geblieben, müsste er jetzt nicht sterben. Dennoch bereute er seinen Entschluss nicht. Seit er diese verfluchte Stadt verlassen hatte, hatte er Freunde gefunden, viele unglaubliche Dinge gesehen und erfahren, wie das Leben sein konnte, wenn man nicht stehlen oder sich pausenlos verstecken und verstellen musste.

Drelyn lächelte über Halians Spott. „Ich nicht, aber du!"

„Ich?"

„Besser gesagt, deine Harfe. Du hast schon einmal die Sonne herausgelockt, dann kannst du auch den Schnee schmelzen lassen."

Halian warf ihm einen zweifelnden Blick zu. „Ich habe es nicht mit Absicht getan. Außerdem würde es zu lange dauern, mithilfe der Sonne den Schnee schmelzen zu lassen."

„Wir haben keine Wahl", schaltete sich Seerin ein. „Es ist unsere einzige Chance."

Halian lächelte. Er bezweifelte, dass es funktionieren würde, doch seine Gefährten hatten recht, einen Versuch war es wert.

Der Barde schloss die Augen. Seine Finger zupften sanft an den Saiten der Harfe. Vielleicht spielte er sie heute zum letzten Mal, vielleicht würde ihr Lied nie wieder erklingen und sie hier im Schnee begraben werden, zusammen mit ihm selbst und seinen Gefährten. Flammen züngelten in Halian hoch, Flammen der Wut und des Zorns. Das durfte nicht geschehen, nicht hier in dieser eisigen verlorenen Schneelandschaft, in der niemand Maraylans letztes Lied hören konnte. Auch das Lied der Harfe klang anders als sonst, nicht sanft, nicht warm, sondern zornig und brennend, so als versuche sie, ihre Feinde allein durch das Feuer ihrer Musik zu vernichten. Halian hörte Drelyn nach Luft schnappen. Wirkte Maraylans Lied oder hatten ihre Feinde sie bereits erreicht? Halian war es egal. Er hörte nichts, außer dem Lied und spürte nichts, außer den rauen Saiten der Harfe unter seinen Fingerkuppen und dem Zorn in seinem Inneren.

Irgendwann, Halian konnte nicht sagen, ob nur ein Augenblick oder eine ganze Ewigkeit vergangen war, verklangen Maraylans feurige Töne. Halian sah auf und blinzelte. Der Schnee leuchtete in einem feurigen Rot und es schien fast, als stünde er in Flammen. Halian blinzelte. Es stimmte. Der Schnee brannte.

Feurige Flammenzungen leckten über den weißen Schnee, welcher nun nicht mehr unschuldig funkelte, sondern in einem unheimlichen Rot leuchtete.

Halian blickte zu seinen Gefährten. Auch sie starrten auf den brennenden Schnee und schienen nicht zu wissen, was sie davon halten sollten. Halian blickte auf Maraylan hinab und fragte sich, wozu die magische Harfe noch fähig war. Es war ein beunruhigendes Gefühl. Würde er das nächste Mal, wenn er sie zur Hand nahm, sogar mit ihrer Hilfe töten, wenn sie sogar in der Lage war, Schnee in Brand zu setzen? Er schob die Harfe zur Seite und blickte hinaus.

Nicht zum letzten Mal an diesem Tag färbte der Schnee sich rot.

Es dauerte nicht lange, bis die Flammen wieder verschwanden. Dort, wo sie gebrannt hatten, war der Schnee nicht mehr zu sehen. An seiner Stelle liefen Wasserrinnsale über den Boden und sammelten sich in den Felsspalten zu kleinen Pfützen. Nun war der bloße Felsboden sichtbar. Sollten die Schneewesen sich ihnen nähern, würden sie zumindest in der Lage sein, sie zu sehen.

Dennoch konnten die drei Freunde ihren Weg nicht fortsetzen, denn alles, was außerhalb des Umkreises einer halben Meile um den kleinen Felsvorsprung lag, war von den Flammen unberührt geblieben und noch immer von Schnee bedeckt. Nur diese Fläche von ungefähr einer Meile Durchmesser, war von ihm befreit worden. Das bedeutete, dass die Gefährten nur sicher waren, solange sie blieben, wo sie waren. Sie mussten abwarten bis ihre Feinde zu ihnen kamen und konnten ihre Reise nicht fortsetzen. Und je länger sie warteten, desto mehr schwand ihre Hoffnung, Flayne noch rechtzeitig zu erreichen.

Abermals begann Drelyn sich Vorwürfe zu machen, dass er sich und seine Freunde in diese Situation gebracht hatte, und auch diesmal vertrieb er seine Schuldgefühle und richtete seine Gedanken auf das Nächstliegende. Vielleicht bekamen sie bald eine Chance aus dieser weißen Einöde zu entkommen. Im Moment waren sie jedoch vollkommen machtlos. Endlich fand Drelyn Zeit, sich um seine Verletzung zu kümmern. Die Pfeilwunde schien nicht besonders tief zu sein. Sofern sie sich nicht entzündete, würde sie in kurzer Zeit heilen. Die Wunden eines Elfen schlossen sich schnell. Sie würde ihn jedoch noch für eine Weile behindern, was in einem Kampf gegen die fremden Bergbewohner nicht unbedingt von Vorteil war. Vielleicht hielt er seine Freunde sogar bei ihrer Weiterreise auf. Sofern es ihnen jemals gelang, diese Schneewüste zu verlassen.

Die Girin hatten es bereits geahnt. Einer dieser Fremden war ein Zauberer. Er hatte schon einmal die Sonne in ihr kaltes Reich gerufen und jetzt hatte sein Feuerzauber den Schnee verschwinden lassen und sie damit ihrer Deckung beraubt. Die Girin waren völlig verwirrt und wussten nicht, was sie nun tun sollten. Trotzdem würden sie nicht aufgeben. Diese Eindringlinge hatten einen zu großen Frevel begangen, als dass die Girin sie gehen lassen könnten.

Trotz ihres Rachewunsches zögerten sie, nach den Fremden zu suchen. Sie waren es nicht gewohnt, ohne den Schutz des Schnees zu kämpfen, und sie hofften noch immer, es würde wieder zu schneien beginnen. Doch sollten sie zu lange warten und zu spät oder gar ohne die Leichen der Frevler zu ihrem Clan zurückkehren, würde dies die Götter erzürnen, und der Schamane würde einige der ihren, vielleicht auch sie alle opfern, um die Götter wieder zu besänftigen.

Natürlich hätten die Girin warten können, bis der Hunger und die Kälte diese Fremden aus ihrem Versteck trieben, doch die Girin kannten keine dieser Empfindungen und wussten nicht, dass andere in der Lage waren, sie zu verspüren.

Drelyn und seine Freunde warteten. Es war ein nervenaufreibendes Warten, begleitet von der Furcht vor einem Angriff und doch zugleicht darauf hoffend. Irgendetwas musste geschehen, schließlich konnten sie sich nicht ewig in dieser Felsspalte verstecken. Der Felsvorsprung bot ihnen Schutz vor dem Wind, doch nicht vor der allgegenwärtigen Kälte, die alles in diesen Bergen umgab. Ihr Feuerholz war aufgebraucht, sie hatten nichts mehr, um sich zu wärmen, und ihre Umhänge, so warm sie auch waren, konnten die Gefährten nicht vor der eisigen Kälte schützen. Zudem hegte jeder von ihnen die heimliche, unausgesprochene Furcht, es könnte wieder zu schneien beginnen, sodass ihre geheimnisvollen Gegner abermals in der Lage wären, sich ihnen unbemerkt zu nähern. Nach einer langen Zeit des Wartens erkannten sie, dass ihnen gar keine Wahl blieb. Wenn sie nicht unter dem Wind umpfiffenen Felsvorsprung jämmerlich erfrieren wollten, mussten sie sich einen Weg freikämpfen, und zwar so schnell wie nur irgend möglich. Begann es erst wieder zu schneien, hatten sie keine Chance mehr gegen ihre unsichtbaren Gegner.

Langsam und vorsichtig verließen sie den Felsvorsprung und blickten sich um, doch sie sahen nichts als Felsboden und Schnee, welcher sich in jeder Richtung eine halbe Meile entfernt wie eine weiße Mauer auftürmte.

Die Girin sahen die Fremden aus ihrem Versteck treten. Doch wie sollten sie sie erreichen? Ihre Bögen besaßen nur eine geringe Reichweite. Die Girin hatten niemals mehr benötigt, da sie sich ihren Opfern immer ungesehen hatten nähern können. Was sollten sie nun tun? Sollten sie einfach dorthin gehen, auf den dunklen Felsboden, für sie fremdes Terrain? Sollten sie auf einem Platz kämpfen, auf dem kein Schnee ihnen Deckung bot? Es blieb ihnen keine Wahl. Sie wollten die Götter nicht erzürnen, deshalb mussten sie es tun.

Drelyn hörte Halian nach Luft schnappen. Er wandte sich zu ihm um und ließ seinen Blick in die Richtung wandern, in die auch Halian sah. Genau dort, wo das verschneite Gebiet auf das schneefreie traf, standen sie. Figuren, wie aus Eis gemeißelt. Sie waren groß und dürr und dabei so filigran wie die kunstvoll gewachsensten Eiszapfen. Sie standen einfach nur da und spannten ihre kurzen Bögen, eine unwirksame Drohung, da ihre Pfeile die Gefährten nicht erreichen konnten. Die Schneewesen standen völlig bewegungslos und starrten die Eindringlinge mit undurchdringlichem Blick an, ihre fein geschnittenen Gesichter vollkommen ausdruckslos.

Lange Zeit standen sie einfach nur da und betrachteten einander.

Drelyn wusste, dass etwas geschehen musste. Die Kälte begann bereits an seinen Kräften zu zehren und sicherlich auch an denen seiner Gefährten. So rief er nach einigen weiteren Momenten des Wartens und gegenseitigen Anstarrens in der Gemeinsprache zu den Eiswesen herüber: „Wer seid ihr und was wollt ihr von uns?“

Die Eiswesen antworteten nicht, sondern standen nur weiterhin da und blickten sie an. Drelyn stellten dieselbe Frage noch einmal, diesmal auf Elfisch. Abermals erhielt er keine Antwort, hatte es aber eigentlich auch nicht erwartet. Nun versuchte es Halian in der Sprache der Karridirin, doch die Girin schwiegen noch immer. Vielleicht lag es daran, dass die Schneegeister keiner dieser Sprachen mächtig waren, aber vielleicht wollten sie auch einfach nicht antworten.

Plötzlich traten die Eiswesen einige Schritte vor und blieben dann unvermittelt stehen. Dies geschah völlig synchron und so lautlos, dass es schien, als hätten sie sich untereinander durch Gedankenkraft verständigt. Noch immer waren sie nicht nahe genug herangekommen, um die Gefährten mit ihren Pfeilen erreichen zu können, aber in ihrer Bewegung lag eine unausgesprochene Drohung. Drelyn wusste, dass diese Wesen niemanden entkommen lassen würden. Doch die Schneegeister würden einen hohen Preis für seinen Tod zahlen müssen. Er nahm seinen Bogen von der Schulter und legte einen Pfeil auf die Sehne. Aus dem Augenwinkel sah er, wie Halian dasselbe tat. Auch Seerin zückte einen seiner Dolche, von denen er mehrere im Gürtel trug. Mit ihnen konnte er nicht nur meisterlich fechten, sondern auch mit erstaunlicher Treffsicherheit werfen.

Wenn die Eiswesen sich ihnen noch einige Schritte näherten, wäre Drelyn in der Lage einen Pfeil in eines ihrer wunderschönen und gefühllosen Gesichter zu schießen.

Und wirklich, die Angreifer traten noch ein paar Schritte vor. Drelyn beobachte ihre Bewegungen genau. Wenn die Fremden auch wie gemeißelte Statuen aussahen, so bewegten sie sich doch mit der Schnelligkeit und Anmut eines lebenden Wesens und Drelyn hatte das ungute Gefühl, dass eines dieser Eiswesen im Kampf einen gleichwertigen Gegner für ihn darstellen würde. Und wenn er ihre Zahl bedachte …

Der Elf spannte den Bogen. Halian tat es ihm diesmal nicht nach. Sein Bogen besaß nicht solch eine große Reichweite, wie Drelyns elfischer, dessen Stabilität und Treffsicherheit nicht nur von seinem unzweifelhaft meisterlichen Bau stammte, sondern zusätzlich von Magie verstärkt wurde. Es war die letzte Warnung. Drelyn nahm einen tiefen Atemzug, bevor er die Sehne aus der Hand schnellen ließ und den Pfeil auf seine tödliche Reise schickte, direkt in das Gesicht eines Schneewesens. Das Eis, aus dem das feine Gesicht des Angreifers gemeißelt zu sein schien, zersplitterte und winzige Eisdolche regneten auf die anderen Girin herab. Das getroffene Eiswesen sank zu Boden, doch die anderen Schneegeister schlossen die entstandene Lücke sofort.

Drelyn erwartete, dass die Fremden nun vorstürmen und sie angreifen würden, anstatt sich noch länger Drelyns Beschuss auszusetzen, doch nichts dergleichen geschah. Sie traten nur einige Schritte vor und sahen die Gefährten mit ausdruckslosen Gesichtern über ihre Bogensehnen hinweg an. Es schien sie nicht zu kümmern, ob sie lebten oder starben.

Die Girin waren es nicht gewohnt auf schneefreiem Untergrund zu kämpfen, dennoch versuchten sie auch hier, ihre gewohnte Kampfstrategie beizubehalten. Bevor sie kämpften, schüchterten sie ihre Gegner ein. Die Eindringlinge sollten sich vor ihnen fürchten, auch wenn es ihnen nun möglich war, die Girin zu sehen. Direkt anzugreifen war nicht ihre Art. Schon immer war die Furcht ihre stärkste Waffe gewesen. Die Furcht verwirrte die Sinne ihrer Opfer und ihre Feinde starben bereits, bevor sie überhaupt wussten, wie ihnen geschah. Die wenigen, welche die Girin noch erblickten, waren vor Angst wie gelähmt und konnten nicht einmal an Gegenwehr denken. Noch nie zuvor war ein Girin im Kampf getötet worden.

Die Girin nahmen den Tod ihres Artgenossen kaum zur Kenntnis. Sie wussten, dass Menschen starben, ebenso wie all die anderen unverschämten Wesen, die sich in das Reich der Eiswesen wagten. Doch ihnen selbst war der Tod fremd.

Hin und wieder verschwanden einige von ihnen, wenn der Schamane sie opferte, doch dann waren es die Götter, die ihr Leben nahmen. Die Girin starben nicht, wie sie auch nicht geboren wurden.

Drelyn schoss Pfeil um Pfeil auf die Eiswesen ab. Sie splitterten, als wären sie wirklich nicht mehr als Statuen, die durch eine Art Zauber zum Leben erweckt wurden. Nachdem die fremden Wesen noch ein Stück näher gekommen waren, konnte auch Halian seinen Bogen einsetzen. Doch sooft ihre Bogensehnen auch summen mochten, die Bewohner dieser verschneiten Gipfel setzten ihren langsamen Marsch fort, ohne schneller zu werden, immer wieder innehaltend, den Tod völlig ignorierend. Drelyn bekam eine Gänsehaut. Es war Furcht einflößend, gegen einen Gegner zu kämpfen, der den Tod nicht fürchtete.

Im Nachhinein konnte niemand sagen, wie lange es gedauert hatte, bis die Eiswesen die drei Gefährten erreicht hatten. Immer wieder hatten Drelyn und Halian Pfeile auf die Schneegeister geschossen und jedes Mal war ein ausdrucksloses Antlitz oder eine eisige Brust darunter zersplittert. Bald hatte auch Seerin damit begonnen, den Angreifern seine Wurfdolche entgegenzuschleudern. Doch schon nach kurzer Zeit waren sie aufgebraucht gewesen, bis auf drei, die immer noch in seinem Gürtel steckten.

Als die Girin sich den drei Gefährten soweit genähert hatten, dass diese sich in ihrer Schussweite befanden, lag bereits ein großer Teil von ihnen zersplittert im Schnee.

Die Eiswesen schienen bis auf ihre Bögen unbewaffnet zu sein. Dennoch hatte Drelyn ein ungutes Gefühl, als er sein Schwert zog. Sein Köcher war leer und sein Bogen nutzlos. Während Seerin zwei seiner Dolche zückte, warf Halian seinen Bogen zur Seite. Kurz blickte er auf seinen eigenen Dolch, schüttelte dann aber den Kopf und verwandelte sich vor aller Augen in einen schneeweißen Wolf.

Drelyn warf seinen Gefährten einen fragenden Blick zu. Seerin nickte sofort. Sie hatten schon einige Kämpfe gemeinsam ausgefochten und verstanden sich ohne Worte und auch Halian erwiderte Drelyns Blick aus seinen Wolfsaugen.

Drelyn gab seinen Gefährten ein Zeichen. Sie warteten nicht ab, bis die Girin auf sie schossen, sondern rannten ihnen entgegen.

Für einen Moment schien es dem Elfen, als zeichne sich auf einem der ausdruckslosen Gesichter ein schwaches Lächeln ab, aber vielleicht war es auch nur das Sonnenlicht, das sich auf dem spiegelnden Eis brach und seine Augen narrte.

Kurz bevor sie die Eiswesen erreichten, blieben die Gefährten abermals stehen und warteten. Erst jetzt erkannte Drelyn, wie viele Splitter hinter der Mauer aus Eiswesen, zurückgeblieben waren.

Obwohl sie ihnen schon so nahe waren, schossen die Eiswesen noch immer nicht. Sie starrten die drei Gefährten nur weiterhin über ihre Pfeilschäfte an, bewegungslos, blicklos. Es war unmöglich, auf diese Entfernung ihr Ziel zu verfehlen, und Drelyn wusste, dass er und seine Freunde sterben würden, wenn sich die Eiswesen entschlossen, zu schießen.

Doch die Girin konnten nicht schießen. Es war ihnen verboten. Die alten Gesetze ihres Stammes legten fest, dass Pfeil und Bogen nur dann benutzt werden durften, wenn dies die einzige Möglichkeit war, ihre Opfer zu töten, ohne gesehen zu werden. Pfeile waren keine heiligen Waffen und Wesen, die durch einen Pfeil niedergestreckt wurden, durften nicht den Göttern geopfert werden. Die kurzen Bögen wurden nur eingesetzt, um den Feinden der Girin Angst einzuflößen.

Die Frevler, die die Feuerblume entweiht hatten, durften nur durch die heiligen Eiswaffen getötet werden. Sie mussten geopfert werden, um ihre Taten zu sühnen, damit die Rache der Götter nicht die Girin traf, deren Aufgabe es war, die heilige Blume zu schützen.

Kurz bevor die Schneegeister Drelyn und seine Freunde erreichten, zogen sie ihre Waffen. Sie waren lang und schmal wie Dolche, doch aus einem Material gefertigt, dass so hell und klar war wie Eis. Als Drelyn jedoch sein Schwert hob, um einen Schlag dieser Waffe abzuwehren, zersplitterte diese nicht.

Eine weiße, kalte Hand griff nach der Kehle des Elfen, doch er duckte sich unter ihr hinweg und stieß seinem Gegner das Schwert in die Brust. Von der Einstichstelle an breiteten sich feine Risse gleich einem Spinnennetz über den Körper des Eiswesens aus. Dann, ohne eine weitere Vorwarnung, zersprang der Girin in tausend winzige Splitter. Der Elf blinzelte, doch er hatte keine Zeit, mehr als einen Gedanken an diese fremdartigen, so unmenschlichen Wesen zu verschwenden, denn hinter ihm tauchten zwei weitere Schneegeister auf.

Seerin hatte sich gleich mehreren Gegnern zu stellen. Die Girin waren entschlossen, ihn nicht entkommen zu lassen, da er derjenige war, der die heilige Blume gepflückt hatte.

Seerin fing den Schlag einer Eiswaffe mit einem seiner Dolche auf. Sein zweites Messer parierte den Stich eines weiteren Eisdolchs, während Seerin sich unter einer dritten Waffe hinweg duckte. Er wünschte sich sehnlichst, einen zusätzlichen Arm zu besitzen, denn er erkannte, dass er sich zwar noch einige Zeit gegen seine Angreifer würde verteidigen können, er aber keine Chance hatte, einen von ihnen zu verletzen oder gar zu töten. Er wusste, dass er nur einmal zu langsam reagieren oder für eine Sekunde unaufmerksam sein musste, um verloren zu sein.

In Gestalt des weißen Wolfes sprang Halian auf einen der ihn attackierenden Schneegeister zu, wich seiner Waffe aus und warf ihn zu Boden. Er landete auf der Brust des Eiswesens und schnappte nach seiner Kehle. Dem Schneegeist gelang es jedoch mit einer erstaunlich kräftigen Bewegung seines filigranen Arms, den Wolf zur Seite zu schleudern. Halian landete unsanft auf dem harten Felsboden. Einen Moment lang war er zu benommen, um aufstehen zu können. Es fiel ihm schwer, seine vier Beine zu koordinieren. Endlich gelang es ihm doch, sich hochzurappeln. Er stürzte sich auf das nächste Eiswesen und dieses Mal schaffte er es, seinen Gegner mit einem gezielten Biss in die Schulter zu verletzen.

Halian wirbelte herum, um sich dem nächsten Eiswesen zu stellen, noch immer viel zu sehr vom menschlichen Verstand geleitet. Er befürchtete, wenn er sich vollkommen den tierischen Instinkten überließ, sich selbst zu verlieren.

Drelyn sah, dass seine Freunde in Bedrängnis waren, doch er konnte ihnen nicht zu Hilfe kommen.

Die Waffen seiner Gegner ließen ihn schaudern. Obwohl die Eiswesen es vorzuziehen schienen mit bloßen Händen zu kämpfen, setzten sie die Eisdolche für einige Attacken ein, die direkt auf Drelyns Herz zielten. Eine eisige Faust schleuderte den Elfen zu Boden. Einen Moment blieb er benommen liegen, dann nahm er eine Bewegung über sich war und rollte instinktiv zur Seite. Ein Eisdolch traf auf den felsigen Boden, genau dort, wo Drelyn wenigen Sekunden zuvor noch gelegen hatte. Der Elf wirbelte, immer noch etwas benommen, herum und sein Schwert trennte einem der Schneegeister den Arm ab. Er fiel zu Boden und zersplitterte. Dies schien das Eiswesen jedoch nicht besonders zu stören, denn seine andere Hand zuckte vor. Drelyn sah, wie sich das schwache Sonnenlicht im Eis brach, und warf sich abermals zur Seite. Er fing den Dolch mit seinem Schwert ab, dann sprang er auf die Füße und stach in derselben Bewegung zu. Einer seiner Gegner zersplitterte und es war Drelyn nun ein Leichtes auch seinen zweiten Gegner zu töten, zumal dieser nur noch einen Arm besaß und von der schnellen Reaktion des Elfen überrascht war. Drelyn beugte sich zu seinem verletzten Bein hinunter und pressten einen Moment lang mit schmerzverzerrtem Gesicht die Hand auf die Wunde.

Dann besann er sich auf die verbliebenen Schneegeister und richtete sich wieder auf. Er blickte zu seinen Freunden hinüber. Halian schien die Situation im Griff zu haben, doch Seerin musste sich gleich gegen drei Eiswesen zur Wehr setzen.

Drelyn lief auf die Kämpfenden zu. Dabei bemerkte er, dass Seerins Bewegungen langsamer geworden waren. Noch immer parierte er die Schläge und Stiche seiner Gegner und duckte sich darunter hinweg, doch es schien ihm immer schwerer zu fallen, den Angriffen der Eiswesen auszuweichen. Drelyn hoffte, dass er nicht zu spät kam. Aus den Augenwinkeln sah er, wie Halian seinen letzten Gegner außer Gefecht setzte und ebenfalls auf Seerin zulief. In seinem Wolfskörper bewegte er sich weitaus schneller als der Elf.

Drelyns verletztes Bein gab unter ihm nach, er stolperte, fing sich aber wieder. Dann erreichte er den ersten Schneegeist. Dieser war so sehr in den Kampf vertieft, dass er Drelyn überhaupt nicht bemerkte. Der Elf bohrte ihm sein Schwert in den Rücken. Doch in demselben Augenblick drang der Eisdolch eines anderen Schneegeists in Seerins Schulter.

Feine Linien breiteten sich über den Körper des Eiswesens aus ebenso wie der rote Fleck, der Seerins Hemd durchtränkte.

Drelyn sah seinen Freund in demselben Moment zusammenbrechen, in dem das Eiswesen, in tausend kleine Splitter zersprang. Der Elf konnte nichts tun, er konnte nicht einmal zu Seerin gelangen, denn ein weiterer Schneegeist vertrat ihm den Weg. Zorn ließ Drelyns Augen aufblitzen und weiße Flecken der Wut tanzten in ihnen. Mit einem Schrei stürzte er sich auf das Wesen. Wieder stach er zu, wieder parierte er. Er bemerkte kaum, wie Halian neben ihm auftauchte. Der Wolf gab ein leises Winseln von sich, als er sah, was mit Seerin geschehen war, und lief auf ihn zu, doch der verbliebene Schneegeist versperrte ihm den Weg.

Drelyn stieß dem Eiswesen sein Schwert in den Brustkorb. Während sich die haarfeinen Risse langsam über seinen Körper ausbreiteten, rannte Drelyn bereits zu Seerin hinüber. Nur wenige Momente später kniete sich Halian in menschlicher Gestalt neben den

Elfen. Drelyn musste sich nicht umdrehen, um die Eissplitter zu sehen, in die Halians Zähne den Schneegeist verwandelt hatten.

Seerin atmete noch. Der Eisdolch war verschwunden, er schien durch Seerins Körperwärme geschmolzen zu sein und hatte sich mit seinem Blut vermischt.

Seerin stöhnte vor Schmerz, doch er hatte nicht die Kraft zu schreien. Der Eiszapfen war in seine linke Schulter eingedrungen, und obwohl keine lebenswichtigen Organe getroffen waren, wirkte er sehr geschwächt.

Während des Kampfes waren sie der Grenze zwischen Schnee und Felsboden wieder näher gekommen und ein schmales rotes Rinnsal floss über den Stein und versickerte in dem flockigen Weiß. Zum zweiten Mal an diesem Tag färbte der Schnee sich rot.

# Eisgift

Nachdem der Elf Seerins Wunde so gut wie möglich verbunden hatte, bauten er und Halian aus ihren beiden, entspannten Bögen und dem Tuch, in das sie zuvor Maraylan gewickelt hatten, eine Trage. So vorsichtig, wie es ihnen möglich war, trugen sie ihren verletzten und bewusstlosen Gefährten den Berg hinab. Halian kam in dem hohen Schnee kaum voran und Drelyn humpelte immer stärker, dennoch gingen sie weiter. Als sie gegen Abend in einer Höhle rasteten, war Seerins Zustand noch immer unverändert. Er lebte, und doch trennte ihn nur noch ein kleiner Schritt vom Tod.

Während Drelyn noch einmal seine eigene Verletzung untersuchte, nahm Halian Maraylan zur Hand und zupfte an ihren Saiten. Er hoffte, die Harfe, die ihm mit ihrer Macht schon so oft das Leben gerettet hatte, würde auch Seerin helfen. Doch dieses Mal weigerte sich die Harfe, seinen Wunsch zu erfüllen, und abgesehen von den paar klimpernden Tönen, die Halian bewusst mit seinen Händen erzeugte, blieb es still. Die Harfe weigerte sich zu spielen und behielt ihren Zauber für sich.

Halian stellte sie zur Seite. Obwohl er äußerlich ruhig blieb, war sein Inneres erfüllt von Wut und Verzweiflung. Zwar war es ihm möglich, die Sonne hinter dichten Wolken hervorzurufen und Schnee in Brand zu setzen, doch nur wenn Maraylan seine Hand führte. Es war ihre Macht, die all dies vollbrachte, nicht die seine. Und gerade jetzt, da einer seiner Freunde mit dem Tode rang, weigerte sich die Harfe, ihm zu helfen.

Drelyn saß am Höhleneingang und starrte auf den weißen, unschuldig glitzernden Schnee. Er hätte es wissen müssen. Er brachte seinen Freunden nur Unglück, erst Flayne und nun Seerin. Selbst wenn es ihnen gelang, Flayne zu retten, war Seerin doch verloren. Drelyn wollte die Hoffnung nicht aufgeben, doch er sah auch, in welchem Zustand sich sein Freund befand.

Hätte er nicht auf seine Cousine gehört und nicht versucht, Fearflatha zu vergiften, wären Halian, Seerin und er selbst jetzt nicht hier. Hätte er die Schmerzen in seinem Bein ignoriert, anstatt danach zu greifen, wäre er schnell genug gewesen, um Seerin zu retten.

Ganz gleich, was er tat, er brachte seinen Freunden nur Verderben. Er sollte fortgehen, weit fort. Irgendwohin, wo niemand ihn kannte und er niemanden in Gefahr brachte. Er hatte getan, was er für richtig hielt, und dabei einen Fehler begangen. Einen Fehler, für den seine Freunde nun bezahlen mussten, vielleicht sogar mit ihrem Leben. Das durfte nicht noch einmal passieren. Er sollte fortgehen. Doch zuvor musste er versuchen, zumindest einen Teil seiner Schuld zu tilgen, indem er Flayne rettete.

In der Nacht hatten Drelyn und Halian abwechselnd am Lager ihres verletzten Freundes gewacht. Als sie am nächsten Morgen aufbrachen, war Seerin nicht bei Bewusstsein. Das war kein gutes Zeichen, und doch sagte es ihnen nicht mehr, als sie ohnehin schon wussten. Der Elf hatte sich Seerins Wunde noch einmal angesehen. Sie war nicht entzündet, allerdings blutete sie noch immer. Wenn es nicht bald aufhörte, würde es nicht mehr lange dauern, bis der hohe Blutverlust Seerins Leben forderte.

Doch Drelyn konnte nichts tun. Er hatte nicht, wie manch andere Elfen, die Fähigkeit Wunden zu heilen oder Ohnmächtige wieder ins Bewusstsein zurückzurufen. Er wünschte, seine Schwester wäre hier. Sie ging bei dem alten Myrin in die Lehre, und auch wenn es ihr vielleicht nicht gelingen würde, Seerin völlig zu heilen, so könnte sie ihm sicherlich helfen.

Als sie zwei Tage nach dem Kampf mit den Eiswesen das Dorf der Karridirin erreichten, grenzte es fast an ein Wunder, dass Seerin noch lebte, doch weder Drelyn noch Halian ließ sich zu irgendeiner falschen Hoffnung verleiten.

Anscheinend waren sie schon von Weitem gesehen worden, denn Vuoris Bewohner liefen ihnen bereits entgegen, entsetzt über die Trage, welche Halian und Drelyn in Händen hielten.

„Was ist geschehen?“, fragte jemand.

Halian schüttelte den Kopf. „Später“, erklärte er. „Gibt es hier einen Heiler?“

Man wies sie an, die Trage in einer der Hütten niederzulegen. Eine weißhaarige Frau und ein blondes Mädchen, sicherlich eine Schülerin oder Gehilfin, ließen sich neben Seerin nieder. Mit einem

Wink wurden alle Anwesenden, auch Halian und Drelyn hinausgeschickt. Die Heilerin versprach, sie zu rufen, sobald sie wusste, wie es um Seerin stand.

Halian und seinem elfischen Begleiter blieb nichts anderes übrig, als zu tun, was die Heilerin verlangte. Sie ließen sich mit den Karridirin am Lagerfeuer nieder und Halian erzählte, was geschehen war.

„Die unsichtbare Gefahr", murmelte ein Mann mit kurzem, braunem Haar, als sie geendet hatten, und Halian übersetzte für den Elfen. „Wenigstens wissen wir jetzt, was sie sind. Es ist ein Wunder, dass ihr ihnen entkommen seid." Halian nickte nur stumm zur Antwort. Bald darauf tauchte das blonde Mädchen neben Halian auf. „Die Heilerin wünscht, euch zu sprechen."

Als Halian die Worte des Mädchens für Drelyn übersetzte, konnte er in dessen sonst so ausdrucksloser Miene lesen, dass der Elf genauso wenig an Seerins Genesung glaubte wie er selbst.

Sie standen auf und folgten dem Mädchen in die kleine Hütte der Heilerin. Auf eine entsprechende Geste der Alten ließen sie sich auf dem Boden nieder. Die Heilerin blickte sie einen Moment schweigend an, dann fragte sie leise: „Mit welcherart Waffe wurde diese Wunde geschlagen?"

Ohne seine Worte für Drelyn zu übersetzen, antwortete Halian: „Mit einem Dolch aus unzerbrechlichem Eis."

Die Alte blickte Halian nachdenklich an, dann nickte sie. „Wenn diese Wunde von einer gewöhnlichen Waffe stammen würde, wäre euer Freund jetzt entweder tot oder die Wunde hätte aufgehört zu bluten."

„Es war die Waffe eines der Schneegeister. Nachdem sie Seerin getroffen hatte, ist sie geschmolzen", erklärte Halian.

Die Heilerin nickte nachdenklich. „Die Wunde schließt sich noch immer nicht. Euer Freund muss viel Blut verloren haben. Es überrascht mich, ihn noch am Leben zu sehen. Ich kann nicht sagen, was mit ihm geschehen ist. Doch es besteht die Möglichkeit, dass dieser Dolch vergiftet oder verflucht war. Ein gewöhnliches Gift hätte ich sofort bemerkt. Auch zeigt euer Freund keine Vergiftungserscheinungen. Ich habe allerdings einmal von einem Gift gehört, das seinen Opfern den Lebenswillen raubt, sodass sie bereits an kleinen Wunden sterben." Sie blickte zu Seerin hinüber.

„Ohne seinen Lebenswillen erreicht ihn unumgänglich der Tod. Ich kann euch nicht sagen, ob ihm dies widerfahren ist." Sie seufzte. „Das Einzige, was ich für ihn tun kann, ist eine Behandlung mit Kräutern und Tränken, um die Blutung zu stillen. Außerdem kann ich ihm ein Mittel gegen Entzündungen geben, doch ich fürchte, das wird nicht reichen." Enttäuscht blickte Halian zu Boden. Doch plötzlich sprang er auf. Sowohl die Heilerin als auch Drelyn blickten ihn verwundert an.

„Die Enyn!", rief Halian.

„Die Enyn?", fragte die Heilerin.

„Ja, die Blume des Sonnenuntergangs. Wir sind in die Berge gegangen, um sie zu finden, weil eine Freundin von uns vergiftet wurde", erklärte Halian.

Die Heilerin runzelte die Stirn. „Nun ja, ein Versuch kann sicherlich nicht schaden. Ich habe selbst von dieser Blume gehört, obwohl ich ihre Existenz immer für einen Mythos gehalten habe. Kein Angehöriger meines Volkes geht jemals so hoch in die Berge. Es heißt, die Blume könne jeden Zauber brechen, wenn der Verzauberte von ihrem Saft trinkt, oder aber einem Wesen all seine Magie nehmen, wenn sie in sein Blut gelangt." Die alte Frau blickte Halian ernst an. „Ich weiß nicht, ob diese Geschichten stimmen. Selbst wenn sie wahr wären, so gäbe es keine Garantie, dass euer Freund wieder gesund wird. Großen Schaden kann sie jedoch nicht mehr anrichten. Wir können es versuchen."

Halian nickte bedrückt und setzte sich wieder. Drelyn stieß Halian von der Seite an. Schweren Herzens wollte Halian das Gespräch mit der Heilerin für den Elfen in der Gemeinsprache wiedergeben, doch als er den Ausdruck in Drelyns Augen sah, brachte er es nicht über sich. „Die Heilerin weiß nicht, ob sie Seerin helfen kann", erklärte er, ohne das Gift und den kaum zu stillenden Blutfluss zu erwähnen. „Sie glaubt jedoch, dass die Enyn ihn vielleicht retten kann." Lügen gehörte zu den Dingen, die man in Galdas Straßen von klein auf lernte, und Halian hatte darin mehr Übung als die meisten, dennoch durchschaute der Elf seine Worte.

„Sag mir die Wahrheit", verlangte er.

„Ich sagte die Wahrheit", entgegnete Halian. Dann seufzte er. „Die Heilerin vermutet aber, dass der Eisdolch vergiftet oder verflucht worden ist. Ich habe vorgeschlagen, Seerin mithilfe der Enyn zu heilen. Sie will es versuchen, aber sie kann nicht mit Sicherheit sagen, ob es funktionieren wird." Diesmal entging Drelyn, dass Halian die Wahrheit ein wenig verdrehte.

Der Elf nickte traurig. Er hatte bereits gewusst, dass Seerins Verletzung anders war als seine eigene, die bereits zu heilen begonnen hatte. Es jetzt jedoch von einer Heilerin bestätigt zu bekommen, ließ es viel realer werden. Dennoch nahm er einige der orangefarbenen Blumen aus seinem Rucksack und gab sie der Heilerin.

Halian blickte ihn an. „Wenn die Enyn wirkt, kann Seerin wieder gesund werden."

„Diese Hoffnung ist nichts als eine Kerze im Wind." Drelyn stand auf, nickte der Heilerin kurz zu und verließ die Hütte. Halian blickte dem Elfen nur wortlos nach.

Als Drelyn aus der Hütte der Heilerin trat, mied er die Nähe des Lagerfeuers und der Karridirin. Stattdessen ging er über den kalten, felsigen Boden, bis er einen Felsvorsprung erreichte, auf dem er sich niederließ.

Lange starrte der Elf in die Dunkelheit hinaus, als hoffte er, dort Trost zu finden. Es war nicht nur die Trauer um einen Freund, die ihn so betroffen machte. Es war die Schuld, die er auf sich geladen hatte. Er war nicht nur verantwortlich, dass Seerin, Halian und er selbst sich überhaupt in diese Berge hatten wagen müssen, was er noch als Fehler abtun oder Vivianas Einflüsterungen zuschreiben konnte. Da war noch etwas anderes. Er war wenige Sekunden zu spät gekommen, hatte einige Momente zu spät in den Kampf eingegriffen, einen Augenblick zu lange gezögert. Er war zu langsam gewesen, er ein Elf, dem man übermenschliche Schnelligkeit nachsagte, war zu langsam gewesen. Hätte er seine eigene Verletzung, seinen Schmerz ignoriert und wäre Seerin sofort zu Hilfe geeilt, wäre es ihm vielleicht gelungen, seinen Freund zu retten. Doch nun starb Seerin vielleicht, nur weil er, ein Angehöriger jenes Volkes, welches sich für eines der geschicktesten in ganz Landuna hielt, nicht schnell genug reagiert hatte. Ein Wutschrei löste sich aus seiner Kehle und hallte zwischen den Berggipfeln wieder. Ein Schrei ohnmächtigen Zorns, denn er konnte nichts tun, um Seerin zu helfen. Überhaupt nichts. Es gab keine Möglichkeit, wiedergutzumachen, was er getan hatte. Die Möglichkeit Flayne noch zu retten, hatte ihm bisher geholfen, seine Schuldgefühle zu bekämpfen. Doch für Seerin konnte er nichts tun. Der Elf vergrub seinen Kopf in den Händen, während er sich verzweifelt danach sehnte, tun zu können, was nicht in seiner Macht lag.

Seerin fühlte den Schmerz. Nicht nur den Schmerz seiner Wunde, sondern auch anderen, längst vergangenen Schmerz. Er dachte an seine Familie, ihr plötzliches Verschwinden, an seine verzweifelte Suche nach ihnen, an den Schmerz, als ihm klar geworden war, dass er sie nicht finden und sie nie wieder sehen würde. Nie wieder war er jemandem begegnet, der war wie er. Er wusste nicht einmal, ob es noch Angehörige seines Volkes gab. Vielleicht war er der Letzte. Weshalb sollte er als Letzter seines Volkes am Leben bleiben? Es hatte keinen Sinn. Wenn er starb, wäre er wieder bei seiner Familie. Genau wie sie würde er zu Wasser werden, zu einem Teil des Meeres. Endlich würde er erfahren, was mit ihnen geschehen war.

Er spürte, wie das Blut aus seiner Wunde lief, das Leben langsam aus ihm heraus tröpfelte, und er bedauerte es nicht. Es war gut so. In dieser Welt hatte er nur Trauer gefunden.

Drelyn wusste nicht mehr, wie er zurück nach Vuori gelangt war, doch am nächsten Morgen wachte er in eine Decke gehüllt in einer der Hütten auf. Halian stand neben ihm. „Wir müssen weiter."

Drelyn blinzelte. „Weiter?", fragte er. Er konnte noch nicht allzu lange zurück sein, denn für gewöhnlich wachte er schon nach einem kurzen Schlaf erquickt auf. Doch jetzt fühlte er sich verwirrt und verstand kaum, wovon Halian redete.

„Weiter, um Flayne die Enyn zu bringen. Die Dorfbewohner werden sich um Seerin kümmern. Vielleicht gelingt es der Heilerin, Seerin zu helfen. Unsere Aufgabe ist es jetzt, Flayne zu retten."

Halian hatte recht. Langsam begannen Drelyns Gedanken sich zu klären. Auch wenn der Elf gern geblieben wäre, um auf Seerin zu achten und vielleicht dabei zu sein, falls dieser noch einmal aufwachte, erkannte er doch, dass Halian recht hatte. Mitnehmen konnten sie Seerin nicht. Zwar würden die elfischen Heiler in Meralyn ihm eher helfen können als die Menschen in diesem kleinen Bergdorf, doch Drelyn bezweifelte, dass Seerin die Reise überleben würde. Es war besser, zu gehen und wenigstens einen Teil seiner Schuld zu sühnen. Er stand auf und spürte wieder das Stechen in seiner linken Wade. Halian bemerkte sein kurzes Zusammenzucken. „Du solltest die Heilerin bitten, sich um dein Bein zu kümmern, du humpelst schon seit zwei Tagen damit herum."

Drelyn schüttelte den Kopf. „Nicht nötig", entgegnete er. „Es heilt bereits." Halian warf einen Blick auf Drelyns blutdurchtränkte Hose und setzte dazu an, dem Elfen zu widersprechen, doch als er Drelyns Gesichtsausdruck sah, nickte er nur stumm und verließ die Hütte.

Schon bald darauf verließen zwei einsame Gestalten das Bergdorf Vuori, die Kapuzen tief in die Stirn gezogen, um sich vor dem schneidenden Wind des Änoengebirges zu schützen, nur begleitet von den grün schimmernden Lichtpunkten der Leuchtfliegen. Drelyn brütete vor sich hin, ohne ein Wort zu sagen, und Halian wagte es nicht, ihn zu stören, da er wusste, wie der Elf reagierte, wenn ihn jemand aus seinen Gedanken riss. Seerin bemerkte, wie sich jemand über ihn beugte. Eine Schale wurde an seine Lippen gehalten, doch er reagierte nicht darauf. Jemand zwang einige Schlucke einer scharf schmeckenden Flüssigkeit seine Kehle hinunter und ein leichtes Brennen breitete sich in seinem ganzen Körper, vor allem aber in seiner Schulter aus. Seerin wollte sich dagegen wehren, wollte in seinem tiefen Dämmerschlaf verbleiben, bis alles geendet hatte, doch sein Körper gehorchte ihm nicht.

Abermals versank sein Verstand in den Erinnerungen an seine verschwundene Familie und an das Mädchen, das nie gewesen war, was zu sein es vorgegeben hatte. Doch obwohl er nun wusste, wer – was – Flayne wirklich war, wusste er auch, dass sie noch immer dieselbe war wie zuvor. Und obwohl sie sich vor dem Wasser fürchtete, hatte sie Seerin doch vertraut. Er fragte sich, was Halian und Drelyn gerade taten, und ob die Enyn Flayne rechtzeitig erreichte. Würde Flayne sterben so wie er oder würde sie ein Leben führen, in dem er nichts war als eine entfernte Erinnerung, weitab von dem Wasser, in das er bald zurückkehren würde und dessen Schönheit Flayne niemals ganz verstanden hatte?

Für einen Augenblick bedauerte er, dass er es niemals erfahren würde. Dann kehrte die Dunkelheit zurück.

# Steinkreis

Das Rauschen des Meeres begleitete Ealyn auf ihrem Weg entlang der Klippen. Sie hoffte, Drelyn bald zu finden. Sie wollte ihm helfen und dafür sorgen, dass der Bann des Drachen von ihm genommen wurde. Es gab keinen Grund zur Eile, schließlich konnte sie ihren Bruder und seine Gefährten nicht verfehlen, dennoch trieben Ealyns unruhige Gedanken sie voran. Sie konnte die Vorstellung, dass ihr Bruder unter einem magischen Bann stand, der ihn zwang, gegen seinen Willen zu handeln, nicht ertragen.

Am späten Nachmittag des dritten Tages ihrer Reise sah sie in der Ferne zwei Wanderer, die ihr entgegenkamen. Zwei. Es gab nur sehr wenige, die es so weit in den Norden verschlug, in eine Region, die entweder von hohen Bergen oder undurchdringlichem Wald beherrscht wurde, und Ealyn verspürte eine seltsame Unruhe in ihrem Inneren.

Gegen Abend waren die Gestalten für Ealyns weitsichtige Augen deutlicher zu sehen, doch noch immer vermochte sie nicht zu sagen, ob es sich bei einem von ihnen um ihren Bruder oder einen seiner Gefährten handelte. Angst keimte in ihr auf. Sie musste die Wanderer erreichen, bevor es dunkel wurde.

Ealyn fürchtete, bald Halian und Seerin anzutreffen, während Drelyn vielleicht ... Sie wusste, dass ihr Bruder nie einen seiner Freunde im Stich lassen würde.

Auch im Dunkel der Nacht folgte Ealyn weiterhin dem Verlauf der Klippen, das Lagerfeuer der Wanderer als Leitfaden nutzend. Doch sie hatte ein langes, anstrengendes Wegstück hinter sich und so räumte sie letztendlich ihrem erschöpften Körper zögernd eine Ruhepause ein.

Ohne nach einem geschützten Lagerplatz zu suchen oder ein Feuer zu entzünden, rollte sie sich Ealyn schließlich am Rande der Klippe zu einem Ball zusammen und schlief ein.

Am nächsten Morgen wurde sie von einer sanften Berührung an der Schulter geweckt. Sie schrak hoch. Hatte sie so tief geschlafen, dass sie nicht bemerkt hatte, wie sich ihr jemand näherte? Als sie sich umwandte, blickte sie erleichtert und verwirrt in das fragende Gesicht ihres Bruders.

Sie bemerkte den harten Felsboden, auf dem sie geschlafen hatte, und hörte in einiger Entfernung das Meer gegen die Klippen branden.

Die Erinnerungen stürmten wieder auf sie ein. Fearflatha, Viviana, Flayne, der Betrug. Sie war hier, um ihren Bruder von seinem Bann zu befreien.

Drelyn runzelte die Stirn. „Was tust du hier?", fragte er.

Ealyn lächelte. „Ich habe euch gesucht." Da sie aufgrund ihrer elfischen Herkunft nicht lügen, Drelyn aber auch nicht die Wahrheit sagen konnte, war dies die einzig mögliche Antwort.

Halian, der neben Drelyn stand, warf diesem einen fragenden Blick zu, woraufhin der Elf Ealyns Worte übersetzte.

„Wo ist Seerin?", fragte Ealyn, diesmal aus Höflichkeit Halian gegenüber in der Gemeinsprache.

Drelyn holte tief Luft. „Es ist besser, wenn ich dir das unterwegs erzähle", erklärte er gepresst. „Wir müssen uns beeilen."

Ealyn nickte, ohne ihren Bruder weiter zu drängen, und so brachen sie auf, noch immer in der Hoffnung, nicht zu spät zu kommen.

Unterwegs erzählte Drelyn seiner Schwester, was mit Seerin geschehen war. „Also hat der Drache bereits sein erstes Opfer auf dem Gewissen", folgerte Ealyn bitter, ohne diese Gedanken laut auszusprechen. Solange Drelyn unter dem Bann des Drachen stand, konnte sie nicht ehrlich zu ihm sein. Sie überlegte, was sie entgegnen konnte, um ihren Bruder zu trösten, doch zum ersten Mal in ihrem Leben sah sie sich einer Verletzung gegenüber, deren Schmerz sie nicht lindern konnte.

Plötzlich bemerkte sie, dass Drelyn humpelte, und erblickte die Blutflecken auf seiner Hose. „Was ist mit dir?"

Drelyn winkte ab. „Nichts Schlimmes."

Doch Ealyn bestand darauf, sich Drelyns Wunde anzusehen. Mit gerunzelter Stirn betrachtete sie die Verletzung ihres Bruders, dann legte sie die Hand darauf und murmelte einige Worte. Ealyn spürte, wie sich unter ihren Fingern Sehnen, Muskeln und Haut wieder zusammenfügten, doch wie jedes Mal, wenn sie versuchte, jemanden mit ihren noch nicht ausgereiften Kräften zu heilen, spürte sie Übelkeit und Erschöpfung in sich aufsteigen.

Drelyn erinnerte sich wieder an die heilenden Kräfte seiner Schwester und erwog, sie zu Seerin zu senden, um ihm zu helfen, doch er wusste nur zu gut, dass sie dazu nicht in der Lage war. Der Versuch würde Seerin nicht retten, aber Ealyns Leben in Gefahr bringen.

Nachdem sie noch ein weiteres Stück gegangen waren, blieb Ealyn plötzlich stehen. „Würdet ihr mich kurz entschuldigen?" Sie deutete mit einer Kopfbewegung zum Waldrand hinüber.

Drelyn nickte nur. Einen Moment lang erinnerte Ealyn sich an den Drelyn, den sie von früher kannte. Einst war er glücklich gewesen. Der Anblick der Sonne hatte ein Lächeln auf sein Gesicht gezaubert und er hatte gelacht, als sie im See gebadet hatten oder durch den Ilinenwald gelaufen waren. Wie sehr wünschte sie sich jene Tage zurück. Doch der einst so sorglose Junge schien am heutigen Tage weiter entfernt denn je.

Als Ealyn zwischen den Bäumen verschwand, fragte sie sich, was ihren Bruder schon lange vor dem Bann des Drachen so sehr verändert hatte.

Im Wald vor den Blicken der anderen geschützt, griff sie in eine Tasche ihres Umhangs und förderte Vivianas kleinen Zauberspiegel zum Vorschein.

„Viviana", flüsterte sie.

Das Gesicht der Zauberin nahm auf der glatten Oberfläche Gestalt an.

„Ich habe sie gefunden", erklärte Ealyn.

Viviana lächelte. „Gut. Hat Drelyn Verdacht geschöpft?"

Ealyn schüttelte den Kopf, dann berichtete sie so schnell es ihr möglich war von Seerins Schicksal.

„Das ist keine gute Nachricht", meinte Viviana. „Der Drache hat also ein erstes Leben gefordert."

„Seerin ist noch nicht tot!", widersprach Ealyn vehement.

„Nein, aber die Waffen der Schneegeister sind wirklich vergiftet. Ein Gift, das die Seele lähmt und dem Getroffenen jeglichen Lebenswillen nimmt. Ohne diesen Lebenswillen wird er sterben."

Viviana holte tief Luft und schüttelte den Kopf, als wolle sie so die traurigen Worte vertreiben. „Wir haben jetzt keine Zeit darüber zu reden. Südwestlich von hier liegt ein Steinkreis. Morgen, kurz nach Mittag ..."

Als Viviana ihre Instruktionen beendet hatte, nickte Ealyn und das Bild in dem kleinen Spiegel verschwand.

Als sie zu ihren Begleitern zurückkehrte, warteten diese schon ungeduldig. Die Sorge trieb sie voran. Sie wollten zu Flayne gelangen, bevor es zu spät war.

Als es zu dämmern begann, lagerten sie direkt am Waldrand unter den ersten Bäumen. Am nächsten Morgen erklärte Ealyn ihren Gefährten, sie kenne einen kürzeren Weg zu ihrem Ziel, und führte sie tiefer in den Wald hinein.

Drelyn konnte sich nicht erinnern, jemals in diesem Teil des Waldes gewesen zu sein, obwohl er geglaubt hatte, jeden einzelnen Baum im Ilinenwald zu kennen. Trotzdem beunruhigte ihn diese Feststellung nicht, da er seit langer Zeit nicht hier gewesen war. Er fragte sich jedoch, weshalb seine Schwester sich hier so gut auskannte. Dann musste er über sich selbst lächeln. Ealyn war kein kleines Kind mehr und streifte oftmals allein durch den Wald.

Die Sonne stieg höher und höher und langsam wurde es wärmer. Diese Wärme hatten sie schmerzlich vermisst, als sie durch das Änoengebirge geirrt waren. Doch nun konnte Drelyn nur daran denken, dass Seerin diese Wärme vielleicht nie mehr spüren würde. Vielleicht würde er nie wieder etwas spüren, außer der herannahenden Kälte des Todes. Der Elf verscheuchte diese Gedanken. Sie halfen seinem Freund auch nicht, gesund zu werden. Er musste jetzt versuchen zu retten, was zu retten noch in seiner Macht stand.

Tief in Gedanken versunken, bemerkte Drelyn nicht das kleine Lächeln, das über Ealyns Gesicht huschte, als sie den Stand der Sonne betrachtete. Bald würde Drelyn vom Bann des Drachen befreit werden. Halian sah ihr Lächeln, ohne ihm jedoch Bedeutung beizumessen.

Die Sonne stand beinahe im Zenit, als sie einen alten Steinkreis erreichten. Drelyn war noch nie hier gewesen. Er fragte sich, warum er diesen Ort nicht schon längst entdeckt hatte. Einen Ort wie diesen hätte er sicherlich nicht vergessen. Die Steine standen aufrecht und majestätisch da, so als könne nicht einmal die Zeit selbst sie umstürzen. Fremde Zeichen waren in den Stein eingemeißelt, eine Botschaft, die niemand mehr zu lesen vermochte.

Leises Vogelgezwitscher war zu hören ebenso wie das Flüstern des Windes in den Bäumen. Der Boden war von Gras bedeckt, und obwohl die Bäume ihre Äste über den Steinkreis streckten, lagen im Gras innerhalb des Kreises keine Blätter oder Rindenstückchen.

Ealyn lächelte. „Lasst uns hier Rast machen", schlug sie vor.

Drelyn schüttelt den Kopf. „Wir müssen weiter, wir haben nicht mehr viel Zeit", erklärte er.

„Ja, aber sieh dich doch um. Ich war noch nie hier. Dies ist ein magischer Ort, das spüre ich. Wer weiß, ob wir ihn jemals wieder finden." Ealyn drehte sich im Kreis, um alle Eindrücke in sich aufzunehmen. „Wir müssen ja nicht lange rasten. Nur ein paar Minuten", meinte sie.

Halian blickte zum Himmel hinauf. „Die Sonne steht bereits direkt im Zenit. Eine kleine Pause würde uns gut tun", erklärte er.

Drelyn sah sich noch einmal um. „Nun, eine kurze Rast kann sicherlich nicht schaden. Aber im Steinkreis? Ich weiß nicht, zu welchem Zweck er errichtet wurde, doch sicherlich nicht, um müden Wanderern als Rastplatz zu dienen."

„Wer auch immer ihn erbaut hat, ist längst verschwunden", erklärte Ealyn. „Und wenn wir den Kreis nicht betreten dürfen, wird uns sicherlich etwas daran hindern." Ohne eine Antwort abzuwarten, trat sie in den Steinkreis und wandte sich dann um, um ihren Freunden zuzuwinken.

„Es ist nicht richtig", murmelte Drelyn, folgte aber zögernd seiner Schwester.

„Vor langer Zeit, als die vergessenen Völker diesen Kreis errichteten, war es nicht richtig. Doch das ist so lange her. Wer sollte heute etwas dagegen haben, dass wir den Steinkreis betreten?", fragte Ealyn. Drelyn entgegnete nichts darauf, ließ sich aber mit seiner Schwester im weichen Gras nieder. Er winkte Halian, doch dieser folgte den Elfen nicht. Obwohl er die Befürchtungen des Elfen eigentlich nicht teilte, wusste er doch in seinem Inneren, dass er den Steinkreis nicht betreten sollte. Er trat etwas näher an die stehenden Steine heran, um die seltsamen Zeichen zu betrachten, die auf ihnen eingraviert waren. Zwar hatte ihn ein alter Geschichtenerzähler einst das Lesen gelehrt, doch diese Zeichen waren vor so langer Zeit in den Stein gemeißelt worden, dass es vermutlich in ganz Landuna niemanden gab, der heute noch ihre Bedeutung verstand. Dennoch war Halian neugierig. Vorsichtig legte er die Harfe im Gras zu seinen Füßen ab und ... das seltsame Gefühl verschwand. So war es also Maraylan, die ihn vor dem Betreten des Steinkreises warnte.

Maraylan, die sich geweigerte hatte, Seerin zu heilen, die aber auch schon viele gute Dinge getan hatte. Vielleicht war es für Seerin schon zu spät gewesen, vielleicht hatte er sich zu dem Zeitpunkt, an dem Halian versucht hatte, ihn zu heilen, schon an der Grenze zum Tod befunden. Niemand konnte Tote wieder ins Leben zurückrufen, nicht einmal eine magische Harfe. Und vielleicht war Maraylan gar nicht in der Lage, Verletzungen zu heilen. Vielleicht beschränkte ihre Macht sich auf das Rufen der Sonne und das Anzünden von Schnee. Im Moment war das egal. Maraylan warnte ihn und sie, als magische Harfe, kannte die Magie gut genug, um zu wissen, wann ihnen Gefahr drohte. Halian wandte sich Drelyn und seiner Schwester zu, die mit dem Rücken an einen Stein gelehnt dasaßen und leise miteinander sprachen.

„Kommt zurück!“, rief er ihnen zu.

Sie beachteten ihn nicht.

„Drelyn! Ealyn!“

Keine Antwort.

„Das ist gefährlich! Ihr müsst da raus! Irgendetwas stimmt nicht!“ Sie konnten ihn nicht hören, erkannte Halian. Er wusste nicht warum, aber wie auch die herabgefallenen Blätter der Bäume schien seine Stimme nicht in den Steinkreis dringen zu können.

Einen Moment zögerte Halian, ohne zu wissen, was er tun sollte. Dann holte er tief entschlossen Luft und trat einen Schritt vor, um den Steinkreis zu betreten und seine Gefährten zu warnen.

Doch plötzlich durchfuhr ihn ein stechender Schmerz und er sprang zurück. Blauviolette Linien zuckten über die Steine und verbanden diese miteinander, bis sie den gesamten Steinkreis einschlossen. Halian schien in eine dieser Linie gelaufen zu sein. Er ging auf die Steine zu und streckte seine Hand aus, bis sie eine der Linien berührte. Er zuckte sofort zurück. Seine Hand brannte vor

Schmerz. Die violetten Linien begannen, ein Netz um den Steinkreis zu bilden und ihn auch von oben zu bedecken. Sie schlossen Drelyn und Ealyn ein, erkannte Halian. Sein Zögern hatte ihn selbst gerettet, doch er war nicht in der Lage, seinen Freunden zu helfen. Was geschah hier? Diese Linien konnten doch nicht von einem uralten Zauber stammen, dann wären sie nicht erst jetzt erschienen. Doch woher kamen sie dann? Hilflos blickte Halian zu seinen Freunden hinüber und schlang sich Maraylans Hülle wieder über die Schulter. Vielleicht wusste die Harfe, was zu tun war.

Auch Drelyn und Ealyn hatten bemerkt, dass sie eingeschlossen waren. Mit großen Augen starrten die beiden zu dem blauvioletten Energiefeld hinauf. Drelyns Blick war voller Verwirrung. Er konnte sich nicht erklären, was geschehen war. Er hatte so etwas noch nie zuvor gesehen. Die blauvioletten Linien verschwammen vor seinem Blick ebenso wie Ealyn und Halian, der außerhalb des Steinkreises stand und gleichzeitig verwirrt und entsetzt zu ihnen hinüberstarrte. Drelyns Welt wurde dunkel.

Halian sah Drelyn zusammenbrechen. Mit Ealyn schien jedoch alles in Ordnung zu sein. Sie kniete neben ihrem Bruder und legte ihre Hand vorsichtig auf dessen Stirn. Halian wollte so gerne helfen oder doch zumindest sehen, ob alles in Ordnung war, doch er konnte nichts tun, als besorgt zu ihnen hinüberzublicken. Die violetten Linien knisterten leise, als wollten sie ihn auslachen. Halian band sich Maraylan fest auf dem Rücken, doch diesmal ertönte keine Warnung. Das war jetzt nicht mehr nötig.

Halian versuchte, Ealyn etwas zuzurufen, versuchte sie zu fragen, was mit Drelyn geschehen war, doch sie schien ihn noch immer nicht hören zu können. Abermals versuchte er, sich dem Steinkreis zu nähern, und auch dieses Mal durchzuckte ihn ein stechender Schmerz und machte es ihm unmöglich weiterzugehen.

Endlich blickte Ealyn zu ihm hinüber. Sie nickte ihm zu und an ihrem Gesichtsausdruck erkannte Halian, dass Drelyn nichts passiert war. Das beantwortete zumindest eine seiner Fragen. Aber was hatten diese violetten Linien zu bedeuten? Und was war geschehen? Vielleicht schützte wirklich ein äonenalter Zauber diesen Ort. Aber weshalb war Drelyn dann zusammengebrochen, während es Ealyn noch gut ging?

# Vergessen

Halian blinzelte, als die violetten Linien plötzlich verschwanden. Er stürzte los, rannte zu seinen Freunden hinüber und kniete sich neben Ealyn. Die Frage, warum das Energiefeld so plötzlich und scheinbar grundlos verschwunden war, drängte er aus seinen Gedanken. Er würde später noch genug Zeit haben, darüber nachzudenken.

Drelyn schien unverletzt zu sein, Puls und Atmung waren ruhig und gleichmäßig, doch er war noch immer bewusstlos.

„Was ist geschehen?“, fragte Halian.

„Als wir den Steinkreis betraten, erstarb plötzlich das Vogelgezwitscher ebenso wie das Rauschen des Windes. Es war vollkommen still“, erklärte Ealyn.

Halian lauschte. Auch jetzt drang kein Geräusch von außerhalb in den Ring der stehenden Steine. Deshalb hatten Drelyn und Ealyn auch seine Warnung nicht gehört.

„Naja, und als wir hier gesessen haben, waren da plötzlich diese violetten Linien. Und dann ist Drelyn zusammengebrochen …“

Halian fiel der Elfe ins Wort. „Warte, er kommt zu sich.“

Er hatte recht. Drelyns Augenlider flatterten. Er blinzelte. „Was ist geschehen?“ Er blickte sich um und bemerkte, dass er sich in einem Steinkreis befand, doch er wusste nicht, wie er hierhergekommen war. Er erkannte Ealyn, die neben ihm kniete. Aber sollte sie nicht zu Hause in Meralyn sein? Verschwommen erinnerte er sich an den jungen Mann, der neben seiner Schwester saß. Er hieß Halian, war Dieb in Galda gewesen und hatte Drelyn gemeinsam mit Flayne auf dem Weg von Galda nach Meralyn begleitet. Aber wo war Flayne? Und wie war er hierhergekommen? „Wo bin ich?“, fragte er noch einmal.

„In dem Steinkreis, weißt du nicht mehr?“, fragte Halian.

Drelyn schüttelte den Kopf. Es schmerzte ein wenig.

„Wir haben ihn gefunden. Ealyn wollte uns die Abkürzung zeigen …“

„Welche Abkürzung?“

„Vom Änoengebirge zurück nach Meralyn.“ Halian sah Drelyn an, als hätte dieser den Verstand verloren.

„Warum waren wir im Änoengebirge?“, fragte Drelyn verwirrt.

„Du erinnerst dich nicht mehr?“, fragte jetzt auch Ealyn. Anscheinend hatte Vivianas Zauber wirklich den Bann des Drachen gebrochen. Wie hatte sie nur an ihrer Cousine zweifeln können? Drelyn schien vergessen zu haben, was in der Zeit seiner Verzauberung geschehen war. Endlich war er wieder er selbst.

„Was ist das Letzte, woran du dich erinnerst?“

Ich bin mit Halian und Flayne nach Meralyn gekommen.“

„Und was geschah danach?“

Drelyn schüttelte den Kopf. Alles andere schien in einem grauen Nebel verschwunden zu sein.

„Erinnerst du dich, wie Seerin nach Meralyn kam?“

Der Elf verneinte abermals.

Seltsam, Drelyn konnte zu dem Zeitpunkt noch gar nicht unter Fearflathas Einfluss gestanden haben. Aber vielleicht wirkte sich der Bann auch auf andere Teile seiner Erinnerung aus.

„Was ist geschehen?“ Drelyn runzelte die Stirn. „Sagt mir endlich, wie ich hierhergekommen bin.“

„Beruhige dich“, meinte Ealyn. „Ich kann dir alles erklären, auch wenn es nicht ganz einfach und vielleicht recht schmerzhaft für dich sein wird.“ Dies war ihr Beitrag zu Drelyns Rettung.

„Du zogst aus, um den Drachen zu finden, der unsere Eltern getötet hat“, begann Ealyn. „Von Viviana habe ich erfahren, dass er schon zuvor den Tod von Vayrana, unserer Cousine und Vivianas Schwester verursacht hat. Doch dann stellte sich heraus, dass Flayne nicht die ist, für die wir sie gehalten haben. Sie ist die Tochter ebendieses Drachen. Als du dem Ungeheuer im Kampf gegenüberstandest, gelang es ihm, dich mithilfe seiner Magie unter einen Bann zu zwingen …“

„Was redest du da?“, fuhr Halian dazwischen. Er hatte schon zuvor versucht, Ealyn zu unterbrechen, aber weder sie noch ihr Bruder schenkten ihm Beachtung.

„… ebenso wie deine Freunde“, fuhr Ealyn unbeeindruckt fort. „Seerin war übrigens auch da, er hatte sich wohl in Flayne verliebt“, fuhr die Elfe fort. „Ihr wurdet ausgeschickt, um ein Mittel zu finden, mithilfe dessen Flayne Viviana töten sollte, weil sie die Einzige ist, die die Macht besitzt, den Drachen aufzuhalten. Seerin wurde im Änoengebirge tödlich verwundet und ihr habt ihn in einem Bergdorf zurücklassen müssen." Ealyn sah den Schmerz in Drelyns Augen. „Es ist nicht deine Schuld", erklärte sie sanft. „Viviana sagte mir, dass es unmöglich ist, dem Bann eines Drachen zu widerstehen. Als wir den Steinkreis betraten, hat ein Zauber dich von ihm befreit." Ealyn seufzte. „Halian hat den Kreis leider erst betreten, nachdem der Zauber bereits abgeklungen war." Halian blickte verzweifelt von einem zum anderen. Jetzt gab es nichts mehr, was er sagen konnte, um die Dinge klarzustellen. Drelyn würde seiner Schwester glauben. Und weshalb sollte er es nicht tun? Ealyn konnte wie alle Elfen nicht wissentlich lügen. Es war klar, dass sie glaubte, was sie sagte.

Dennoch versuchte er abermals, Drelyn zu erzählen, was wirklich geschehen war. Er spürte Vivianas Einfluss in Ealyns Worten. Doch Drelyn sah ihn nur voller Mitleid an, schließlich glaubte er, Halian stünde unter dem Bann eines Drachen. Außerdem war er als Mensch in der Lage wissentlich zu lügen.

Drelyn wandte sich stattdessen an seine Schwester. „Wie bist du hierhergekommen?", fragte er sie. „Hast du mich auch auf die Suche begleitet?"

Ealyn schüttelte den Kopf. „Als ich erfuhr, dass du unter diesem Zauber standest, machte ich mich auf, um euch zu suchen. Ich wollte dir die Wahrheit sagen, auch wenn ich wusste, dass du mir nicht zuhören würdest. Ich musste es doch wenigstens versuchen."

„Ealyn", flehte Halian. „Hör auf, du weiß, dass das nicht wahr ist."

Niemand beachtete ihn.

„Und Seerin? Was war mit ihm. Ist ihm wirklich etwas zugestoßen?"

„Ich kann es nicht genau sagen, ich war nicht dabei, aber nachdem, was du mir erzählt hast, gab es im Gebirge einen Kampf, bei dem er tödlich verwundet wurde. Es bestehen kaum Heilungschancen."

„Wir mussten ihn in Vuori zurücklassen", ergänzte Halian. „Aber

Drelyn, sie lügt. Viviana will den Drachen umbringen, weil sie glaubt, er habe ihre Schwester getötet. Aber das stimmt nicht! Sie starb …"

Ealyn unterbrach Halian. „Wie du siehst, ist der Bann unter dem Halian steht, noch immer nicht gebrochen worden. Er war nicht mit uns im Steinkreis."

Drelyn sah Halian mit gerunzelter Stirn an. „Die Magie scheint jetzt verflogen zu sein", murmelte er. „Also können wir nichts tun, um den Bann aufzuheben."

Verzweifelt blickte Halian von einem zum anderen. „Du glaubst doch wohl nicht wirklich, dass ich unter einem Bann stehe, oder?", fragte er mit gerunzelter Stirn.

Drelyns Blick war Antwort genug. Er seufzte. „Du kannst nichts dafür, dass der Zauber nicht auf dich gewirkt hat", meinte er.

„Aber kannst du dich denn an nichts erinnern?", fragte Halian. „An all das, was geschehen ist. Fearflatha, der Drache, hat Vayrana nicht getötet …"

„Sei still, ich will keine Lügen mehr hören", unterbrach ihn Drelyn, der langsam die Geduld verlor.

Halian versuchte noch einige Male mit Drelyn zu reden, doch dieser weigerte sich völlig, ihm auch nur zuzuhören. Irgendwann gab Halian auf. Er wusste, dass er ebenso reagieren würde, wenn er sein Gedächtnis verloren hätte. Ealyns Geschichte klang weitaus glaubhafter als Halians, ganz abgesehen davon, dass Ealyn eine Elfe und Drelyns Schwester war, Halian dagegen nichts weiter als ein Dieb. Der Elf würde ihm die Wahrheit niemals glauben. Sie klang zu absurd. Dennoch wünschte er, Drelyn würde ihm wenigsten zuhören.

Er fragte sich, warum gerade Ealyn diese Lügen erzählte? Halian wusste, dass die Elfe glaubte, was sie sagte. Aber warum? Hatte sie nicht mit Fearflatha gesprochen? Aber woher sollte sie sonst wissen, wo sie Drelyn und Halian finden konnte? „Viviana!", schoss es ihm durch den Kopf. Die Zauberin war mehr als nur in der Lage, die Gedanken anderer zu beeinflussen. Sicherlich hatte sie mit Ealyn gesprochen und ihr diese Lügen eingeflößt.

Aber was konnte Halian jetzt noch tun? Drelyn ignorierte jedes seiner Worte, da er glaubte Halian stünde unter einem Bann. Ohne

Hilfe der Elfen konnte Halian Fearflatha jedoch nicht warnen, geschweige denn, Flayne helfen. Selbst wenn es ihm gelang, den Weg zurück zu Fearflathas Höhle zu finden, wären die Elfen sicherlich lange vor ihm dort. Außerdem hatte Drelyn die Enyn. Ohne die Blume lohnte es sich nicht, zu Flayne zurückzukehren, war sie doch der Grund für ihre Reise und Seerins Verwundung.

Voll düsterer Gedanken folgte Halian den beiden Elfen, als diese sich auf den Weg zurück nach Meralyn machten. Wohin sonst sollte er gehen?

Drelyn und Ealyn schickten ihn nicht fort. Sie hofften, dass Viviana in der Lage war, Halian von dem Bann zu erlösen. Halian wusste, dass er niemals in Vivianas Nähe kommen durfte. Er war sicher, dass die Zauberin auch seine Gedanken beeinflussen konnte.

Halian durfte seinen Gefährten nicht bis Meralyn folgen, doch ihr Weg führte sie durch das dichte Unterholz des Waldes und er wusste nicht, wie er allein jemals zu Fearflathas Höhle zurückfinden sollte. Die einzige Möglichkeit, die ihm noch blieb, um Flayne zu helfen, war, den anderen zu folgen, bis sie Meralyn beinahe erreicht hatten, die Enyn zu stehlen und mit ihr zu fliehen. Vorausgesetzt Drelyn warf die Enyn nicht fort … Solange er sich ihrer nicht erinnerte, war die Blume sicher, doch vermutlich wusste Ealyn von ihr. Wenn sie jedoch nicht an die angebliche Gefahr dachte, die von der Enyn ausging, würde sich Halian hoffentlich bald die Gelegenheit bieten, die er benötigte.

Ealyns Worten zufolge waren es noch eineinhalb Tagesreisen nach Meralyn. Anscheinend war dieser Weg wirklich kürzer. Halian musste die Enyn stehlen, wenn seine Gefährten schliefen, die Elfen waren zu aufmerksam, als dass er sie anderweitig hätte überlisten können, somit war seine einzige Chance die folgende Nacht. Wenn ihm das nicht gelang, war die Enyn für Flayne verloren.

Nachdem Halian lange Zeit hinter seinen leichtfüßigen Gefährten durchs Unterholz gestapft war und sich dabei zu seinem eigenen Verdruss mehr als ungeschickt angestellt hatte, errichteten sie endlich einen kleinen Lagerplatz zwischen den Bäumen. Halian war so erschöpft, dass er am liebsten sofort eingeschlafen wäre, ohne seinen Gefährten noch einen Blick oder auch nur einen Gedanken zu gönnen, doch er wusste, dass er es nicht durfte. Er würde vermutlich eine ganze Weile keine Gelegenheit zum Schlafen finden. Als die Nacht hereinbrach, machte Halian es sich auf dem Boden bequem und rollte sich zusammen. Obwohl er genau auf einer Wurzel lag, welche ihm schmerzhaft in die Seite stach, spürte er den Schlaf, der nur auf ihn zu lauern schien. Dennoch schloss er die Augen, wartete einige Minuten und stellte sich dann schlafend. Er begann sogar, leise zu schnarchen. Die beiden Elfen blieben noch eine Zeit lang wach. Sie redeten in ihrer eigenen, fremden Sprache miteinander, sodass Halian kein Wort verstehen konnte. Im Moment interessierte ihn die Bedeutung ihrer Worte nicht im geringsten, dennoch dachte er darüber nach, was sie wohl sagen mochten, er hoffte diese Gedanken würden ihn noch eine Weile wach halten. Er wünschte sich wirklich sehnlichst, dass sie endlich schlafen gingen, denn mit jeder Minute kostete es ihn mehr Willenskraft, dem Schlaf nicht nachzugeben.

Endlich, es schien Halian, als sei eine Ewigkeit vergangen, standen die Elfen auf, um sich auf der anderen Seite des kleinen Feuers schlafen zu legen. Dabei ging Drelyn so dicht an Halian vorbei, dass er den Barden beinahe mit dem Fuß anstieß. Halian gab ein besonders lautes Schnarchen von sich, drehte sich auf die andere Seite, sodass er, als er die Augen einen Spalt weit öffnete, einen besseren Blick auf das Geschehen hatte.

Halian sah, wie Drelyn seinen Rucksack, neben dem griffbereiten Bogen an einen Baum lehnte. Das Schwert des Elfen blieb in der Scheide stecken, sodass er es jeden Moment mühelos ziehen konnte. Halian hatte gehofft, Drelyn würde seinen Rucksack am Feuer stehen lassen oder zumindest nicht so dicht bei sich behalten, doch wirklich geglaubt hatte er es nicht. Der Elf war zu sehr Krieger, als dass er seine Besitztümer beim Schlafen in der Wildnis nicht in Reichweite ablegen würde.

Halian fühlte sich unbehaglicher denn je. Es war so gut wie unmöglich, sich an einem schlafenden Elfen vorbeizuschleichen. Außerdem war dies ein Wald und nicht eines der Herrenhäuser Galdas. Er wollte sich gar nicht vorstellen, was Drelyn täte, wenn er Halian mit den Enyn erwischte. Er würde den Diebstahl wahrscheinlich dem Drachenbann, unter dem Halian angeblich stand, zuschreiben, aber dennoch wäre er überhaupt nicht erfreut …

Halian schüttelte diese Gedanken ab. Er war den größten Teil seines Lebens ein Dieb gewesen, der beste Dieb Galdas. Er wusste, dass solche Gedanken ihn nur bei seinem Handwerk störten. So konzentrierte er all seine Energie einzig und allein auf die Enyn. Er nahm seine Umgebung mit anderen Augen wahr und sah sich nach einem sicheren Fluchtweg um. Doch natürlich führten alle Wege durch den Wald. So leicht es Halian auch fiel, sich in jeder Art Gebäude lautlos zu bewegen, so konnte er doch nicht so leise durch den Wald huschen, dass niemand, schon gar nicht die beiden Elfen, ihn bemerkte. Halian warf einen Blick zu Ealyn hinüber. Sie lag auf der anderen Seite des Feuers und schien tief zu schlafen. Doch er wusste nur zu gut, dass Elfen niemals wirklich tief schliefen. Ihr scharfes Gehör nahm jedes Geräusch wahr, ob sie nun wachten oder nicht. Selbst kurz vor dem Tode, wenn sich die Sinne trüben, lauschten ihre Ohren in die Nacht hinaus.

Obwohl er jetzt aufrecht stand, schnarchte Halian noch immer leise weiter, denn bereits das Fehlen dieses Geräusches konnte ausreichen, um die beiden Elfen zu wecken. Er schob seinen Rucksack und die Harfe unter ein niedriges Gebüsch und hoffte inständig, dass er sie später wiederfand. Bei seinem Vorhaben würde sie ihn nur behindern.

So leise es ihm möglich war, schlich Halian durch das hohe Gras der Lichtung. Sorgsam auf kleine Äste oder Blätter achtend, gelang es ihm, sich trotz der Dunkelheit lautlos zu bewegen.

Je näher er Drelyn kam, desto leiser wurde Halians Schnarchen, sodass der Elf kaum einen Unterschied in der Lautstärke wahrnehmen würde. Als der Dieb Drelyn beinahe erreicht hatte, blieb er bewegungslos stehen. Der Rucksack lehnte neben Drelyns Kopf am Stamm eines Baumes. Irgendwie musste Halian unbemerkt dorthin gelangen.

Während Halian an dem Elfen vorbei schlich, verursachte er außer seinem leisen Schnarchen kein Geräusch und nicht den geringsten Luftzug. Völlig lautlos beugte der Dieb sich hinunter und öffnete den Rucksack. Darin, die Stängel in ein feuchtes Tuch gewickelt, befanden sich die Blumen des Sonnenuntergangs. Als Halian sie aus dem Rucksack zog, gaben sie ein leises Rascheln von sich. Trotzdem wachte Drelyn nicht auf. Der Zauber des Steinkreises und das plötzliche Vergessen einer solch langen Zeitspanne schienen an den Kräften sowohl seines Körpers als auch seines Geistes gezehrt zu haben, sodass ein leises Rascheln, wie es oft im nächtlichen Wald zu hören war, ihn nicht aus dem Schlaf riss.

Halian stand einen Moment lang einfach nur da und betrachtete die Enyn. Sie waren beinahe vollkommen verwelkt. Selbst wenn es ihm gelang zu entkommen, wie sollten sie Flayne noch retten können?

Halian schüttelte den Kopf, um die Gedanken zu vertreiben. Solche Gedanken waren der Fehler vieler Diebe gewesen, vieler unvorsichtiger Diebe, die noch in derselben Nacht erwischt und oder gar getötet worden waren. Ob die Blumen ihnen noch helfen konnten, würde er sehen, wenn es soweit war. Halian entfernte sich vorsichtig von ihrem Lagerplatz. Als er zwischen den Bäumen stand und zurückblickte, atmete er auf. Der schwierigste Teil seiner Unternehmung schien geschafft. Jetzt musste er nur noch den Weg zu Fearflathas Höhle finden. Wenn es ihm nicht gelang, wenn er sich verirrte, war alles verloren und Flayne würde die Enyn niemals erhalten, jedenfalls nicht rechtzeitig, um geheilt zu werden. Alles hing nun von ihm ab, von ihm allein. Halian schauderte. Er warf noch einen Blick auf die schlafenden Elfen. Wieder einmal stahl er sich in der Nacht davon wie ein Dieb. Er erinnerte sich an die Worte eines alten Freundes. „Einmal ein Dieb, immer ein Dieb." Doch er vertrieb diese Gedanken schnell wieder, schließlich bedeuteten sie nichts als Ablenkung. Vorsichtig machte er einen Schritt in den Wald hinein, ließ sein Schnarchen dabei noch leiser werden, dann machte einen weiteren Schritt und wieder wurde das Schnarchen leiser. Beim dritten Schritt hörte er auf zu schnarchen. Beim vierten Schritt blickte er über die Schulter zurück, um sich zu vergewissern, dass Drelyn und seine Schwester noch immer schliefen. Beim fünften zerbrach ein Ast unter seinem Fuß.

Das leise Knacken schien im sonst so stillen Wald widerzuhallen. Halian zuckte gegen seinen Willen zusammen und sah sich um. Drelyn hatte sich aufgesetzt. Er blickte sich mit gerunzelter Stirn um. Halian wusste, dass er so schnell wie möglich verschwinden musste. Doch wenn er rannte, würden die Elfen sofort wissen, wo genau er sich befand. Einfach stehen bleiben und abwarten konnte er ebenfalls nicht, sie würden ihn bald sehen. Halian wusste nicht, wie er sich in diesem Wald zurechtfinden sollte, wohin er fliehen, wo er sich verstecken sollte.

Offenbar forderte seine lange Abwesenheit aus Galda ihren Preis. Er handelte nicht mehr instinktiv und schien die Fähigkeiten zu vergessen, die ihm damals so oft das Leben gerettet hatten.

Halian sah, wie Drelyn nach Bogen und Köcher griff. Auch Ealyn war jetzt wach. Sie deutete auf Halians leere Lagerstatt. Drelyn runzelte die Stirn und blickte zum Waldrand, direkt dorthin, wo Halian stand. Halian wusste, dass der Elf ihn sehen konnte, denn er war noch nicht weit genug von der Lichtung entfernt, um völlig hinter den Bäumen verborgen zu sein. Er sah, wie Drelyn aufstand.

Und schloss die Augen …

Sofort wusste er, was zu tun war. Er handelte, ohne zu zögern, ohne nachzudenken. Kurz bevor der Elf die Stelle erreichte, an der Halian gestanden hatte, verschwammen die Umrisse des Diebes und er war verschwunden. Drelyn sah gerade noch die weiße Spitze eines Fuchsschwanzes unter einem Brombeergebüsch verschwinden.

# Enyn

Der gute Orientierungssinn eines Fuchses leitete Halian auf seinem Weg. Obwohl er sich einige Male verirrte, gelang es ihm doch, die ungefähre Richtung, in der sie zuvor gewandert waren, beizubehalten, sodass er Meralyn lange vor Ealyn und ihrem Bruder erreichte. Ohne einen Moment zu zögern, folgte der Gestaltwandler dem Lauf des Flusses entgegen der Strömung. Allzu schnell vergessene Erinnerungen prasselten auf ihn ein. Er fragte sich, wie es geschehen konnte, dass so vieles, was er in Galda gelernt hatte, aus seinem Gedächtnis gewischt zu sein schien. War das der Preis, den er für seine Freiheit bezahlen musste, oder eine Nebenwirkung von Maraylans Zauber? Doch nun kehrten die Erinnerungen zurück. Er erinnerte sich, wie es war, ständig auf der Flucht zu sein, an die Hitze und die Kälte und an all die schrecklichen Dinge, die er erlebt hatte, aber er erinnerte sich ebenfalls an seine Freunde, an die Fröhlichkeit und Ungezwungenheit dieses Lebens. Er erinnerte sich, dass es eine Zeit gegeben hatte, in der er nicht unterwegs gewesen war, um anderen das Leben zu retten, sondern in der er sich nur um sein eigenes Überleben hatte kümmern müssen. Offenbar hatten seine Flucht aus Galda und seine Verbindung zu Maraylan ihren Preis. Halian schwor sich, niemals die alte Zeit zu vergessen, und nahm sich vor, seine Reaktionen zu trainieren, wenn all das hier vorbei war. Doch das würde warten müssen. Im Moment blieb ihm nicht allzu viel Zeit, um nachzudenken. Er musste handeln. Er musste die Blumen zu Flayne bringen, bevor es zu spät war und die beiden Elfen Meralyn erreichten. Wenn Viviana vom Diebstahl der Enyn erfuhr, würde sie sicherlich alles tun, um Halian aufzuhalten.

Nach erfolgloser Suche kehrte Drelyn zu seiner Schwester zurück. Auf ihren fragenden Blick hin schüttelte er nur den Kopf. „Er hat sich verwandelt."

Ealyn nickte. „Er steht noch immer unter dem Bann", entgegnete sie traurig.

„Aber warum ist er fort?", fragte Drelyn. „Er ist kein Elf, er kann sich unmöglich in diesen Wäldern zurechtfinden. Er wird sich verirren."

Ealyn nickte nur. „Wir sollten trotzdem Viviana davon berichten."

„Sorgst du dich denn gar nicht?", fragte Drelyn. „Was ist, wenn ihm etwas geschieht?"

Ealyn seufzte. „Dann bleibt uns nachher noch immer genug Zeit, um nach ihm zu suchen. Halian ist sehr wohl in der Lage auf sich selbst zu achten." Sie sah ihren Bruder durchdringend an. „Wir haben eine Aufgabe zu erfüllen."

Sie zog den kleinen Spiegel aus ihrer Tasche und rief leise nach Viviana.

„Woher hast du das?", fragte Drelyn erstaunt.

„Von Viviana", entgegnete Ealyn ruhig, als das Gesicht der Zauberin im Spiegel erschien.

Als Halian die Drachenhöhle erreichte, war es bereits Nachmittag. Er war die ganze Nacht und einen großen Teil des folgenden Tages gerannt, um vor Drelyn und Ealyn hier zu sein. Jetzt konnte er Fearflatha warnen und Flayne vielleicht retten.

Als der Fuchs den Wasserfall erreicht hatte, nahm er wieder menschliche Gestalt an. Halian taumelte vor Müdigkeit und tiefe Linien der Erschöpfung zeigten sich in seinem Gesicht, doch er blieb nicht stehen, um auszuruhen. Vorsichtig balancierte er über die glitschigen Steine, die ihn hinter den Wasserfall führten, während die Leuchtfliegen über ihm schwebten und ihm mit ihrem grünen Licht den Weg wiesen. Auch in Galda hatten sie Halian schon oft auf diese Weise geholfen.

„Hallo?", rief er in die Höhle hinein.

„Hallo!", kam die Antwort.

Halian war noch nie in Fearflathas Höhle gewesen und staunte nun über die weißen Flammen, die an den Wänden oder einfach frei in der Luft brannten und dabei dunkle Schatten auf dem Boden der Höhle tanzen ließen. Trotz seiner Müdigkeit blickte er sich mit weit geöffnetem Mund um. Langsam ging er tiefer in die Höhle hinein. Auf halbem Wege kam ihm Fearflatha entgegen. Der Halbdrache lächelte, als Halian ihm die Blumen reichte. „Ihr habt die Enyn gefunden."

Halian nickte. „Ja, aber sie sind fast völlig verwelkt“, entgegnete er verzweifelt. „Drelyn hat seine Erinnerung verloren und ist nun überzeugt, dass Viviana mit allem, was sie über Euch sagt, recht hat.“

Obwohl Fearflathas Augen fragend blickten, nickte er nur. „Wir reden später darüber“, sagte er und nahm die Enyn entgegen. „Kommt mit.“ Sie verließen die Höhle und traten hinaus in die warme Maisonne. „Was die Enyn braucht, ist Licht.“ Fearflatha hielt die Blumen mit ausgestreckten Armen von sich und das Licht der gerade untergehenden Sonne spiegelte sich gleißend hell in ihren Blüten. Lange blieben sie so stehen, und als Fearflatha endlich in die Höhle zurückkehrte, blühten die Enyn, als wären sie niemals gepflückt worden.

Als Fearflatha in einer kleinen Nische in der Höhlenwand verschwand, um den Enyn ihren Saft abzugewinnen, ging Halian auf der Suche nach Flayne tiefer in die Höhle hinein. In einer seitlichen Ausbuchtung der Höhlenwand fand er sie tief schlafend. Obwohl ihre Atemzüge kurz und gezwungen wirkten, war Halian sicher, dass sie schlief. Also ließ er sich lautlos an ihrem Lager nieder, um auf Fearflatha zu warten. Er hoffte, dass der Wandler sich beeilen würde. Drelyn und seine Schwester waren schon längst auf dem Weg hierher, und obwohl sie ein wenig länger brauchen würden, um die Drachenhöhle zu erreichen als Halian, der auf seinen vier Fuchsbeinen sehr schnell vorangekommen war, hatte er sich oft genug verlaufen, um nicht sicher sein zu können, wie viel Zeit ihnen noch blieb.

Halian verspürte eine tiefe Müdigkeit aufgrund des Schlafmangels und der Anstrengung, die eine Verwandlung jedes Mal mit sich brachte. Es dauerte nicht lange, bis er anfing, vor sich hinzudösen.

Kaum eine halbe Stunde später schreckte er auf, als Fearflatha sich neben seiner Tochter niederließ und sie leicht an der Schulter berührte. Trotz seiner Müdigkeit war Halian sofort hellwach.

Fearflatha hielt eine Schale in den Händen. Halian reckte den Hals, erhaschte aber nur einen kurzen Blick auf die rot-goldene Flüssigkeit, mit der sie gefüllt war.

Flayne schlug die Augen auf und blinzelte. Sie sah völlig erschöpft aus und es schien, als könne sie die Augen kaum offen halten. Fearflatha hob sanft ihren Kopf an und setzte ihr die Schale an die Lippen. Flayne trank, aber Halian sah, wie schwer ihr das Schlucken fiel. Er hoffte, dass das Mittel wirkte, denn es schien, als würde Flayne wirklich im Sterben liegen.

Fearflatha seufzte. „Jetzt können wir nur noch warten. In allen Legenden unseres Volkes ist die Rede vom Saft der Enyn, der pur und unverdünnt, jeden Zauber zu brechen vermag. Die alten Legenden haben noch nie gelogen." Traurig blickte er auf Flayne hinunter. „Ich hoffe, sie haben auch in diesem Punkt recht."

Halian schluckte. „Ihr hofft? Das heißt, Ihr seid Euch im Grunde gar nicht sicher, ob die Enyn wirken?"

Fearflatha stand auf und bedeutete Halian, ihm zu folgen. Als sie sich ein Stück von Flayne entfernt hatten, blieb der Wandler unter einem der Drachenfeuer an der Wand stehen. „Sie muss das nicht mithören", erklärte er leise. Halian nickte verstehend, doch dann wurde sein Blick eindringlich. „Also", fragte er. „Seid Ihr wirklich sicher, dass diese Blumen Flayne heilen können?"

Fearflatha schüttelte den Kopf. „Nicht mit Sicherheit. Aber wenn die Enyn in der Lage ist, jeden Zauber zu brechen, dann wird sie es auch mit diesem tun."

„Und Ihr verlasst Euch einzig und allein auf diese Legenden?", fragte Halian ungläubig.

Der Halbdrache nickte und blickte in Halians zorniges Gesicht. „Die Legenden der Wandler haben noch nie gelogen."

Was, wenn ihre ganze Reise umsonst gewesen war? All ihre Abenteuer, Seerins Vergiftung, vielleicht sein Tod, vollkommen sinnlos. Halian konnte den Wandler nur anstarren. Er streckte die Hand nach der Wand aus in der vergeblichen Hoffnung, dort Halt zu finden. Dann blickte er zu Fearflatha hoch. „Was wenn …" Zögernd brach er ab.

„Wenn es nicht …" Der Halbdrache wollte Halians Satz beenden, doch sein Blick schweifte in die Höhle hinter Halian.

Auch Halian wandte sich um, verwundert, was Fearflatha unterbrochen hatte. Dort wenige Schritte von ihnen entfernt, den Blick auf Halian und Fearflatha gerichtet, stand Flayne.

# Zorn

Mit wenigen Schritten stand Fearflatha neben Flayne und erdrückte sie beinahe mit einer Umarmung. „Es wirkt!", rief er.

Flayne erwiderte seine Umarmung und blickte dann zu Halian hinüber. „Danke", sagte sie leise. Halian lächelte nur.

„Wie geht es dir?", fragte Fearflatha, der Flayne losgelassen hatte, aber noch immer beschützend neben ihr stand, als befürchte er, dass sie zusammenbrechen würde, sobald er sie alleine ließ.

„Mir geht es gut", entgegnete Flayne lächelnd. „Ich fühle mich nur ein wenig schwindelig." Sie ließ sich mit gerunzelter Stirn auf dem Boden nieder und blickte zu den anderen hinauf. „Was ist geschehen?", fragte sie Fearflatha. „Ich erinnere mich, dass die Flasche zerbrochen ist und du den anderen alles erzählt hast, doch was danach geschah …", Flayne blinzelte ein wenig, „… scheint unter einem dichten Nebel verschwunden zu sein."

„Deine Freunde sind losgezogen, um ein Heilmittel für dich zu finden", erklärte Fearflatha. „Was danach geschah, kann Halian dir morgen erzählen. Du bist jetzt viel zu erschöpft."

Flayne widersprach ihm, doch Fearflatha gab nicht nach. Halian wagte nicht, sich einzumischen. Der Halbdrache flößte ihm mehr Respekt ein, als er zugeben wollte. Letztendlich sah auch Flayne ein, dass es klüger wäre, nachzugeben, und kehrte zu ihrem Lager zurück. Fearflatha bot auch Halian einen Schlafplatz an, den er dankend annahm. Ohne seiner Umgebung auch nur einen Blick zu schenken, rollte er sich zusammen und sank in einen tiefen Schlaf.

Als ihn eine Hand an der Schulter rüttelte, hatte er das Gefühl, dass erst wenige Minuten vergangen waren, aber draußen blitzten bereits die ersten Sonnenstrahlen über die Kronen der Bäume. Flayne kniete neben ihm.

„Was ist denn?", murmelte er.

„Erzähl endlich, was geschehen ist!", forderte sie. „Und warum bist du allein hier?" Halian seufzte und rappelte sich auf. Er war unglaublich müde und nicht gerade begeistert von dem Gedanken, die Erlebnisse der vergangenen Tage noch einmal durchleben zu müssen, doch er wusste, dass er keine andere Wahl hatte. Flayne musste erfahren, was geschehen war. Er stand auf und durchquerte die Höhle, bis er einen Blick auf den Wasserfall erhaschen konnte. Das dämmrige Licht in diesem Raum deprimierte ihn.

Im vorderen Teil der Höhle trafen sie auch auf Fearflatha. Jetzt ließ es sich wohl nicht mehr hinausschieben. Also begann Halian zu erzählen.

Als er von Seerins Verwundung sprach, unterbrach Flayne ihn. „Die Waffe war vergiftet. Heißt das, er wird ..." Sie brach ab, blickte Halian dann aber gefasst an. „Sterben?"

Halian konnte Flayne nicht in die Augen sehen. Er konnte ihren Schmerz nicht ertragen.

„Vielleicht. Doch die Heilerin in Vuori kümmert sich um ihn. Sie hat ihm ebenfalls etwas von dem Enynsaft gegeben." Halian spürte selbst, wie hohl seine Worte klangen.

Flayne hörte ihn kaum. Eine Zeit lang saß sie einfach nur da, das Gesicht in den Händen vergraben.

Fearflatha legte die Arme um seine Tochter. Flayne vergrub das Gesicht an seiner Brust und schluchzte. Die Leuchtfliegen schwebten über ihnen und schienen sich ebenso hilflos zu fühlen wie Halian.

Halian konnte nicht sagen, wie lange sie so da saßen, denn der Wasserfall versperrte ihm die Sicht nach draußen. Doch als Flayne den Kopf hob, war das Licht, das in die Höhle fiel, stärker geworden, und Halian vermutete, dass die Sonne nun ganz über die Baumwipfel gestiegen war.

„Was hat der Heiler, bei dem ihr Seerin zurückgelassen habt, gesagt?", wandte sie sich mit seltsam ruhiger Stimme an Halian.

Halian atmete tief ein. „Die Heilerin sagte, die Verletzung sei nicht so schwer, dass sie Seerin unbedingt töten würde, aber das Gift wirkt sich auf seine Seele aus. Es tötet Seerins Lebenswillen, ohne den er die Verletzung nicht überleben kann."

„Wenn Seerins Verletzung nicht so schwer ist und er die Enyn bekommt, kann er es vielleicht überleben."

Halian sah die Hoffnung in Flaynes Augen und er hasste sich in diesem Moment selbst dafür, dass er ihr die Wahrheit sagte. Warum nicht schweigen und ihr ihre Hoffnung lassen. Doch wenn Seerin nicht zurückkehrte, würde diese Hoffnung zerstört und Flaynes Schmerz nur vergrößert werden.

„Die Heilerin sagte, dass es eine Überlebenschance für Seerin gäbe, aber sie ist sehr gering. Es gab nichts, was auf eine Vergiftung schließen ließ, doch eine normale Wunde hätte ihn bereits getötet oder angefangen zu heilen. Seerins Wunde tat keins von beidem. Also kann irgendetwas nicht mit ihr in Ordnung sein. Da die Heilerin aber keine Spuren des Giftes in Seerins Körper finden konnte, schloss sie daraus, dass die Waffe des Schneegeistes Seerins Seele anstatt seines Körper vergiftet hat. Natürlich kann sie sich auch irren. Oder die Enyn wirken trotzdem auf ihn."

Die Hoffnung in Flaynes Augen erlosch wieder. „Sie wird dafür bezahlen", zischte sie und ihre Worte klangen hart wie Metall.

Flayne atmete tief ein und der Schmerz in ihrem Blick wurde von etwas anderem überlagert. Glühender Wut.

Das Glitzern in ihren nun leuchtenden Augen ließ Halian zurückschrecken. Denn in den grünen Tiefen leuchteten Flammen.

Fearflatha, der hinter Flayne stand, bedeutete Halian mit einer Geste zur Seite zu treten. Als der Barde Fearflathas Gesichtsausdruck sah, gehorchte er sofort.

Vorsichtig berührte der Drache seine Tochter an der Schulter. Diese reagierte nicht. „Wir sollten nichts übereilen", sagte er mit ruhiger Stimme.

„Sie muss dafür bezahlen!", war das Einzige, was Flayne entgegnete.

„Dies ist nicht der richtige Moment, um zu handeln. Du darfst dich nicht von deiner Trauer überwältigen lassen", rief Fearflatha.

Flayne wollte sich losreißen, doch Fearflatha hielt sie fest. Er warf Halian einen Blick zu. „Es wäre besser, wenn du rausgehen würdest. Schnell." Seine Worte klangen nachdrücklich.

Halian nickte und lief auf den Ausgang der Höhle zu, ohne Flayne und ihren Vater dabei aus den Augen zu lassen. Er balancierte über die glitschigen Steine. Auf der anderen Seite des Wasserfalls lehnte er sich an den kalten Felsen, um abzuwarten, was geschehen würde. Als er den Blick hob, stockte ihm der Atem ...

„Bitte Flayne, es ist noch zu früh."

Flayne hörte Fearflathas Worte nicht einmal. Sie versuchte, sich loszureißen, aber es gelang ihr nicht. Sie musste Rache nehmen. Sie würde Viviana töten für alles, was sie getan hatte. Aber dafür musste sie hinaus und sie finden. Viviana war schuld, dass Seerin nun im Sterben lag. Sie musste bezahlen. Und Flayne würde den Preis für Seerins Leben von ihr fordern. Sie musste aus dieser Höhle hinaus und die Hexe suchen.

Doch ihr Vater versperrte den Weg. Sie musste an ihm vorbei. Wenn sie sich verwandelte und sofort durch den Wasserfall brach, dann würde er nicht rechtzeitig reagieren und sie nicht aufhalten können. Ihre Umrisse verschwammen und sie stürzte in Richtung Ausgang. Doch Fearflatha hatte es vorausgesehen. Er kannte sie genau, diese tiefe Drachenwut. Er wusste, wie es sich anfühlte, wenn sich dieser schreckliche, alles verzehrende Zorn in seinem Inneren ausbreitete. Er wusste, wie Flayne sich fühlte, und so erriet er ihre Gedanken. Er wechselte seine Gestalt im gleichen Moment, in dem auch seine Tochter es tat. Noch bevor Flayne irgendetwas tun konnte, versperrte der Drache mit seinem massigen Körper den Höhleneingang.

„Flayne, ich weiß, wie du dich fühlst. Glaubst du, mir ging es anders, als deine Mutter starb?“

Flayne schien einen Moment zu zögern.

„Sie ist nicht ermordet worden! Viviana ist schuld, dass Seerin stirbt!“, brüllte Flayne ihrem Vater entgegen.

Man musste ihre Worte weithin hören, doch Halian, der direkt neben der Höhle stand, zuckte trotz ihrer Lautstärke nicht zusammen. Er war wie erstarrt von dem Anblick, der sich ihm bot.

„Genauso wie Viviana mir die Schuld gibt, deine Mutter getötet zu haben.“

Fearflatha bemerkte, wie Flayne ein wenig zögerte, doch dann widersprach sie: „Das ist etwas anderes!“

Fearflatha nickte. „Ja, vielleicht ist es anders, und doch ist der Unterschied nicht so groß, wie es dir erscheint.“ Er wusste, dass er Flaynes Aufmerksamkeit gewonnen hatte. „Ich sage nicht, dass es falsch ist, Viviana für ihre Taten büßen zu lassen, doch du darfst nicht zulassen, dass dein Rachedurst deinen Verstand beherrscht!“, beschwor er seine Tochter. „Warte ab! Lass Viviana zu dir kommen“, schlug Fearflatha vor, so leise, dass Flayne seine Worte kaum zu hören vermochte, dennoch verstand sie. „Warte!“, flüsterte Fearflatha. „Warte, bis sie herkommt. Lass sie herkommen und auf unserem Gebiet kämpfen. Zauberer sind in ihrer Heimat immer stärker als andernorts. Räume ihr keine größere Chance ein als unbedingt nötig.“

Flayne starrte ihn an und Fearflatha wusste, dass er gewonnen hatte. Er lächelte und im Höhleneingang stand plötzlich anstelle des Drachen wieder ein kräftiger, rothaariger Mann. Flayne lächelte ebenfalls schwach und verwandelte sich wieder zurück.

„Warten wir!“, sagte sie grimmig. „Doch dann wird sie bezahlen.“

„Dann wird sie bezahlen“, stimmte Fearflatha zu.

Halian sah Nebel. Nebel und Schatten. Fearflatha und Flayne traten aus der Höhle neben ihn. Auch sie standen einige Zeit nur da und starrten hinaus. Ein beklemmendes Gefühl der Leere breitete sich in ihrem Inneren aus.

„Ich glaube, du bekommst deine Rache, Flayne“, flüsterte Halian. Schatten und Nebel. Schemen.

Es waren dieselben Schattenkrieger, die Halian schon auf dem Weg zum Änoengebirge gesehen hatte. Unglaublich viele von ihnen. Nicht einmal die beiden Halbdrachen konnten gegen sie kämpfen und dabei siegen. Angeführt wurden sie von Viviana, die nicht einmal versuchte, sich im Hintergrund zu halten, ganz so, als könne nichts und niemand ihr etwas anhaben.

Und vielleicht hatte sie damit sogar recht.

„So ist sie also zur Dunkelelfe geworden!“, murmelte Fearflatha.

Flayne sah ihren Vater fragend an. „Sie hat die Schatten geweckt und versklavt“, erklärte er.

„Aber wie?“ Flayne spürte, wie das Entsetzen ihren Magen verkrampfte. Fearflatha zuckte nur mit den Schultern.

„Viviana!“, rief er zu der Zauberin hinüber, so laut, dass Flayne und Halian zusammenzuckten. „Was willst du hier?“

„Rache“, war die Antwort. Viviana sprach leise und doch, vielleicht aufgrund eines Zaubers, erklang ihre Stimme so deutlich, als stünde sie direkt neben ihnen. „Rache für meine Schwester, die du getötet hast.“

Fearflatha widersprach ihr nicht. „Und was ist mit deiner Nichte?", fragte er stattdessen.

„Auch sie ist schuldig an Vayranas Tod."

„Sie war ein Säugling!"

Viviana schüttelte den Kopf. „Ihr habt sie getötet! Dafür werdet ihr büßen!"

„Was ist mit Seerin?", ließ sich nun auch Flayne vernehmen. „Es ist deine Schuld, dass er im Gebirge sterben wird!"

„Nein, ganz allein die eure. Ich habe ihn nicht losgeschickt, um eine seltene Pflanze zu suchen, die ihm den Untergang brachte", entgegnete Viviana.

Halian sah die Tränen in Flaynes Augen, aber auch den Hass und er wusste, dass sie nicht mehr in der Lage war, klar zu denken. Auch Flayne wollte ihre Rache um jeden Preis.

Halian und Fearflatha konnten keine der beiden aufhalten. Es war völlig unmöglich, Flayne und Viviana von ihren Rachegedanken abzubringen. Auf diese Art erkannte Halian immerhin eine Gemeinsamkeit von Tante und Nichte.

Er verdrängte diese Gedanken. Sie halfen ihm im Moment auch nicht weiter.

Die Schattenkrieger marschierten in ihre Richtung. Sie setzten sich alle gleichzeitig in Bewegung, ohne ein sichtbares Signal von Viviana bekommen zu haben. Die Zauberin schien sie allein mit ihren Gedanken zu lenken.

Halian hörte Fearflatha seufzen, dann sah er, wie der große Mann sich verwandelte und in wenigen Sekunden stand ein riesiger Drache neben ihm und richtete seine roten Augen auf Viviana und die Schemen.

Sie kamen näher und doch rührte der Drache sich nicht. Halian fragte sich, was Fearflatha vorhatte.

Ein Feuerstoß lichtete die weißen Schwaden ein wenig und die Schattenkrieger, bestehend aus nichts als magischem Nebel, verdampften in der Hitze des Drachenfeuers. Immer weitere Schattenkrieger rückten nach, nur um von einem weiteren Flammenstoß vernichtet zu werden. Immer mehr Schemen lösten sich in weißen Nebel auf. Doch die Masse der Schattenkrieger verminderte sich nicht! Halian sah, wie sich ein Stück entfernt eine Gruppe Schattenkrieger aus dem Nebel heraus materialisierte. Sie erschienen einfach aus dem Nichts. Gerade sah Halian, wie sich vor seinen Augen eine Wolke des magischen Nebels verdichtete und zu einer Gestalt wurde, zu einem weiten Schatten, einem weiteren Krieger. Jeder Schemen, der von Fearflathas flammendem Atem in eine Nebelwolke verwandelt wurde, formte sich an anderer Stelle neu, zu einem weiteren Schemen.

„Ihr seht", lachte Viviana, die gerade außerhalb von Fearflathas Reichweite stand, „ich habe gelernt. Und doch sind dies nur Schattenbilder von jenen, die ich mir eines Tages untertan machen werde."

Flayne warf Fearfletha einen fragenden Blick zu. Dieser runzelte die Stirn. Dann kam ihm ein Gedanke. „Alben", flüsterte er. „Sie hat es auf die Alben abgesehen. Doch das wird ihr nie gelingen. Alben sind mächtige Wesen, sie lassen sich nicht beherrschen."

Flayne nickte. Auch sie verwandelte sich und trat neben ihren Vater. „Glaubst du, sie können uns etwas anhaben?", fragte sie so leise, wie es einem Drachen möglich war.

Fearflatha nickte. „Sie können nicht wirklich töten. Sie sind nur Schatten, keine Wesen aus Fleisch und Blut, doch sie können ihre Opfer glauben machen, dass sie sie töten. Und sobald man daran glaubt, so stirbt man auch. Ich weiß nicht, ob es uns gelingt, zu glauben, dass sie uns nicht verletzen können."

„Wir müssen versuchen, Viviana zu erreichen. Sonst werden die Schattenkrieger nie verschwinden", murmelte Flayne.

Fearflatha seufzte, nickte aber. „Ich will sie nicht töten, schließlich ist sie Vayranas Schwester, deine Tante, Flayne. Aber wenn es keine andere Möglichkeit gibt …"

„Sie ist schuld, wenn Seerin stirbt!", widersprach Flayne Fearflathas Ansicht.

Der Drache antwortete nicht. Es hätte keinen Sinn gehabt. Flayne würde nicht auf ihn hören.

Er wusste, wie stark der Wunsch nach Rache einen Drachen beeinflussen konnte. Er hatte es selbst erlebt. Und nichts, wirklich nichts konnte einen Drachen in seinem Zorn beschwichtigen, nichts als die Rache selbst.

„Wir können wegfliegen", schlug Halian vor. „Und dann in Ruhe nach einem Weg suchen, um diese Dinger zu besiegen." Flayne starrte ihn aus ihren seltsam funkelnden Augen an. „Auf gar keinen Fall", knurrte sie, so wütend, dass Halian einen Schritt zurückwich und beinahe im Wasser gelandet wäre.

Fearflatha breitete seine Schwingen aus. Die starken Lederflügel durchschnitten die Luft und gaben ihm Auftrieb.

Als Fearflatha sich in die Luft erhob, warf der Windstoß ihn fast zu Boden. Er musste sich an der Felswand festklammern, um nicht zu fallen. Flayne folgte ihrem Vater. Erst dann wagte Halian, die Felswand loszulassen und das Geschehen weiter zu beobachten.

Die beiden Drachen schienen die Schemen beinahe völlig zu ignorieren. Hin und wieder ging ein Feuerstoß auf die seltsamen Wesen nieder, doch sie verschwanden nur in einer Nebelwolke und materialisierten sich wieder an andere Stelle. Fearflatha und seine Tochter suchten Viviana, doch obwohl sie noch wenige Sekunden zuvor zwischen ihren Kriegern gestanden hatte, war sie nun nicht mehr aufzufinden. Auch Halian hatte die Zauberin aus den Augen verloren. Hatten sie nur eine Illusion gesehen? Ein Abbild, während die wahre Viviana zu Hause saß und von dort aus alles mithilfe ihrer Magie beobachtete?

Viviana hatte immer andere für sich kämpfen lassen, hatte durch Manipulation immer bekommen, was sie wollte. Sie hatte sich ihren Gegnern niemals selbst gestellt. Doch jetzt? Dies war der Moment, in dem sie ihre Rache vollenden konnte. Beobachtete sie dies jetzt aus der Ferne, nur weil es sicherer war?

Halian konnte es sich nicht vorstellen, aber er kannte die Zauberin auch nicht gut genug, um wirklich sicher zu sein.

Einen Moment lang wünschte Halian, Drelyn wäre bei ihnen, doch er vertrieb den Gedanken. Wenn Drelyn hier wäre, so schloss der Dieb, würde er für Viviana kämpfen und nicht an Halians Seite stehen.

Flayne und ihr Vater bliesen einen letzten Feuerstoß auf das Meer der Schatten und kehrten zu Halian zurück, wobei sie ihn abermals beinahe von den Füßen warfen. Sie nahmen wieder menschliche Gestalt an und traten zu Halian.

„Sie ist verschwunden", stellte der Barde überflüssigerweise fest.

Die Antwort war ein einfaches Nicken.

„Was sollen wir jetzt tun?“

Keine Antwort.

Nach einer Pause, in der sie die Wand der Schattenkrieger, die wieder ein wenig näher gekommen war, betrachteten, erklärte Fearflatha: „Viviana kann nicht einfach fort sein. Dies ist ihre Rache, die Rache, nach der sie sich so lange gesehnt hat. Sie würde nicht einfach verschwinden, wenn sie ihrem Ziel doch so nahe ist.“

Halian seufzte. Er hatte gewusst, dass alles nicht so einfach würde. Viviana war zu klug, um sich Fearflatha selbst zu stellen, das hatte sie schon oft genug bewiesen. Und jetzt, da ihr Feind nicht mehr allein war, würde sie gewiss nicht beginnen, Fehler zu begehen.

Halian trat ein Stück zurück, näher an den Wasserfall heran. Er beugte sich hinab und langte mit der Hand in das Becken, um sich etwas Wasser ins Gesicht zu spritzen. Er war so müde, so schrecklich müde, und doch schien es, als würde er den verpassten Schlaf noch lange nicht nachholen können. Oder schon bald schlich sich eine Stimme in seine Gedanken, vielleicht würde er schon bald schlafen, schlafen und nicht mehr erwachen. Er vertrieb diesen Gedanken. Er hatte schon vor langer Zeit gelernt zu überleben und er erinnerte sich noch immer an die Lektionen, die er in Galda gelernt hatte. Er wusste auch, wie er heil von hier entkommen konnte. Doch was war mit seinen Freunden? Er konnte sie nicht einfach im Stich lassen.

Halian tauchte sein Gesicht abermals in die mit Wasser gefüllten Hände, diesmal um seine düsteren Gedanken zu vertreiben.

Als er sich umblickte, sah er Flayne zusammenzucken und zu den Schattenkriegern hinüber deuten. Er blickte zu ihnen hinüber und erkannte, dass Viviana wieder aufgetaucht war.

Aber weshalb blieb sie nicht in ihrem Versteck, sondern begab sich wieder unter die Schemen?

Flayne starrte noch immer zu Viviana hinüber. Auch sie verstand nicht, was Viviana mit ihrem Verhalten bezweckte. Sie spürte eine leichte Bewegung hinter sich. Wahrscheinlich Halian. Sie wollte sich umdrehen, doch im selben Moment berührte das kühle Metall einer Klinge ihre Kehle.

„Rühr dich nicht“, flüsterte eine leise Stimme. Sie kannte diese Stimme, hatte sie oft genug bei Gefahr auf diese Weise flüstern gehört. Doch immer um sie zu warnen. Jetzt ging von ihr selbst eine

Gefahr aus. Er verabscheute, was er tun musste, doch er wusste, dass ihm keine Wahl blieb.

Dennoch raunte eine leise Stimme in seinem Inneren, es nicht zu tun. Ein Teil von ihm wehrte sich dagegen. Der Teil, der sich erinnerte und der einen ungewohnten Schmerz empfand. Doch er ignorierte diese Gefühle. Er wusste, dass er das Richtige tat.

Auch wenn sich etwas in seinem Inneren dagegen sträubte, ließ er nicht zu, dass seine Gefühle sein Handeln bestimmten. Wohl zum ersten Mal in seinem Leben ignorierte er seine Instinkte.

Drelyn umklammerte den Dolch fester.

Fearflatha wandte sich zu Flayne um und erstarrte. Er wusste, was Viviana getan hatte, dennoch war er nicht darauf vorbereitet gewesen, Drelyn mit einem Dolch an Flaynes Kehle zu sehen.

Er fasste sich schnell wieder. Er musste handeln, sofort.

„Was soll das?“, fragte Fearflatha leise. „Warum tut Ihr das?“ Er wusste, dass seine Worte vollkommen nutzlos waren, doch er brauchte sie, um Zeit zu gewinnen.

Keine Antwort.

„Hat Viviana Euch befohlen, Eure Freunde zu töten?“ Fearflathas Blick war mehr auf den Dolch als auf Drelyn gerichtet.

Verwirrung zeigte sich auf Drelyns Gesicht, doch er antwortete immer noch nicht. Während Drelyn seine Gefühle beiseite drängte, um zu tun, was er tun musste, begann seine Dolchklinge plötzlich zu glühen. Ohne dass Drelyn es zu bemerken schien, breitete sich das Glühen innerhalb von Sekunden auf den Griff der Waffe hin aus. Mit einem Aufschrei ließ Drelyn den Dolch fallen. Flayne sprang schnell zur Seite und aus seiner Reichweite, während der Elf seine schmerzende Hand an den Körper presste.

Fearflatha blickte wieder zu Viviana hinüber und bemerkte, dass sie mit ihren Schattenkriegern abermals näher gekommen war.

Flayne, die es ebenfalls bemerkt hatte, nickte ihm zu. „Ich komme zurecht.“

Fearflatha nahm wieder Drachengestalt an und blies seinen Flammenatem auf die Schemen. Obwohl sie sich immer wieder materialisierten, war es ihnen doch unmöglich, sich dem Wasserfall weiter zu nähern. Drelyn zog sein Schwert. Es schien ihm wirklich ernst zu sein. Flayne wusste nicht, was sie tun sollte. Ihr Vater hatte noch keine Gelegenheit gehabt, ihr Dinge, wie Glühen einer Klinge beizubringen und sie bezweifelte, dass es ihr auf Anhieb alleine gelingen würde, da sie nicht einmal wusste, was sie dazu tun musste. Es schien, als bliebe ihr nichts anderes übrig, als gegen Drelyn zu kämpfen.

Halian blickte von einem zum anderen und wusste nicht, was er tun sollte. Er wünschte, er könnte irgendwie helfen, im Moment fühlte er sich jedoch vollkommen nutzlos. Er konnte nichts tun, als sich zu wünschen, alles wäre anders gekommen.

Wenn Drelyn nicht unter Vivianas Bann gefallen wäre, wüsste er vielleicht, was sie tun konnten.

Er hob den Kopf und blickte zu Viviana hinüber. Wenn ihre Magie nicht wäre, stünden weder Drelyn noch die Schattenkrieger unter ihrem Bann. Eine schwache Erinnerung wehte durch seine Gedanken. Halian wandte sich um und rannte los, in die Höhle hinein. Flayne zog ihr Schwert. Sie wusste nicht, ob Drelyn wirklich die Absicht hatte, sie zu töten, doch sie wusste, dass er zumindest in einem einfachen Schwertkampf, dazu in der Lage war. Schließlich war er als Krieger aufgewachsen und hatte viele Stunden seines Lebens dem Kampftraining gewidmet. Obwohl Flayne viel von Fol gelernt hatte, so hatte dieser doch nicht genug Zeit gehabt, Flayne wirklich auszubilden, schließlich hatten sie seit Fols letzter Reise ihr Leben als Bauern verbracht und die Feldarbeit hatte Vorrang gehabt.

Trotz ihres offensichtlichen Nachteiles wollte Flayne sich nicht verwandeln, es hätte Drelyn nur noch stärker davon überzeugt, dass sie wirklich ein gefährliches Ungeheuer war.

Drelyns ersten Schlag parierte Flayne beinahe mühelos, trotzdem zuckte sie in ihrem Inneren leicht zusammen.

Sie umkreisten sich. Flayne parierte Drelyns Hiebe, ohne sie zu erwidern. Sie erkannte, dass Drelyn nicht wirklich beabsichtigte, sie zu töten, obwohl es, wie Flayne ahnte, sein Auftrag war. Der Elf konnte weitaus besser fechten, als er es jetzt tat. Drelyn mochte vielleicht von Viviana beeinflusst oder verzaubert worden sein, doch er erinnerte sich noch immer an die gemeinsame Zeit, die sie verbracht hatten, und an ihre Freundschaft. Er konnte sie nicht töten, auch wenn es ihm als das Richtige erschien.

„Drelyn", rief Flayne. „Warum tust du das?"

Der Elf antwortete nicht, sondern hob sein Schwert zu einem weiteren Schlag.

„Warum schenkst du nur Vivianas Worten glauben? Wo ist dein tiefes Wissen um die Wahrheit, das dich immer geleitet hat?" Flayne wusste selbst kaum, woher ihre Worte kamen, doch sie spürte, dass es die richtigen waren. „Die Wahrheit, Drelyn, ich dachte, Elfen können sie spüren. Ich kann sie spüren und ich weiß, dass das, was ich tue, richtig ist. Kannst du das auch von dir behaupten? Spürst du nicht, dass Viviana dich belügt?" Flayne spürte Drelyns Zögern, doch dann griff er abermals an.

Gefolgt von den Leuchtfliegen durchquerte Halian die Höhle. Weißes Feuer tanzte über die Wände und beleuchtete seinen Weg zu Flaynes altem Lager. Dort fand er, was er suchte. Auf dem Boden, wo Fearflatha sie hatte stehen lassen, befand sich noch immer die Schale mit den Resten der heilenden Flüssigkeit, die in den Farben des Sonnenuntergangs leuchtete. Vorsichtig zog Halian einen Pfeil aus seinem Köcher und tauchte ihn in die Flüssigkeit. Eine Sekunde lang überlegte er, einen zweiten Pfeil einzutauchen, doch er wusste, dass ihm nur ein einziger Schuss blieb.

Flayne wollte nicht aufgeben. Sie spürte, dass Drelyn unsicherer wurde. Irgendwo in ihm lag das uralte Wissen seines Volkes vergraben, das uralte Wissen, das ihm schon zu Beginn ihrer Reise gesagt hatte, dass er Flayne vertrauen konnte. Auch Vivianas dunkler Zauber konnte es nicht vollkommen unterdrücken.

„Drelyn, erinnere dich. Habe ich jemals versucht, dir zu schaden?"

Sie sah, wie er zitterte, und fuhr fort: „Du weißt, dass ich deine Freundin bin und dich nie verletzen würde."

Drelyn kannte die Wahrheit, doch er wusste auch, dass seine Schwester ihn niemals anlügen würde. Sie war eine Elfe und somit nicht einmal in der Lage, zu lügen. Flayne dagegen war die Tochter eines Drachen.

Er griff abermals an.

„In deinem Inneren kennst du die Wahrheit Drelyn, du musst nur danach suchen", rief Flayne, als sie sich unter seinem Schwert hinweg duckte. „Und ihr glauben", schloss sie, so leise, dass es über dem Rauschen des Wasserfalls kaum zu hören war. Als Halian die Höhle verließ, warf er je einen kurzen Blick zu Flayne und Fearflatha hinüber. Fearflatha verwandelte mit seinem Feueratem die Schattenkrieger noch immer in Nebelwolken, während Flayne und Drelyn sich ihr Duell lieferten.

Halians Augen suchten Viviana. Vorsichtig hob er den präparierten Pfeil und legte ihn auf die Sehne seines Bogens. Er spannte die Sehne so weit es ihm möglich war. Blickte über den Pfeil hinweg direkt auf Vivianas Brust. Er spürte, wie sein Arm vor Müdigkeit zitterte. Er musste schießen, bevor das Zittern so stark wurde, dass er nicht mehr zielen konnte. Er ließ die Sehne los, den Pfeil fliegen.

Drelyn hob sein Schwert, griff aber nicht an. Er spürte, dass Flayne recht hatte. Er wusste, dass es nicht richtig war, gegen sie zu kämpfen. Obwohl er wusste, dass seine Schwester ihn nicht belügen konnte, war er plötzlich sicher, dass weder Flayne noch ihr Vater irgendetwas mit dem Tod seiner Eltern zu tun hatten.

Er blinzelte und plötzlich kehrten seine Erinnerungen zurück, so als wären sie die ganze Zeit über in ihm gewesen und hätten nur darauf gewartet, wieder zum Vorschein zu kommen. Drelyns Schwert fiel klirrend zu Boden und er starrte Flayne aus weit aufgerissenen Augen an.

Halian sah, wie sein Pfeil auf Viviana zuflog. Wenn er danebengeschossen hatte, war die einzige Chance, seine Freunde zu retten, dahin. Er erinnerte sich, wie sein Arm gezittert hatte, als er den Bogen zum Schuss gespannt hatte.

Und wirklich, der Pfeil verfehlte sein Ziel. Statt Vivianas Brust zu treffen, streifte er nur ihre Schulter. Die Zauberin blickte mit einem Stirnrunzeln auf den Pfeil, der hinter ihr im Boden stecken blieb und auf das dünne Rinnsal Blut, das ihren Arm hinab lief. Der Pfeil hatte kaum ihre Haut geritzt und die Verletzung würde Viviana nicht allzu sehr behindern. Betroffen starrte Halian auf den Pfeil im Boden. Er war einfach zu erschöpft. Aber zumindest hatte er es versucht.

Die Zauberin lächelte leicht, hob eine Hand und eine dünne, nebelig erscheinende Wand erschien zwischen ihr und Halian. Dieser feuerte einen weiteren Pfeil auf Viviana ab, doch wie erwartet, kam dieser nicht einmal in ihre Nähe, sondern prallte an der dünnen Nebelwand ab. Halian beobachtete, wie die Schattenkrieger sich in Fearflathas Nähe langsam auflösten. Die Luft war von den Schwaden kondensierten Wassers erfüllt, sodass er kaum etwas zu sehen vermochte. Er wunderte sich, woher plötzlich all dieser Nebel kam. Die Luft war erfüllt von den dichten weißen Schwaden. Versuchte Viviana auf diese Weise noch mehr Schattenkrieger heraufzubeschwören? Plante sie einen weiteren Angriff, einen Angriff, den nicht einmal Fearflatha aufhalten konnte?

Langsam begann der Nebel sich etwas zu lichten. Halian sah Vivianas Umrisse, es war ihm jedoch unmöglich zu erkennen, was sie tat und was mit den Nebelwesen um sie herum geschah.

Der Nebel lichtete sich weiter. Für einen Augenblick hörte Fearflatha auf, Feuer zu speien, um selbst einen besseren Blick auf das Geschehen zu bekommen. Der Nebel verzog sich immer weiter, schwebte in dichten Schlieren zu den Baumwipfeln auf und zwischen ihren Stämmen hindurch, bis es schien, als sei der ganze Wald in einen weißen Mantel gehüllt. Die Nebelschwaden zogen weiter, sie wanden sich wie weiße, aus Luft und Wasser bestehende Schlangen langsam fort aus ihrem Sichtfeld, zogen in Richtung Süden davon. Zwei Drachen ein Mensch und ein Elf starrten ihnen verständnislos hinterher.

Ihre Überraschung schwand nicht, als sie ihre Aufmerksamkeit wieder Viviana zuwandten. Kein einziger Schattenkrieger stand auf der Lichtung. Die Zauberin musste sie fortgeschickt haben.

Viviana stand immer noch da. Die Augen geschlossen, völlig konzentriert, als versuchte sie sich gerade an einem Zauber.

Fearflatha wandte sich an Halian. „Enyn?“, fragte er nur.

Der Barde nickte. Fearflathas Züge veränderten sich und schon nach wenigen Sekunden stand anstelle des Drachen wieder der große, rothaarige Mann neben dem Wasserfall.

„Vivianas Bann über die Schattenwesen ist somit gebrochen“, flüsterte er.

Er machte sich sofort auf den Weg zu Viviana hinüber. Halian warf Flayne, die jetzt nicht mehr kämpfte, einen fragenden Blick zu. Wie es aussah, hatte die Erleichterung ihren Zorn gemildert, denn sie zuckte nur die Achseln und ging zu Drelyn hinüber. Der Elf schien wieder er selbst zu sein und saß nun völlig unglücklich mit dem Rücken an die Felswand gelehnt da. Viviana öffnete die Augen und blickte sich verwirrt um. Sie schien nicht zu wissen, was geschehen war, zumindest kam es Halian, der sie aus einiger Entfernung betrachtete, so vor. Dann zeichnete sich plötzliches Erkennen auf Vivianas Gesicht ab, das daraufhin zu Schrecken und letztendlich zu purem Entsetzen wurde. Die Zauberin sank zu Boden und vergrub das Gesicht in den Händen.

Halian sah, wie Fearflatha neben ihr in die Hocke ging. Er schien etwas zu sagen, doch Halian war sich dessen nicht sicher, da Flaynes Vater ihm den Rücken zuwandte.

Viviana antwortete. Auch wenn Halian sich auf das Lippenlesen verstand, so war Viviana doch zu weit entfernt, als dass er ihre Worte hätte in Erfahrung bringen können.

Fearflatha lächelte Viviana an. „Es tut mir leid", sagte er nur.

Sie verstand die doppelte Bedeutung seiner Worte, und doch nahm sie seine Entschuldigung nicht an. Sie konnte Fearflatha niemals verzeihen. Es gab nichts mehr, was ihr blieb. Die Rache war das Einzige gewesen, an dem sie noch hatte festhalten können. Doch nun war ihr auch dies genommen worden.

Die verdammte Enyn hatte die Arbeit von Jahrzehnten zerstört.

Einen Moment spielte sie mit dem Gedanken, Fearflatha einfach einen Dolch ins Herz zu stoßen, doch er war nicht so dumm, sich ihr unvorsichtig zu nähern. Sicherlich würde in dem Fall eine Flammenzunge ihre Hand verbrennen und Viviana hatte nicht mehr die Macht, sie abzuwehren.

Ihre Kräfte würden nie wieder das sein, was sie einmal waren, zu stark wirkte die Enyn, zu viel hatte sie den Schattenkriegern gegeben. All jene Kraft, die sie den Schattenkriegern gegeben hatte, um sie am Leben zu erhalten und an sich zu binden, war mit ihrer Befreiung auf immer verloren gegangen. Es würde lange Zeit dauern, bis es ihr gelang, zumindest einen Teil ihrer Kräfte zurückzugewinnen. Um die Schattenkrieger zu beherrschen, hatte sie den Fluch der schwarzen Augen auf sich genommen. Und nun war alles verloren, wofür sie so teuer bezahlt hatte.

# Epilog

Halian öffnete blinzelnd die Augen. Er musste eingeschlafen sein. Er hörte leise Stimmen in der Nähe und setzte sich auf.

Flayne, Fearflatha und Drelyn saßen nicht weit entfernt. Halian konnte hören, wie Drelyn sich umständlich in aller Elfenmanier entschuldigte.

Halian drehte sich auf die andere Seite. Er wünschte sich im Moment nichts sehnlicher, als in Ruhe schlafen zu können. Halian wusste, dass Flayne und Fearflatha dem Elfen vergeben würden. Schließlich hatte er unter Vivianas Bann gestanden. Viviana. Eine Sekunde lang fragte sich Halian, was aus der Zauberin geworden war, doch er war zu müde, um sich darüber Gedanken zu machen. Und so wurde schon bald darauf das Rauschen des Wasserfalls abermals von leisem Schnarchen begleitet.

Flayne sah lächelnd auf Halian herab. Einen Moment fragte sie sich, ob sie ihn aufwecken sollte, doch dann entschied sie sich dagegen. Es gab nichts zu besprechen, was so wichtig wäre, dass sie dem Gestaltwandler deswegen seinen lang ersehnten Schlaf rauben musste. Sie seufzte und wandte sich zum Gehen. Wenigstens einer von ihnen konnte genug Frieden finden, um zu schlafen. Dem Lauf des Flusses folgend schlenderte sie ein Stück am Wasser entlang und ließ sich dann in das weiche Ufergras fallen.

Sie beobachtete das Wasser, wie es plätschernd und rauschend über Steine sprang und dem Ufer immer wieder winzige Erdklumpen stahl. In Gedanken war sie allerdings weit entfernt. Sie dachte zurück an die Zeit, die sie mit Seerin verbracht hatte. Dann wanderten ihre Gedanken zu dem Tag, an dem er erfahren hatte, wer sie wirklich war.

Ein Wissen, dem er sich nicht hatte stellen können.

Ganz leicht berührte ihre Hand die Wasseroberfläche. Sie erinnerte sich, was Seerin über die Seeungeheuer gesagt hatte, die manchmal den Fluss hinauf schwammen, doch im Moment war ihr das vollkommen egal. Sie musste einfach das Wasser berührten. Es schien, als könne sie Seerin dadurch näher sein, obwohl sie wusste, dass er weit fort war. Sie schlüpfte aus ihren Stiefeln und ließ die bloßen Füße im Wasser baumeln, wie sie es vor einer scheinbaren Ewigkeit schon einmal getan hatte. Doch diesmal würde kein Seerin aus dem Wasser auftauchen.

Flayne seufzte. Sie sollte sich so schnell wie möglich auf den Weg nach Vuori machen. Wenn sie sich verwandelte, könnte sie in ein oder zwei Tagen dort sein. Aber im Moment war es ihr einfach unmöglich das Wasser zu verlassen, es war als könne sie Seerins Anwesenheit darin spüren.

Obwohl die Strömung hier in der Nähe des Wasserfalls noch ziemlich stark war, strich das Wasser sanft über ihre Haut, während die Oberfläche sich unruhig kräuselte.

Es war Flayne, als berührte etwas ihre Knöchel. „Vielleicht ein Seeungeheuer", dachte sie teilnahmslos. Sie fürchtete sich nicht. Es gab nicht viel, wovor ein Drache sich fürchten musste. Plötzlich zerrte etwas an ihrem Bein und mit einem Aufschrei fiel sie ins Wasser.

„Habe ich dich nicht gewarnt, dass man nie weiß, was unter der Wasseroberfläche lauert?", flüsterte eine Stimme in ihr Ohr, die sich kaum vom Rauschen des Flusses unterschied. Nach Luft schnappend kam Flayne wieder an die Oberfläche und starrte in ein paar blaugrüne Augen.

# Die Autorin

Luisa Henke wurde am 12.05.1990 in Bünde geboren. Mit fünfzehn Jahren begann sie in einem Zimmer voller Bücher, ihren ersten Roman zu schreiben. Bisher veröffentlichte sie einige Kurzgeschichten und Gedichte.

# Unsere Bücher

**Laura Schmolke**
**Aviranes - Das Licht der Elfen**
**ISBN: 978-3-86196-075-1, 16,40 Euro**

Als die fünfzehnjährige Alisha erfährt, dass sie aus einer magischen Parallelwelt namens Aviranes stammt und die Enkelin des dort herrschenden grausamen Tyrannen ist, ändert sich ihr Leben grundlegend. Gemeinsam mit ihrer Mutter Celia begibt sie sich auf den Weg nach Aviranes. Dort will sie die sechs versprengten Widerstandsgruppen einen und für den Frieden kämpfen. Doch schnell erkennt sie, dass nicht alles so einfach ist, wie es auf den ersten Blick scheinen mag.

**Natascha Honegger**
**Die Amulettmagier**
**ISBN: 978-3-86196-131-4, 13,90 Euro**

Isalia, Jerino, Valeria und Alessandro wären eigentlich ganz normale 13-Jährige, wären da nicht ihre leuchtenden Augen und ein seltsames Amulett, das ihre Schicksale miteinander verbindet und sie vor eine große Aufgabe stellt: Eine Prophezeiung besagt, dass sie auserwählt sind, Aria, ihr geliebtes Heimatland, von dem skrupellosen Tyrannen Arkamoor Salsar zu befreien und dem Volk seine Freiheit zurückzugeben.
Ausgestattet mit der Magie der Luft, des Wassers, des Feuers und der Erde beginnt für sie das größte Abenteuer ihres Lebens. Ein Abenteuer, in dem nicht nur ihre Freundschaft, sondern auch die zarte Liebe von Isalia und Jerino auf eine harte Probe gestellt wird.

Bibliografische Information der Deutschen Nationalbibliothek:
Die Deutsche Nationalbibliothek verzeichnet diese Publikation in der Deutschen Nationalbibliografie; detaillierte bibliografische Daten sind im Internet über http://dnb.d-nb.de abrufbar.

Titelbild: © Misha - Fotolia.com

Erstauflage 2011
ISBN: 978-3-86196-073-7 – Taschenbuch
ISBN: 978-3-86196- – eBook
ISBN: 978-3-86196- – XXL-Leseprobe


Druck: KN Digital Printforce GmbH, Stuttgart


Sonnenbichlstraße 39, 88149 Nonnenhorn, Deutschland

www.papierfresserchen.de + www.papierfresserchens-buchshop.de
info@papierfresserchen.de

Zeitfracht Medien GmbH
Ferdinand-Jühlke-Straße 7
99095 Erfurt, Deutschland
produktsicherheit@kolibri360.de